Hans G. Bentz
Zwei Töchter und drei Hunde

Hans G. Bentz

Zwei Töchter und drei Hunde

Ein heiterer Roman

CARL HABEL VERLAG

Satz: Compusatz GmbH, München
Gesamtherstellung: Carl Habel GmbH, Darmstadt
Printed in West Germany
ISBN: 3-87179-103-2

1

Man kann sich an der Landungsbrücke, die noch vom Eisgang des Winters her etwas schief ist, ein Ruderboot nehmen. Schon zu Ostern hat der Fischer die Boote frisch gestrichen, geteert und zu Wasser gebracht. Heute, Anfang Mai, ist es fast hochsommerlich warm und man kann also ruhig etwas auf den See hinausrudern, den großen, weiten See, der im Rund der gewaltigen Berge liegt. Draußen läßt man das Boot am besten treiben und schaut in die grüne Tiefe, wo die Lichtbalken der Mittagssonne in kristallene Tiefen stoßen, alle einem geheimnisvollen Mittelpunkt zustrebend.

Wenn man dann den Blick hebt, wird man das Dorf sehen, das etwas oberhalb des Sees liegt und Stephanskirchen heißt. Es unterscheidet sich wenig von hundert anderen oberbayerischen Dörfern und hat auf seinem höchsten Punkt eine Kirche, deren hoher weißer Turm in den Himmel stößt wie eine Weltraumrakete, die sehr schlecht zu der verschlafenen Gemütlichkeit und breiten Lebensfülle des Dorfes paßt. Dabei ist der Kirchturm auf den riesigen Grundmauern eines römischen Wachtturmes erbaut. Das hat man in früheren Jahrhunderten oft und gern in Bayern getan und meist mit sehr viel Geschmack und dicken, gemütlichen Zwiebeltürmen. Aber wie man an unserem Turm sieht, gab es auch damals schon Patzer.

Rechts unterhalb des Dorfes liegt der Strand, schon von den Wigwams einzelner Camping-Indianer bevölkert, die erst im September das Schlachtfeld wieder räumen und eine Wüste von Bierflaschen, Sonnenbrandtuben, Plastikbeuteln, Konservenbüchsen und weit schlimmeren Requisiten zurücklassen werden. Der Sailer-Maxl sammelt das dann im Solde der Gemeinde auf, weil er der letzte Arbeitslose ist. Im Sommer rollt er Fässer im Königsbräu, weil er zu anderem zu dusselig ist. Im übrigen eine Seele von Mensch, und wir mögen uns sehr gern.

Auf der anderen Seite stehen zwei einsame Häuschen, dicht am Ufer. Das rechte – vom See aus gesehen – gehört mir und meiner Familie, die aus meiner Gefährtin Anette sowie der bis dato sechsundachtzigjährigen, wieselschnellen, witzigen und munteren Mama und dem Drahthaarfoxl Weffi besteht. Er ist der letzte Überlebende eines ›Bundes der Drei‹, bestehend aus dem Springercocker Cocki, den wir wegen seines Mutes und seiner Stärke auch den ›kleinen Löwen‹ nannten, dem Pudelbastard Peter und eben diesem Weffi, der nun auch schon dreizehn Jahre zählt. Als erster wurde, vor zehn Jahren, das Peterle abberufen. Unter einem Lastwagen fand er den Tod. Nach Peters Tod entwickelte sich der zwischen Cocki und Weffi herrschende Waffenstilstand so ganz allmählich zu einer festen Kameradschaft. Man stromerte zusammen, buddelte zusammen, und wenn Cocki auf nächtlichen Liebesfahrten war, saß Weffchen mit seinem weißen Kastenbart und schlotternden dicken Fellbeinchen halbe Nächte hinter der Terrassentür, bis die tiefe Stimme des endlich heimkehrenden Liebesfahrers herrisch Einlaß begehrte.

Nun haben wir vor kurzem auch Cocki begraben

müssen: ein zu spät erkannter Magenkrebs. Nur Weffi ist noch übrig und in den wenigen Tagen seit Cockis Tod ein alter Hund geworden. Genau wie die Mama seitdem durchsichtig wurde und uns Sorge macht.

Im Haus nebenan wohnt die Familie Addi und Teddy Bentler, mit denen wir so befreundet sind, daß wir schon vor Jahren den Zaun, der unsere beiden kleinen Gartenstücke trennte, herausrissen und verheizten und dadurch einen recht netten gemeinsamen Garten gewannen. Der Jahrestag der Zaunverbrennung wird noch jetzt mit gewaltigem Alkoholaufwand gefeiert.

Auch bei den Bentlers ist es stiller geworden. Sie haben zwei Töchter, die zierlich blonde Susanne und die dunkelbraune, lebhafte und intelligente Margot. Ich kenne sie beide, als ihnen noch die Popochen gepudert wurden, und habe sie auf dem Höhepunkt ihrer Backfischzeit sogar einmal vier Wochen lang als ›Töchter auf Pump‹ auf dem Hals gehabt, weil Addi und Teddy nach Italien fuhren. Es war die aufregendste Zeit meines Lebens seit dem Krieg.

Inzwischen ist Susanne mit einem jungen Architekten vornamens Marc verheiratet, einem ellenlangen Kerl mit schwarzen Zauslhaaren und einer Brille, hinter der er besorgt ins Leben schaut. In letzter Zeit noch besorgter, und er hat allen Grund dazu.

Margot studiert in München Jura, und dasselbe tut ihr Jugendfreund und unentwegter Anbeter Buddy. Als Grund für sein Studium gibt er an: »Damit sie mich später beim Scheidungsprozeß nicht so übers Ohr hauen kann!«

Wenn man nun etwas näher heranrudert, wird man in der Garageneinfahrt des rechten – also meines –

Hauses einen langen Lulatsch mit Hornbrille und Badehose erkennen, der sich offenbar entmutigt auf eine Schaufel stützt. Das bin ich. Die Entmutigung hängt mit eben dieser Garageneinfahrt zusammen, in die der gestrige Gewitterregen wieder tiefe Canyons gefressen hat. Bis in die Mitte der Wiese schleppte er Sand und Kiesel, und ich versuche nun, die ärgsten Löcher wieder zu schließen, ohne daß ich das notwendige Material dazu habe. Ein paar Meter weiter links liegt Teddys Einfahrt. Während sie jedoch vorbildlich fest und zweckentsprechend ist, gelang es mir nie, meiner eigenen Einfahrt die nötige Form zu verleihen. Teddy hat seinen Kies im richtigen Verhältnis mit Erde gemischt und ihn dann von einer Walze plätten lassen. Mir hingegen verpaßte der Bauunternehmer eine Sorte Dreck mit Fusseln, der zwar billig war, in dem ich mich aber dauernd einmahlte.

»Du brauchst mehr Kies!« sagte Teddy.

Ich wartete bis zum Winterbeginn und organisierte mir dann von dem Besitzer einer Grube, die dreißig Kilometer entfernt liegt, Kies. Ich schippte den Gepäckraum meines Wagens so voll, daß er X-Beine bekam, und verbrauchte bei der ganzen Aktion mehr Benzin, als die Sache überhaupt wert war. Da ich aber von Natur hartnäckig bin, ruhte ich nicht eher, als bis ich die ganze Auffahrt voller Kies hatte, zentimeterdick. In dem rutschte ich dann herum wie auf Schmierseife und feuerte mit den Hinterrädern Kies in alle Windrichtungen.

»Schaff dir lieber gleich'n Maschinengewehr an«, sagte Teddy, dem ich Kies auch gegen die Seitenwand seines stets funkelnd sauberen VWs gefeuert hatte.

»Du hast mir doch gesagt, ich hätte zuwenig Kies!«

»Natürlich zuwenig Kies, aber jetzt hast du ja bloß Kies, du Hanswurst! Du brauchst Bindematerial. Schmeiß doch 'n bißchen Erde dazwischen.«

Ich begann Bindematerial zu holen, indem ich im nächsten Frühjahr mit Schaufel und Eimer auf die benachbarte Bauernwiese zog und dort die Maulwurfshügel abbaute. Der Bauer, mein alter Freund Wurzel-Sepp, kam am dritten Tag aus seinem Haus auf die Wiese und sah sich das eine Weile an. Schließlich erhob er Einspruch. Er tat das verhältnismäßig sanft, da wir die Eier und die Weihnachtsgans von ihm beziehen: »Was treibst denn da, alte Krampfhenne?« fragte er.

»Bindematerial für meine Garageneinfahrt«, erklärte ich stolz.

Der Wurzel-Sepp paffte aus seiner Halblangen eine blaue Wolke, die ein Stinktier neidisch gemacht hätte, kratzte sich nachdenklich am Hintern und sah zu meinem Haus hinüber: »Ja mei – des wird ja a Bahndamm!«

»Das verstehst du nicht. Das walze ich mit dem Wagen alles wieder flach. Außerdem solltest du mir dankbar sein, daß ich deinen Maulwürfen die Hügel wegnehme! So was geht ihnen sicher auf die Nerven, und sie verziehen sich!«

Der Wurzel-Sepp schob die Unterlippe vor: »Zwegen die Viecher brauchst dir net 'n Arsch verrenka. Die san nützlich, verstehst? Außerdem ham Viecher koa Nerven net.«

Ich richtete mich auf, wischte mir den Schweiß von der Stirn und war einen Moment lang versucht, seine Anschauung von der Nervenlosigkeit der Tiere zu widerlegen. Aber ich fühlte, es war völlig sinnlos, einem

Bauern zu widersprechen, dem man etwas von seiner Erde wegnimmt. So sagte ich nur: »Na schön, ich bin ja schon fertig.«

Er nickte: »Alsdann – pfüat di!« und stampfte davon. Noch seine bis in die Knie hängenden Gamsledernen drückten Verachtung und Kummer aus.

Bei normalem Wetter funktionierte der Bahndamm nun. Aber jetzt, da Gewitter und Regen gekommen sind, geht's wieder los, und wenn ich etwas zuviel Gas gebe, wühle ich mich durch Erde und Kies wieder auf den alten Dreck mit Fusseln.

Einen Augenblick betrachtete ich kummervoll das Trichterfeld. Vielleicht lasse ich mir doch noch die Straßenwalze kommen...

Diese Idee empfinde ich als ausgesprochen genial, da sie meine weitere Arbeit an der ›Rollbahn‹ – wie Teddy meine Einfahrt zynisch zu bezeichnen pflegt – überflüssig macht. Aus der leeren Garage (Frauchen ist in geheimer Mission mit dem Wagen unterwegs) hole ich mir einen Liegestuhl und lege mich in den allerhintersten Winkel unseres Gartens neben Cockis frischem Grab.

Meine linke Hand sucht zwischen den Tännchen, die um seinen Hügel wachsen, nach dem weißen Stein, auf den ich den Namen ›Cocki‹ schrieb. Obwohl es nun schon zwei Monate her sind, seit ich seinen Körper in die Grube senkte und seine Decke über ihn breitete, den abgeknabberten Gummiball neben ihn legte, ist es mir, als sei es gestern gewesen. Ich kann mich einfach nicht damit abfinden. Wieder erlebe ich, wie er, der gewaltige Fresser, immer dünner wurde und so zu frieren begann, daß er schließlich zu mir ins Bett kroch, um sich zu wärmen. Nur Durst hatte er immer, nur Durst. Minutenlang soff er unten am Bach, um das teuflische Feuer zu löschen, das in seinen Eingeweiden fraß. In den letzten Tagen mußte ich ihn zu seinem geliebten kleinen Bach hinuntertragen, weil er es nicht mehr bis dorthin schaffte. Und dann, als er im Hundehimmel war, wo er sicher wieder in voller königlicher Kraft über die anderen Himmelshunde herrscht, geschah etwas Seltsames: alle Hunde der Nachbarschaft, die sich sonst nie hereingetraut, kamen in den Garten und hoben feierlich das Bein: der Rattler von nebenan, der Foxl von gegenüber, der Setter vom Gutshof, der Boxer vom Sägewerk. Sie alle kamen, spendeten ihren Gruß und verweilten eine Zeitlang bei Weffi, der neben dem frischen Hügel saß und jede Speise verweigerte...

Und gerade, als ich an ihn, den Weffi, denke, machte es ›uuuaaahhh‹ von der Terrassentür. Dort sitzt er, der letzte der drei, und gähnt in all den glänzenden, sonnentrunkenen Tag. Wie hundert Jahre alt sieht er aus, finde ich, und das Herz tut mir weh.

Aber die Mama sieht auch nicht viel besser aus, als sie jetzt auf den Balkon tritt und auf mich herunterschaut. Die Augen scheinen größer geworden und die Nase spitzer, weil ihr an sich schon kleines Gesicht seit Cockis Tod eingeschrumpft ist. Auf irgendeine mysteriöse Weise hatte sie seit Beginn seiner Krankheit ihr Leben mit dem seinen identifiziert, und seit seinem Fortgang besteht ihr Dasein nur noch im Warten auf den eigenen Tod. Jeden Tag bekommen wir serviert, daß die sechshundert Mark, die sie sich für ihren Sarg gespart habe, oben in ihrer Schublade lägen, »weil ja im Moment, wo ich zu Cocki gehe, wahrscheinlich wieder mal kein Geld im Hause ist«. Außerdem will sie dauernd, daß ich zur Gemeinde gehen und fragen soll, ob es nicht doch möglich wäre, im Garten zwischen Cocki und Peter begraben zu werden. Peter ruht in der westlichen Ecke unter dem Holunderbusch. Cocki habe ich unter dem Flieder begraben. Dort fing er – schon ehe seine Krankheit uns in ihrer Schwere offenbar wurde – ständig an zu buddeln. Er fühlte den Tod in sich, und der Wildhund in ihm erwachte, der uralte, der sich sterbend im Dickicht verkriecht. Ach, mein Cockchen ... Wenn doch nur Frauchens geheime Mission Erfolg hätte ...

»Wo ist eigentlich Frauchen?« fragte die Mama von oben, als habe sie meine Gedanken gelesen.

»Keine Ahnung«, lüge ich.

»Und an der Einfahrt machst du wohl auch nicht weiter?«

»Nein.«

»Na, ist egal. Geht mich ja hoffentlich bald nichts mehr an.« Weg vom Balkon, Tür zu. Mein Schloßgeist, mein aggressiver, witziger, ewig deine beiden wilden ›Kinder‹ triezender – was ist aus dir geworden!

»Hallo – Colonel!« sagt Susannes Stimme. Den Spitznamen ›Colonel‹ haben mir meine beiden Töchter auf Pump vor sieben Jahren verpaßt, weil ich angeblich einen Obersten in einem amerikanischen Kriegsfilm ähnlich sah, der großen Eindruck auf sie machte. Susanne steht drüben im Hauseingang und wartet offenbar darauf, daß sie mir ihr Herz über ihren Marc ausschütten kann. Ich aber sage nur unverbindlich »hallo« – und tue, als ob ich arbeite. Fremden Kummer kann ich im Augenblick einfach nicht ertragen. Sie geht wieder ins Haus.

Kurz darauf erscheint an ihrer Stelle Addi und beginnt, im Garten irgend etwas zu pflanzen. Plötzlich hält sie inne und sieht zu mir: beide denken wir an das gleiche: Wie Cocki bei solchen Gelegenheiten immer mit gefurchter Löwenstirn hinter ihr stand. Sobald sie verschwunden war, grub er mit seinen dicken Tatzen die Blumenzwiebeln wieder aus, beroch sie und watschelte dann voller Verachtung von dannen: blödsinniges Volk, diese Zweibeiner. Vergraben solchen Mist. Wenn's noch ein schöner, stinkiger Knochen wäre...

Addi kommt zu mir herüber, steht einen Augenblick neben mir und streicht mir über den Kopf: »Wann kommt denn Anette?« (Sie ist in die geheime Mission des Frauchens eingeweiht.)

»Lange kann's nicht mehr dauern.«

»Na, es wird schon helfen«, sagt sie, beugt sich zu mir nieder und gibt mir einen Kuß. Ich sehe ihr nach, wie sie zum Haus zurückgeht, und in meinem Herzen beginnt so eine ganz kleine, sentimentale Melodie, wie immer, wenn ich Addi sehe. Mit ihren vierzig Jahren ist sie auf der Höhe des Lebens, ein langbeiniges Geschöpf mit goldbraunen Augen, das in jedem Mann die Frage weckt, ob er nicht in seinem Leben etwas Wichtiges versäumt habe. Vor allem aber fragt sich jeder Mann – ich trotz aller Freundschaft zu Teddy nicht ausgenommen –, wie sie dazu kam, diese Kreuzung zwischen Bulldogge und Küchenschrank zu heiraten. Aber sie muß es ja wissen. Auf jeden Fall ist Teddy der gutmütigste und aufopferndste Kerl, den ich kenne, und hat sich als Vertreter von Waschmaschinen fast zu Tode geracker, um seinen kleinen Verein einigermaßen anständig über die Runden zu bringen. Die Quittung bekam er denn auch vor einem Jahr in Form eines Herzinfarkts. Man brachte ihn gerade noch so durch. Seitdem braucht er nicht mehr selbst zu reisen, sondern ist zum Distriktchef avanciert.

Hinter diesem – in unserem grimmigen Berufskampf ziemlich ungewöhnlichen – Ereignis steckte nicht nur Teddys vieljährig bewiesene Tüchtigkeit und Loyalität, sondern auch die Diplomatie seiner Addie. Sie hatte nach dem Infarkt, als sich Teddy im Krankenhaus mit Zukunftssorgen zermartete, kurzerhand den Generaldirektor in der Hauptstadt aufgesucht und war mit der Beförderung heimgekommen. Das Ergebnis in bezug auf Teddy entsprach jedoch nicht ganz ihren Erwartungen, denn seitdem zerwuzelte sich Teddy nicht mehr über seinen Beruf, sondern über ihre Treue! Das Ganze endete in einer merkwürdigen Szene, bei der ich Zeuge war. Ich saß mit Addi an Teddys Bett, und zum zigsten Male sagte er zu mir: »Das geht doch nicht mit rechten Dingen zu, Hannes! Ich kenne den Alten, nie käme er auf eine so generöse Idee, wenn nicht Addi... ich meine, Addi, du hast es gut gemeint, aber der Preis, den du dafür zahlen mußtest...«

Der Professor hatte uns gesagt, wir müßten alles versuchen, um Teddy über diesen Punkt zu beruhigen. Sonst sei die Heilung fraglich. Wie wir das anfingen, dafür könne er keine bestimmte Therapie angeben. Es hänge von der psychologischen Situation ab.

Addi löste diese psychologische Situation auf ihre Weise, indem sie aufstand, sich über das Bett beugte und Teddy rechts und links eine Ohrfeige haute. »Du

Rindvieh«, sagte sie, und ihre Augen funkelten wie zwei Sonnen, »lieber würde ich mit dir an der Straßenecke Streichhölzer verkaufen, als mit einem anderen Kerl ins Bett gehen. Wenn du wieder bei dir bist, schreib mir 'ne Postkarte!«

Wir starrten eine Weile mit offenem Mund auf die Tür, die hinter ihr zugeknallt war. Dann machte ich den Mund zu, und Teddy fragte: »Was sagst du dazu?«

»Ich – hm – ja – es ist vielleicht nicht ganz geeignet für einen Infarktkranken, aber ziemlich überzeugend, finde ich.«

Teddy sah plötzlich zehn Jahre jünger aus: »Ziemlich überzeugend, sagst du... Es ist mehr, für mich ist es der Beweis! Mensch – was für 'n Stein ist mir vom Herzen gefallen!« Er sank in die Kissen zurück und sagte nach einer Weile leise: »Ich war wirklich ein Idiot.«

»Niemand widerspricht.«

Er lachte, richtete sich wieder auf: »Wenn ich bloß wüßte, wie sie das zustande gebracht hat!«

»Leg dich sofort wieder hin, Esel!« befahl ich. »Wie sie das zustande gebracht hat? Erstens hast zur Hälfte du es zustande gebracht, weil du gut verkauft hast und nicht zur Konkurrenz gegangen bist, als es damals eurer Firma dreckig ging. Das hat sich dein Boß offenbar gemerkt.«

Er hatte sich wieder hingelegt: »Hm – und zweitens?«

»Zweitens hat sie so eine ganz verteufelte Art, einen auf neunundneunzig zu bringen und dann plötzlich abzudrehen.«

Mißtrauisch sah er mich an: »Eigene Erfahrung?«

»Natürlich, und du brauchst mich gar nicht so anzuglotzen, Othello! Denk dran, was du mit meinem Exemplar aufgeführt hast bei unserer letzten Zaunfeier! Davon abgesehen aber hast du keine Ahnung, was für eine großartige Frau du besitzt!«

»Doch.«

Er drückte die Klingel und sagte dann zu der Schwester: »Bitte, bringen Sie mir eine Postkarte.«

Als ich hinunterkam und die Wagentür öffnete, saß Addi drin, eine ziemlich elende Addi mit verheulten Augen: »Ich kann's ihm ja nicht verdenken«, schluchzte sie, »aber – ich – ich wußte wirklich keinen anderen Weg mehr!«

Ich nahm sie in den Arm und lächelte. »Es war eine prima Schockbehandlung, Mädchen. Er hat schon nach der Postkarte geklingelt.«

Sie stemmte sich von mir ab und musterte angstvoll mein Gesicht: »Meinst du wirklich?«

»Ich meine wirklich, Goldstück. Er fühlte sich, als ob er das Große Los gewonnen hätte. Ich habe ...«, fügte ich bescheiden hinzu, »natürlich noch ein bißchen nachgeholfen.«

Sie warf die Arme um mich und gab mir einen Kuß, an dem aber wirklich alles dran war. Als ich wieder zu Atem kam, konnte ich nur noch murmeln: »Es wird, glaube ich, höchste Zeit, daß dein dickes Möbel da oben wieder gesund wird!« Dann bemerkten wir, daß der Professor neben uns stand, das eine Bein in seinem Wagen und beide Augen in unserem. Ich kurbelte das Fenster hinunter: »Frau Bentler ist so glücklich, daß es ihrem Mann bessergeht!«

Der Professor nickte, stieg wortlos in seinen Wagen und fuhr ab.

»Er sah nicht sehr überzeugt von deiner Erklärung aus«, meinte Addi, »und ziemlich enttäuscht!«

Ich drückte den Anlasser: »Das geht uns allen so mit dir, mein Kind. Mit Ausnahme deines Besitzers.«

Und da biegt Frauchens Wagen in die Einfahrt und schlittert auf dem Trichterfeld bis dicht an meinen Liegestuhl. Ich kann – aus meinen Addi-Träumen gerissen – gerade noch zur Seite springen, aber das Frauchen klettert ohne jeden Sinn für die knapp vermiedene Zermalmung des Hausherrn hinter dem Steuer vor und gräbt etwas aus der Tiefe des Wagens – die Zaubermedizin, die – wie wir hoffen – uns unsere beiden Liebsten, die Mami und das Weffchen, erhalten soll.

2

Frauchens Frisur ist, wie ich feststelle, vollständig zerrauft und ihr Gesicht rot wie eine Tomate. Im Arm trägt sie ein Bündel, das sie mir jetzt hinhält: »Nun nimm ihn doch mal, er hat mich fast verrückt gemacht während der Fahrt.«

Ich nehme das Bündel. Es riecht nach nassen Windeln.

»Das ist die Aufregung«, sagt sie, als ich mit den Nasenflügeln wackele. »Sonst ist er völlig stubenrein.«

Ich öffne das Bündel. Es riecht daraufhin noch stärker, aber gleichzeitig erscheint ein schwarzes Wuschelköpfchen mit ziemlich impertinenten, veilchenblauen

Augen und macht »Wä-wä«. Als ich mich ihm nähere, beißt es mich fröhlich und mit ungemein spitzen Zähnen in die Nase. Ich setze es vorsichtig auf die Erde, wo es sofort – wenn auch ziemlich wacklig – auf eine Pusteblume zumarschiert und sie demontiert. Die Blume löst sich auf, und das kohlschwarze Wollknäuel muß so niesen, daß es umfällt.

Plötzlich ist Weffi da.

Früher begrüßte er die Rückkehr jedes von uns mit jenem ohrenbetäubenden ›Weff-weff-weff‹, von dem er ja seinen Namen hat. Seit Cockis Tod schwieg er. Er tut es auch jetzt, aber immerhin hat er das Neue gewittert und läßt sich herab, es zu inspizieren. Das Wollknäuel zeigt sich entzückt, nimmt sofort Kurs auf den Kastenbart, unterläuft ihn und beginnt an seiner Unterseite nach den mütterlichen Zapfstellen zu suchen. Dabei muß es an eine Stelle geraten sein, wo es weh tut, denn Weffi knurrt, zeigt einen Zahn und geht auf die Terrasse zurück, offensichtlich angewidert von so viel Blödheit.

»Ja, was ist denn das?« tönt die Stimme der Mama vom Balkon.

»Das ist Peter«, erklärte Frauchen, die mit einem Lappen an ihrem Kleid herumwischt. »Der neue Peter. Eigentlich heißt er Tabu von Sowieso – irgend was Geschwollenes. Aber für uns ist er Peter, und ich habe ihn besonders für dich mitgebracht.«

»Na, das hat uns gerade noch gefehlt«, erklärt unser guter alter Schloßgeist und ruft dann, während Frauchen und ich einen Blick der Verzweiflung wechseln: »Paß doch auf – er fällt – da, er ist gefallen – ich sage ja, es geht schon los! Als ob man mit den Nerven nicht schon genug herunter wäre!« Und damit verschwindet sie vom Balkon.

Wir drehen uns um. Das Knäuel hat den Versuch gemacht, Weffi auf die Terrasse zu folgen. Dazu muß es aber ein paar Steinstufen überwinden und ist schon von der ersten rückwärts heruntergekollert, liegt auf dem Rücken und mauzt. Ehe wir ihm aber helfen können, ist es bereits wieder hoch und probiert es nochmal mit dem gleichen Ergebnis. Es bleibt stehen und denkt offensichtlich nach. Und dann tut es etwas sehr Verblüffendes: es vermeidet die Stufen und klettert durch den Steingarten zur Seite der Stufen empor. Es gelingt ihm, wenn auch nicht ohne Abenteuer. Die dicke braune Eidechsen-Mutti, die dort haust, huscht aufgeschreckt von ihrem Sonnenstein, und das Knäuel bleibt erschrokken stehen und fragt uns auf veilchenblau, ob dieses unerhörte Wesen gefährlich sei. Als wir nur lachen, setzt es verbissen seine Bergtour fort, bis es auf der Terrasse landet, wo Weffi gelangweilt seine Pfoten pedikürt.

In diesem Moment erscheint die Mama: »Wollt ihr den etwa behalten?«

»Ja, das wollen wir«, sagt das Frauchen. »Gefällt er dir vielleicht nicht?« Es ist eine warnende Schärfe in ihrer Stimme.

»Aber wir hatten uns doch geschworen«, erklärt die Mama, »keinen neuen mehr anzuschaffen, weil...« Ihre Lippen beginnen zu zittern, und das Herz dreht sich mir um.

Das Knäuel hat inzwischen Kurs auf sie genommen und sich unverweilt eines Schnürsenkels bemächtigt. Es gibt einen Knacks, und es hat das Ende im Maul. Die Mama bückt sich schnell: »Um Gottes willen – wenn er das Metallende verschluckt!« Sie reißt dem Knäuel das gekappte Senkelende aus der Schnute. Das geht nicht ohne Kampf ab, und als sich die großmütterliche Gewalt als stärker erweist, schimpft das Knäuel mit lautem ›wäwä‹ hinter dem entrissenen Schatz her, um dann sofort an Mamas Finger zu nuckeln. Sie wirft einen Blick in Richtung auf Cockis Grab und schaut dann in die veilchenblaue Impertinenz, die ihr aus dem wüsten schwarzen Gekräusel des kleinen Hundegesichtes entgegenstrahlt: »Na, dein Ende werde ich hoffentlich nicht mehr erleben, Peterle«, verkündet sie düster.

Wir atmen auf: das war eine unverkennbare Rückzugskanonade.

Peter hat das Fingernuckeln nach einigen Sekunden satt und beginnt zu strampeln. Die Mama setzt ihn vorsichtig hin, und er nimmt sofort Kurs auf die Stufen, hinter Weffi her, der sich schweigend zur Wiese hin entfernt hat. Die Stufen hinunter überschlägt sich das Knäuel dreimal, ehe die Mama den ersten Angstschrei starten kann, geht dann am Fuß der Tritte in die Hocke und legt ein Würstchen vor den Steingarten. Die Familie betrachtet voller Rührung das Ergebnis: »Siehst du, er ist schon stubenrein!« sagt das Frauchen.

»Er hätte es auch ins Zimmer gelegt«, erklärt die Mama, »ihm war eben hier gerade so.«

»Er *ist* stubenrein«, bestimmt das Frauchen, »die Züchterin hat es mir ausdrücklich bestätigt. Außerdem brauchst du dich um nichts zu kümmern, ich mache alles weg.«

Ich fühle, daß es an der Zeit ist, als Blitzableiter zu agieren: »Seht doch mal da...«

Peterle hat einen Moment das Resultat seiner Bemühungen besichtigt. Anscheinend ist er damit zufrieden, denn er bewässert es – auf Hündinnenart. Das Beinheben kann er noch nicht. Dann saust er durch den Wald von Pusteblumen, Margeriten und Fleischernelken auf Weffi zu, der sich neben Cockis Grab gesetzt hat. Er postiert sich dicht vor ihn und wedelt mit dem Schwanzstummelchen. Als ihn der weiße Turm keines Blickes würdigt, springt er hoch und zupft ihn am Bart. Der Bart öffnet sich und entblößt zwei furchterregende Hauer, die sich fauchend in Peters Nacken graben. Sie schließen sich aber nicht, sie zwicken nur, Gentleman Weffi weiß, was er einem hilflosen kleinen Wesen schuldig ist. Das hilflose kleine Wesen quiekt wie eine Ratte und wirft sich vor ihm auf den Rücken. Eine Weile sehen sich die vier Augen an, zwei nußbraune, die schon manchmal vom Alter etwas verschleiert sind, und zwei blitzblanke, veilchenblaue. Dann tatzt Peterchen, immer noch auf dem Rücken liegend, ganz vorsichtig, zärtlich und ehrerbietig nach dem Kastenbart, in dem die Nase wie ein schwarzes Kohlestückchen steckt. Da senkt sich diese Nase auf ihn nieder und läßt sich herab, den kahlen Kinderbauch und die winzige Quaste, die Vorhut kommender Männlichkeit, zu besichtigen. Das Ergebnis scheint interessant, denn Weffi steht auf, er dreht mit der Pfote ganz vorsichtig das Peterle auf die Seite. Rücken und Kopf werden langsam und gewissenhaft inspiziert, und Peterchen benutzt die Gelegenheit, um Weffi schnell ein Küßchen auf die Nase zu geben: ›Ich bin dein Sklave, und ich liebe dich, möchtest du nicht meine Mutter sein?‹

Worauf sich Weffchen in Bewegung setzt und würdevoll auf den Komposthaufen zuschreitet, wo die

Mäuse schon zweimal meinen Kürbissamen aufgefressen haben. Peter arbeitet sich schnaufend durch den riesigen Blumendschungel hinterher. Dort am Kompost beginnt Weffi mit gezierter Pfotenbewegung ein Mäuseloch aufzugraben, das Knäuel sitzt daneben und betet ihn an.

»Na, dann wollen wir mal Mittag essen«, schlage ich vor.

Bei Tisch entsteht sofort die Frage, woraus Peterchen fressen soll. Für Cocki und Weffi waren vor Jahren zwei Aluminiumtöpfe angeschafft worden, die in einem Ständer hängen. Frauchen hatte in irgendeiner jener Zeitschriften, die sie vor dem Einschlafen zentnerweise zu verschlingen pflegt, gelesen, daß den Hunden das Futter besser bekomme, wenn sie sich nicht zu bücken brauchten, sondern wenn es ihnen sozusagen in halber Höhe serviert werde. Ich erklärte, daß ich dies für Blödsinn hielte, denn für den Hund sei alles gut, was seinen ursprünglichen Lebensbedingungen entspreche, und es sei nicht anzunehmen, daß ihm die Wildnis seinen Fraß in halber Höhe serviere. Natürlich wurde der Ständer trotzdem angeschafft, und Cocki und Weffi fraßen auch aus halber Höhe wie die Scheunendrescher.

Nun stehen wir zu dritt vor dem Ständer und zögern. Im Geist sehen wir einen kleinen Löwenkopf mit goldenen Augen und einer großen, braunen Nase, unter der das Futter in Minutenschnelle verschwand, während Weffchen, der Aristokrat, seine Portion mit englischer Würde langsam aufmümmelte, scharf beobachtet von dem Löwenkopf, in dem nie die Hoffnung erlosch, daß es Weffi doch einmal zuviel sein könnte. Es war's aber nie. Nach Cockis Tod hatten wir den zweiten Napf für

Weffis Wasser benutzt, aber er weigerte sich, draus zu trinken, und bestand auf der gesprungenen Kompottschüssel, aus der sie gemeinsam gesoffen hatten.

Über den Tod hinaus schützte er so das Eigentum seines Gefährten.

Der Augenblick des schmerzlichen Zögerns endet damit, daß Frauchen die Schüssel aus dem Ständer nimmt, mit Schabefleisch und Reis füllt und für Peterchen auf den Fußboden stellt. Auch Weffi bekommt ausnahmsweise Schabefleisch, damit er nicht neidisch wird. Er schnuppert ein und nimmt dann Kurs auf Peters Napf.

»Habt ihr das gesehen?« fragt Frauchen, die neben dem Napf auf der Erde hockt. »Weffi hat wieder mit Lust gefressen! Und warum?«

»Aus Futterneid«, sagte ich.

Ihre Augen flammen: »Ach, du mußt immer alles 'runterziehen! Er hat es getan, sage ich dir, weil er wieder einen Gefährten hat!«

»Wozu die Aufregung? Futterneid bei Weffi ist doch ein Zeichen dafür, daß er wieder normal wird.«

»Der Peter!« schreit die Mama dazwischen.

Frauchen kann ihm gerade noch eine Teppichfranse aus dem Maul reißen, natürlich eine von dem alten Teheran. Worauf sich das schwarze Bündel keineswegs für den Futternapf interessiert, sondern unter dem Radiotisch einen seit Wochen vermißten Rotstift auftreibt und in Windeseile zerlegt. Jetzt setzt es von Frauchens Hand etwas auf den Po, was mit markerschütterndem Geschrei quittiert wird. Sie hebt ihn ungerührt am Nackenfell hoch und setzt ihn vor den Napf.

»Ich kann das gar nicht mit ansehen«, sagt die Mama, wendet aber keinen Blick von der Erziehungsszene.

»Ja, von irgend was muß er doch schließlich leben«, erklärt das Frauchen, »noch dazu ein so junges Tier!«

Das junge Tier hat aufgehört zu schreien und begreift, daß dicke Luft ist. Es frißt gehorsam zwei Schabefleischkugeln, die ihm hingehalten werden, gewinnt Geschmack daran und steigt mit allen vieren in den Napf, wo es so lange frißt, bis ihm das letzte Stück mit einem lauten Rülpsen aus dem Maul fällt.

»Das kann er nachmittags fressen«, sagt Frauchen. »Junge Hunde müssen ja sehr häufig...« Sie schweigt, denn etwas sehr Merkwürdiges ereignet sich. Als sie die Hand nach dem Napf ausstreckt, greift sich das Bündel blitzschnell das herausgerülpste Stück, klettert aus dem Napf, wackelt zu Weffi, der sich auf sein Mittagsschlafkissen zurückgezogen hat, und legt ihm den Bissen hin. Es wedelt vergnügt-demütig mit dem Stummelschwänzchen, während Weffi die Gabe würdevoll verzehrt und sich anschließend sogar herabläßt, das Bündel nach weiteren Schabefleischbröckchen abzusuchen, die ihm überall im Fell hängen.

Die Mama hat Tränen in den Augen: »Er schläft natürlich bei mir!« erklärt sie zusammenhanglos. Worauf wir uns zu Tisch setzen. Wenn wir aßen, blieb bisher Weffi auf seinem Kissen am Kamin, weil ihm Betteln bei Tisch verboten ist. Aber plötzlich hält er dieses Verbot offenbar für aufgehoben und sitzt da wie ein Steiff-Tier, den Kastenbart mit dem schwarzen Steckkontakt der Nase und den stillen, nußbraunen Augen hypnotisierend auf das Menschenfressen gerichtet. Hinter ihm hat sich – obwohl bis zum Platzen gefüllt – das Knäuel aufgebaut und imitiert den großen Bruder. Aber schon bei der Suppe fallen ihm die Augen zu, und kurz darauf fällt die ganze Miniaturausgabe auf die Seite. Dann beginnt es so laut zu schnarchen, daß sich selbst Weffi indigniert umdreht.

Währenddessen interviewen wir Frauchen und erfahren, daß es sich bei Peterle um eine – auch im Anschaffungspreis – hochfeudale Sache handelt und außerdem um einen Kleinpudel, was ein Mittelding zwischen Zwerg- und Mittelpudel sei. Alter zwölf Wochen. Dann folgt eine Reihe von Ernährungsvorschriften, die von der Mama mit tiefer Sandrock-Stimme als ›verstiegener Modequatsch‹ bezeichnet werden. »Heute nachmittag kaufen wir ein Paket Welpenfutter und dazu viel Milch. Damit haben wir alle unsere Hunde großgezogen!« Es schließt sich eine teilweise hitzige Diskussion über Hundeernährung an, die sich über unseren Braten mit Beilagen bis zum Kompott erstreckt. Während dieser Zeit kassiert Weffchen die Fettränder und Knorpel mit gesenkten Garbo-Wimpern, zitternden Fellhosen und einem wollüstigen ›Aaaahhh‹, das aus Dankbarkeit und befriedigter Freßlust kombiniert ist. Die Mama beugt sich zu dem schnarchenden Bündel hinunter und nimmt es in den Arm: »Mein süßes, kleines Kerlchen! So klein und schon ohne Mutti! Ich muß dich leider wecken, aber gleich kannst du weiterschlafen.«

Ich stelle fest, daß das Veilchenauge geradezu erschreckend ausgeschlafen und damit beschäftigt ist, von Omas Trachtenjacke einen Silberknopf abzumontieren, aber von ihren großmütterlichen Gefühlen umwallt wie Genoveva von ihren Haaren, merkt sie das gar nicht, sondern verschwindet in ihrem Zimmer. Wir hören, wie sie die Tür hinter sich schließt, und starren uns mit offenen Mündern an. »Hast du das gehört? Sie macht die Tür zu!« sagt das Frauchen. »Das hat sie noch nie getan, weil sie doch angeblich alles hören muß, was im Haus vorgeht!«

»Hast du gesehen, daß sie wieder ganz normal gegessen hat?«

»Ja«, sagt das Frauchen, »von dir ganz zu schweigen, Weffi!« Wir knien uns beide vor ihn hin und streicheln ihn: »Wir sind so glücklich, daß du wieder Fresserchen machst und daß du dein Brüderchen so lieb hast! Brüderchen! Immer lieb sein! Und du bist ja trotzdem der Beste und der älteste! Und Brüderchen ist noch sooooo klein!«

Bei ›Brüderchen‹ hebt er den Kastenbart in Richtung auf Omas Zimmer.

»Ja«, sagt Frauchen, »da ist Brüderchen jetzt und schläft ganz fein artig mit Oma!«

In diesem Augenblick gibt es dort einen Krach – oder vielmehr ein ganzes Bündel von Krächen. Dazu einen Entsetzensschrei unseres Schloßgeistes. Wir stürzen in ihr Zimmer und sehen sie mit aufgerissenen Augen auf ihrer Couch sitzen. Der völlig ausgeschlafene und zu unglaublicher Aktivität erwachte Peter ist wie ein junger Kater auf der Lehne ihrer Couch entlangbalanciert und in ihr Familienheiligtum eingedrungen. Das heißt, er hat einen neben ihrer Couch stehenden Tisch erstiegen, auf dem sowohl die Großeltern wie ich als Baby, Schuljunge, Einsegnungsjüngling mit Kneifer und langer Hose und in allerhand sonstigen Situationen eingerahmt stehen. Mittendrin ein Licht in Form einer kugelförmigen Honigkerze. Auf diese Kugelkerze hatte Peters Auge es abgesehen und – um dahin zu gelangen – den gesamten Wald aus Bilderrahmen und Nippes (darunter mein altes Sparschwein aus Ton) umgelegt. Das Schwein ist heruntergefallen, zerbrochen, und auch der Silberrahmen um Großmama hat sich aufgelöst. Peter saust mit der Kerze, die er geschickt beim Docht gepackt hat, an Oma vorüber, überschlägt sich zweimal in der Luft, landet auf den Füßen und prescht um die Ecke ins Speisezimmer. Wir trösten, leimen Sparschwein und Rahmen und bringen die Mama zur Ruhe. »Nehmt ihm bloß die Kerze weg«, jammert sie, »wenn er das Zeug frißt, kann er sterben.« Wir versprechen es und gehen aus dem Zimmer. »Laßt die Tür auf«, ruft sie hinter uns her, »ich will wissen, was mit ihm ist!«

Im Speisezimmer finden wir den offenbar völlig kindisch gewordenen Weffi mit der Zerlegung der Kerze beschäftigt. Die einzelnen Stücke spuckt er aus, und das Bündel – glühend vor Lernbeflissenheit – kaut die kleinen Stücke noch kleiner und spuckt sie dann, genau nach Vorbild, ebenfalls aus. Ich gebe Weffi eins hinter die Ohren und entreiße ihm die Kerzenruine: »So alt und so albern!« Er sieht mich trotz des Klapses aus großen, glücklichen Augen an und wedelt. »Na ja«, sagte ich, »ist ja gut. Besser, als wenn du so als Tränentier 'rumschleichst.« Ich streichele ihm den langen Kopf und bringe dann der Mama die Überbleibsel: »Hier hast du den Rest, den dir deine Lieblinge gelassen haben. Wenn der schwarze Deubel erst erwachsen ist, kauf' ich dir 'ne neue Kerze. Und jetzt wird geschlafen. Basta!«

Damit mache ich ihre Tür zu und gehe, gefolgt von

Weffi und dem Bündel, nach unten. Das Bündel fällt die Treppe zum größten Teil sehr geschickt hinunter, aber zwischendurch gelingt ihm auch schon ein Hopser.

Unten im Garten, während die beiden einträchtig Pusteblumen abmontieren, setze ich mich neben Cokkis Grab. Susanne erscheint, blaß und lieblich in einem neuen Anlauf, ihr Herz auszuschütten, gibt es aber auf, als sie das Bündel entdeckt: »Ach, ist der süß!« sagt sie. »Darf ich ihn mal 'rübernehmen?«

»Natürlich, nur gib ihm nichts zu fressen.«

Weffi, der etwas vom Fressen gehört hat, folgt Susanne mit erhobener Nase, und so bin ich endlich mit meinem Cockchen allein. Vor dem Hollerbaum stehen Schwebefliegen, im Flieder summt es von Bienen, und überall sind Pfauenaugen, Zitronenfalter und Kohlweißlinge am Werk. Der Himmel ist tiefblau, sehr hoch und voll kleiner Lämmerwölkchen, Pflastersteine aus zerrupfter Himmelswatte.

Ich streichele, ganz eingesponnen in die schläfrig summende Stille, den sonnenwarmen Hügel neben mir. »Mein kleiner Löwe«, sagte ich, »es ist nicht zu fassen, daß du da unten liegst. Und du liegst ja auch gar nicht da, ist ja Quatsch. Ich fühle ganz deutlich, daß du jetzt um mich bist, mein Löwechen. Weißt du noch, wie ich dich aus der Hundehandlung holte, aus dieser Räuberhöhle, vor der du, mit deinen traurigen Goldaugen, an einer Strippe angebunden, im strömenden Regen saßest? Und wie du später über alle Zäune sprangst und das Filet aus dem Eisschrank der Metzgerei klautest? Und wie du, kaum daß wir hier eingezogen waren, zwischen den beiden Foxln von dem guten

Onkel da drüben Ordnung schafftest? Du watscheltest mit deinen dicken Latschpantoffelfüßen einfach hinein, packtest das Männchen am Genick, warfst es ins Gebüsch, vergewaltigtest die Hündin, die es gar nicht fassen konnte, daß ihr dieses Glück in ihrem hohen Alter noch mal widerfuhr, fraßest beiden die Näpfe leer, legtest eine Wurst auf die Türschwelle und gingst stolz von dannen. Ach, mein liebes, stolzes, starkes Löwechen, jetzt habe ich doch wieder Wasser in den Augen, und ich dachte, daß ich über deinen Tod alle Tränen geweint hätte, die ein Mann überhaupt in aller Stille und Verborgenheit weinen kann... Ja, also – mein Löwechen, wir haben da plötzlich einen neuen Hund, dieses schwarze Bündel, den neuen Peter. Nach dem Peterchen haben wir ihn genannt, der dich anbetete und den dann der Lastwagen totfuhr. Ein Peterchen wie deines wird es nie wieder geben, wie es nie wieder einen Cocki geben wird wie dich. Aber wie gesagt, es ist ein neues Peterle da. Was draus wird, weiß kein Mensch, aber der Weffi ist wieder jung geworden, und vor allem deine gute Oma, dein Stullendampfer, dem immer zur rechten Zeit ein Stück Fleisch über Bord fiel – sie ist auch wieder froh. Ich weiß, daß dich das mehr freut, als wenn sie dir jetzt schon nachgefolgt wäre. So kann sie noch ein Dutzend Jahre und mehr das Leben genießen und über ihre Kinder und Hunde seufzen. Ich wollte dir's nur erzählen und dich bitten, Frauchen nicht böse zu sein. Ich brauche mich nicht bei dir zu entschuldigen, denn ich selbst habe noch keinen neuen Cocki, und wer weiß, ob ich ihn je finde. Das Bündel ist Frauchens Hund, das weiß ich jetzt schon, und ich gehöre für ihn nur zur Einrichtung. Das Weffchen ist in seiner unendlichen Güte schon halb nicht mehr von dieser Welt und dem lieben Gott vielleicht näher als wir alle. Also sind wir beiden ganz ungestört, du da unten und ich hier oben!«

Ein Schatten fällt über mich. Ich blickte auf: es ist Frauchen, und ich habe das peinliche Gefühl, daß sie die Tränenspuren auf meinem Gesicht bemerkt hat. Natürlich läßt sie sich nichts merken und fragt nur, wo die Hunde seien.

»Susanne hat das Veilchenauge mit 'rübergenommen, weil sie es so süß findet, und Weffchen ist hinterhergelaufen, falls es drüben was zu fressen gibt.«

In diesem Augenblick erscheint Susanne schon wieder, mit Veilchenauge auf dem Arm: »Mami findet ihn goldig! Aber sie hatte gerade die Abrechnungen für Vatis Steuererklärung vor, und ihr wißt ja, dann ist sie immer ganz nervös, und Peterchen hat – als sie ihn auf den Schoß nahm – das Paket mit den Arztkosten erwischt und ist damit unter die Couch gesaust. Mami hat die Couch hochgehoben, und ich bin druntergekrochen. Er war schon am Zerreißen, aber es läßt sich noch kleben. Und dann wollte er die Büroklammer 'runterschlucken, wir haben sie ihm aber aus dem Mäulchen gerissen, und dann hat er sich in einer Sprungfeder mit dem Hinterfüßchen verheddert und dermaßen geschrien, daß wir dachten, der Fuß ist ausgerenkt! Aber er kann schon wieder laufen. So dachten wir, wir bringen ihn lieber zurück!«

Sie setzt das Bündel vor uns ins Gras, und es beweist, daß es tatsächlich noch laufen kann, indem es Weffchen, der still gefolgt ist, in den Bart fährt. Weffi wehrt ihn mit der Pfote ab, das Bündel fällt auf den Rücken und gräbt seine nadelspitzen Zähne in Weffis Pfote. Weffi dreht den Störenfried abermals um, so daß er wieder auf dem Bauch liegt, und tut dann etwas ganz Verblüffendes: er setzt sich einfach auf das Peterle. Das quietscht und windet sich unter ihm, aber Weffchen hechelt uns nur glücklich an: der Störenfried ist unschädlich gemacht. Wir lachen schallend, Susanne auch. Dann erstarrt ihr Gesicht, als erschrecke sie über etwas Unziemliches, und plötzlich schießen ihr die Tränen in die Augen, sie dreht sich um und läuft in ihr Haus zurück.

Während ich ihr verblüfft nachsehe, nimmt Frauchen das quietschende Bündel unter Weffis Po weg und auf ihren Schoß. Dort beginnt sie, ihn abzusuchen. Weffi setzt sich neben sie ins Gras und treibt Pediküre an seinen rosa Zehen. Für einen Augenblick ist es wieder so still, daß man die Bienen summen hört.

»Ist dir nicht aufgefallen«, fragt das Frauchen, »daß Marc die ganzen letzten Wochen nicht mehr zusammen mit Susanne hierher 'rausgekommen ist?«

»Ja.«

»Du wirst dich da einschalten müssen.«

»Wieso? Man soll sich nie in eine Ehe mischen. Entweder einigen sie sich auf meine Kosten und danken es einem nie, oder es geht schief, dann ist man schuld dran, daß sie sich nicht einigen. Außerdem habe ich noch eine kleine Nebenbeschäftigung.«

»Das möchte dir so passen, du dickes Biest«, sagt das Frauchen, »glaubst vielleicht, du könntest dich verkriechen...«

»Na, erlaube mal«, beginne ich entrüstet und sehe dann, daß sie einen dicken Floh gemeint hat, den sie befriedigt auf einem Stein zerknackt.

»Schließlich«, sage ich, »gibt es in jeder jungen Ehe Anpassungsschwierigkeiten.«

»Leider ist es mehr als das. Ein ganzes Nest von Flöhen unter der Achsel.«

»Ein – ach so, das ist wieder Peterchen!« Es ist eine bemerkenswerte Eigenschaft meiner Gefährtin, über zwei grundverschiedene Themen gleichzeitig zu sprechen und sie fugisch miteinander zu verschlingen. So fährt sie denn ganz unbefangen fort: »Susanne war gestern bei mir und hat mir ihr Herz ausgeschüttet. Marc hat ein Verhältnis mit irgendeinem Weib, dem er augenblicklich ein Haus baut. Reiche Witwe, Langeweile und Bosheit – so ein schwarzes Luder. Wenn er sie frißt, besteht nämlich die Gefahr, daß er Bandwürmer bekommt.«

»Das wäre der Witwe ganz recht, aber wieso bekommt Marc Bandwürmer von ihr? Hat sie einen?«

»Du solltest keine Witze über so was machen. Außerdem weißt du ganz genau, daß ich die Flöhe meine und daß ein Hund nur Bandwürmer bekommen kann, wenn er Flöhe frißt. Du mußt mit Susanne sprechen und mit Marc auch. Vor allem aber mit Susanne. Du weißt, wie die Mädels an dir hängen und daß du noch immer ihre letzte Zuflucht bist.«

Seufzend stehe ich auf: »Na, dann will ich mal 'reingehen und wenigstens meine Fernsehszene noch zu Ende schreiben, das hätte ich Marc übrigens nie zugetraut. Ich hielt ihn immer für 'ne nette Flasche.«

»Eben, weil er eine Flasche ist, ein Schwächling und

Muttersöhnchen, deshalb tut er's. Ein wirklicher Mann macht sich nicht so billig, weil er's nicht nötig hat.«

»Natürlich.« Ich bemühe mich, es möglichst überzeugend klingen zu lassen. »Weiß es Addi?«

»Ja.«

»Na und?«

»Sie ist natürlich todunglücklich.«

»Und Teddy?«

»Ahnt nichts. Für sein Herz wäre das viel zu gefährlich.«

»Na, dann werde ich mal 'reingehen.«

Drinnen im Hause aber fängt mich die Mama mit bedeutsamem Augenrollen ab: »Der Marc ist da! Ich habe ihn in dein Arbeitszimmer gesetzt! Sieh zu, daß du ihn bald loswirst, diesen miesen Kerl. Hättest du dich bloß nicht so eingelassen mit diesen ganzen Sachen.«

»Ja, ich weiß, Mulleken.«

»Ich habe es dir schon vor drei Jahren gesagt, als die Bentlers auf Urlaub fuhren und wir die Mädels auf dem Hals hatten!«

»Du hast es mir schon vor drei Jahren gesagt – aber wer hat sich damals am meisten die Beine ausgerissen, du oder ich?«

»Du natürlich. Ich hab's doch nur getan, weil man sie sich ja nicht einfach selber überlassen konnte.«

»Eben.« Ich gebe ihr einen Kuß und öffne die Tür zum Arbeitszimmer.

3

Marc sieht wieder sehr sorgenvoll aus und rührt mich, wie jedesmal, wenn ich ihn treffe, denn mit seinem verwuzelten schwarzen Haar und der dicken Brille erinnert er mich an den einzigen Freund meines Lebens, Mäxchen, den die Erde deckt, seit über dreißig Jahren schon. Eine unglückliche Liebesgeschichte drückte ihm den Revolver in die Hand.

»Ich sehe, ich störe Sie, Colonel«, sagt Marc. (Den ›Colonel‹ hat er von den Mädels übernommen, aber er siezt mich, obwohl ich ihn duze und auch ihm das Du angeboten habe. Ich nehme es ihm nicht übel, denn ich weiß, daß dieses ›Sie‹ nur verklemmte Schüchternheit ist.)

Er schmeißt sich in den Sessel, streckt die Beine von sich und polkt gedankenverloren an seiner Lippe.

Ich knurre statt einer Antwort und sortiere mein Manuskript, wobei ich ihn aus den Augenwinkeln beobachte. Unwillkürlich vergleiche ich ihn mit Margots Freund Buddy. Der läßt sich nicht die Butter vom Brot nehmen, nicht mal von Margot, obwohl ich weiß, wie tief er sie von frühester Jugend an liebt. Hat sich während eben dieser Jugend mit einem Stall voll Brüdern und Schwestern herumbalgen müssen, und das hat ihm die schützende Härte verliehen.

Dieser hier aber, Marc, ist etwas ganz anderes. Einziger Sohn einer reichen, verwitweten und diktatorischen Mutter, vergöttert und verwöhnt, Treibhauspflanze. Und doch nicht nur. Es wäre ungerecht, ihn damit abzutun.

Jetzt stößt er mit einer seiner merkwürdig vogelähnlichen Bewegungen den Oberkörper nach vorn: »Wissen Sie, warum ich komme?«

»Ich bin kein Gedankenleser.«

»Dann will ich es Ihnen sagen, Colonel (meinen Spitznamen spricht er so, als spucke er die einzelnen Silben aus), weil ich es nicht mehr hören kann: Der Colonel hat gesagt! und: Wenn das der Colonel wüßte –. Es kotzt mich an, Colonel, und da bin ich denn gekommen, damit Sie es wissen, aus meinem eigenen Mund: Ja, ich schlafe mit einer anderen Frau, weil – weil – es geht einfach nicht anders. Was sagen Sie nun?«

»Ich sage: 'runter von dem Pferd, mein Junge. Es schickt sich einfach nicht, so hoch zu Roß in die Bibliothek eines friedlichen älteren Herrn geritten zu kommen.«

Er stutzt, wiederholt mechanisch: »'runter von dem...«

Dann versucht er zu lachen und schafft es, einen Moment wieder wie er selbst auszusehen. Eine Sekunde später ist sein Lachen zu einem jammervollen Grinsen zerflossen: »Soo schlimm bin ich nun auch wieder nicht!« (Pause) »Sagten Sie was?«

»Nein.«

»Immerhin glaube ich doch einigermaßen bewiesen zu haben... Schauen Sie, Colonel (diesmal spuckt er die Silben nicht), ich meine, was war ich denn, bevor ich Susanne traf: ein Muttersöhnchen im goldenen Käfig, dem zu gegebener Zeit sogar die Frau von Mamachen ausgesucht werden würde. Ganz zu schweigen vom Beruf: Du brauchst keinem nachzulaufen, das ist mein Stolz. Ich habe schon mit X und Y gesprochen.

Sie werden dir Aufträge besorgen, das ist das mindeste, was sie für das viele Geld tun können, das sie an mir verdient haben!«

»Sie hat es sicher gut gemeint, deine Mutter.«

»Ja – ja, ja! Alle meinen es so schrecklich gut. Futternäpfchen schon gefüllt, frisches Wasserchen, und nun besorgen wir dir noch ein nettes Frauchen. Der Mensch als Wellensittich!« Er springt so plötzlich auf, daß ich zusammenfahre: »Aber ich habe es mir selber ausgesucht – das liebe Weibchen. Sie wissen ja, was für Kämpfe es Susannes wegen gab. Zunächst war Susanne für meine Mutter nichts anderes als ein raffiniertes Frauenzimmer, das hinter meinem Geld her war. Tochter eines Waschmaschinen-Vertreters – pah! Bis ich ihr klarmachte, daß ein Vertreter ein Mensch sei, der sich sein bißchen Geld selber und ehrlich verdienen müsse und deshalb weit über mir stehe – und über ihr. Was wir denn bei Licht besehen seien: Parasiten, Nutznießer eines blinden Zufalls, nämlich, daß Papa sehr viel Geld, aber nicht immer ganz ehrlich verdient habe.«

»Wie reagierte die Mama?«

»Erst haute sie mir eine 'runter, und dann schmiß sie die zwanzig Kilo schwere Bronzebüste von Papa in den Kristallspiegel. Eine erstklassige sportliche Leistung, wie Sie zugeben müssen.«

»Erstklassig – und was tat sie dann?«

»Etwas viel Gefährlicheres: sie ließ mich Susanne mitbringen. Die Fortsetzung kennen Sie ja. Sie haben sie selber mitgemacht.«

Und ob ich es mitgemacht hatte!

Die Mutter drehte nach der ersten Aussprache unter

vier Augen mit Susanne um hundertachtzig Grad bei. Ich hatte das zweifelhafte Vergnügen, Marc während dieser Aussprache bei mir zu verwahren. Er benahm sich, als ob Susanne das erste Kind bekäme, und wütete derart unter meinen Alkoholvorräten, daß er stockbetrunken war, als die Mutter schließlich bei mir anrief. Ich mußte ihn hinfahren und in einem scheußlichen Salon warten, bis er endlich aus den Gemächern wieder zum Vorschein kam.

Noch jetzt sehe ich ihn, wie er damals mit der Klinke in der Hand vor mir stand und nur immer den Kopf schüttelte wie ein betrunkener Rabe. Ich nahm ihm die Tür aus der Hand, schloß sie und feuerte ihn in einen Stuhl.

»Es sind schon andere Söhne vor dir enterbt worden«, tröstete ich ihn, »und sie haben trotzdem ...«

Er tauchte für einen Moment aus seinem Alkoholnebel auf: »Was heißt hier enterbt – sie sind ein Herz und eine Seele!«

»Wer?«

»Mutter und Susanne! Ich werd' verrückt!«

Er wurde nicht verrückt, sondern fiel statt dessen mit dem Kopf auf den Tisch und schlief ein. Gleich darauf erschienen Mutter und Susanne. Die Mutter glich der seligen Adele Sandrock. Während sich Susanne mit dem Aufschrei: »Mein armer Liebling!« um Marc bemühte, fühlte ich mich von Adele gemustert.

»Ich habe eine ganze Reihe Ihrer Bücher gelesen«, sagte sie und zählte vier Titel auf. Drei davon waren von anderen Autoren, aber ich zeigte mich gebührend geschmeichelt. Dann bemerkte sie, die rührende Gruppe mit einem ironischen Blick streifend: »Susanne, dieser Mensch ist einfach betrunken. Das ist er immer, wenn es brenzlig wird.« Sie musterte mich streng: »Sie hätten seinen Vater kennen sollen! Als ich mit Marc niederkam, waren wir in Liberia. Mein Mann und eine Negeramme haben mich entbunden. Ich weiß nicht, wo Marc diese Weichheit her hat.«

Ich murmelte etwas von Vererbungssprüngen und erkundigte mich schüchtern nach den Großvätern.

»Ja«, meinte Adele, »vielleicht haben Sie recht. Der Großvater meines Mannes war Dirigent – einer Kurkapelle, zwanzig Jahre lang und immer in Kissingen. Das kommt gleich nach Gehirnerweichung.« Sie faßte mich erneut streng ins Auge: »Um so glücklicher bin ich, daß er nicht irgend so einem modernen Frauenzimmer in die Hände gefallen ist, die Kieselherzen haben und nur noch an gewissen Körperstellen Weiber sind. Statt dessen habe ich eine Tochter hinzugewonnen. Sie entschuldigen mich jetzt bitte – wir beiden Frauen werden diesen Menschen ins Bett bringen. Empfehlen Sie mich Susannes Eltern, es wird mir ein Vergnügen sein, sie bald aufzusuchen.«

Kurz darauf ereignete sich die zweite Sensation: Marc wurde an Susanne zu einem energischen, ja aufrührerischen Mann, was eine Reihe – teilweise nicht druckfähiger – Kommentare im trauten Familienkreis auslöste. Der noch salonfähigste wurde von Addi geliefert und ging dahin, daß bei Susanne ein gewisser Mangel an Intelligenz offenbar durch anderweitige Begabungen aufgewogen werde. Das wiederum nahm Margot übel, die bei diesem Gespräch zugegen war und sich sofort zum Beweis dafür erbot, daß auch eine intelligente Frau diese anderweitigen Begabungen entwickeln könnte.

Sie wurde – unter Hinweis darauf, daß sowohl sie wie ihr Buddy noch zahlreiche Semester zu studieren hätten – beschworen, diesen Beweis in Grenzen zu halten. Man glaube ihr die betreffenden Begabungen ohne weiteres, was schon daraus hervorgehe, daß sie einen so notorischen Windhund und Schürzenjäger wie Buddy dermaßen fest an ihrer Wagendeichsel vertäut habe.

Marcs Mannwerdung hatte sich vor allem darin geäußert, daß er aus dem mütterlichen Haus auszog und sich von seinem gesamten väterlichen Erbe ein eigenes, hypermodernes baute, sehr zur Freude Susannes und zum fassungslosen Entsetzen Adeles, die besonders Susanne für diese Wendung verantwortlich machte und jeden Verkehr mit den beiden abbrach.

Ja, und nun sitzt er vor mir, der gute Marc, und polkt an seiner Lippe.

»Cognac?« frage ich.

»Nein, danke, Colonel. Hab' schon genug heute.«

»Also dicke Luft.«

»Zum Schneiden. Sie wissen natürlich durch die Frauen genau Bescheid.«

»Ich habe nicht mehr gehört als ein Gemurmel. Was ist los?«

Er lächelte schief: »Also – ja – als Architekt hat man's nicht leicht, wie jeder im freien Beruf.«

»Weiß ich. Weiter. Langt's nicht mit dem Geld?«

Die Schweißtropfen stehen ihm auf der Stirn, wie ich mit verwundertem Mitgefühl feststelle: »Mit Geld hat es wohl zu tun, aber es ist umgekehrt ...«

»Hast du zuviel? Dann könntest du mir gleich mal drei Mille pumpen, ich ...«

»Nein, nein – Colonel! Ach, es hat ja keinen Sinn, drumrum zu reden. Also – ich bin, wie Sie wissen, bei Rüttger und Söhne als fester Mitarbeiter, aber nur mit einem kleinen Fixum. Dafür habe ich die Klausel im Vertrag, daß ich direkte Aufträge annehmen kann, vorausgesetzt, daß Rüttger den Bau bekommt. Das Architektenhonorar kann ich dann für mich behalten.«

»Verstehe.«

»Na, und nun haben mir vor zwei Monaten Freunde einen Auftrag zugespielt, das neue Haus von Stefanie Koller – Sie wissen, wer das ist?«

»Keine Ahnung.«

»Koller und Schütte, Keks, Pfefferkuchen, Teegebäck – der alte Koller ist vor einem halben Jahr gestorben, der alte Schütte schon vor zwanzig Jahren. Koller hatte die Firma ganz übernommen, aber den Namen nicht geändert.«

»Na und?«

»Na, und der Koller hat eine ziemlich junge Frau hinterlassen. Stefanie, zweiunddreißig Jahre. Dunkel. Bildschön. Sie kann mir natürlich niemals das sein, was mir Susanne ist, und...«

»Und trotzdem hast du...«

»Sie müssen mich richtig verstehen, Colonel. Dieser Auftrag – abgesehen vom Geld –, das Haus und die Inneneinrichtung kommen durch ihre Beziehungen in die *Dame* und *Film und Frau* – das bedeutet für mich künftig doppelte Honorare und doppelt so viele Aufträge, und Susanne hätte jeden Grund...«

»Wodurch weiß es Susanne?«

»Sie vermutet es nur. Sie hat zwei Kinobilletts gefunden, die ich in einer Jacke vergessen hatte.«

»Man vergißt immer etwas in seiner Jacke«, sage ich düster. »Und wie geht's nun weiter?«

»Ich habe natürlich versucht, ihr alles auszureden, und Stefanie hat sie auf meinen Wunsch eingeladen, damit Susanne sich selbst überzeugen kann, daß alles ganz harmlos ist. Sie – ich meine Stefanie – war ganz entzückend zu Susanne und hat ihr Komplimente gemacht...«

»Ich habe auch nicht erwartet, daß sie ihr zwei verrammelte Betten zeigen würde, verdammt noch mal! Das Luder ist raffiniert.«

»Welches Luder?«

Ich gebe ihm meinen kältesten Eisblick: »Gibt es in diesem Fall zwei Luder?«

Er wird blutrot: »Natürlich nicht...«

»Na also. Lausige Situation, in die du dich da hineinmanövriert hast.« Ich stehe auf: »Jetzt werde ich mal einen nehmen.«

»Ich auch – wo's endlich 'raus ist!« sagt er hinter mir, als ich die Schranktür öffne. Wir nehmen jeder einen, lassen die Flasche sicherheitshalber neben uns und zünden uns Zigarren an.

Ich merke, wie er mich prüfend von der Seite mustert: »Sie haben eben gesagt, ich sei in eine lausige Situation geraten. Wieso nennen Sie diese Situation lausig?«

»Weil wir Männer uns immer idiotisch vorkommen, wenn sich uns eine schöne Frau anbietet und wir ihr sagen müßten: Nein, danke, ich bin meiner Frau treu!«

In seinen Augen glimmt Hoffnung: »Sie sagen ›müßten‹ – meinen Sie, daß die meisten Männer das nicht fertigkriegen?«

»Genau. Obwohl gerade das idiotisch ist und nicht das andere.«

Sein Gesicht verdüstert sich wieder: »Warum?«

»Weil unsere Weigerung anständig und selbstverständlich wäre und weil sie einer Frau mit Charakter nur imponieren würde. Offenbar hat deine Stefanie aber keinen.«

Diesen Ausfall mache ich absichtlich, um zu sondieren, wie tief die Sache mit ihm geht. Er wird blutrot und würgt gewaltig. Also sitzt es ziemlich tief. Schlimm.

Jetzt wird er sogar aggressiv: »Meine Frage ist vielleicht unverschämt, Colonel – aber waren Sie mal in einer ähnlichen Lage?«

»Deine Frage ist wirklich unverschämt. Aber damit du nicht glaubst, ich kneife: zweimal.«

»Ah! Und wie haben Sie reagiert?«

»Das einemal war es die Frau eines Freundes. Junge, und was für eine Frau!« Ich schließe die Augen und sehe ihr Gesicht vor mir, die Augen – den Mund, diesen verrückt schönen Mund. »Von dieser Frau...«, entfährt es mir, »habe ich den schönsten Kuß meines Lebens bekommen.«

Als ich die Augen erschrocken wieder aufmache, sehe ich, daß Marc nur noch auf dem Stuhlrand sitzt: »Und weiter – was passierte dann?«

»Dann sagte ich ihr, daß sie eine wunderbare Frau und meine größte Versuchung sei – aber leider die Frau meines Freundes.« – »Und sie?«

»Sie brachte das Kunststück fertig, mich nicht zu hassen, sondern mir eine gute Freundin zu bleiben.«

Sein Blick wird verächtlich: »Zwei Edelmenschen also.«

»Keineswegs, *my boy*, sie konnte schließlich nichts anderes als gute Miene zur Enttäuschung zu machen, und mir tat's hinterher leid.«

Er ist einen Augenblick verblüfft, lacht. »Und beim zweitenmal?«

Ich seufzte: »Beim zweitenmal kam gerade eine Tante zu Besuch. Gott sei Dank hatte die Wohnung einen Hinterausgang. Damit ist die Fragestunde beendet, und hör auf mit deinem hysterischen Gewieher! Wie ist Susanne nach diesem Besuch bei deinem Vamp?«

»Besänftigt, aber noch argwöhnisch.«

»Wie lange dauert der Bau noch?«

»Drei Monate.«

»Und dann hängst du sie ab?«

Sein Zögern dauert nur einen Sekundenbruchteil, aber es entgeht mir nicht: »Natürlich hänge ich sie dann ab.«

»Hm. Sag mal, Marc – da wir schon mal unter uns Männern sprechen, wie sah es eigentlich mit deinem erotischen Vorleben aus?«

Er errötet: »Nun – normal.«

»Das hoffe ich. Aber – hattest du längere Verhältnisse oder kürzere?«

»Ja – das kann man eigentlich nicht sagen –, es war da mal eine kurze Sache mit der Zofe von Mama, aber sie hat es gleich gemerkt, die Mama, und hat das arme Mädel 'rausgeschmissen. Ich hab' mich aber trotzdem immer noch um sie gekümmert, bis sie sich verheiratet hat. Ja – und dann –, dann hatte ich mal so'n paar Mädels von der Straße...«

»Mit anderen Worten, du bist als ziemliches Greenhorn in die Ehe gegangen. Und jetzt fängst du bei

Kollers lustiger Witwe an, das zu lernen, was du vorher gelernt hättest, wenn du nicht so ein verdammtes Muttersöhnchen gewesen wärst!«

Er hebt den Kopf, und in seinen Augen glitzert Aufruhr: »Sind Sie nicht 'n bißchen hart, Colonel? Habe ich nicht bewiesen...«

»Du hast bisher gar nichts bewiesen, sondern nur das getan, was für einen jungen Mann selbstverständlich ist, der seine junge Frau liebt. Daß du ihrer wert bist, wirst du erst beweisen müssen.«

»Was meinen Sie damit?«

»Damit meine ich, daß nach drei Monaten die Krise kommen wird, wenn du nämlich versuchen mußt, dich von Stefanie loszureißen.«

»Sie meinen, daß sie dann gemein wird! Das würde sie auf keinen Fall, sie...«

»Ich rede gar nicht von deiner Stefanie, sondern von dir, mein Junge. Du wirst viel weniger mit ihr zu tun haben als mit dir. Sie wird sich einen anderen Architekten suchen, der ihr die Terrasse umbaut. Aber du, mein Lieber, du wirst beweisen müssen, daß du ein Mann bist. Ich weiß, daß es verdammt schwer für dich sein wird. Mach dir darüber keine Illusionen! So ein Unterricht, mein Junge, der bindet, der sitzt im Blut wie ein Fieber. So was ist wie Krebs, der seine Metastasen von unterhalb der Gürtellinie bis ins Gehirn und Herz schickt. Das mußt du 'rausreißen – mit Stumpf und Stiel!«

Ich schweige und trete ans Fenster. Noch einmal hole ich tief Atem: »Es ist dir klar, mein Junge, daß wir bisher ziemlich um den heißen Brei herumgegangen sind.«

Er blickt auf, argwöhnisch und böse: »Sind wir das?«
»Das sind wir. Weißt du überhaupt, was es bedeutet, daß dir da ein junges Weib in die Hand gelegt wurde, mit Leib und Leben? Weißt du überhaupt, was das ist?«
»Ja, ein reizendes, aber primitives Geschöpf, das mich für seine Brut und Sicherheit braucht. Wenn ein bißchen Spaß dabei ist, schadet's nicht. Ich muß aufpassen, daß ich nicht zweckentfremdet werde. Sie sehen aus, als wollten Sie mir jetzt einen Kinnhaken geben – genieren Sie sich nicht, Sie sind stärker und können boxen, wie ich weiß.«
»Ich boxe nicht mit Jammerlappen.«
»Und warum Jammerlappen, wenn ich fragen darf?«
»Du darfst. Weil du alles, was du anstellst, immer nur aus Angst tust. Du hast aus Angst vor deiner Mutter geheiratet und dieses Verhältnis angefangen, aus Angst, dich an Susanne zu verlieren. Und jetzt hast du so nebenbei die Reize einer verfeinerten Erotik entdeckt und glaubst, du könntest auf der Butterbrotseite einfach weiterschlittern. Zum Schluß bleibt dir immer noch die rührende Heimkehr zur unentwegt weiterliebenden Gattin. Aber glaub mir eins, derartige schamlose Rechnungen gehen nie ganz glatt auf. Hast du mal daran gedacht, wie die Nächte deiner Frau aussehen, deiner entzückenden, loyalen Frau, deren erster und einziger Mann du bist? Wie sie in deinem schlafenden Gesicht den alten Marc sucht, den richtigen Marc, und sich verzweifelt fragt: Was habe ich denn falsch gemacht? Das kann doch gar nicht wahr sein? Warum – o Gott! – Soll ich dir sagen, was du jetzt denkst?«
Er fährt zusammen, als habe ihn ein Schuß getroffen: »Wie – was – was ich denke?«

»Du denkst: Quatsch nur weiter Goldschnitt, Opa, Poesiealbum und Blümelein – kommt ja gar nicht mehr in Frage für uns Supermänner! Wir lassen uns nicht fangen, wir lassen die Peitsche über unseren Weibern knallen, und sie lecken uns die Stiefel dafür! Aber in Wirklichkeit bist du ein kleines, mieses Hähnchen, das auf seinem ziemlich erheblichen Mist kräht. – Stimmt's?«

Hündchen Veilchenauge, das sich inzwischen eingeschlichen und sich Marcs Schuhsenkeln gewidmet hat, hat seinen einen Senkel erledigt, spuckt das Ende aus und nimmt den zweiten in Angriff. Marc starrt auf seine Hände, die er so heftig ineinandergeschlungen hat, daß die Knöchel weiß hervortreten. Wie zwei selbständige Wesen sind diese Hände, sie kriechen ineinander, als suchten sie Schutz vor etwas Entsetzlichem. Aber da ist kein Schutz. Seine Stimme klingt heiser: »Es stimmt nicht ganz. Vor allem haben Sie eine Sorte Angst bei mir vergessen.«

»Und die wäre?«

»Armut – kein Geld haben. Ich – ich glaube *doch*, daß Steffi sich rächt, wenn ich... Und dann herumgehen, um einen Auftrag betteln, irgend 'ne kleine Bar umbauen oder Leute anpumpen und mir anhören müssen: ›Sie könnten sich doch mit Ihrer Frau Mama aussöhnen! Ich würde Ihnen gern – aber im Moment bin ich leider selber etwas knapp‹... Hausieren gehen, betteln und sehen, wie Susanne ihre alten Kleider wendet und mir das eine, dünne Schnitzel zuschiebt und lügt, daß sie bumssatt ist – arm! Jedermanns Beute, jedermanns Fußmatte. Kontrakte für 'n Butterbrot, nur damit 'n bißchen was 'reinkommt! Kann ich nicht, Colonel, nein

– kann ich nicht!« Er schreit plötzlich los: »Nein, will ich nicht!« Springt auf, und dann überstürzen sich die Ereignisse.

Er springt auf, kippt in seinen entsenkelten Schuhen nach vorn und fällt – während Veilchenauge und Weffi nach beiden Seiten wegspritzen – mit dem Gesicht gegen den Schreibtisch. Der schwere Renaissance-leuchter, der darauf steht, fällt um, poltert ihm nach und trifft ihn genau auf den Kopf. In diesem Augenblick erscheint von oben das Frauchen: »Was ist denn passiert?« Hinter ihr in der Tür das bleiche Gesicht des Schloßgeistes, die Hand vor den Mund geschlagen, in den Augen ein fahler, triumphierender Schein: Ich wußte es ja – das kommt dabei 'raus!«

Marc steht in der Gegend – auf Socken und hat eine blutige Nase. Seine Schuhe stehen noch brav unter dem Stuhl, und dazwischen sitzt das Wollknäuel. Es verdreht die Augen, krächzt, würgt und spuckt dann das zweite Metallende aus.

»Mein Gott, du Ärmster!« sagt das Frauchen. »Geh mit ihm ins Bad, Hannes. Ein Lappen mit kaltem Wasser wird das beste sein. Ich hole gleich neue Senkel.« Und zu Peter: »Was hast du denn da gemacht?« Das Wollknäuel sieht sie veilchenblau und jammervoll an und macht dann vor Angst eine Pfütze auf den Teppich. Das Frauchen nimmt ihn unter den Arm und verschwindet. Weffi besichtigt sachverständig die Pfütze, und Marc putzt sich die Nase. Er steckt das blutige Taschentuch weg und sagt dann: »Ja, da bin ich also aus den Pantinen gekippt und habe mir eine blutige Nase geholt. Das Leben ist manchmal zweifellos symbolisch.«

»Zweifellos«, sage ich.

Marc sieht unruhig zur Terrassentür: »Ich werd' mich jetzt mal dünnemachen. Ich wollte nämlich nicht, daß Susanne weiß, daß ich hier bin. Den Wagen hab' ich im Dorf gelassen und hab' mich durch die Hintertür bei euch 'reingeschlichen. Aber jetzt sehe ich jemanden drüben hinter der Gardine, das könnte Susanne sein. Vielleicht hat sie es doch gemerkt. Sie merkt ja alles.«

Er fädelt fieberhaft den ersten Senkel ein, den Frauchen brachte, während ich den zweiten einziehe. Marc ist fertig, murmelt ein hastiges Adieu und saust zur Tür, das blutige Taschentuch vor das Gesicht gedrückt. Im Augenblick, als er die Tür öffnet, steht Susanne auf der Schwelle: »Ich möchte wissen...«, beginnt sie und starrt dann mit entsetzten Augen auf sein Gesicht.

»Entschuldige bitte«, murmelt er hinter dem Taschentuch, drückt sich vorbei und rennt in Richtung Dorf. Susanne sieht ihm nach. Dann wendet sie sich mit den Augen einer angeschossenen Tigerin gegen mich: »Du hättest ihn nicht schlagen dürfen! Du kannst boxen, und er ist nur – das hätte ich dir nie zugetraut, Colonel!«

Während ich sie verdattert ansehe, packt das Frauchen sie am Arm: »Jetzt hör mal zu, Susanne, und werde nicht hysterisch...«

Aber Susanne, blaß wie eine Kalkwand in der Sonne, reißt sich los: »So geht das nicht mehr weiter, ich werde...« Und damit saust sie ab, 'rüber ins Bentler-Haus.

»Na, siehste!« sage ich zu meiner Gefährtin. »Jetzt haben wir die Bescherung. Ich hab's dir ja gesagt.«

»Ich gehe 'rüber, kläre die Sache auf und setze dieser

dummen Gans den Kopf zurecht. Das hast du nicht verdient.«

»Vielen Dank. Aber ich glaube nicht...«

In diesem Augenblick braust Teddys Wagen an unserem Fenster vorbei. Am Steuer Susanne. Anettes Augen sind starr vor Entsetzen.

»Um Gottes willen – hoffentlich passiert ihr nichts! In dieser Verfassung – wo will sie denn bloß hin?«

»In die Stadt, zu ihm natürlich. Vielleicht versöhnen sie sich auf diese Weise. Im übrigen brauchst du dich nicht aufzuregen: Kinder und Besoffene haben ihre Schutzengel. Komm, *old girl*, wir nehmen noch einen auf die Torheit des guten Willens, und dann werde ich mich endlich in Ruhe an mein Fernsehspiel setzen können.«

4

Die Ruhe dauert genau vier Stunden. Dann, als ich gerade so richtig im Zuge bin, rauscht ein alter Dreihunderter Mercedes vor unsere Tür. Ein mir nicht unbekannter grauhaariger Chauffeur rennt um den Wagen herum, reißt den Schlag auf, dem majestätisch Adele alias Marcs Mutter entsteigt. Mein Frauenvolk hat es auch gleich gemerkt und kommt die Treppe heruntergeflattert.

»Also ich rede nicht mit der Schreckschraube!« erklärt das Frauchen. »Ich habe genug!«

»Ich mache auf«, sagt die Mama.

»Nimm die Küchenschürze ab!« ruft das Frauchen

hinter ihr her, aber die Mama ist schon weg. An der Haustür hören wir Adeles Baßstimme: »Wollen Sie mich bitte Herrn Bentz melden.«

Das Frauchen stöhnt nur noch: »Sie hält die Mama für unser Dienstmädchen! Das geschieht ihr recht. Aber ich verschwinde trotzdem.« Und damit ist sie weg – durch die Terrassentür.

Ich starre auf die Tür, und mir ist gar nicht wohl. Wie benehme ich mich, wenn der alte Drachen mich gar nicht zu Wort kommen läßt, sondern seinen Schirm auf mir zerbricht, weil Susannchen ihr erzählt hat, daß ich ihren Zuckerbubi vermöbelt hätte? Hat sie übrigens einen Schirm bei sich – darauf habe ich nicht geachtet. Plötzlich bekomme ich eine Wut auf diese ganze Weiberwirtschaft, die mich nur von der Arbeit abhält. Dann klopft es an die Tür – ziemlich zaghaft. Das muß der Drachen sein. Die Mama hätte nicht geklopft. Also kann ich mir einen Pluspunkt sichern.

»Was ist denn nun schon wieder los?« frage ich unwirsch, »und seit wann klopfst du an?«

Die Tür öffnet sich, und es ist Adele, eine ausgesprochen schüchterne Adele, die von dem Anblick ›mitten im Schaffen gestörter Autor hinter Danziger Barocktisch‹ sichtlich beeindruckt ist.

Ich springe auf, zeige mich von meiner galantesten Seite, hole den Hennessy aus dem alten Florentiner Schrank, gieße ein und versichere ihr, daß ich auf das freudigste überrascht sei.

»Das ist gelogen«, erwiderte sie. »Aber den Hennessy trinke ich trotzdem, und der Schrank da ist sehr schön. Auch der Schreibtisch.«

Ich erkläre ihr, daß diese beiden und noch eine

Ulmer Meßgewändertruhe im ersten Stock die einzigen Stücke seien, die wir vor den Bomben gerettet hätten. Sie hört sich das ziemlich zerstreut an, während sie keinen Blick von meinem Gesicht läßt. Dann schießt sie in ihrem tiefsten Baß los wie ein Gangster, der durch die Jackentasche feuert:

»Als die beiden sich das Haus bauten, dachte ich, daß ich mich in Susanne geirrt hätte und sie nicht eine kleine, süße, sanfte Gans sei, sondern ein Biest, das mir doch meinen Sohn stehlen wollte, wie ich von Anfang an gefürchtet hatte. Eben war sie bei mir und hat mir alles erzählt. Danach glaube ich nicht mehr, daß sie ein Biest ist, sondern wirklich eine süße, sanfte Gans. Mein Marc dagegen ist nichts weiter als ein kleines Hähnchen, das vor Stolz hintenüber gefallen ist, weil er sich ein nettes Mädel angebändigt hat. Darauf ist er anscheinend endgültig größenwahnsinnig geworden und mit dieser Teegebäcks-Schlange in die Buntkarierten gegangen. Susannchen war außer sich, daß Sie ihm daraufhin eine geklebt haben, und beweist damit wenigstens, daß sie ihn aufrichtig liebt. Ich meinerseits möchte ihnen meinen Dank dafür aussprechen, daß Sie ihm eine blutige Nase verschafft haben! Vielleicht bringt ihn das zur Besinnung.«

»Aber ich habe ihm gar keine blutige Nase verschafft!«

»Waaas?«

Ich erzähle den wahren Sachverhalt, und sie ist sichtlich enttäuscht und verwirrt, worauf ich ihr noch einen eingieße. Sie kippt den Hennessy zerstreut hinter den mit Fischbein verstärkten Kragen und blinzelt mir plötzlich listig-hoffnungsvoll zu:

»Sehen Sie mal an, wie man sich täuschen kann! Dann ist womöglich dieses – dieses andere auch nicht wahr und ganz harmlos? Warum soll er nicht mal mit dieser Frau ins Kino gehen, wenn sie...«

»Leider nein.«

Die Säcke unter ihren Augen vertiefen sich: »Nicht?«

»Nein.«

»Sie hat mit ihm...«

»Oder er mit ihr; wie Sie wollen.«

Sie zupft an ihren Handschuhen. Erst jetzt sehe ich, daß sie welche trägt und eine abnorm große Schlangenledertasche auf ihrem Schoß liegt. Eine Weile schweigen wir. Dann sagt sie mit einem Anflug von früherer majestätischer Herablassung: »Ich werde mir den Bengel vornehmen. Es ist mir schwer genug gefallen, ihn Susanne zu überlassen. Sie haben keine Kinder und können deshalb nicht wissen, daß – ich meine, die Trennung von einem Kinde ist – ist für die Mutter erheblich schmerzhafter als die schmerzhafteste Geburt.«

»Vergessen Sie nicht, daß Susanne auch eine Mutter hat, die ihre Tochter einem Mann geben mußte, den sie im Grunde kaum kannte.«

»Frau Bentler hat zwei Kinder!«

»Dann wird sie diesen Schmerz zweimal durchmachen müssen, und bei Margot wird es noch ärger für sie sein – nach den Erfahrungen Susannes mit Marc.«

Sie sackt wieder in sich zusammen, greift tief in Gedanken nach der Flasche und gießt sich noch einen ganz großen ein. Dann, als sie wieder zu sich kommt, errötet sie und sieht ganz reizend dabei aus. Sie bemerkt meinen Blick und wird noch röter: »Verzeihen Sie einer alten Frau diese Formlosigkeit.«

»Das, was wir hier treiben, ist nur auf diese Weise zu erledigen. Kriege ich auch noch einen? Aber nur einen kleinen.«

Sie lacht und gießt mir ein: »Übrigens habe ich inzwischen wirklich Ihre Bücher gelesen. Damals, als ich es bei meinem ersten Treffen mit Ihnen behauptete, war es nur die übliche konventionelle Wichtigmacherei, die wir nötig zu haben glauben, wir (tiefster Baß), deren Leben hohl und sinnlos geworden ist. Was wollte ich noch sagen – ja, also, aus diesen Büchern kenne ich Sie so gut, als ob wir seit Jahren...«

»Gute Freunde wären.«

In ihrem Blick ist die alte Schärfe: »Sind wir es?«

»Wir sind es.«

»Dann sagen Sie mir, was Sie davon halten, daß ich mir meinen Herrn Sohn vornehmen will.«

»Gar nichts.«

»Gar nichts – und warum?«

»Weil es ihn nur noch tiefer in diese unglückselige Affäre mit der gelangweilten Witwe treiben würde.«

Nun ist sie ganz ratlos: »Aber wie kommt er denn, um Gottes willen, dazu? Wer ist dran schuld – Susanne?«

»Nein. Sie.«

»Ich???«

»Sie.«

»Wollen Sie mir vielleicht erklären, warum?«

»Gern. Zunächst haben Sie ihn daran gehindert, vor der Ehe die nötigen Erfahrungen zu sammeln.«

»Aber ich habe niemals...«

»Die Kammerzofe!«

»Sie – ach so. Hm. Weiter.«

»Gut, weiter: bei unserem guten Susannchen konnte er sie auch nicht sammeln, denn sie ist, wie ich weiß, unberührt in die Ehe gekommen. Diese Situation hat ihn gegenüber den Verführungskünsten einer reifen Frau natürlich besonders verwundbar gemacht, und jetzt hängt er an ihr – erotisch – und noch in anderer Beziehung.«

»Bin ich etwa auch daran schuld?«

»Ja.«

»Ja – ja! Immer nur ja! Junger Mann, sind Sie sich darüber klar, daß Sie schlimmer sind als mein Zahnarzt?«

»Es tut mir von Herzen leid, daß ich Ihnen – hm – einige Zähne ziehen muß. Aber wie wär's mit noch einem Gläschen?«

Sie schiebt meine Hand heftig zur Seite: »Nein, das hier ist viel zu wichtig. Ich warte darauf, daß Sie irgendeinen Unsinn reden und ich Ihnen auch mal was auswischen kann. Weiter!«

»Sie haben Marc nicht nur von den notwendigen Erfahrungen ferngehalten, sondern ihn auch fühlen lassen, daß er ein reicher Junge ist – aber nur, wenn er pariert. Goldener Käfig, mit zwei Worten. Das hat ihn zu der frühen Ehe getrieben und zum Auszug aus Ihrem Haus und zum Bau des eigenen Hauses und dazu, daß er sich dabei übernahm und nun an dieser Frau hängt, nicht nur erotisch, sondern weil er ohne ihre Empfehlungen und Honorare auf dem trockenen säße.«

Sie hat ihre Riesentasche geöffnet und sich die Nase

geputzt. Jetzt schließt sie die Tasche mit einem Knall: »Ah – das ist gut, was Sie da sagen! Es gibt also eine ganz einfache Lösung. Ich stelle ihm – ohne Bedingung diesmal – alles Geld zur Verfügung, das er braucht, ich kaufe ihn einfach los von dieser Keks-Schlange.«

»Geht nicht.«

»Nicht?«

»Nein. Tut mir furchtbar leid. Sie haben einen Punkt übersehen: im Grunde liebt er doch Susanne, das ist mir bei der Aussprache mit ihm vollkommen klargeworden. Und alles, was er angestellt hat, tat er im Grunde nur, um ihr zu beweisen, daß er auch allein weiterkommt und ein richtiger Mann ist – und kein Muttersöhnchen.«

»Muttersöhnchen – Muttersöhnchen – Sie schenken mir aber auch gar nichts, Herr Zahnarzt! Und wie soll es weitergehen – wenn alles nicht geht?«

»Zunächst sollte man meiner Ansicht nach nur abwarten. Vielleicht passiert gar nichts. Vielleicht wird der Vamp seiner müde und sucht sich ein anderes Spielzeug. Oder es passiert ganz was anderes, woran wir überhaupt nicht denken. Das Schicksal hat ja tausend Wege und tausend Türen, die es auf- und zumachen kann. Vielleicht kann man auch etwas nachhelfen, ich habe keine Ahnung, wie – aber vielleicht...«

»Das ist ziemlich lahm, Herr Zahnarzt. Muttersöhnchen! Haben Sie eigentlich noch eine Mutter?«

»Ja, Gott sei dank. Sie hat Ihnen vorhin die Tür aufgemacht – in der Schürze, was ihr streng verboten ist und was sie deshalb bei jeder Gelegenheit tut.«

»Das war – oh, das ist mir außerordentlich peinlich, und ich bitte Sie...«

»Wie konnten Sie das wissen? Ich habe also eine Mutter.«

»Und es freut mich, daß Sie meine Frage eben mit Gott sei dank beantwortet haben. Aus Ihren Büchern kenne ich sie nur als eine sehr sympathische Figur, von der ich aber leider nicht wußte, ob sie wirklich existiert. Haben Sie immer mit Ihrer Mutter gelebt?«

»Nein, erst seitdem sie ausgebombt wurde.«

»Das ist lange her. Sie verdienen gut. Haben Sie niemals versucht, den früheren Zustand wiederherzustellen und ihr eine eigene Wohnung einzurichten?«

»Inzwischen war ich alt genug, um zu verstehen, was eine Mutter ist.«

Es blitzte in ihren Augen auf: »Ah!«

»Sie hat aber nie den Versuch gemacht, mir ihren Willen aufzuzwingen.«

»Danke!« – »Bitte.«

Sie zupft an ihren Handschuhen. Dann fragt sie mich mit dem kläglichen Versuch eines Lächelns: »Glauben Sie, daß Marc – daß die beiden auch mal einsehen werden – was eine Mutter ist?«

»Da es gute und normale Menschen sind, halte ich es für wahrscheinlich... Wenn Sie warten können, bis es in Freiheit geschieht, und wenn Sie nicht versuchen, sie durch Mitleid oder sonstige Pathetik zu erpressen.«

In ihren Augen flammt es wieder auf; der Blick einer zum Sprung gekauerten Löwin. Aber es gelingt mir, diesem Blick standzuhalten, bis sie als erste die Augen senkt. »Sie haben einer alten Frau ganz hübsch die Jacke vollgehauen, junger Mann!«

»Ich bin kein junger Mann – und Sie sind keine alte Frau. Sie sind ja noch nicht mal Großmutter.«

Sie horcht diesem letzten Satz nach wie einer ganz leisen Melodie der Verheißung: »Glauben Sie, daß die beiden, wenn mal was Kleines da ist und Susanne selber Mutter ist...?«

»Wenn Sie nicht versuchen, ihnen vorzuschreiben, wie sie ihr Kind erziehen sollen.«

»Sie schenken mir aber auch gar nichts!«

»Halten Sie Lügen für Geschenke?«

»Verzeihen Sie, ich war undankbar. Ich habe Ihnen so viel von Ihrer kostbaren Zeit...« Sie steht auf. Ich küsse ihr die Hand und tue es mit voller Genugtuung: »Es war mir eine Ehre und ein Vergnügen.«

Als ich sie hinausbegleite, kommt die Mama zum Abschied herunter. Sie hat sich umgezogen und trägt die große goldene Medaille für Kunst und Wissenschaft, die mein Urgroßvater vom alten Kaiser Wilhelm verliehen bekommen hat: »Kommen Sie noch zu uns hinauf«, sagt sie. »Wir haben sicher mehr Verständnis für Ihre Probleme als mein Filius.«

Die Adele-Augen sehen mich nachdenklich an, dann wendet sie sich meiner Mutter zu: »Sie sind sehr gütig, gnädige Frau, aber Ihr Sohn hat, glaube ich, als Mann durchaus verstanden, was ich nötig hatte. Und das hat er mir in reichlichem Maße verabfolgt.« Sie hält mir noch einmal die Hand hin: »Wenn Sie sich gelegentlich überzeugen wollen, ob Ihre Medizin gewirkt hat – Sie sind immer willkommen!«

Ich öffne ihr die Tür: »Seien Sie vorsichtig, ich nehme Sie beim Wort!«

Gerade habe ich der Mama und dem Frauchen ausführlich über meine Aussprachen mit Marc und seiner

Mutter Bericht erstattet, als Susanne erscheint, eine etwas verlegene Susanne. Sie wird von den beiden Frauen mit Wermut und zarter Rücksicht behandelt, während ich mich innerlich zunehmend fuchse. Schließlich sehe ich auf die Uhr: »Kinder, es ist gleich sieben. Wir wollen Abendbrot essen, und dann will ich noch arbeiten. Ist was Besonderes, Susanne?«

Sie schlägt ein Paar Engelaugen zu mir auf: »Kannst du dir nicht denken, Colonel, daß ich neugierig bin? Ich habe inzwischen mit Mama, ich meine mit Marcs Mama, telefoniert, aber sie konnte mir natürlich nicht alles erzählen, vor allem nicht, was du mit Marc besprochen hast!«

»Aber sie hat dir doch sicher erzählt, daß ich ihm keine blutige Nase verschafft habe, sondern unser Zerreißwolf.«

»Ja, aber...«

»Na und?«

Sie sieht mich verständnislos an, errötet dann: »Ich glaube, ich muß mich entschuldigen, Colonel.«

»Gott, laß doch das Kind!« sagt das Frauchen. »In seiner Situation... Komm, mein Liebes, wir gehen 'rauf, und ich werde dir alles erzählen.«

»Dein gutes Herz in Ehren, Frauchen«, sage ich, »aber das wirst du nicht tun.« Und zu Susanne: »Ich möchte dir nämlich sagen, du kleine Gans, daß ich dein Benehmen mir gegenüber heute morgen einfach widerlich fand! Fast zwanzig Jahre deines Lebens bin ich dein Freund gewesen – oder nicht?«

»Ja.« Sie ist ganz entsetzt.

»Und das war manchmal nicht leicht für mich, wie du sehr wohl weißt.«

»Ja.«

»Und das hat mir nicht mal so viel Kredit bei dir eingebracht, daß du meine Erklärung anhören konntest? Da kann man Jahre – Jahrzehnte in einen Menschen Gutes hineinpumpen – es ist alles selbstverständlich. Aber wehe, wenn du dann einmal was tust, was vielleicht nicht nach seinem Geschmack ist. Gleich schmeißt man dich in den Mülleimer. Du erfährst heute kein Wort, schmorst die Nacht über, und morgen vormittag nach dem Frühstück kannst du 'rüberkommen, und wir werden miteinander sprechen. Das Palaver ist aus!«

Während meine eigene Belegschaft mich verwirrt anstarrt, steht Susanne auf: »Ich komme morgen, Colonel. Darf ich dir jetzt wenigstens einen Kuß geben?«

»Du weißt genau, daß das meine schwache Stelle ist, du kleines Luder.« Ich gebe ihr einen Kuß, sie verabschiedet sich von den beiden Frauen und geht.

Eine Weile bleiben wir schweigend. Dann sagt das Frauchen: »Du zitierst immer Buddha: die Güte, die herzerlösende! Das, was du eben getan hast...«

»Das, was ich eben getan habe, war das beste, was ich ihr antun konnte, und ich hoffe nur, daß es ihr eine Lehre fürs ganze Leben ist. Im übrigen ist das, was ich ihr zu erzählen habe, wie ihr wißt, keineswegs herzerlösend.«

5

Ich sitze unten in meinem Zimmer und beobachte Susanne, wie sie eine ganze Weile von ihrem Fenster aus peilt, ob ich auch allein sei. Dann ruft Addi, ihre Mutter, aus dem Obergeschoß zu uns herüber um Hilfe, der Kuchen sei ihr sitzengeblieben. Worauf ich in meinem Obergeschoß einen alarmartigen Aufbruch höre. Frauchen und die Mama rasen die Treppe hinunter und begeben sich im Geschwindschritt ins Nachbarhaus. Hinter ihnen rast, rollt und kugelt das Knäuel und wird erst an der Tür des Bentlerschen Hauses zurückgeschickt. Es sitzt eine Weile auf dem Po und brüllt, sieht sich dann um, ob ich – der dritte der Götter – nicht aufzutreiben bin, und begibt sich endlich traurig in die Wiese, die – wie mir plötzlich auffällt – irgendwie verändert ist: ein gutes Drittel aller Butterblumen ist geköpft.

Zu weiteren Beobachtungen aber komme ich nicht, denn ich sehe Susanne über den Rasen sausen. Offenbar nutzt sie die Küchentragödie aus, um das gestern zugestandene Gespräch zu halten. Das Knäuel bricht aus seinem Wiesendschungel und versucht, zugleich mit Susanne bei mir einzudringen, hat aber auch diesmal kein Glück. Worauf es wieder auf Bentlers Schwelle Platz nimmt und so lange brüllt, bis sich drüben die Tür auftut und man es hineinläßt.

Susanne und ich sehen diesem Vorgang schweigend zu. Wir sind, fühle ich, beide froh, daß wir das, was nun kommt, noch etwas hinausschieben können. Dann aber gibt es schließlich nichts mehr zu sehen. Ich stehe seufzend auf, hole den Cognac, gieße uns einen großen ein und sage: »Wir wollen's kurz machen, Susannchen.«

Sie nickt, quetscht die Hände zwischen die Knie: »Hat er es zugegeben?«

»Er hat vertraulich mit mir gesprochen.«

»Also hatte ich recht. Er hat wirklich...« Und dann schüttelt sie das Schluchzen. Als sie wieder zu sich kommt, fühle ich, wie etwas in mir zerbricht: es ist das Bild der kleinen Susanne, des vierjährigen, zum Fressen süßen Quacks, das ich mir vor so vielen Jahren des öfteren von Addi (zu deren großer Erleichterung) pumpte, um damit zu protzen. Wie eine Abschiedsvision sehe ich sie neben mir im offenen Roadster sitzen, während wir vor einer Straßenbahnhaltestelle halten. Und vom Hinterperron sagt eine Frau, ihren Mann anstoßend: »Schau dir doch bloß das Engelchen an, das da neben seinem Vater hockt!« Noch einmal schwelle ich vor Stolz, und dann gibt es einen innerlichen Knall, einen Knall, in dem auch Susannes Backfischjahre zerplatzen, und vor mir sitzt eine junge Frau, ein Mensch, den ich noch gar nicht kenne. »Ich liebe ihn doch so!« sagt diese junge Frau und wird damit der früheren Susanne noch unähnlicher, die zum Entsetzen der Familie meist kieloben und unter dauerndem Männerwechsel auf dem wilden Meer ihrer neuentdeckten Gefühle trieb.

Dann nimmt sie meine Hand und knetet sie, wie als ganz kleines Mädchen, und für einen Moment bin ich nicht ganz sicher, ob die alte Susanne wirklich tot ist: »Ach, Colonel, was soll ich denn bloß machen? Glaubst du, er liebt mich nicht mehr?«

Ich küsse ihr die Tränen von den Augen (so ein ganz

kleines Honorar verschaffe ich mir immer bei derartigen Konsultationen) und sage dann: »Ich fühle mich zwar zu völliger Diskretion verpflichtet, aber in diesem Fall möchte ich sie brechen: er liebt dich – mehr als zuvor.«

Sie starrt mich fassungslos an: »Das verstehe ich nicht! Das kann doch kein Mensch verstehen, Colonel! Dann kann es ihn eben nur verhext haben, dieses Weib!«

»So einfach ist das nicht, mein Kind. Man könnte sagen: Es ist eine Sache, die gar nichts mit dir zu tun hat.«

»Colonel! Um Himmels willen, rede nicht so geheimnisvoll! Du weißt, ich habe das Pulver nicht erfunden!«

Ich streiche ihr über das schmale Gesicht mit dem feinen, leicht gekrümmten Näschen: »Gott sei Dank hast du das nicht, Susannchen, denn es ist keine schöne Erfindung. Aber paß auf: Marc ist unter einer diktatorischen und eifersüchtigen Mutter aufgewachsen. Dann kamst du, und er riß sich von der Mutter los, auch finanziell, und das war für einen verwöhnten Bengel wie ihn beinahe noch schwerer. Aber er setzte seinen ganzen Stolz darein, seine Frau und sich selbst zu erhalten. Sind wir uns so weit einig?«

»Ja, natürlich. Und dann?«

»Und dann stellte sich heraus, daß der Berufskampf ohne den Hintergrund des reichen, bekannten alten Drachens viel schwieriger ist, als er erwartete. Es ist ja 'ne besondere Sache: du verhandelst ganz anders, wenn du's im Grunde nicht nötig hast, als wenn es dir auf den Nägeln brennt. Dein Verhandlungspartner spürt das sofort, wenn er nicht total dämlich ist. Hast du Geld, kriegst du hohe Honorare, ohne Geld – niedrige. Widersinnig, aber wahr. Beweist, daß wir bei unserem Berufskampf noch genauso tief im Dschungel stekken wie in der Erotik. In meinem Buch *Licht von jenseits der Straße* habe ich dieses Problem...«

Sie knetet wieder meine Hand: »Colonel, bitte nicht abschweifen! Du wolltest mir von Marc erzählen!«

»Wie? Ach so – entschuldige. Ja, also...«

»Du hast gesagt, daß es für ihn mit dem Geldverdienen doch schwieriger war, als er geglaubt hat.«

»Richtig. Also – er sitzt etwas in der Klemme. Hat zwar laufend Aufträge, aber so richtig flutscht es nicht. Und dann kommt plötzlich der große Auftrag von diesem Weib, dieser Witwe, und sichert ihn nicht nur zunächst finanziell, sondern öffnet ihm auch den Zugang zu jenen Kreisen von reichen, armen Irren, die ihr Geld in luxuriöse Häuser stecken, an denen nur andere Leute Spaß haben. Aber – es ist eine Bedingung damit verknüpft, wie ihm so ganz allmählich und mit dem üblichen Geschick einer erfahrenen Frau beigebracht wird.«

»Dieses Biest! Ich werde...«

»Langsam, langsam, Susanne. In der ganzen Sache hat die Frau die geringere Schuld – wenn man überhaupt von Schuld reden will.«

Ihre Augen flammen, und das kleine Persönchen richtet sich auf wie eine Kobra: »Natürlich, du als Mann...«

»Wenn du mich ausreden ließest, Susanne...«

Sie sinkt wieder in sich zusammen: »Entschuldige.«

»*That's okay, darling*. Also hör zu: Dein Marc steht vor einer schrecklichen Wahl. Entweder er lehnt ab, dann ist er den ganzen Auftrag los und hat eine erbitterte Feindin, die ihm auch den größten Teil aller anderen Aufträge versauen kann. Das bedeutet früher oder später die beschämende und unerträgliche Heimkehr unter die Flügel des Drachens.«

»Ich hätte mit ihm gehungert, gern!«

»Das weiß ich, Susanne. Aber er hätte es nicht ertragen, daß du hungerst. Deswegen und seines Stolzes wegen also ging er den anderen Weg. Da war außerdem noch die Hoffnung, es könnte ihm gelingen, dich zu täuschen – bis er die andere nicht mehr nötig hätte.«

»Aber...«

»Und dann ist da noch was, was ich dir nicht verheimlichen will, und du wirst daran sehen, daß ich unser Geschlecht keineswegs beschönige. Der Mann ist nun mal von Natur polygam – auf eine ganz andere Weise als ihr. Wenn eine Frau einen Mann abweist, weil sie ihrem eigenen Mann treu bleiben will, ist sie ein Vorbild und fühlt sich auch so. Wenn ein Mann eine verführerische Frau abweist, weil er seine eigene nicht betrügen will, ist er – objektiv – auch ein Vorbild, aber kommt sich – subjektiv – unsäglich albern vor. Und außerdem regt sich in ihm – wenn die Frau ihm erotisch liegt – die immer wache geschlechtliche Neugier.«

»Die habe ich auch!« erklärt Susanne und richtet sich wieder auf. »Aber ich halte sie eingesperrt!«

»Du lügst ja, Susannchen!«

Sie senkt den Kopf: »Ja, du hast recht, Colonel. Seit ich Marc kenne, interessiert mich kein anderer Mann. Aber was soll ich denn jetzt machen? Soll ich mich ihm verweigern? Dann treibe ich ihn doch noch mehr in die Arme der anderen! Und trotzdem – (ganz leise) ich merke, Colonel, daß er in der Liebe – ganz anders ist als früher ... Dadurch bin ich doch überhaupt erst auf den Verdacht gekommen! Und jetzt, wo ich's endgültig weiß ... ich glaube nicht, daß ... daß ich ihm jetzt noch gehören könnte!«

»Das kann kein Mensch von dir verlangen.«

Wir schweigen. Mein Phantasiemotor springt an, und ich sehe Susanne, ihr schönes, sauberes Heim, auf das sie so stolz ist und in dem sie aus voller Lust herumwirtschaftet: ein eigener Mann, ein eigenes Heim. Und dann findet sie in seiner Jacke die Kinobilletts. Mit wem war er da – mit dieser Frau, für die er jetzt das Haus baut und die er so häufig erwähnt? Ihre Knie wanken, und das Licht um sie herum wird fahl. Dann fragt sie ihn. Vielleicht hat er zuerst geleugnet, aber sein Erschrecken hat sie gesehen. Sie weiß, doch sie will es nicht wahrhaben. Und dann kommen andere Indizien. Seine Zärtlichkeiten sind ›anders‹, besser gesagt, sie sind nicht mehr natürlich, sie sind nachgemacht. Er, dieser hilflose, junge Esel, versucht sich selbst zu kopieren, so wie er früher war, um ihr das Leid zu ersparen, das längst ihr Herz verbrennt. Sie weichen sich aus, sind von der Barke ihres Glücks in das wilde Meer gestürzt, aber noch klammern sie sich krampfhaft an eine Planke. Vielleicht kann man, einer den anderen nachziehend, wieder hinaufklettern, vielleicht klärt sich der Himmel, legen sich die Wellen, zeigt sich ein Gestade, das man ansteuern kann? Wohin werden sie treiben? Wer läßt die Planke zuerst los?

Aus tiefem Brüten heraus fragt sie mich: »Vielleicht gibt's das gar nicht, so eine richtige Ehe? Du hast uns früher mal gesagt, es gäbe so was, eine wirkliche Verschmelzung, in der jeder die Hälfte von seinem Ich wiederfindet, das er vor vielen Millionen von Jahren verloren hat.« Sie studiert gramvoll mein Gesicht, und ich bemerke mit Erschütterung auf der blutjungen Glattheit ihrer Wangen die feinen Linien der Bitternis, die sich von der Nase zu den Mundwinkeln ziehen.

»Aber du hast damals auch gesagt«, fährt sie mit einem Seufzer fort, »daß solche Ehen ganz furchtbar selten sind und daß selbst die besten unter allen anderen Ehen diesem Ideal nur ungefähr nahekommen können. Wo auf dieser Skala, glaubst du, liegt unsere Ehe?«

»Das ist ja wieder mal 'ne Wucht von Fragen, die du mir da an den Kopf wirfst!«

»Colonel!«

»Ja ja, ich drücke mich schon nicht. Zunächst mal seit ihr beide Opfer unserer Zeit, oder genauer gesagt, der immer noch erschreckenden Rückständigkeit auf diesem Gebiet. Ich jedenfalls hätte euch beide erst mal zur Eheberatung geschickt. Das sollten die Eltern mit ihren heiratslustigen Kindern prophylaktisch überhaupt immer tun. Dort sollten sie, jeder für sich, nicht nur in der Einteilung des Wirtschaftsgeldes, auf Blutgruppe und sexuelle Fragen hingewiesen werden, sondern man sollte vor allem feststellen, warum sie sich eigentlich heiraten wollen.«

»Na, weil sie sich lieben – im Moment wenigstens!«

»Ach, mein kleiner Dummiwuschel! Weißt du, wenn ich mich jetzt so bemühe, dir irgend etwas Brauchbares klarzumachen, sehe ich, wie schwierig das ist! So wenig wie ein Blatt dem anderen gleicht, so wenig gleicht ein Mensch dem anderen. Und nun packt das Schicksal zwei dieser unendlich komplizierten Wesen zusammen, die nicht ihresgleichen haben. Das erhöht die Schwierigkeit im Quadrat. Ich glaube, ein Rechenroboter mit zweitausend Transistoren würde an dieser Aufgabe zerplatzen.«

»Dann gibt's also gar nichts, an das man sich halten kann?«

Ich springe auf, zünde mir eine Brasil an und beginne auf und ab zu rennen: »Doch, Kerlchen, es gibt trotzdem 'n paar allgemeine Regeln. Wo waren wir zuletzt?«

»Bei der Eheberatung. Die soll feststellen, warum man überhaupt heiraten will.«

»Ah, richtig. Ja, also, ich bin dafür, daß man versucht, alle die Verbindungen zu verhindern, die unter Druck und ohne vorherige Prüfung geschlossen werden sollen.«

»Was heißt das?«

»Na, ich meine, man soll nicht jemanden nehmen, nur weil einem so allgemein danach ist und zufällig kein anderer da ist oder weil's gut in den geschäftlichen Kram paßt oder weil schon ein Kind unterwegs ist.«

»Ja – meinst du denn, ein Mann sollte das Mädchen dann sitzenlassen?«

»Natürlich nicht. Für ihn ist es Ehrensache, es zu heiraten. Wenn er es nicht wirklich liebt, hat er eben Pech gehabt, wie man im Krieg lahmgeschossen wird. Aber das Mädel sollte sich sehr überlegen, ob es sein Angebot annimmt, nur, weil der Antrag aus Anstand gemacht wird. Worauf ich hinauswill, Susannchen: Man muß versuchen festzustellen – und zwar vorher –, ob die Partner sich wirklich gegenseitig mögen, sich und keinen anderen. Und dann, wenn sie sich gekriegt haben, muß ihnen klargemacht werden, daß sie mit Ring und Trauschein nicht in den sogenannten sicheren Ehehafen eingelaufen sind, den es nämlich gar nicht gibt, sondern, daß sie sich aufs hohe Meer gewagt haben, wo sie Tag und Nacht auf der Wacht sein müssen. Verstehst du mich?«

»Verstehen – ja, gewiß –, du hast sicher recht, und es ist ein sehr schönes Bild, aber – was habe ich denn falsch gemacht? Ich muß doch was falsch gemacht haben, Colonel, sonst wäre er doch nicht…«

»Heul nicht, Kind, ich kann das nicht mit ansehen. Da – schnaub dich mal, steck's ein. Und die anderen Taschentücher möchte ich mal wiedersehen, die du in letzter Zeit so vollgeschnaubt hast. Falsch gemacht – hm. Weiß ich nicht, aber vielleicht kann ich dir sagen, wie man's richtig macht.«

»Ach, Colonel, wenn du mir das sagen könntest!«

»Also: du hast ein ziemlich kompliziertes und seelisch zerknittertes Exemplar erwischt. Seit seiner Jugend ist er von der Angst besessen, daß man ihn einsperren will, und zwar in Liebe, in eigensüchtiger Liebe. Du mußt ihm die lange Leine geben, so daß er gar nicht merkt, daß er festsitzt. Er will abends noch mal allein weg – bitte schön, viel Spaß! Ein Abenteuer, teils aus Geschäft, teils aus Spaß! Gut, mach, daß du wegkommst, nur laß mich in Ruhe, und sei dir klar darüber, daß ich das gleiche Recht habe. – Sehr wirksames Argument, Susannchen! Er wird natürlich damit rechnen, daß du nie Ernst machst, aber es ist ein Pfeil in seinem Selbstbewußtsein, der langsam tiefer dringt. Auf der anderen Seite: er quält sich redlich und macht sich's viel schwerer als er nötig hätte, für dich. Ich meine, jetzt, im Augenblick, gilt das alles nicht, was ich dir hier sage, denn du darfst es ihm vor allem nicht zu leicht machen, sonst gewöhnt er sich an solche Eskapaden. Er ist ja noch ein halbes Kind, und ein Kind greift immer nach, in aller Unschuld. Und plötzlich ist ein Gewohnheitsrecht da, und wenn's mal wirklich knallt, wird dir gesagt – und zwar mit Recht: Das hättest du mir nie erlauben dürfen! Aber sonst, wenn hoffentlich mal wieder alles in Ordnung ist: bemühe dich, seine Arbeit zu verstehen. Er hat ja niemanden, dem gegenüber er sich Luft machen kann und dem er erzählt, wie er's dem bummeligen Bauführer gegeben hat, und daß er für Frau Müller einen Satz Delfter Teller ins Speisezimmer möchte oder vielleicht lieber ein paar englische Jagdszenen? Die dumme Kuh versteht weder vom einen noch vom anderen was. Und du mußt mit ihm über Frau Müller lachen und es großartig finden, wie er's dem Bauführer gegeben hat. Du mußt dich verdrükken, wenn er den Kassenraum für die neue Bankfiliale entwirft, und nachher, wenn er damit fertig ist, eine liebevolle Kritik versuchen, selbst wenn du dich völlig unzuständig fühlst. Er spürt ja nur dein Interesse. Du mußt euer Nest so blitzsauber halten, wie du es jetzt tust, aber du sollst nicht mit dem Scheuerlappen hinter ihm hersausen, wenn er Lehm an den Schuhen hat. Ein Mensch von so geringem echtem Selbstvertrauen wie er fühlt sich dann sofort als Eindringling und glaubt, der Haushalt sei dir zum Selbstzweck geworden.«

Ich seufze: »Und so weiter und so weiter, Kerlchen. Mit anderen Worten: wenn er abends müde und kaputt seinen Wagen heimwärts lenkt und die Lichter eures Hauses an der Kurve sieht, muß er fühlen, daß er heimkommt – richtig heim, verstehst du? In seine Wohnung, in deine Arme, in die wunderbare Nestwärme, die alles auflöst und entkrampft, wo sich alles um ihn dreht und wo er merkt, wozu er eigentlich auf der Welt ist. Hm?«

Ihre Augen blicken in einem Vertrauen zu mir auf, das mich im Innersten beschämt. »Ja, Colonel, genauso! Ich kann's nur nicht so ausdrücken. Aber ich hab' alles so gemacht.«

»Was sagst du?«

»Alles – alles so gemacht. Hast du noch ein Taschentuch?«

»Alles so gemacht – hier hast du noch ein Taschentuch, du bist mein Ruin. Alles so gemacht – da du schlecht lügst, muß es stimmen. Und da es stimmt, sollte man diesen Kerl zu Kleinholz zerhacken. Dieses Rindvieh, dieses gottverdammte! Also: verweigere dich ihm. Du gewinnst nichts, wenn du's nicht tust. Harem aufmachen – wäre ja noch schöner! Die schwarze Kanaille stört das natürlich nicht, nach all den vielen Händen, die sie an sich 'rangelassen hat. Im Gegenteil: die Katze im Weib. Macht Spaß. Und möglichst wenig Tränen und viel Rouge! Je weniger du dir anscheinend draus machst, desto eher wird er mißtrauisch werden und sich vielleicht doch fragen, ob sich die ganze Sache lohnt. Ich werde auch noch ein paar Zeitbomben bei ihm legen. Vor allem: verzweifele nicht! Er ist ein Esel, aber kein schlechter. Im übrigen möchte ich nicht die Esel beleidigen.«

In diesem Augenblick verdunkelt sich abermals die Terrassentür. Es ist, zu unser beiderseitigem Erstaunen, Margot.

»Nanu?« sage ich. »Heute ist doch erst Freitag? Hast du geschwänzt?«

»Tag, Susanne. Ja, Buddy mußte nach Hause wegen Geburtstag vom Vater, und da bin ich gleich mitgefahren.«

»Warst du schon drüben bei den Eltern?«

»Ja, aber ich hab' nur meinen Koffer hingestellt. Da geht's so durcheinander mit Kuchen und eurem neuen Peter, daß kein Mensch für mich Interesse hat. Also bin ich erst mal zu dir gekommen, Colonel.«

»Lieb von dir. Cognac?«

»Immer. Was treibt ihr eigentlich, ihr beiden? Du hast ja geheult, Susanne!«

Ich sehe Susanne an: »Soll ich's ihr erzählen?«

Susanne nickt, und ich erzähle.

»Was sagst du dazu?« fragt Susanne die Schwester, als ich geendet habe.

Margot schlägt die Beine übereinander, stützt den Ellbogen aufs Knie und das Kinn auf die Faust: »In meinen Augen ist er von jetzt an ein Gigolo und nichts anderes! Das kommt dabei 'raus, wenn ein Mann zu wenig Erfahrungen mit anderen Frauen hat, bevor er heiratet.«

»Erstens«, sagt Susanne düster, »ist er kein Gigolo, denn schließlich verdient er sich ja sein Geld und läßt sich nicht von dieser Frau aushalten. Und außerdem, wenn er die Erfahrungen gehabt hätte, hätte er eine dumme Pute wie mich wahrscheinlich nicht genommen.«

Margot und ich sehen uns erschüttert und betroffen an, dann ist Margot bei ihrer Schwester und schüttelt sie: »He – du – komm zu dir! Wenn wir uns auch oft gerauft haben, du bist trotzdem ein großartiger Kerl, und vor allem, seit du ihn geheiratet hast, diesen – diesen verdammten Schlawiner! Ich würde ihm rechts und links eine kleben, wenn er hier wäre!«

»Aber was soll ich denn nun machen?«

Susanne beginnt wieder zu weinen. »Der Colonel meint, es ist richtig, wenn ich ihn in bezug auf – und so weiter aussperre, bis er wieder zu sich kommt.«

»Na, das sowieso! Ich würde ihm überhaupt den Stuhl vor die Tür setzen. Was meinst du, Colonel?«

»Erstens meine ich: bei einem jungen Kerl wie Marc, der noch so mit Komplexen beladen und unstabil ist, sollte man vorsichtig sein, sonst passiert womöglich was Schreckliches, und man macht sich sein Leben lang Vorwürfe.«

»Du meinst, er könnte sich was antun?« fragt Margot ruhig, fast verächtlich, während Susanne mich nur entsetzt anstarrt.

»Ja, das ist durchaus mit drin.«

Margot schüttelt den Kopf: »Glaube ich nicht. Dazu hat er nicht den Mumm.«

»Das kann man nie sagen, mein greiser und weiser kleiner Schnickschnack.«

»Und zweitens?«

»Zweitens sollte man der Zeit auch ihre Chance lassen. Sie dreht alle Ebenen der Beurteilung und alle Situationen, und für das, was im Moment unlösbar erscheint, gibt es vielleicht morgen einen Ausweg. Und schließlich sollte man einen Menschen überhaupt nicht ohne letzte und absolute Notwendigkeit zur Verzweiflung treiben. Die Güte, die herzerlösende...«

»Colonel, du wirst alt«, erklärt Margot, »du enttäuscht mich.«

Ich sehe sie mir an, wie sie da sitzt mit ihrem aufrührerischen dunklen Haarschopf und den großen braunen Augen, die jetzt sehr hart sind. »Na, na, mein Äffchen«, sage ich, »paß auf, daß du nicht mal selber in so 'ner Falle sitzt?«

»Kann mir gar nicht passieren.«

»Erstens entsinne ich mich dunkel, daß es da verschiedene kitzlige Situationen bei dir gab, in denen du mich nicht alt nanntest, wenn ich einen Kompromiß für dich ausknobelte, und zweitens...«

Sie springt auf und fällt mir um den Hals: »Ich wollte dich doch nicht kränken, Colonel! Du siehst aus wie vierzig, und...«

»Die Güte, die herzerlösende...«, sagt Susanne leise vor sich hin. »Das ist schön, Colonel. Das ist wunderbar, das hilft.«

»Ach, du bist einfach in ihn verknallt«, meint Margot, und dann wieder zu mir: »Hättest du das für möglich gehalten: Susanne als das treue, still duldende Eheweib?«

Susanne und ich reißen gleichzeitig den Mund auf, um noch etwas zu erwidern, aber nochmal verdunkelt sich die Terrassentür. Es ist der Kuchenstoßtrupp, vorneweg die Mama mit dem Knäuel auf dem Arm, dahinter das ziemlich verbittert aussehende Frauchen.

»Ich habe dir gleich gesagt, du solltest ihn 'rausschmeißen«, erklärt sie der Mama, »als er drüben auftauchte!«

Susanne und Margot sind aufgesprungen: »Ach, ist der süß!« ruft Margot.

»Sehr süß«, bemerkt Frauchen. »Erst hat er wieder Teddys Papierkorb umgeschmissen und alles zerfetzt, so daß ich zunächst mal den Staubsauger holen mußte, um dieses Schneegestöber vom Teppich zu saugen, und derweilen hat er mindestens vier Teppichfransen abgerissen und aufgefressen.«

»Schließlich ist er noch ein Baby!« erklärt die Mama.

»Ja, ein süßes, kleines Hundekind!« schwärmt Margot. »Gib ihn mir doch mal einen Augenblick!«

»Nachher kriegt er seine Keile«, verkündet das Frauchen. »Hübsch ist übrigens das rote Kleid, Margot! Steht dir sehr gut! An deiner Stelle würde ich...«

Sie hält inne und erstarrt. Peter, auf Margots Schoß hockend, hat das rote Kleid offenbar auch sehr anheimelnd gefunden. Er würgt kurz und legt ihr die vier Teppichfransen darauf, mit Sauce. Margot springt auf: »Er kann nichts dafür! Bitte, tu ihm nichts, Tantchen...«

Die Mama nimmt Margot unter den einen und das Knäuel unter den anderen Arm, und der ganze Frauenverein marschiert ins Bad, wo ein großes Gemache und Gelächter beginnt.

Ich sehe ihnen einen Moment nach. Na, das ging ja noch einigermaßen glatt mit Susanne. Armes, kleines Hascherl! Aber es muß ja immer gleich geheiratet werden. Psychiatrische Eheprüfung – sollte man vom Staat aus zur Vorbedingung machen. Dann setze ich mich wohlig seufzend wieder hinter meinen Schreibtisch an mein Fernsehspiel. In diesem Augenblick taucht der Kastenbart im Türrahmen auf.

Er sieht mich an und blickt dann um sich, als wollte er sagen: ›Na, ist die Luft endlich rein?‹ Dann kommt er tap, tap, tap mit den kleinen Krallenfüßchen zu mir und blickt mich mit seinen stillen braunen Augen an:

›Hast du wenigstens noch Verwendung für einen kleinen, alten Foxl?‹

»Na, hoppchen!« sage ich. Er springt auf meinen Schoß, und ich beginne, das Gesicht an sein schmales Köpfchen geschmiegt, zu schreiben. Nach einer Weile reißt er die Schnauze auf und gähnt.

»Hauptsache, das Publikum gähnt später nicht so!« sage ich. Er kringelt sich auf meinem Schoß zusammen und beginnt selig durch seinen Bart zu pusten.

6

Nach dieser Explosion des Falles Marc tritt, sehr zu meiner Erleichterung, eine Windstille ein, die über drei Monate dauert. Marc sehe ich nicht mehr. Es heißt, daß er meist bei dieser Frau ist und offenbar auch schon weitere Aufträge durch sie bekommen hat, denn daheim arbeitet er wie ein Verrückter bis tief in die Nacht hinein. Susanne hält sich meist bei ihren Eltern auf, kommt aber nicht mehr auf das Thema zurück. Nur manchmal kann ich nicht umhin zu bemerken, daß ihre Augen verweint sind. Ich bemühe mich, das zu übersehen, weil ich ja doch nicht helfen kann. Für ein paar Wochen wollte sie zu Margot in die Stadt ziehen, kam jedoch schon nach drei Tagen wieder zurück, weil sie nicht im Wege sein wollte. Wir alle wußten natürlich, daß ihr das Liebesglück Margots mit ihrem Buddy auf die Nerven gefallen war. Addi schickte sie daraufhin zu einer Freundin, deren Mann sie mit zwei kleinen Kindern sitzengelassen hatte; aber auch von dort kam sie schon nach zwei Wochen wieder nach Hause zurück. Sie könne es nicht aushalten, wie diese Frau auf die Männer im allgemeinen und im besonderen schimpfe.

Wenn Margot kommt, bezaubernd und strahlend vor Glück und Jugend, redet sie immer auf Susanne ein, sich scheiden zu lassen. Nie würde etwas aus dieser Ehe mit dem verklemmten Muttersöhnchen. Selbst Marcs Mutter, der alte Drachen, die Susanne jetzt fast mehr liebt als den eigenen Sohn, rät ihr zur Scheidung und hat ihr angeboten, dann bei ihr zu wohnen und ihre Erbin zu werden. Auf jeden Fall werde sie im Falle einer Scheidung von dem für immer verlorenen Sohn für eine anständige Abfindung geradestehen. Sie solle dadurch für ihr weiteres Leben von dem verdammten Männervolk unabhängig sein. Bei dieser Unterredung hat sie, wie mir Susanne erzählte, eine Reihe von klassischen Vergleichen in bezug auf ihren Sohn gebraucht, angefangen von Tannhäuser im Venusberg bis zur Circe, die die Männer in Schweine verwandelte. Ich mußte Susannchen, deren Weg durch die Schule ebenso qualvoll wie unergiebig war, erklären, was es mit Circe und Tannhäuser auf sich hatte. Nach erfolgter Aufklärung zeigte sie aber keinerlei Reaktion! Sie liebt ihren Marc offenbar trotz allem und mehr denn je. Sie leidet und wartet, aber sie bemüht sich tapfer, den anderen nicht damit auf den Wecker zu fallen.

Teddy, ihrem Vater, ging diese Geschichte derart auf die Nerven, daß er vor vierzehn Tagen erklärte, er wisse genau Bescheid, obwohl man es seines Herzens wegen vor ihm geheimhalte. Selbiges Herz sei aber jetzt wieder soweit hergestellt, daß er in der Lage wäre, diesen Schlawiner Marc aufzusuchen, und zwar genau dann, wenn er bei seiner Circe sei. Dort werde er dann die Inneneinrichtung weitgehend abmontieren, den Kerl bei den Ohren nehmen und ihn nach Hause schleifen. Addi, die sein gerötetes Gesicht während dieser Ansprache mit der größten Unruhe betrachtet hatte, arbeitete erst mal mit Beruhigungspillen und zusätzlich mit dem Hinweis, daß solch eine Gewaltlösung Marc nichts nütze, dafür aber der armen Susanne das Leben nur noch schwerer machen würde. Als auch das nichts fruchtete, spielte sie auf ein Ereignis in der Frühzeit ihrer eigenen Ehe an, worauf Teddy sofort und total ruhig wurde und hinausging. Ich folgte ihm und fand ihn auf der Gartenbank.

»Nanu«, sagte ich, »davon wußte ich ja gar nichts! Hättest deinem besten Freund ruhig mal was zum besten geben können!« »Hatte es doch selbst total vergessen«, grunzte er aus seinem gewaltigen Brustkasten. »Aber so 'n Weib hat ja 'n Gedächtnis wie 'ne Schallplatte. Besonders für so was.« Nach einer Weile legte er mir die dicke Pranke auf den Schenkel: »War 'ne unscheinbare, kleine Frau, hättste ihr nie im Leben angesehen! Aber die hatte was auf dem Kasten, Junge, Junge!«

Am nächsten Tag, als Frauchen unter Mitnahme Peterles zum Friseur gefahren war, setzte sich Addi zu mir an Cockis Grab. Eine Weile druckste sie herum, und es stellte sich schließlich heraus, daß ihr die Enthüllung aus ihrem Eheleben unangenehm war. Vielleicht hatte Teddy – Angriff ist die beste Verteidigung – ihr Vorwürfe gemacht, aber vielleicht geschah es auch aus eigener Initiative.

Jedenfalls platzte sie mitten in einem konventionellen Gespräch über Blumen, Peter und Dauerwellen heraus: »Das war gemein von mir, gestern.«

»Was denn?«

»Ach, spiel doch nicht Theater. Du weißt genau, was. Ich war mal wieder nicht Frau, sondern gereizte Henne, die sich vor ihr Küken stellt.«

»Ist das nicht natürlich?«

»Zu natürlich, Hannes, zum Kotzen natürlich. Wir sollten aber doch etwas über das nur Natürliche hinauswachsen. Für eine richtige Frau sollte zuerst immer der Mann kommen, auch wenn noch so viele Kinder dazukommen. Ich habe neulich mal darüber von einem Professor gelesen, sehr interessant. Der sagte, daß meist mit dem ersten Kind schon die wirkliche Ehe aufhöre. Ist was Wahres dran!«

»Bereust du denn, daß du Susanne und Margot hast?«

»Bereust du, daß du keine Kinder hast?«

»Nicht unbedingt. In meinen schwarzen Stunden komme ich mir allerdings manchmal vor wie ein Schnorrer, der keinen Eintritt im Lebens-Theater gezahlt hat.«

»Aber fehlen tun dir die Kinder nicht?«

»Nein. Außerdem habe ich ja deine beiden.«

»Allerdings! Mir kommt es manchmal so vor, als ob du sie mehr hast als wir. Womit wir wieder bei Susanne wären. Was hältst du denn von der ganzen Sache? Du hast doch soviel über die Verbesserung der menschlichen Beziehungen geschrieben. Oder war das nur so Geschreibsel?«

»Nein.«

»Also, was ist denn dein Rezept für den Fall Susanne?«

»Es gibt allgemeine Richtlinien, die aber keinesfalls für jeden Fall angewandt werden können.«

»Also, schieß los mit deinen allgemeinen Richtlinien!«

»Die sind von kompetenterer Seite seit langem entwickelt worden, und ich wundere mich nur, daß sie in fast mysteriöser Weise nicht weiteren Kreisen bekannt sind, vor allem nicht den durchschnittlichen Ehepaaren... Da wäre zunächst mal die Tatsache, daß das Verhältnis der Ehepartner – wie alles in diesem ulkigen Universum – dem Gesetz der Welle unterliegt, das heißt: es folgen in ziemlich regelmäßigen Abständen Perioden der Annäherung und Abstoßung, der innigen Sympathie und der Ablehnung. Wenn einer der Partner wieder mal in solch ein Wellental gerät und eine Weile ›fremdelt‹, sollte der andere nicht gleich einen Seitensprung oder das Ende der Liebe vermuten. Ferner sollte der Mann unbedingt wissen, daß ihr vor euren kritischen Tagen mehr oder weniger ausschlagt. Ist es mal wieder soweit, sollte der Mann sich den Mantelkragen hochklappen und ins nächste Wirtshaus oder zu einem Freund gehen, statt daß er es vielleicht zu einem Krach kommen läßt. Und krachen, liebe Addi, sollte man sich so selten wie möglich, obwohl man im allgemeinen Ehekräche für ganz normal oder sogar gesund hält. Glaube mir, jeder Krach läßt einen feinen Riß im Herzen zurück, und eines Tages klafft die große Wunde, sehr oft nicht nur im psychischen, sondern auch im physischen Sinne. Ich möchte nicht wissen, wie viele Herzinfarkte auf diese Ehekräche als tödliche Mehrbelastung zum ohnehin harten Lebenskampf kommen! Ferner sollten beide Teile wissen, daß die weibliche erotische Erregungskurve anders verläuft als die des Mannes und daß es hauptsächlich seine Sache ist, beide auf einen Nenner zu bringen, damit beide Partner glücklich werden. Ferner sollte die Frau wissen, daß jede Kritik an den erotischen Eigenschaften des Manns ihn nicht nur impotent machen kann – wenigstens ihr gegenüber –, sondern daß sie darüber hinaus sein ganzes psychisches Kraftwerk durch Kurzschluß zerstören kann. Im Grunde aber hat das alles ja so 'n Bart!«

»Das kann man wohl flüstern«, erklärt Addi großartig.

»Hast du deinen Töchtern davon erzählt oder deinem Schwiegersohn?«

Sie kaut nachdenklich und verlegen an einem Grashalm.

»Nein. Ich habe natürlich van de Velde gelesen und den Kinsey-Report, aber – es war für mich mehr... mehr Literatur. So im Zusammenhang, habe ich's noch nicht gesehen und auch nicht praktisch angewandt.«

»Wenigstens bist du ehrlich. Das ist aber auch alles, was man zu diesem Geständnis sagen kann, mein liebes kleines Huhn! Deshalb kommt ja die Menschheit nicht weiter, weil sie ihre Erfahrungen auf diesem wichtigsten Gebiet nicht weitergibt! Papa geniert sich, die Mama geniert sich, und sehr oft wissen auch alle beide nicht mal Bescheid, weil Großpapa und Großmama auch so dumm waren oder sich ebenso genierten. So kommt es dann, daß zwar die Bazillen lernen, wie sie sich gegen Penicillin schützen können, aber die

Menschen stürzen sich Generation um Generation mit der gleichen Ahnungslosigkeit in das größte Abenteuer des Lebens, in die Ehe!«

Eine kleine Weile schluckte sie an dieser Lektion, während ich ihre wunderschönen dunkelbraunen Beine auf dem Liegestuhl bewunderte.

Dann sagte sie: »Trotzdem muß ich dich mit der Beharrlichkeit einer echten Henne fragen: Wie heißt nun dein Rezept für Susanne?«

»Abwarten. Der Film muß ablaufen. Es muß zwischen den beiden zu einem natürlichen Ende kommen.«

»Und wie stellst du dir dieses ›natürliche Ende‹ vor?«

»Indem ihn dieses Weib 'rausschmeißt, weil er ihr zu langweilig wird.«

»Und wenn er's aber nun nicht wird?«

»Dann soll es so sein, und Susannchen wird dann bestimmt einen besseren finden, vorausgesetzt, daß sie sich nicht vorher noch ein Kind andrehen läßt. Aber dafür zu sorgen wäre nun genau deine Aufgabe. Rede endlich Deutsch mit ihr, geliebte Henne! Ich habe sie zwar schon vor Jahren aufgeklärt, da ihr es ja nicht tatet, aber von Frau zu Frau geht's vielleicht jetzt doch noch besser. Auf keinen Fall aber darf einer von uns an dieser Sache basteln, das macht diese Kinder nur bokkig. Außerdem – das habe ich Susanne schon gesagt – gibt's ja noch DEN da oben, und du glaubst nicht, was IHM alles einfällt, wenn ER glaubt, daß es nun der Prüfungen genug sein kann.«

Sie sah mir lange ins Gesicht und lächelte immer mehr, bis mir ganz heiß wurde: »Dieses Mal zahle ich das Honorar freiwillig!« Sie küßte mich. »Gut, daß wir keine Nachbarn haben und die Deine nicht eifersüchtig ist«, murmelte sie, stand auf, seufzte und ging.

Gestern abend habe ich das Fernsehspiel beendet, es heute dreimal bespuckt, mit toi, toi, toi beklopft und zur Post getragen. Die letzten Tage vor der Fertigstellung waren, wie üblich, wieder hektisch. Unter strengster Aussperrung unseres Pudel-Zerreißwolfes lagen wir stundenlang auf den Knien und versuchten, die fünf verschiedenen Kopien auseinanderzusortieren, zu korrigieren und zu numerieren. Besonders das Numerieren wollte und wollte nicht klappen. Im dritten Exemplar blieben es hartnäckig sechsundneunzig Seiten, während es bei den anderen Exemplaren nur vierundneunzig waren. Warum war das so? Waren nun Seiten aus den anderen Kopien in dieses Exemplar gelangt und fehlten demzufolge in den anderen? Oder hatte jemand falsch oder doppelt numeriert, oder hatten sich Seiten aus früheren Fassungen eingeschmuggelt? Oder hatte der Zerreißwolf etwa doch ...?

Es kostete viel Schnaps, Beruhigungstabletten, Zigarren und Zigaretten, bis wir uns dazu entschlossen, die Seitenübergänge gemeinsam laut zu lesen. Es war falsche Numerierung, wie sich dann endlich herausstellte.

Na, das ist ja nun alles vorbei, und bevor das neue Buch losgeht, gönne ich mir drei Tage völlige Ruhe. Ich sitze im Liegestuhl am Grab des kleinen Löwen und im Schatten der großen Sträucher, deren Namen ich immer wieder vergesse. Es ist glühend heiß. Der See gleißt wie das Blei zu Silvester im Schmelzlöffel. In der Südwestekke, nach dem Wetterstein zu, braut sich mit fetten, tintenen Bäuchen und weißen Sturmflocken schon wieder das Abendgewitter auf. Meine Hand streichelt halb unbewußt den weißen Stein mit dem Namen ›Cocki‹.

»Also, das Fernsehspiel habe ich fertig, Löwechen«, sage ich. »Nun werden sie sich draufstürzen und es in Stücke reißen. Die einen werden sagen, ich hätte besser einen Roman draus gemacht, und der Dramaturg wird sagen: *so* geht es natürlich nicht! Und der Regisseur – wenn's überhaupt bis zu dem kommt – wird auch noch ändern. Alles natürlich nur, um sich wichtig zu machen. Und dann kommen die Sprecher, besonders die ›drinnen‹, und jeder und jede wird an seiner Rolle mäkeln und die von den anderen lieber haben wollen. Gut, daß wir mit alledem nichts direkt zu tun haben, was Löwechen?

Komisch ist das, mit dem Leben und vor allem – mit dem Sterben, mein Löwechen. Vielleicht bist du aber auch gar kein Hund mehr, sondern auf einem anderen Stern, als König natürlich, und regierst über einen Verein, der die Augen oben auf dem Kopf hat und den Po dafür vorn?

Jetzt donnert es da hinten über uns schon! Peti fürchtet sich Gott sei Dank gar nicht vor dem Gewitter, ebensowenig wie der erste Peti, während es den Kastenbart immer schon vor Angst schüttelte. Weißt du noch, wie wir in dem großen Hause in der Stadt lebten und ihn nach einem schweren Gewitter vermißten, bis wir ihn in einem großen Kleiderschrank unter den Mänteln fanden? Gottlob hatte die Mama den Schrank aufgelassen, sonst wäre unser Weffchen sicherlich erstickt. Die Mama läßt noch immer alle Schränke auf und bringt damit das Frauchen auf die Palme.

Das neue Peterle rast so schnell, daß man ihm kaum

mit den Augen folgen kann, weshalb er von mir den Beinamen ›Ritzewitz‹ bekam. So mit hundert Sachen zickzackt er wie ein kleiner schwarzer Blitz über die Wiese, umkreist dich hundertmal in der Sekunde mit dem Brillenetui, dem Füller, dem Pantoffel oder Manschettenknopf in der Schnauze, daß dir ganz schwummerig wird – Ritzewitz – zick – zack – ritz – ritz. Und dieses freche Gesicht solltest du dabei sehen!

Das Weffchen hat es natürlich vollkommen herumbekommen. Gestern, als wir im Moor waren, ist Weffi mit ihm Seite an Seite den Weg entlanggerast, wie ein Junger... Du weißt doch, daß es das größte Freundschaftszeichen bei euch ist, wenn ihr Seite an Seite rast und euch dabei manchmal so mit den Flanken anstoßt, die Augen ganz groß und voller Lust und die Zunge weit heraushängend, mit Schaum bedeckt. So hast du's auch gemacht, mein Löwechen, als du dich endlich über den Tod des alten Peterchens getröstet und mit dem Kastenbart abgefunden hattest. Aber ganz so, wie ihr beide, sind Weffi und Ritzewitz doch noch nicht zusammengewachsen. Wenn der kleine schwarze Teufel den Weffi wie eine wildgewordene Hornisse umkreist und über seinen Rücken wegspringt oder ihm sogar mitten auf den Rücken hopst, auf ihm entlangsaust und über dem Kopf herunterkobolzt, schließt Weffchen noch immer wie betäubt die Augen und schnappt nach ihm. Natürlich beißt er immer nur in die Luft, denn da, wo er knurrend hinschnappt, ist Ritzewitz schon lange nicht mehr! Apropos: beißen! Stell dir vor: letzte Woche hat er, der Ritze, doch ganz ernsthaft angefangen, eines von unsern geretteten paar Prunkstücken aufzufressen! Aus dem Ulmer Meßgewänderschrank hat er eine ganze Leiste abgerissen, die ihm dann, ganz freiwillig, in Stücken vor die Füße fiel, weil sie doch schon vierhundertfünfzig Jahre alt und sogar für die Holzwürmer zu langweilig geworden ist...

Das Frauchen hat aber trotzdem fast geweint, denn das Geld, das sie sich für was Besonderes gespart hatte, bekommt nun plötzlich der Restaurator. Die Mama hat sich danach schnell den Kleinen gegriffen und hat sich mit ihm in ihrem Zimmer eingeschlossen.

Natürlich verstehe ich die Mama, aber auch Frauchen, denn es geht natürlich nicht, daß Peter unsere letzten Kulturreserven auffuttert. Bei 'nem Schriftsteller weiß man ja doch nie, wie es weitergeht. Man könnte doch vielleicht eines Tages dem Publikum einreden, daß es nur noch weiße oder schwarze Unterentwickelte lesen kann. Dann müssen wir vielleicht noch selber die Renaissancetruhe aufessen. Dies gab ich zu bedenken, als der seltene Fall eintrat, daß Frauchen sich mir zuwandte und sagte: ›Nun sag du doch auch mal was!‹

So schlossen denn Mama und Frauchen durch die Tür einen Kompromiß: der Hund wird nicht verhauen, aber doch an den Tatort geführt und eindrücklichst verwarnt. So geschah es.

Das Frauchen ist Peters Gott, obwohl sie streng und viel auch ohne ihn unterwegs ist... Wenn ihr Wagen aus der Garage fährt, hört sein Leben auf. Zuerst schreit er auf, weint dann leise, um bald ganz aufzuhören. Er wird ganz still. Der Rest seiner Liebe genügt aber, um die Mama mit neuer Lebenslust und immer neuen Großmutterfreuden zu erfüllen. Sie macht ihm das Fressen zurecht, sie bürstet ihn, geht mit ihm an der Leine spazieren und sitzt dann mit ihm am Fenster auf Ausguck. Sie sitzt auf einem Stuhl und stellt einen zweiten für Peter neben sich. Aufs Fensterbrett legt sie für ihn ein weiches Kissen. Er steht aufgerichtet auf dem Stuhlsitz und legt, wie ein Mensch, die Vorderpfoten eingeknickt aufs Kissen, so daß sie aussehen wie ein Muff. Sie spricht dann leise mit ihm, und so warten sie stundenlang, auch wenn die Welt inzwischen sich draußen verändert, die Straßen dunkel, einsam werden. Aber dann ertönt einmal doch Frauchens Fanfare, und mit schrillem Freudenschrei saust Peter die Treppe hinab. Es kam dabei schon vor, daß er auf dem Gesicht zuerst unten landete, obwohl er doch so schnell ist.

Moment mal, Löwechen, was ist denn da im Hause los? Frauchen und die Mama sind doch weg, und trotzdem klirrt's, als ob die Küche demoliert wird. Man hat doch wirklich nicht mal 'ne halbe Stunde Zeit, sich zu unterhalten.«

Ich erhebe mich ächzend aus dem Liegestuhl. In der Bibliothek und in meinem Zimmer – nichts. Das Geräusch kommt von der Treppe, und am Fuße selbiger Treppe beobachte ich folgendes Schauspiel; Haupt- und Alleindarsteller: Ritzewitz!

Zuvor aber muß ich folgendes erwähnen:

Mit den neuen Zähnen gibt Peter ganz gewaltig an, und sie sind auch eine ganz gefährliche Sorte. Es klingt unglaublich, aber er hat es doch tatsächlich fertiggebracht, den von Cocki geerbten Aluminium-Freßnapf rings um den Rand durchzustanzen, genauso wie ein Straßenbahnschaffner die Billetts locht. Wenn er sein

Fressen bekommt, verputzt er es im Nu, packt dann den Napf und geht damit hausieren, und zwar nicht für sich, sondern für seinen geliebten Weffi, den Nimmersatten.

Nun hat er einen neuen Verwendungszweck für den Napf gefunden: wahrscheinlich hatte er mit dem Napf in der Schnauze oben an der Treppe gestanden, als er etwas Interessantes bemerkte. So ließ er den Napf einfach aus der Schnauze fallen, der dann mit Donnergepolter die Treppe hinunterkullerte. Das hat ihm offenbar ganz großartig gefallen. Jedenfalls holt er sich den Napf jetzt immer wieder nach oben und läßt ihn los, so daß er mit Gepolter die Treppe hinuntersaust. Das war der Radau, den ich bis in den Garten hörte, und ich sehe ihn nun, wie er mit schiefgeneigtem Kopf selig oben steht und dem stürzenden Napf nachlauscht. Gleich aber ist er wieder hinter dem Napf her, der vor meinen Füßen liegt, wirft mir einen flüchtigen Blick zu: ›Bin, wie du siehst, gerade beschäftigt!‹, packt den Napf, daß man die weißen Vorderzähne unter der hochgeklappten Lippe sieht, rast die Treppe hinauf und zielt. Der Napf kommt mit Höllengetöse herabgetrudelt. Viermal sehe ich mir das an, dann packe ich ihn – Ritzewitz – am Genick und hebe ihn auf den Arm: »So, das war nun sehr schön und vor allem – sehr laut. Jetzt ist mal für 'ne kleine Weile Schluß damit. Außerdem hat Herrchen eben gerade mit seinem Cocki gesprochen, und du hast uns dabei gestört. Komm mal 'raus!«

Ich nehme ihn mit in den Garten und schließe die Terrassentür, damit er sich nicht etwa den Napf wieder holen kann, denn er ist in seinen Spielen von einer geradezu nervenzerrüttenden Ausdauer.

Gerade will ich mich an Cockis Grab setzen, als ein

neues Ereignis eintritt: Teddy fährt in einem todschikken Mercedes-Coupé vor. Das Coupé blitzt in den letzten Sonnenstrahlen vor der Gewitterwand. Teddy steigt aus, ist ganz rot im Gesicht, wischt sich den Schweiß von der Stirn und sieht mich an: »Na?«

»Prima«, sagte ich, »wo hast du denn das gestohlen?«

Er grinst über das ganze Gesicht und haut mich auf die Schulter, daß ich fast in die Knie gehe: »Gestohlen? Haha, denkste – hab's soeben gekauft!«

»Gekauft? Menschenskind, entweder bist du wahnsinnig oder du hast das Große Los gewonnen! Es ist zwar das vorjährige Modell, aber – zeig mal, wie ist denn der Kilometerstand: hundertzehn! Ist ja nagelneu! Als Coupé ist der heute – na, sagen wir mal – seine achtzehn Mille wert!«

»Ja, das ist er auch! Und weißt du, was ich dafür bezahlt habe? Acht! Und dann kriege ich noch vier für meinen Volkswagen, dann hab' ich's für vier! Kostet natürlich ein bißchen mehr Unterhaltskosten als mein VW, aber ich habe mit dem Chef gesprochen, er meint, daß er fürs Geschäft als Repräsentation gut wäre, und von den vier Mille übernimmt er zwei und außerdem fünfzig Prozent der Unterhaltungskosten.«

»Ja, aber ich verstehe das alles nicht ganz! Seit wann hast du so gute Beziehungen zu einer Irrenanstalt?«

Er bietet mir mild lächelnd eine Zigarre an. »Du kennst doch den alten Wachsleitner, oder vielmehr: Du kanntest ihn, bevor er in der vorigen Woche gestorben ist?«

»Ah, jetzt geht mir ein Licht auf, ein ›Wachsleitnerlicht‹, sozusagen – haha! Der hatte sich doch im vorigen

Sommer mit fast achtzig Jahren dies Ding da ›auf Vorrat‹ gekauft und fuhr trotzdem mit seinem zehn Jahre alten Kabriolett 'rum.«

»Genau! Und die Wachsleitnerin, die erst fünfzig ist, die hat so 'n bißl was für mich übrig. Hat mal zu Addi gesagt: ›Weißt, Addi, so was wie dein Teddy, das wär' was für mich! So ein Küchenschrank von Mannsbild – so was wär mir grad recht. Außerdem werde ich ihm nicht vergessen, daß er mir meine Waschmaschine ganz umsonst hat reparieren lassen, obwohl ja die Garantie schon seit einem Jahr abgelaufen war.‹

Damals, als mir Addi das erzählte, hab' ich mir nix dabei gedacht, aber...«, er wirft sich in seine ungeheure Brust, »warum soll man denn solche Chancen nicht ausnutzen! Und bei der Wachsleitnerin ist es offenbar tiefer gegangen, als wir geglaubt haben. Jedenfalls, kaum war der alte Zausel, der ihr ja das Leben weiß Gott sauer genug gemacht hat, unter der Erde, da hat sie bei mir angerufen. Gestern. Piekfeines Haus hat sie ja und 'n dollen Garten. Da könnte man glatt noch ein zweites Haus drauf bauen. Kaffee gab's und Schnaps, so daß ich sogar 'n Moment dachte: Teufel noch mal, das sieht ja direkt nach Verführung aus! Aber dann hat sie mich so richtig nett angeschaut und hat gesagt: ›Du weißt, der Oskar hat sich diesen neuen Wagen gekauft und ist fast niemals darin gefahren. Gott hab' ihn selig, den Oskar! Aber es waren schon einige Schrauben locker bei ihm... Was mache ich nun mit dem Wagen? Du hast mir doch damals bei der Waschmaschine so geholfen...‹ – ›Verkaufen, natürlich‹, habe ich gesagt. Und dann ist's mir so 'rausgefahren: ›Eigentlich wäre es was für mich, etwas, wovon man träumt.‹ - ›Was würde ich denn dafür kriegen?‹ hat sie so ganz listig gefragt, und ich hab' gesagt: ›Na, so achtzehn- bis zwanzigtausend.‹ Und sie hat gelacht und gesagt: ›Bist 'n anständiger Kerl, wirklich. Hab' mich schon erkundigt: sechzehntausend haben sie mir angeboten. Und nun will ich dir was sagen: Ich geb' ihn dir für die Hälfte. Dafür hilfst du mir 'n bißl mit dem Nachlaß und der Steuer und mit dem alten Wagen, den kannst du dann für mich verkaufen...‹ –

Drei große Cognacs habe ich gebraucht, Mensch, um das zu begreifen. Dann aber haben wir den Vertrag gemacht, und sie hat mir 'n Kuß gegeben. ›Addi wird mir bestimmt nicht böse sein‹, hat sie gesagt, ›bist 'n guter Kerl und hast dich immer so geschunden, und ihr zwei lebt so nett miteinander. Und wenn ihr gelegentlich mal so 'n bißl Zeit habt, denkt dran, daß ich nun recht allein bin, eine einsame, alte Frau...‹ – ›Quatsch‹, habe ich gesagt, ›so, wie du aussiehst und mit dem, was du hast, kriegst du alleweil noch jemanden ab.‹ Sie ist ganz rot geworden und fragte: ›Meinst du das im Ernst?‹ Sie ist dann nach hinten gegangen und hat einen Zettel geholt: ›Weißt‹, hat sie gesagt, ›ich hab's mir auch schon überlegt, ich sollt's doch vielleicht noch mal versuchen, mit einem jüngeren dieses Mal natürlich, und da hab' ich mir gedacht, warum soll ich nicht mal inserieren? Was hältst du denn davon?‹ Dann hat sie sich die Brille aufgesetzt und mir den Zettel vorgelesen: ›Guterhaltener Junggeselle oder Witwer zur Einheirat in wohlhabende, kinderlose Witwe gesucht.‹ – ›Na‹, hab' ich gesagt, ›so, wie's jetzt ist, klingt das ziemlich unanständig, aber das kriegen wir schon hin,

dabei kann uns am besten der Hannes helfen.‹ – Und wie wir noch so darüber 'rumreden, hält ein Wagen vor der Tür mit dem ersten Autohändler, der sich für das Coupé interessierte. Innerhalb einer Stunde erschienen noch zwei. Die wittern ja so was von fern wie die Aasgeier. Sie haben natürlich lange Schnäbel gemacht, als sie hörten, daß es schon weg wäre. Und dann habe ich ihnen noch schnell das alte Kabrio für zwölfhundert aufgehängt, obwohl es eigentlich nur noch vierhundert Mark Schrottwert hatte. Tja, und nun habe ich's – das neue!«

»Ja«, sage ich gepreßt und nicht ohne Neid, »nun hast du's...« Aber dann ist plötzlich aller Neid verflogen, ich boxe ihn in den Bauch: »Mensch, Dicker, ich freu' mich! Freu' mich wirklich! Das hast du bestimmt verdient nach all diesen schweren Jahren!«

In diesem Augenblick tauchen Addi und Margot auf. »Stell dir vor, Teddy«, sagte Addi zu ihrem Mann (Tag, Hannes!), »Margot ist heute schon gekommen!«

»Na fein«, erwidert Teddy, »dann setzt euch gleich mal 'rein und macht 'ne Probefahrt mit unserem Wagen!«

Addi lacht herzlich über diesen Witz, aber dann wird auch ihr alles erklärt, und dann fordert sie mich auf, sie mal zu kneifen, damit sie's glaubt. Dann quietscht sie und sagt: so genau nun hätte sie's auch wieder nicht wissen wollen, klettert dann vorsichtig in den Wagen, fordert Margot auf, sich auch vorn in den Wagen zu setzen. Die aber lehnt ab: »Nein, fahrt ihr man, ihr beiden! Die erste Fahrt wenigstens sollt ihr mal ganz für euch allein haben!« Die zwei sind abgebraust, und ich bleibe mit Margot zurück. Dann drehe ich mich um und

sehe sie mir an: »Dein Edelmut war leicht überspielt – es ist doch was los?«

»Ja«, sagt sie, »es ist was los.«

Ich schaue auf das Gewitter, dessen ungeheurer Leib schon fast über unseren Köpfen hängt, aber noch keinen Laut von sich gibt: »Geh schon immer in die Bibliothek, ich bring' nur noch den Liegestuhl in die Garage. Und dann erzähl mir, was los ist.«

7

Ich sehe Margots Profil. Seit sie mit Buddy in der Stadt studiert, ist sie noch bedeutend hübscher geworden. Ein feiner, durchgeistigter Zug hat sich hinzugesellt. Die Mama allerdings hatte behauptet, sie sehe einfach »blaß und spitz aus, weil sie in der Stadt hockt, zuviel lernt und sich alles für den Bengel abknapst, und Jungs in dem Alter sind überhaupt nicht satt zu kriegen. Ganz abgesehen von der jungen Liebe, die ja besonders hungrig macht...« An dieser Stelle war sie von Frauchen gestoppt worden, die von jeher behauptet, in unserer Familie herrsche ein Hang zur Deutlichkeit, der von niemandem außer uns – der Mama und mir – geschätzt würde.

In diesem Fall konnte ich der Mama nicht recht geben. Junge Liebe, viel Lernen und verstänkerte Stadtluft – stimmte alles. Aber außerdem war da noch dieses andere, schwer zu Beschreibende. Fraulich verklärt, das könnte es so ungefähr treffen. Das große Glück gesicherter Liebe und gemeinsamer Arbeit.

Gerade dieser Ausdruck aber ist aus ihrem Gesicht verschwunden, als sie jetzt neben mir sitzt. Sie sieht nachdenklich und verbissen aus.

»Na?« fragte ich. »Wo brennt's?«

»Ach – Colonel!!!«

Sie richtet sich auf, schlingt die Arme um die Knie und wiederholt: »Ach, Colonel!«

»Das hast du schon mal gesagt, Soll ich dir helfen? Krach mit Buddy? Geht er etwas fremd?«

Ihre Augen flammen: »Wie kommst du denn da drauf? Das überläßt er Marc.«

»Hör mal zu, mein Äffchen, ich entsinne mich, daß wir vor einiger Zeit schon mal über Marc sprachen und daß du dich sehr aufgepustet hast, als ich ihn nur so 'n bißchen in Schutz nahm. Damals sagte ich dir...«

Sie lächelte mich kläglich an: »›Paß auf‹, sagtest du, ›daß du nicht eines Tages auch in so 'ner Falle sitzt.‹ Ich hab' so oft dran denken müssen in den letzten Tagen.«

»Schlimm?«

»Ziemlich.«

»Dann schieß los; wer weiß, wie lange wir allein sind.«

Sie holt tief Atem: »Also, es ist so: Wir haben unter anderem einen Professor, für römisches Recht. Er prüft uns auch darin, und man sagt zweierlei von ihm: daß er erstens streng und zweitens rachsüchtig ist. Sonst, als Mann, ist er ganz passabel, sechsunddreißig Jahre, sehr tüchtig, äußerlich zwar nicht mein Typ, unverheiratet...«

»Er hat doch nicht etwa ein Auge auf dich geworfen?«

»Er hat. Und er läßt mich glatt durchfallen, wenn ich ihn einfach abblitzen lasse.«

»Na, na, na, so einfach geht das ja nun auch nicht. Woher weißt du denn überhaupt, daß der Mann sich so weit vergessen würde?«

»Das fühl' ich! Außerdem ist römisches Recht meine schwächste Stelle.«

»Na, das klingt schon anders, aber willst du denn den Kerl heiraten, bloß um das Examen zu bestehen?«

»Nein – nein, Colonel! Ich will das Examen bestehen, ohne ihn zu heiraten und ohne überhaupt irgend was mit ihm anzufangen! Buddy will ihn natürlich verdreschen, daß er in keinen Sarg mehr paßt, aber dann sind wir beide erledigt! Und da habe ich ihm gesagt, er soll mit dem Verdreschen warten, ich will erst mal mit dir sprechen, ob es nicht vielleicht auch anders geht!«

»Das war richtig. Hast du's deiner Mutter erzählt?«

»Ja...« – »Na, das klingt aber sonderbar!«

Sie seufzt: »Ach, du weißt doch, wie Mütter sind. ›Überlege dir das gut, mein Kind‹, heißt es. ›Dein Buddy in allen Ehren, aber ihr müßt mindestens sieben Jahre warten, bis ihr heiraten könnt – und bis dahin – und andererseits – ansehnlicher Mann –‹ Ansehnlich! wie ich das Wort schon hasse! Und schließlich wurdest du noch zitiert, daß so ein Altersunterschied von fünfzehn oder zwanzig Jahren gar nichts ausmache.« Sie mustert mich argwöhnisch: »Womöglich meinst du das auch in diesem Fall?«

»Kommt auf den Mann an. Außerdem ist es die Pflicht deiner Mutter, dir das alles zu bedenken zu geben«, erkläre ich würdevoll. »Und wenn eine deiner Töchter später in dieselbe Situation kommt...«

»Könnten wir das nicht noch vertagen, Colonel?«

»Sei nicht frech, Göre.« Dann kann ich mir das Grinsen nicht länger verkneifen: »Wie heißt der Kerl eigentlich?«

»Zimmermann, Enrico Zimmermann.«

»Enrico Zimmermann! Das klingt wie Sekt und Käsebrot.«

»Er hatte eine italienische Mutter.«

»Na, wenn schon. Dann hätte ich mich entweder hinten Casanova oder vorn Heinrich genannt.«

»Er hat einen Haufen Bücher geschrieben. Du hast sicher schon von ihm gehört.«

»Kein Wort, Gott sei Dank.«

»Aber er hat mehrere Bücher von dir gelesen und schätzt dich sehr.«

»Hm. Worauf willst du eigentlich hinaus, du kleine Kröte? Ich höre mal wieder deine Gehirnräder klicken, so ganz fein und exakt wie deines Vaters Waschmaschinen.«

Sie kratzt sich den Kopf, daß sie wie der Struwwelpeter aus dem Märchen aussieht und ich unbedingt aufstehen und ihr einen Kuß geben muß (kleines Honorar): »Also?«

»Er bedrängt mich, Colonel! Er ist mir bis vor meine Wohnung nachgefahren und hat mir die Ehrenhaftigkeit seiner Absichten versichert. Ich habe ihm gesagt, er solle sich vorsehen, es mache einen schlechten Eindruck, wenn er mit einer seiner Studentinnen...«

»Ausgezeichnet. Und was hat er gesagt?«

»Das mache gar nichts. Er würde mich – wenn ich weiterstudieren wolle, was er bezweifle – einfach an eine andere Universität schicken. Da ich ihn doch aber nicht will und Papa schon für das hiesige Studium kaum das Geld aufbringen kann, nach der Aussteuer für Susanne, behalte ich ihn also als abgewiesenen Freier auf dem Hals, und er läßt mich – wie gesagt – womöglich durchfallen. Buddy jedenfalls bestimmt, wenn der ihm die Jacke vollhaut. Das heißt«, fügt sie nachdenklich hinzu, »wenn's dazu kommt, ist noch gar nicht sicher, wer die meiste Dresche bezieht, der Zimmermann sieht nämlich athletisch aus.«

»Soso, athletisch, sechsunddreißig Jahre, Junggeselle, Professor. Na schön. Und von deiner Verbindung mit Buddy weiß er also noch nichts.« – »Nein.«

»Das ist gut.«

»Warum?«

»Ich weiß nicht – ich hab' nur das Gefühl, je weniger er weiß, desto mehr kann man ihm erzählen.«

Jetzt ist sie es, die aufspringt und mir einen Kuß gibt: »Dann kommst du also?«

»Wie – was – wohin soll ich denn kommen?«

»Ach, Colonel, tu doch nicht so! Aber da sieht man wieder, wie fabelhaft du kombinieren kannst!«

»Moment mal – Augenblick bitte, ich habe keine Ahnung, in was für eine üble Situation du mich mit deinen plumpen Schmeicheleien wieder manövrieren willst! Also, was soll ich? Vor allem, geh von der Lehne meines Stuhles 'runter, es ist der letzte, der noch eine hat. Die anderen hat Ritzewitz zerfressen, während er mittags hier auf meinem Bauch parkt.«

Sie steht auf und setzt sich zu meinen Füßen: »Ich hab' mir gedacht, du solltest ihn dir mal ansehen – den Zimmermann, meine ich. Und zwar bei mir auf der Bude.«

»Bist du verrückt? Wenn du ihn auf deine Bude kommen läßt, hat er dich schon halb – jedenfalls wird er sich das einbilden.«

»Aber du bist doch als Anstandswauwau dabei, Colonel!« Sie sieht wieder ganz verzweifelt aus: »Glatt abweisen kann ich ihn nicht! Wenn ich mit ihm in irgendein Lokal gehe, werden wir gesehen, es wird sofort geredet, er wird nichts dementieren – im Gegenteil, und schon habe ich den Fuß in der Falle! Bringe ich ihn hier 'raus, wird im Dorf geklatscht, und Buddy muß ihn auseinandernehmen, um seinen Leuten hier zu zeigen, was er für ein Kerl ist. Außerdem kann ich mich – wie gesagt – auf Mutti nicht verlassen. Andererseits will er sich unbedingt mal privat mit mir unterhalten, und da habe ich gesagt, na schön, er könnte mich mal besuchen, aber es würde der Colonel dabeisein!«

»Na, das ist doch...«

»Das hat er auch gesagt, und da habe ich ihm erklärt, wer du bist, und warum wir dich so nennen, und er hat gelacht – ziemlich sauer, aber immerhin – und hat gesagt, es würde ihn sogar sehr interessieren, und du würdest bestimmt alles viel besser verstehen als ich. So – nun ist's 'raus!«

»Na, ich bin direkt glücklich darüber! Es sind gerade drei Monate Ruhe gewesen, seit ich Marc und Susanne und den alten Drachen hier bändigen mußte. Und du bist natürlich ganz sicher, daß ich insgesamt zweihundert Kilometer in die Stadt und zurück fahre, nur um mit diesem albernen Pinsel zu reden?«

Sie sieht mich an – großer Unschuldsblick voller Untiefen –: »Ich bin ganz sicher, daß du es machst,

Colonel. Du mußt doch ab und zu zum Fernsehen oder zum Verleger, und bei der Gelegenheit...«

»Das muß ich aber erst mal mit Tante Anette besprechen.«

»Nein, bitte nicht mit deiner Frau!«

»Ja, warum denn nicht?«

»Sie würde in Muttis Horn stoßen, sie kann gar nicht anders als ihre Freundin. Oder sie würde sagen, daß du dich da nicht einmengen sollst.«

Und wie ich sie lange und nachdenklich betrachte: »Bitte, bitte, Colonel!«

»Hm.« Ich kann nicht leugnen, daß mir ihr Vertrauen schmeichelt, daß mich dieser Kerl interessiert und daß mir die ganze Geheimniskrämerei Spaß zu machen beginnt: »Am Donnerstag muß ich in die Stadt, und das ist der Tag, wo hier die Frau Schleussner zum Saubermachen kommt und Anette sowieso nicht weg kann. Allerdings weiß ich nicht, wie ich überhaupt dazu komme, für euch dauernd die Kastanien aus dem Feuer zu holen. An sich genügt es mir völlig, daß mir Susanne...«

»Aber ich weiß, warum du's tust, Colonel!« erklärt Margot und grinst mich an, als ob sie plötzlich drei Jahre jünger wäre.

»Da bin ich doch wirklich gespannt!«

»Weil wir doch deine Töchter sind, deine beiden Töchter auf Pump! Hast du das in deinem Buch geschrieben oder nicht?«

»Gewiß – aber...«

»Und über Zimmermann wirst du ganz bestimmt auch schreiben und über alles andere. Also?«

»Hm. Dann muß ich also leider in den sauren Apfel oder vielleicht in den sauren Zimmermann beißen.«

Sie springt auf, gibt mir noch einen Kuß, dreht sich lachend um, daß der Rock um ihre hübschen Beine schwingt, und hopst zu ihrem Haus hinüber. Sie hat doch viel von Addi...

»Margot ist ja sonderbar aufgekratzt!« sagt plötzlich eine Stimme neben mir. Ich blicke mich um: es ist Buddy, ein sehr, sehr nachdenklicher Buddy, der an seinen Nägeln kaut und schlecht rasiert ist.

Ich sehe auf die Tür, hinter der Margot verschwunden ist, und seufze: »Es ist völlig umsonst, Buddy, daß du Jura studierst.«

Er wird ganz blaß: »Wieso, Colonel?«

»Du hast mir gesagt, du studierst Jura, damit du nicht ganz im Eimer bist, wenn ihr euch mal scheiden laßt. Du wirst im Eimer sein, ehe du überhaupt weißt, was los ist. Gegen dieses Weib ist kein Kraut gewachsen.«

Er setzt sich in den leeren Stuhl: »Darf ich?«

Und als ich nicke:

»Zunächst will ich sie ja mal heiraten. Aber jetzt, wo dieser Zimmermann aufgetaucht ist...«

Ich sehe ihn streng an: »Glaubst du, daß sie dich seinetwegen sitzenläßt?«

Eine lange Weile starrt er mich an, und als ich die Qual in seinem Blick sehe, fühle ich, wie lieb ich auch ihn habe, diese drahtige kleine Bulldogge.

»Nein«, sagt er dann heiser.

»Dein Glück. Sonst hättest du nämlich wirklich verdient, sitzengelassen zu werden.«

»Ich zweifle ja auch gar nicht an ihr, Colonel, sondern an den Eltern, an meinen und an ihren! Sie wissen doch, wie auf uns eingeredet wird. Wenn die bei mir daheim Bescheid wüßten, ging's gleich los: Sei froh, daß du sie los bist, ein Mädel ohne Geld, und bis ihr euch heiraten könnt... Und genauso und noch schlimmer ist es bei ihr. Sie gibt's zwar nicht zu, und ich weiß, daß ihre Mutter mich auch ganz gern hat, aber schließlich ist sie ihre Mutter! Das einzige Mittel ist, daß ich mitten in einer Vorlesung aufstehe, nach vorn gehe, den Kerl verdresche und dann den Kommilitonen erzähle, warum. Dann möchte ich mal sehen, ob...«

»Du wirst dich wundern, was du dann siehst, mein Junge. Zumal ja zwischen Margot und diesem Esel gar nichts passiert ist.«

»Ja, aber man kann das doch nicht so weitergehen lassen!«

»Es wird schon was passieren, bloß ohne dich. Dafür werde ich sorgen.«

»Sie haben 'ne Idee, Colonel?« In seinen Augen blitzt eine kindlich-rührende Hoffnung auf.

»Ich hoffe, eine Idee zu bekommen«, bremse ich.

»Aber – ich meine, vielen Dank, Colonel, daß Sie sich bemühen wollen! Ich kann mir gar nicht vorstellen...«

»Du sollst dir auch gar nichts vorstellen. Wart's ab.«

»Und wenn's nun schiefgeht?«

»Gebe ich dir den Kerl zur Demontage frei.«

»Darauf freue ich mich jetzt schon!«

»Es wäre kein Anlaß zur Freude, Buddy.«

Er senkt den Kopf: »Nein. Vielleicht haben Sie recht.«

»Außerdem, Junge, gibt es noch andere Menschen außer dir, zum Beispiel diesen Herrn Zimmermann, der ja gar nichts von dir ahnt und dem man deshalb nicht übelnehmen kann, daß er sich in Margot verliebt. Du hast's ja auch getan.«

»Was wollen Sie damit sagen?«

Plötzlich ist er hellwaches Mißtrauen.

Ich grinse ihn an: »Ich will damit sagen, daß es in diesem Fall hauptsächlich auf Margot ankommt und vielleicht auch ein kleines bißchen auf mich. Und nun mach, daß du weiterkommst. Ich hab' nämlich noch 'ne kleine Nebenbeschäftigung.«

Er versucht, ziemlich erfolglos, ebenfalls zu grinsen: »Sie wollen mir nicht wenigstens 'ne Andeutung machen, was ihr beide da gekocht habt, Margot und Sie?«

»Nicht die geringste.«

»Trotzdem, vielen Dank, Colonel!«

»Bitte. Sehr ungern geschehen.«

Am Nachmittag sage ich zu Frauchen: »Ich fahre Donnerstag zu Burghard, wegen des letzten Aktes vom Fernsehspiel. Märker soll auch dasein.«

Ich gehe rasch, bevor ihr noch irgendwelche Fragen einfallen. Ich darf nicht vergessen, Burghard zu impfen, falls sie bei ihm anruft...

In meinem Zimmer stehe ich eine Weile unschlüssig herum. Auf dem Tisch liegt mein neuer Roman, aber ich habe keine rechte Ruhe dazu. Die Probleme der beiden Kinder (das sind sie in meinem Innern noch immer) wälzen sich in meinem Herzen umeinander und machen es schwer.

Addi winkt mir von drüben, als sie mich in der Terrassentür stehen sieht. Wahrscheinlich will sie mir jetzt ihr Mutterherz ausschütten, aber ich fühle mich dem ebensowenig gewachsen wie meinem Roman.

Plötzlich will ich, fast wie in einer Panik, weg von hier, von allen weg, 'raus in den Wald. So winke ich Addi freundlich zu, als hätte ich sie mißverstanden, gehe nach oben und verkünde, daß ich in den Wald führe, um Pilze zu suchen. Die Pilzsaison ist für mich ein Höhepunkt des Jahres, und da man weiß, daß mit mir in dieser Beziehung nicht zu spaßen ist, beschränkt man sich auf die Bitte, ich solle auf dem Rückweg ein Paket ›Welpenfutter‹ mitbringen.

Weffi und Peti haben ›wegfahren‹ gehört und sitzen erwartungsvoll Seite an Seite vor meinen Füßen. Sie wedeln um die Wette. Ich streichele ihre Köpfe – jeden mit einer Hand, damit sich keiner benachteiligt fühlt, und sage: »Es geht nicht, Kinderchen, Herrchen will in den Wald, und da sind diese Brüder mit den Schießprügeln, die kleine Hunde totschießen.«

Ich gehe in die Garage, stehe eine Weile bewundernd vor meinem frisch polierten alten 220er, der auf den Namen Boxie hört, fahre dann Frauchens weißen Sportwagen (der ›Weißpferdl‹ heißt) hinaus und rolle ab.

Zehn Minuten später nähere ich mich der aus zwanzig Bauernhöfen bestehenden Großstadt Pfungsbichl, die das Zentrum meiner geheimen Pilzreservoire bildet. Als leidenschaftlicher Sammler kennt man ja jede einzelne Stelle weit herum. Sehr oft aber muß man entdecken, daß man Konkurrenz hat, die man aus ganzem Herzen zum Teufel wünscht. Meist bekommt man sie nie im Leben zu sehen, obwohl man sich die Galle über sie herausärgert.

Nur einmal habe ich einen von ihnen getroffen. Es war im vorigen Herbst und die Saison für Halimasche und Maronen, Steinpilze nur noch gelegentlich und dann meist groß und entsprechend verwurmt. Wir trafen uns also. Er ging etwas vornübergebeugt und hatte einen gestutzten graumelierten Kinnbart. Offenbar auch ein Intellektueller, wie ich aus seiner gepflegten Sprache und dem Umstand schloß, daß er genau die gleiche Pilzkameradschaft heuchelte wie ich. Wir verglichen unsere beiderseitige Beute. Er hatte bedeutend mehr. Darauf empfahl ich ihm dringend eine Richtung, in der nach meiner Erinnerung noch nie ein Pilz gewachsen ist. Er jedoch erklärte, einen so großmütigen Tip könne er unmöglich annehmen und werde sich mit der Gegend begnügen, in der er sich augenblicklich befinde. Wir schüttelten uns die Hand, wünschten uns Pilz-Heil, und er entfernte sich erfreulicherweise genau in der Richtung, aus der ich kam und alles abgesucht hatte. Da wir uns erst im letzten Moment sichteten, hatte er nicht bemerkt, woher ich kam. Allzuviel Schaden konnte er also nicht anrichten. Wenigstens ein kleiner Trost!

Mir hingegen blieb anstandshalber nichts übrig, als zumindest zu Beginn selbst in die von mir empfohlene Richtung zu entschreiten. Später konnte ich ja einen Haken schlagen... Ich ging also ein paar hundert Meter in dieser Richtung und sah mich dann vorsichtig um. Er sah sich auch gerade vorsichtig um, und beide winkten wir uns herzlich zu. Dieses Biest! Er traute mir also nicht, weil er wahrscheinlich eine ebenso schwarze Seele hatte wie ich. Und plötzlich mußte ich laut lachen, lachen über diesen Urmenschen von affenartiger

Schläue und Bosheit, der da in meinem Unterbewußtsein aufgetaucht war.

Während ich noch so über mich selbst lachte, sah ich vor mir im Moos ein braunes Köpfchen, sammetmatt auf einem kräftigen gelben Rumpf: eine junge Marone. Ich klappte andächtig, das Messer auf und schaute dabei in die Runde: da drüben zwischen die Wurzeln einer riesigen Tanne geklemmt, ein ganz großer fetter Brocken! Er hatte einen wahren Schlangehals entwikkelt, um aus seinem Wurzelversteck doch noch ans Licht gucken zu können. Und rundherum – Maronen – Maronen – Maronen – junge Ziegenlippen – drei Steinpilze und an einem faulen Baumstumpf, der von den großen Waldameisen zur Ritterburg ausgebaut war, ein ganzer Haufen von Halimaschen. Ganz jung und fest. Ich füllte sämtliche Tüten, Beutel und auch noch meine Jacke und den Hut mit Pilzen und schleppte es etappenweise zum Wagen. Auf der letzten Etappe traf ich den Konkurrenten. Er machte einen ausgesprochenen melancholischen Eindruck, und die Augen quollen ihm aus dem Kopf, als er den Pilzberg in meinem Wagen sah. »Wo haben Sie die bloß gefunden?« fragte er.

»Genau in der Richtung, die ich Ihnen empfohlen habe«, ich sagte es leichten Herzens, denn ich wußte bestimmt, er würde glauben, daß ich ihn anschwindelte, und deshalb nie in mein neues Revier geraten. Ja, so sind wir einfachen und treuherzigen Kinder des Waldes!

Das alles geht mir durch den Kopf, als ich mich nun Pfungsbichl nähere und an den ersten Höfen vorbeirolle – und dann trete ich auf die Bremse, daß die Räder blockieren: vor einem Hof auf der linken Seite sitzt der kleine Löwe, mein Cocki sitzt dort, etwas brauner im Gesicht und mit noch längeren und schwereren Gehängen, aber mit den gleichen goldenen Augen, dikken Tatzen und gefiederten, krummen Vorderbeinen. Ich lasse den Wagen mitten auf dem Weg stehen und gehe auf ihn zu wie im Traum. Und siehe da – er kommt auf mich, den Fremden, ebenfalls zu, wie magnetisch angezogen und ganz gekrümmt vor Demut. Allerdings zieht er die Nase kraus, was bei anderen Hunden kurz vor dem Beißen kommt. Ich zögere einen Moment, dann knie ich mich nieder und nehme den schmalen, hohen Kopf mit der großen Pappnase zwischen die Hände. Er macht sich vollends krumm und schmiegt sich ganz in mich hinein, während ich es nicht verhindern kann, daß meine Hände zittern. Das Krausziehen der Nase, stellt sich heraus, ist ein freundliches Grinsen, ein Phänomen, das ich noch bei keinem anderen Hund beobachtet habe. »Ja, mein Cockchen«, murmele ich, »hast du mir den hier geschickt, mein kleiner Löwe daheim unterm Rasen?«

Der Hund sieht mich an, als verstehe er jedes Wort. Dann leckt er meine Hand.

Über mir sagt eine Stimme: »Gell, ein Hund spannt's gleich, wenn einer ihn mag!«

Ich blicke auf und sehe in zwei gute, nußbraune Augen. Die Bäuerin offenbar. Ein blitzsauberes, junges Weiberl, so sauber und freundlich wie das ganze Anwesen. Jetzt stürmen zwei Rangen aus der Haustür, Junge und Mädchen, so drei bis vier Jahre alt. »Das ist der Franzl und das ist die Kathi«, sagt die Bäuerin.

Kathi macht einen Knix, Franz bohrt in der Nase,

dann schmiegen sich beide in die Rockfalten der Mutter.

»Wie heißt er denn?« frage ich und deute auf den Hund.

»Wastl!« schreit Franz und ist gleich wieder in einer Rockfalte verschwunden. Ich streichele den etwas üppigen Rücken Wastls: »Mir ist so einer gestorben, vor ein paar Wochen. Möchtet ihr den nicht verkaufen?«

»Nein, das geht nicht«, sagt die Bäuerin, »der ist nämlich von meiner Schwester, die einen Baron geheiratet hat, drüben in Fichtlstein, den Herrn Baron von Itzenplitz, Cockerzwinger Itzenplitz, kennen Sie den nicht?«

»Nein. Wie alt ist er denn, der Wastl?«

»Anderthalb Jahre.«

»Bißchen dick. Darauf müssen Sie bei Cockern achten!« (Nur im Gespräch bleiben, vielleicht gelingt es mir doch noch!)

Die Bäuerin lacht: »Ja mei, wenn er halt die Mehlspeisen so gern hat, der Wastl, gell?«

Der Dicke hat bei ›Mehlspeise‹ die Ohren hochgenommen, löst sich aber trotzdem nicht aus meiner Umarmung. Merkwürdig.

»Und warum wollen Sie ihn mir nicht verkaufen?« frage ich.

»Ja, mei, wenn meine Schwester das hört, die würd' mir das übelnehmen, wo's ihn mir doch zum Namenstag geschenkt hat.«

»Ja, das verstehe ich.« Aber dabei rasen meine Gedanken. Dieses hochrassige Tier hier auf dem Bauernhof, als Dorfhund. Das kann doch für die Züchterin nie im Leben eine befriedigende Lösung gewesen sein, ist wahrscheinlich im verwandtschaftlichen Überschwang zustande gekommen. Und du, Wastl, scheinst mir auch nicht sehr zufrieden zu sein...

Ich nenne der Bäuerin einen guten Preis – sie lehnt ab. Dann nenne ich einen sehr guten und schließlich einen ganz verrückten Preis – sie lehnt wieder ab. Hinter mir hupt es, es ist der Bauer, der mit seinem Bulldog in die Scheune will und dem mein Wagen im Weg steht. Ich springe auf, winke ihm freundlich zu und fahren den Wagen zur Seite. Dann schlendere ich zu ihm in die Scheune. Er klettert gerade vom Fahrersitz, ein breitschultriger, kraftvoller Mann mit hellen, sehr wachen Augen.

»Entschuldigen Sie, bitte«, sagte ich. »Aber ich habe gerade versucht, Ihren Cocker zu kaufen. Meiner ist mir vor ein paar Wochen gestorben.«

»Na – und was hat die Frau gesagt?«

»Sie könnte es nicht, wegen ihrer Schwester.«

»Hm«, macht der Mann, dann schaut er sich um, ob ihn die Frau wohl hört, und kratzt sich den Kopf: »Wissen Sie, an sich hätte ich nichts dagegen, wenn der Wastl wegkäme. Aber machen Sie was gegen die Weiberleut'! Sind Sie auch verheiratet?«

»Ja.«

»Alsdann, dann wissen sie ja eh Bescheid.«

»Ja«, seufze ich, »ich weiß Bescheid. Und warum hätten Sie persönlich nichts dagegen?«

»Ja, sehen Sie, der Wastl ist ein Rassehund mit so einem Stammbaum, der gehört eben nicht auf einen Hof, der gehört zu einem Jäger, für die Wasserjagd. Sie sind bestimmt Jäger?«

»Nein.«

Er sieht mich überrascht und etwas mißtrauisch an. Vielleicht glaubt er, daß ich den molligen Wastl in Weißwürste und Geräuchertes verwandeln will. »So? Zu was wollen Sie ihn denn dann, den Wast?«

»Nur so...«

Plötzlich kommt mir eine Idee. »Augenblick«, sage ich und renne schnell zum Wagen. Dort habe ich, wie mir eingefallen ist, zufällig ein Belegexemplar meines Hunderomans *Der Bund der Drei*, in dem mein kleiner Löwe eine der Hauptrollen spielt. Ich gebe dem Bauern das Buch: »Schauen Sie, das habe ich geschrieben, geben Sie's der Frau zum Lesen, dann wird sie wissen, daß der Wastl es gut bei mir haben wird. Sie kann's ja auch ihrer Schwester schicken.«

Der Bauer hält das Buch in seinen großen braunen Händen, als sei es eine chinesische Teetasse: »Ja mei, das haben Sie wirklich selber geschrieben, und dann haben Sie's drucken lassen?« Er blättert und entdeckt ein Bild von Cocki: »Ja, da schau her – da ist er ja, der Wastl! Sie, das lese ich auch!«

»Ich schenke es euch.«

Er streckt mir die Hand hin: »Dann sag' ich halt dank schön! Sie, das ist eine gute Idee! Wenn das die Weibsleut' sehen – also, schauen Sie halt noch mal vorbei, nach der Ernte!«

Als ich nach nochmaligem Händeschütteln zum Wagen gehe, wer sitzt da auf dem Vordersitz? Wastl. Er grinst und fegt mit dem dicken Stummelschwanz das Polster. Ich presse ihn an mich und küsse ihn auf den schneeweißen Fleck, den er oben auf dem hohlen Kopf hat, dann hebe ich ihn hinaus: »Jetzt noch nicht, Wastl. Aber ich lasse nicht locker, das kannst du mir glauben.«

Nie werde ich den todestraurigen Blick zwischen den langen, schweren Ohren vergessen, mit dem Wastl mir nachsieht, als ich kräftig Gas gebe und um die Ecke fege, um schnell wegzukommen. Im Wald fehlt der sonstige Friede. Ich finde nicht einen einzigen Pilz. Ich versuche es mit Autosuggestion: stell dich drauf ein, sage ich mir, daß es nichts wird. Auch das Buch wird nichts helfen. Frau und Familie dagegen, auch die Kinder sicher. Gib's auf!

Aber durch all das hindurch schauen mich zwei große, goldene Augen traurig an, und eine braune Pappnase grinst. Schlimmstenfalls klaue ich ihn. Sie wissen ja meinen Namen nicht – doch! Sie haben mein Buch. Verflixt noch mal. Dann fahre ich eben zu der Schwester, dieser Hundezüchterin, und erkläre ihr als Mitglied des Tierschutzvereins, daß das Tier in ungeeigneten Händen ist!

Sie wird mich 'rausschmeißen, und das mit Recht.

Ganz leise fahre ich in die Garage. In unseren beiden Häusern ist schon Licht. Bei Bentlers sitzen Teddy, Addi, Susanne und Margot beim Abendbrot. Teddy erzählt strahlend – wahrscheinlich von seinem neuen Traumwagen –, und die drei Frauen bemühen sich, ihn nicht merken zu lassen, wie schwer ihnen ums Herz ist.

Bei mir im Hause sehe ich die Mama den Abendbrottisch decken. Das Frauchen steht in Strümpfen auf einem Sessel und repariert die Stehlampe, deren Ziehkontakt ab und zu Launen hat. Sie ist die einzige, die damit fertig wird. Die beiden Hunde sehen ihr voll Andacht und die Mama voller Angst zu.

Es ist fast Vollmond und die Nacht angefüllt von Froschchören und Grillengegeige. Zwei Liegestühle stehen noch an Cockchens Grab. Ich setze mich in den einen, der ist feucht von Tau, ebenso wie der weiße Stein auf dem Grab.

»Weißt du«, sagte ich, »da habe ich gedacht, daß du ihn mir geschickt hättest, den Wastl. War aber wohl ein Irrtum. Der Bauer mag ihn nicht sehr, das habe ich gemerkt. Aber die anderen... Ja, mein kleiner Löwe, es gibt eben Sachen, wo niemand etwas machen kann...«

Seufzend stehe ich wieder auf. Plötzlich freue ich mich, daß ich nächster Tage nach München muß, um gegen diesen Casanova von Professor anzutreten. So kann ich wenigstens für eine kleine Weile zwei traurige Augen und eine selig grinsende Pappnase vergessen. Einen Moment bin ich neidisch auf Teddy, er hat seinen großen Wunsch erfüllt bekommen.

8

Ich bin völlig groggy und schnaufe wie ein Walroß, als ich mit den beiden Flaschen unter dem Arm endlich den fünften Stock erklommen habe, in dem Margot wohnt. Es ist eines jener nach dem letzten Kriege zur Wohnung ausgebauten Dachgeschosse. Eine alte Dame mit schneeweißem Haar, hochgeschlossener schwarzer Bluse und einer dicken Türkisbrosche öffnet mir: »Guten Abend, Herr Professor!«

»Ich bin nicht der Professor, gnädige Frau, ich bin nur...«

»Ach, dann sind Sie der Herr Bentz. Bitte, treten Sie doch näher! Ich habe übrigens von Fräulein Bentler Ihre

Hundebücher geliehen bekommen. Ich hatte auch einen Hund, einen Rehpinscher, Mohrchen hieß er. Sie müssen, wenn Sie mal Zeit haben, unbedingt...«

»Grüß dich, Colonel!« Margot fliegt mir um den Hals: »Das ist er, Frau Singer!«

Die alte Dame nickt: »Leider wurde er mir vor drei Jahren überfahren.«

»Ich kann mich aber nicht erinnern...«, sage ich erschrocken.

»Ich meine ja nicht Sie, sondern das Mohrchen.«

»Ach so – ja, das ist natürlich...«

Margot hakt mich unter: »Komm schnell 'rein, Colonel, und sieh dir an, ob ich alles richtig gemacht habe. Die liebe Frau Singer hat mir so rührend geholfen.«

Frau Singer nickt nur wehmütig-gütig. Anscheinend denkt sie noch immer an ihr Mohrchen, vielleicht auch an die eigene, langversunkene Jugend. Ich besichtige die Schüssel mit den auf Zahnstocher gespießten Häppchen und die Schüssel mit den Salaten und die Flasche Wermut und lobe alles sehr. Dann stelle ich die beiden Flaschen, die ich mitgebracht habe, auf den Tisch.

»Was hast du denn da?« fragt Margot. »Mein Gott, Hennessy und einen echten Gumpoldskirchner? Eine Zweiliterflasche!«

Ich nehme den Wermut und stelle ihn in die Ecke neben den Kleiderschrank: »Sauft er?«

»Wer – der Zimmermann?«

»Ja.«

»Ich weiß nicht, ich glaube, nicht mal.«

»Wunderbar, dann machen wir den Kerl blau, aber mit guten Sachen. Nicht mit dem Wermut, ohne dir zu nahezutreten. Danach wird ihm bloß übel. Aber nach dem Gumpoldskirchner wird man herrlich blau und redet wie ein Wasserfall und zum Schluß – auf ihn mit dem Hennessy! Danach sagt er auch noch das, was er nach dem Gumpoldskirchner nicht gesagt hat.«

»Aber was soll er denn sagen?«

»Ich muß seine schwachen Stellen 'rausfinden, wir werden sie brauchen können. Es hat geklingelt!«

Enrico Zimmermann, stelle ich fest, ist etwa ebenso groß wie ich (1,88), das Haar auf dem Scheitel schon leicht verdünnt, von einem sanft ins Rötliche spielenden Blond, das Gesicht oval, die Nase gerade und wohlgebildet, die Augen von einem durchdringenden Blau unter buschigen Augenbrauen, die – laut Mama – auf ausgeprägte Männlichkeit deuten. Dazu stimmt der weiche und empfindsame Mund nicht, obwohl er jetzt, als er mir die Hand schüttelt, krampfhaft das Kinn nach vorn schiebt und die Wangenmuskeln spielen läßt: »Der Colonel leibhaftig«, sagt er. »Margot hat mir alles über Sie verraten. Köstlich, köstlich und – sehr erfreut!«

»Ganz meinerseits!« Der Bursche ist gar nicht so übel, und für Margot hat er einen Strauß gelber Teerosen, die er ihr mit einem Handkuß in den Arm legt. Dabei schickt er ihr von unten herauf blitzschnell einen bettelnden Blick. Armes Schwein. Margot wird knallrot und murmelt etwas von »geht doch gar nicht« und »völlig überflüssig«.

Ich durchschneide die Situation, indem ich ihn bitte: »Hocken Sie sich da irgendwo hin, Professor. Wir werden es ausnutzen, daß wir in der Überzahl sind, und diesem Kind hier mal einen richtigen Männerabend vormachen. Haben Sie Ihren Wagen mit?«

»Ja, ich habe ihn vor der Tür geparkt, gerade unter der Laterne.«

Ich fühle, daß er sehr stolz darauf ist, und gehe demzufolge ans Fenster. Unten steht ein sehr hübscher, roter, ganz neuer Sportwagen, offenbar angeschafft, um Margot gegenüber seine Jugendlichkeit zu betonen. »Sehr fesch«, sagte ich. »Spitze?«

»Ehrliche hundertvierzig!«

»So. Na, dann geben Sie mal den Schlüssel an Margot – nur gegen Aushändigung des Schlüssels erhalten Sie Zugang zu den Genüssen, die Ihrer harren. Margot nimmt den Schlüssel in Verwahrung und bringt ihn morgen mit ins Kolleg.«

Er trägt es mit Humor, legt die Hand an den Kopf und knallt mit den Hacken: *»Aye, aye, Sir!«* Und dann mit einem Anflug von Eifersucht: »Hat sie Ihren Schlüssel auch?«

»Ich habe gar keinen Wagen mitgebracht. Im übrigen ist es sehr passend, daß Sie mit Ihrem *aye, aye, Sir* die maritime Form der Befehlsbestätigung wählen. Wir werden uns nämlich jetzt...«, ich ergreife die Flasche Gumpoldskirchner, »auf hohe See begeben.«

Er nimmt die Flasche und betrachtet sie stirnrunzelnd: »Gumpoldskirchner? Das ist doch dieser Zauberwein, von dem, glaube ich, in einem früheren Jahr 250 000 Hektoliter geerntet und über 400 000 verkauft wurden! Ich will damit nicht etwa sagen...«

»Aber mein Lieber! Ich hatte dieselben Bedenken, aber dieser ist ganz echt von der Quelle, aus einer uralten Kellerei. Außerdem hat man jetzt scharfe Kontrollen eingeführt. Eine Spätlese, wie Sie bitte beachten wollen! So, und nun setzt euch, Kinder – es geht los!«

Margot stellt schnell die Brötchen auf den Tisch und entzündet eine dicke Honigkerze, während ich eingieße. Wir stoßen an, mit schönen alten Kristallkelchen, die Margot sich von Frau Singer geborgt hat. Die Gläser klingen, die Kerze weht im Zug, der durchs halboffene Fenster aus der warmen Nacht kommt, und unsere Gesichter verändern sich in ihrem Schein. Tiefe Schatten in den Flächen, mal die linke, mal die rechte Hälfte erleuchtet, mal nur eine Hand, eine Stirn.

Das Professorchen versteht offenbar etwas von Wein. Er kaut ihn – dann verklärt sich sein Gesicht: »Groß! Diese Spitze – unvergleichlich! Mein Kompliment, Colonel! Ich darf Sie doch so nennen?«

»Sie dürfen. Nach dem sechsten Glas kennen wir uns sowieso seit tausend Jahren!«

Er leert das Glas und stößt ein genüßliches »Aahh!« aus. Margot gießt ihm sofort nach. Er droht mit dem Finger.

»*In vino veritas!*« erklärt sie.

Er blickt zwischen uns hin und her und lacht: »Aha, ich soll sozusagen auf den Seziertisch! Also los, geniert euch nicht.« Damit kippt er das zweite Glas, steht auf, schmeißt dabei den Stuhl um, stellt ihn vorsichtig wieder auf und verbeugt sich: »Name: Enrico Zimmermann. Für den Vornamen kann ich nichts, meine Mutter war Italienerin. Sängerin. Papa heiratete sie von der Bühne weg und hielt sie zwanzig Jahre lang aus Eifersucht buchstäblich gefangen. Gefiel ihr aber gar nicht schlecht. Italienische Frauen sind ja anders in dieser Beziehung.«

»Raffinierter«, sagt Margot.

Wir starren sie einen Moment verwirrt an. Sie hat

sich nicht am Wein beteiligt, sondern trinkt statt dessen Hennessy. Offenbar ist es nicht der erste, den sie jetzt hinunterschüttet, bevor sie würdevoll sagt: »Ich wollte Sie aber nicht unterbrechen, Herr Professor.«

Diese Entschuldigung wird in ihrer Feierlichkeit dadurch gemildert, daß sie den Mund voll Käsehappen hat. Zimmermann und ich wechseln einen Blick gerührten Verständnisses: »Ist sie nicht entzückend?«

»Sie wollten von Ihrer Familie berichten.«

»O ja, wo war ich gleich...«

»Bei Ihrer von Papa gefangengehaltenen Frau Mutter.«

Margot nimmt sich ein Brötchen mit Ei und Sardelle: »Sie hatte es gern, sagten Sie. Ich hätte aus Ihrem Papa Kleinholz gemacht.«

Zimmermann, abermals aus dem Takt gebracht, reißt sich zusammen: »Papa focht drei Duelle ihretwegen aus. Nur über die Kindererziehung konnten sie sich nicht einigen.«

»Das merkt man«, erklärt Margot und gießt sich einen weiteren Hennessy ein, während Zimmermann erregt das dritte Glas leert. »Wieso?« fragt er und nimmt Margots Hand.

»Hören Sie nicht auf sie«, versuche ich ihn zu besänftigen und gebe ihr unter dem Tisch einen Tritt. Sie sagt »Aua!« und sieht nach ihrem Schienbein. Derweil nehme ich ihr die Hennessyflasche weg. Margots Kopf mit zerzaustem Haar und blitzenden Hennessy-Augen kommt unter dem Tisch vor und sagt zu Zimmermann: »Weil Sie selber so – so unharmonisch sind.«

Er kaut eine Weile an dieser sibyllenhaften Äußerung. Dann trinkt er das vierte Glas aus, und sein

Gesicht verklärt sich: »Ah, jetzt verstehe ich Sie! Sie meinen die Zwiespältigkeit meiner Natur!« Zu mir gewandt: »Bemerkenswerte Intuition! Tja, wir sind nun mal das Produkt aus zwei Ahnenreihen, einem Milieu und dem, was uns zustößt.«

Ich sehe eine Gelegenheit, die Situation zu entschärfen: »Und noch etwas mehr.«

»Das wäre?« Er hat angebissen. Seine Augen funkeln diskussionslustig. Er läßt Margots Hand los und setzt sich neben mich.

»Unser eigentliches Ich«, antwortete ich. »Das, worauf's eigentlich ankommt und das unabhängig und unsterblich ist.«

»Wie würden Sie es definieren?« Er sieht aus wie ein Untersuchungsrichter. Von dem möchte ich nicht geprüft werden! Vielleicht hat Margot doch recht.

»Nun«, sage ich, »ich – hm – ich meine, die Art und Weise, wie man mit all diesen Sachen fertig wird, mit Vater, Mutter, Milieu und dem, was einem so zustößt.«

Darüber denkt er tief nach, und ich beobachte derweilen Margot, wie sie unter dem Tisch nach der Flasche sucht. Als sie meinen Blick bemerkt, grinst sie ziemlich blöd und tröstet sich mit Ei und Sardellen. Inzwischen ist Zimmermann zu einer Entscheidung gelangt: »Das, was Sie als das eigentliche ›Ich‹ bezeichnen, ist von keiner Seite her faßbar und selbst bei verständnisvollster Auslegung absolut immateriell.«

»Eben deshalb ist es unsterblich«, sage ich, krampfhaft bemüht, ihn bei der Stange zu halten. »Wäre es irgendwie faßbar, wie Sie sich ausdrücken, könnte es nicht unsterblich sein.«

»Aber...«

»Es hat sogar eine Parallele in der Atomphysik. Verstehen Sie was davon? Ich nämlich auch nicht. Aber ich habe da in einem Buch über sogenannte Neutrionen gelesen – nicht zu verwechseln mit den Neutronen, die ja ›faßbar‹, also meßbar sind.«

Zimmermann greift wieder zum Glas, ich auch. Die Flasche ist im letzten Drittel. »Ja?« fragt er gespannt.

»Diese Neutrionen haben praktisch Lichtgeschwindigkeit und demzufolge laut Einstein keine Masse. Sie können mitten durch einen Atomkern fliegen, ohne anzustoßen, und tun das auch, aber bei ihrem Flug bringen sie die Atomsysteme ganz schön durcheinander. Sie kommen aus Universen jenseits des unseren und fliegen auf der anderen Seite wieder hinaus – aus Zeit und Raum – immer mit Lichtgeschwindigkeit und deshalb ewig. So was Ähnliches – wirkend, aber ohne Substanz – ist vielleicht dieses Ich.«

Ich habe mich gewaltig angestrengt, meinem umnebelten Hirn diese Definition samt Parallele zu entreißen. Zimmermann sieht mich begeistert an, hebt dann das Glas: »Wir wollen uns alle duzen, Colonel! Verzeihen Sie – ich bin der jüngere, aber das ist ein ganz besonderer Abend!«

Über diesen Gumpoldskirchner Kurzschluß bin ich zunächst verblüfft. Dann sehe ich Margot an. Sie sitzt erstarrt und angstvoll wie ein Vogel in der Falle. Dann beginnt sich eine gefährliche Falte des Unmuts auf ihrer Stirn zu bilden. Ich aber muß dran denken, wie ich einst einen älteren Freund um das Du bat und abgewiesen wurde. Es war einer der bittersten Tage meines Lebens und fügte mir eine Wunde zu, die nie verheilen wird. So reiche ich ihm die Hand: »Ich heiße Hans.«

»Das weiß ich. Und ich heiße Enrico.«

»Das wiederum weiß ich.«

Er lacht, er ist ganz glücklich: »Und nun – Margot?«

Ich stoße sie unter dem Tisch an. Sie hebt das Glas: »Aber nur für diesen Abend!«

Er überlegt offensichtlich, ob er es mit dem üblichen Kuß versuchen soll, aber etwas in ihrem Blick dringt selbst durch die heiteren Barocknebel des Gumpoldskirchner. So sagt er nur mit einer galanten Verneigung: »Prost, Margot!«

»Prost Enrico.«

Irgendwie hat sich Kühle ins Zimmer geschlichen. Wir fühlen es beide, Margot so stark, daß sie aufsteht und das Fenster schließt. Nur Enrico ist jetzt restlos selig, und es beginnt bei ihm mit der Sprache zu hapern.

Er wendet sich wieder zu mir. Ich trinke mein viertes Glas aus, er sein achtes. Wir kommen von der Genesis auf die Upanischaden, die Bhagawadgita und die esoterischen Traditionen, während Margot, wie ich mit einem Seitenblick bemerke, aus dem Weinglas Hennessy trinkt. Wir werden erst wieder auf sie aufmerksam, als sie sich verschluckt und hustet.

Als sie zu sich kommt, schreit Enrico entsetzt: »Du schielst ja, Kind!«

»Das tut sie immer, wenn sie blau ist«, sage ich und greife unter den Tisch. Den Hennessy-Flasche ist zu einem Drittel leer.

»Ich glauglaube, wir briringen das Kind zu Bett«, meint Enrico.

Margot schlägt die Augen zu ihm auf: »Ich schiele, aber du stottoterst. Ihr seid mindestens so blau wie ich, oder heißt es als – als nur nach Komparativ – ach, müßt ihr wissen, ihr alten Strohbesen, arme kleine Margot ganz vergessen...« Über ihre Wangen rollen Tränen des Selbstmitleids, die Enrico in tiefster Bestürzung betrachtet, und ehe wir's uns versehen, ist ihr der Kopf vornübergesunken, und mit einem tiefen Schnarcher steigt die sanfte Röte des Schlummers in ihr friedliches Gesicht.

Ich schaue auf die Uhr. Das ist gar nicht so einfach, da sich das Zifferblatt sanft im Kreise bewegt. Dieser Gumpoldskirchner! Dabei habe ich erst vier Glas intus, aber der Kerl da neben mir hat schon acht! Und den wollte ich unter den Tisch trinken! Säuft wie 'n Loch. Altes Studententraining. Was wollte ich eigentlich? Enrico – na, so was Komisches! Enrico Caruso!

»Caruso«, sage ich feierlich, »Enrico Caruso, kannst du mir sagen, was ich wollte?«

Er erwägt meine Frage eine Weile, richtet sich dann leuchtenden Auges auf: »Du wolltest gehen!«

»Du dann aber auch!«

Er nickt trübe: »Ja, ich auch. Hinaus ins feindliche Leben, sozusagen. Vor-vorher müssen wir aber dieses Kind in sein Bettchen bringen!« Und damit nimmt er sehr vorsichtig Margots Kopf und kippt das ganze Mädchen nach hinten in den Sessel. Sie lächelt, ein unbeschreiblich liebliches Lächeln: »Nicht so hastig – nicht so hastig, wir haben doch Zeit!« flüstert sie. (Diese Äußerung stammt offenbar aus der Buddy-Schublade.)

Der nichtsahnende Enrico legt mir den Arm um die Schulter: »Mona Lisa«, flüstert er, »komplett Mona Lisa – siehst du diesen halb irrsinnigen, halb verschlagenen Zug um den Mund, ewiges Rätsel Weib – das Urbild...«

»Halt!« sage ich. »Jetzt weiß ich, was ich wollte: nach der Uhr sehen!« Ich tue es und vermag festzustellen, daß es halb elf ist.

»Meinst du, wir mü-müssen sie ausziehen, bebevor wir sie hinlegen?« fragt Enrico, der sie noch immer fasziniert anstarrt.

»Nein! Es ist zwar schon halb elf, aber wir werden Frau Singer bitten...«

»Keine – keine Frau Singer!« bemerkt er aufrührerisch.

»Das ist die Wirtin. Und wenn die schon schläft, kippen wir den Aschbecher aus und gehen einfach.«

»Warum Aschbecher?«

»Damit's nicht brennt, während sie schläft.«

Er sieht mich sehr ernst an. »Das ist eine große Idee!« Steht auf, reißt das Fenster auf und schüttet den Aschbecher aus. Dabei fliegt der Aschbecher mit. Wir hören ihn unten aufschlagen und einen ärgerlichen Ausruf. Enrico dreht sich vom Fenster zurück und hebt dozierend den Zeigefinger: »Er hat geschimpft, folglich lebt er noch!«

»Wer?«

»Na, der da unten. Der Aschbecher, mein Freund, war nämlich aus Eisen – Ku-ku-kunstgewerbe, eisernes. Fallgeschwindigkeit mal Gravitationskomponente, dividiert durch Gumpoldskirchner. Hättest du mich verteidigt?«

»Ich hätte dich bestimmt verteidigt, Enrico.«

»Auch vor dem Schwurgericht?«

»Da erst recht.«

Er kommt vom Fenster und umarmt mich. »Du bist mein Freund.«

»So«, sage ich, »und jetzt holen wir Frau Singer.«

Er schlägt die Hacken zusammen: *»Aye, aye, Sir.«* Reißt die Tür auf und schreit mit Stentorstimme: »Frau Singer!!«

Gegenüber öffnet sich eine Tür, und etwas ganz Verschüchtertes in langem Hemd und Nachtjacke erscheint und knipst das Licht in der Diele an.

Enrico mustert sie majestätisch: »Frau Singer!«

»Ja, Herr Professor?«

»Bibibringen Sie dieses Kind zu Bett. Es hat Hennessy getrunken und träumt wie Momomona...«

»Lisa«, ergänze ich. »Jawohl«, sagt Frau Singer und blickt ängstlich von einem zum anderen.

Enrico schüttelt ihr feierlich die Hand: »Wir sind Ihnen zutiefst verpflichtet, gnädige Frau, ganz abgesehen von Ihren Verdiensten um die Strafrechtsreform.« Er legt den Arm um meine Schulter: »Für uns fängt der Abend erst an. Gnädige Frau – *in vino veritas!*«

»Jawohl«, sagt Frau Singer abermals und huscht mit einem ängstlichen Blick auf mich in ihr Zimmer zurück. Sie erscheint mit einem Hausschlüssel, den sie mir in die Hand drückt, und fünf Minuten später stehen wir nach eifrigem Gebrauch des Geländers und längeren Bohrungen im Schlüsselloch wohlbehalten auf der Straße.

»Wir fahren jetzt ins Apollotheater!« erklärt Enrico und steuert, in seinen Taschen suchend, auf seinen Wagen zu.

Plötzlich ist jemand neben mir, mit hochgeklapptem Kragen: Buddy!

»Er hätte mich beinahe erledigt, der Schuft! Mit dem Aschbecher! Wie steht's, Colonel? Was ist mit Margot?«

»Es steht gut, sie ist völlig blau, Frau Singer bringt sie gerade ins Bett und nun verschwinde.«

Er taucht in die Dunkelheit, aber Enrico, der nach vergeblicher Schlüsselsuche auf mich zukommt, hat ihn bemerkt und starrt ihm leicht schwankend nach: »Wer war das?«

»Wer?«

»Der Kerl mit dem hochgeschlagenen Kragen, der sich da wegschlich!«

»Hab' keinen gesehn.«

Er sieht mich besorgt an: »Wir werden vom Geheimdienst überwacht!«

»Quatsch.«

»Glaube mir, Colonel, ich weiß es! Kerle mit hochgeklappten Kragen sind immer vom Ge-Geheimdienst! FBI wahrscheinlich. Wir müssen schnell handeln! Hallo – Taxi!« Das Taxi, das gerade auf ›Greife‹ vorbeifuhr, hält. Er zerrt mich hinein. Langsam werde ich wieder nüchtern und müde.

»Wohin?« fragt der Chauffeur.

»Apollotheater«, sagt Enrico und flüstert mir so laut, daß man es zwei Ecken weit hören kann, zu: »Paß auf, ob wir verfolgt werden!«

»Das ist mir Wurscht!« erkläre ich und beobachte den Fahrer, der argwöhnisch die Ohren gespitzt hat und dann den Rückspiegel so dreht, daß er uns sehen kann. Er nimmt etwas aus dem Handschuhfach, das nach Pistole aussieht, und legt es neben sich auf den Sitz. Dadurch werde ich wieder munter: »Was willst du eigentlich im Apollotheater?«

Enrico kneift ein Auge zu: »Kleine Freundin, dritte von links, anschmiegsam und bescheiden. Relativ bescheiden.« Er wirft sich in die Brust: »Hört natürlich in dem Moment auf, wo mir Margot ihr Jawort gibt. Du mußt mich in ihre Familie einführen, versprich es mir!«

»Gemacht.«

Er packt meinen Arm: »Du denkst nicht schlecht von mir, mein Freund?«

»Weshalb sollte ich denn schlecht von dir denken?«

»Wegen des Apollotheaters! Schließlich bin ich ein Mann und außerdem...«, fügt er etwas unlogisch hinzu, »hat sie, glaube ich, ein Verhältnis mit dem Beleuchter, damit der sie günstig anstrahlt.« Er seufzt herzzerbrechend: »Aber wo und wann soll ich eine Frau kennenlernen, die man heiraten kann? Vorlesungen, Präparationen für die Vorlesungen, Zeitschriftenstudium, Fachliteratur, Prüfungen, offizieller Krimskrams, Kegelklub, damit man nicht für hochmütig gehalten wird – wann sollte ich?«

Ich sehe ihn im Schein der vorüberhuschenden Lichter von der Seite an. Der scheint ja auch schon wieder nüchtern zu sein. Und hinter seiner Verliebtheit in Margot steckt ein erheblicher Brocken praktische Vernunft. Der geht bestimmt nicht ein, wenn man ihm Margot wegoperiert. Man muß es bloß so machen, daß er's nicht übelnimmt.

»Apollotheater!« sagt der Chauffeur und bremst.

Enrico sieht mich an: »Bist du auch schon wieder ziemlich nüchtern?«

»Ja. Das ist doch das Schöne am Gumpoldskirchner, man ist zwei Stunden herrlich besoffen und dann wieder ganz klar.«

»Die Vorstellung ist schon aus!« bemerkt der Chauffeur und mustert uns nach wie vor mißtrauisch, aber nicht mehr so ganz.

Enrico grübelt: »Vielleicht ist sie noch in der Garderobe und schminkt sich ab. Legst du großen Wert darauf, sie kennenzulernen?«

»Nicht den geringsten – falls dich das nicht kränkt.«

»Quatsch!« entscheidet er. »Wir fahren zu mir und schlafen da. Warum haben wir eigentlich nicht meinen Wagen genommen?«

»Weil du Margot intelligenterweise den Zündschlüssel gegeben hast, bevor wir anfingen zu saufen.«

Er nickt beifällig zu dieser etwas schöngefärbten Darstellung des Sachverhalts. Dann zum Chauffeur: »Rubensstraße elf.«

Der Chauffeur, der sich inzwischen wohl von unserer Harmlosigkeit überzeugt hat, lehnt sich wieder zurück und packt die Pistole in den Handschuhkasten.

Enrico wohnt in einem Zwei-Zimmer-Appartement mit allen Schikanen. Die Zimmer groß, die Einrichtung modern, aber nicht snobistisch. Teure Angelegenheit. Solide Vernunft und guter Geschmack, wohin man schaut. Einen Moment werde ich schwach und denke daran, wie nett es wäre, wenn Margot mit diesem netten Mann in dieser netten Wohnung wohnte. Dann aber sehe ich Buddys Augen und Margots strenge Stirnfurche bei Enricos versuchter Vertraulichkeit und weiß wieder, daß es nicht um nette Wohnungen und gesicherte Verhältnisse geht, sondern um Schicksale – und vor allem um das Herrlichste auf der Welt, um Liebe.

Enrico steht vor mir: »Ich habe dir nebenan auf der Couch Decke, Laken und Pyjama hingelegt. Aber zunächst schlage ich einen Whisky-Soda vor.«

»Einverstanden.«

Während wir trinken, fühle ich seine Augen auf mir und weiß, daß es jetzt erst eigentlich losgeht. Zeit gewinnen zum Überlegen!

»Weißt du«, sage ich, »wenn es dir nicht sehr viel ausmacht, könntest du uns außerdem einen steifen Mokka machen!«

»Es macht mir gar nichts aus, bediene dich inzwischen.«

Während ich in der Küche die Kaffeemaschine singen höre, versuche ich meine Strategie zurechtzulegen, und allmählich schält sich ein ganz bestimmter Plan heraus...

Als wir über dem Kaffee sitzen, sagt er nach mehrfachem Räuspern und forschenden Blicken auf mein Gesicht: »Hast du was dagegen, wenn wir jetzt, wo wir den Gumpoldskirchner hinter uns haben, noch mal untersuchen, wo wir stehen?«

»Nichts dagegen.«

Er holt tief Atem: »Also – zunächst haben wir uns ziemlich schnell geduzt, unverzeihlicher Fehler von mir. Ich könnte es dir keineswegs verdenken, wenn du wieder zum ›Sie‹ zurückwolltest.«

»Willst du es?«

Er wird rot: »Nein, bestimmt nicht.«

»Dann lassen wir's dabei. So wichtig sind wir beide nicht, daß wir so viel Aufhebens davon machen müssen.«

»Dann duzt du dich also gern und leicht?« Eine

gewisse Enttäuschung in seiner Stimme ist unverkennbar. »Nur mit Menschen, die ich mag«, antworte ich. Er blüht wieder auf: »Danke, gleichfalls. Punkt zwei: Du hast mir versprochen, mich in Margots Familie einzuführen. Wieviel davon war Gumpoldskirchner?«

»Nichts.«

»Dann bleibt es also dabei?«

»Ja.«

Er ist so überwältigt, daß er mich nur anstarren und den Kopf schütteln kann. Dann gießt er mir einen großen Whisky ein. Ich schütte die Hälfte davon in sein Glas und fülle mir Soda nach: »Wir wollen klare Köpfe behalten. Es ist zu wichtig.«

Er ist noch immer beim Wundern: »Ich weiß gar nicht, was ich dazu sagen soll, daß du dich so meiner Interessen annimmst! Schließlich kennen wir uns doch erst seit ein paar Stunden. Allerdings«, fügt er hastig hinzu, »ist mir so, als ob's ebenso viele Jahre wären.«

»Ich kenne Margot seit siebzehn Jahren. Kannst du es mir verdenken, wenn es hauptsächlich ihre Interessen sind, die ich vertrete?«

»Nein, natürlich nicht! Du hast wohl selbst keine Kinder?«

»Nein.«

»Hättest aber gegen eine Tochter wie Margot nichts einzuwenden.«

»Bestimmt nicht.«

Er grinst wie ein Schuljunge: »Kann ich dir nicht verübeln! Da können wir ja so was wie eine Generalprobe veranstalten für Handanhalten bei Schwiegerpapa! Also, was würdest du mir antworten, Schwiegerpapa?«

Jetzt kommt der entscheidende Augenblick! Ich denke eine Weile nach: »Ich würde sagen: Lieber Herr Professor, von mir aus hätte ich gegen diese Verbindung nichts einzuwenden, aber haben Sie denn schon das Einverständnis meiner Tochter?«

»Natürlich, Schwiegerpapa...« Dann stockt er: »Wieso? Glaubst du, Margot wird nicht ja sagen?«

»Tut mir leid, alter Junge, genau das glaube ich.«

Er setzt das Glas hart auf den Tisch und erblaßt: »Und warum? Was habe ich an mir, daß...«

»Du hast gar nichts an dir, aber sie. Nämlich einen Mann, den sie liebt.«

Es ist schrecklich, einem Menschen zuzusehen, dem das Dach seines Traumhauses auf den Kopf fällt. Ich gieße uns beiden rasch noch einen Whisky nach, ihm pur.

Er trinkt nicht, bleibt äußerlich ganz ruhig: »Bedeutend jünger, der andere?«

»Gleichaltrig.«

»Dann habe ich wohl noch eine Chance. Typische Jugendschwärmerei. Oder?«

»Wir dürfen«, sagte ich, in mein Glas starrend, »bei diesen Dingen das Irrationale nicht außer Betracht lassen.«

»Könntest du dich nicht etwas klarer ausdrücken?«

»Konkret gesprochen: Es ist leider keine Jugendschwärmerei. Sie kannten sich schon als Kinder und ich sie auch, und solange ich sie kenne, habe ich das Gefühl, daß diese beiden füreinander bestimmt sind. Jedenfalls kommt das, was zwischen den beiden ist, diesem seltenen Fall verdammt nah. Pech für dich, alter Junge, zumal du wahrscheinlich noch nicht so weit bist, es sozusagen vom Standpunkt der höheren Objektivität aus zu sehen.«

Er trinkt sein Glas mit einem Zug leer: »Und was ergäbe dieser Standpunkt in meinem Fall?« Er fragt es verbissen zwischen den Zähnen.

»Dieser Standpunkt besagt, daß alles, was uns zustößt, einen ganz bestimmten Sinn hat, einen Sinn mit positivem Gehalt, meine ich. Oder anders ausgedrückt: was einem im Augenblick als Katastrophe erscheint, stellt sich später als ausgesprochener Glücksfall heraus.«

Sein Gesicht ist plötzlich hager: »Augenblicklich fällt es mir ziemlich schwer, an solch einen Glücksfall zu glauben.«

»Verstehe ich, aber ich kann es dir schon jetzt beweisen.« Und als er nur schweigt: »Du behauptest, du hättest, als wir aus Margots Haus kamen, jemanden gesehen und meintest, er sei von der Geheimpolizei.«

»Das war in der seligen Gumpoldskirchner Stimmung vor tausend Jahren.«

»Ich sagte dir, ich hätte nichts gesehen, aber das stimmte nicht.«

Er ist plötzlich wieder da: »Dann habe ich mich also nicht getäuscht! War es – der andere?«

Ich nickte.

Er mustert mich: »Und warum hast du mir das nicht gesagt?«

»Weil ich dich – wie ich dir schon mitteilte – gern mag.«

»Verstehe ich nicht! Und was hat das vor allem mit deinem Glücksfall zu tun? Wenn ich das gewußt hätte, wäre ich diesem Bürschchen...«

»Wenn du es gewußt hättest«, lüge ich ohne jedes Bedenken, »lägst du jetzt mit gebrochener Kinnlade und einigen sonstigen Beschädigungen im Krankenhaus, denn dieses Bürschchen ist ein hervorragender Boxer, Mittelgewicht, einer von der gefährlichen Sorte. Ich kann's beurteilen, ich habe selber geboxt. Außerdem hat dieser junge Mann die Absicht, dich in der Vorlesung zu besuchen, wenn du weiterhin versuchst, dich Margot zu nähern, und dich *in publico* wegen Belästigung einer Studentin in deine Einzelteile zu zerlegen. Es wäre für dich das Ende gewesen, meinst du nicht auch?«

Die Augen in seinem Gesicht sind riesengroß. Ein Schauer läuft durch seinen Körper. Die Übertreibung der Buddyschen Fähigkeiten hat ihre Wirkung nicht verfehlt.

»Und Margot?« fragt er nach einer Weile heiser. Er liebt sie wirklich, der arme Kerl.

»Margot hat ihm erklärt, es wäre aus zwischen ihnen, wenn er dich zusammenschlüge.«

»Aus? Warum? Der Kerl ist doch eigentlich im Recht!«

»Diese Erkenntnis ehrt dich, Enrico. Aber mir scheint es, als ob Margot dich gern mag«, lüge ich völlig bedenkenlos noch einmal, »wenn sie dich auch nicht liebt. Sie hat sogar, bevor du aktiv wurdest, so richtig ein bißchen geschwärmt von dir. Wie wäre es, wenn ihr es ruhig dabei ließet? Noch ist von keiner Seite irgend etwas Entscheidendes gesprochen worden. Laß die ganze Sache unter den Tisch fallen – und vergiß nicht, dem gütigen Lenker zu danken.«

Er grübelt eine ganze Weile vor sich hin: »Das verstehe ich nicht. Warum willst du mich, wenn du all das wußtest, in die Familie einführen? Das wäre doch verrückt unter diesen Umständen! Aber vielleicht hast du mir das bloß so versprochen, um deine kleine Margot zu schützen. Vielleicht hast du sogar angenommen, ich würde sie aus Rache durchs Examen fallen lassen.«

»Bevor ich dich kennenlernte, fürchtete ich das allerdings.«

»Und jetzt nicht mehr?«

»Nein.«

»Danke.«

»Bitte. Aber ich führ' dich trotzdem in die Familie ein.«

»Was soll das?«

»Ich will dir was sagen. Du kannst es als Rat eines älteren annehmen oder nicht. Ich möchte nur eins nicht – daß du es übelnimmst.«

Er lächelt kläglich: »Nach allem, was du mir schon verpaßt hast, kann es nicht viel schlimmer kommen.«

»Es ist auch nicht schlimmer. Zunächst kann ich dir eine Analyse deiner seelischen Situation nicht ersparen.«

»Schieß los. Noch einen?«

»Ja, einen kleinen – halt!«

»Also, die Analyse!«

Noch weiß ich gar nicht, was ich sagen soll, habe nur so drauflosgeredet, um Zeit zu gewinnen. Aber plötzlich erhebt sich aus Gumpoldskirchner und Whisky strahlend eine Idee, die Idee aller Ideen – eine Patentlösung: »Also – die Analyse«, sage ich. »Sie ist sehr kurz: Du hast dich bisher deiner Karriere wegen nicht entschließen können zu heiraten. Es liegt nicht daran, daß du nicht die richtige Frau oder doch die annähernd richtige gefunden hättest. Du wolltest sie nicht finden, weil du deine Karriere anbetest. Sie war deine einzige Geliebte. Aber die Karriere ist eine kalte Geliebte, und jeder Mensch hat nur ein gewisses Quantum an – na, sagen wir mal, seelischer Körperwärme. Eines Tages war die zu Ende, und du begannst dich – zunächst nur unterbewußt – nach zusätzlichem Wärmenachschub umzuschauen. Deine Überlegungen, die du mir erzähltest: keine Heirat von Kollegentöchtern, sind meiner Ansicht nach richtig. Ich verstehe auch, daß du sonst nicht viel Auswahl hattest. Was blieb dir also: der weibliche Teil deiner Studentinnen, und darunter war nun Margot. Hübsch, liebenswürdig, jung und von einem großen Liebeserlebnis wie von innen heraus erleuchtet. Ganz zwangsläufig nahmst du Kurs auf sie, aber da sind zwei große Hindernisse. Erstens ist da der Buddy.«

»Gegen den ich keine Chance habe, weil er so viel jünger ist.«

»Das ist natürlich völliger Unsinn. Ich kannte eine vollkommen glückliche Ehe zwischen einem fünfzigjährigen Mann und einer siebzigjährigen Frau.«

»Na, das scheint mir ein klarer Fall von Gerontophilie zu sein!«

»Mag sein, aber glücklich waren sie. Und eine meiner Jugendfreundinnen stammte aus der Ehe eines Sechzigjährigen mit einer Zwanzigjährigen. Ich nenne absichtlich Extreme, um dir zu beweisen – jetzt hast du mich aber vollkommen aus dem Gleis gebracht!«

»Du sprachst von den Hindernissen zwischen Margot und mir und sagtest, daß erstens ein anderer ihr großes Erlebnis ist. Und zweitens?«

»Richtig, jetzt weiß ich's wieder. Und zweitens, wollte ich sagen – und das ist das wichtigste! –, habe ich das bestimmte Gefühl, daß du dir über den Frauentyp, den du zu deiner Ergänzung brauchst, absolut noch nicht im klaren bist. Es ist nämlich keineswegs sicher, daß so ein sehr bewußtes, energisches und intelligentes kleines Persönchen wie Margot dich glücklich machen würde.« Ich merke, wie sein Ärger und seine Bedrükkung immer mehr schwinden. Er ist jetzt völlig wach und aufmerksam: »Sondern?« – »Sondern es wäre sehr wohl möglich, daß du was ganz Weibliches brauchst...«

»Das mir die Pantoffeln hinstellt, die ich nicht leiden kann, die Pfeife stopft, die ich nicht besitze, und eine Wärmflasche ins Bett legt!«

Ich bemühe mich, ihn durch gewisse bunte Whisky-Kreise vor meinen Augen streng anzusehen: »Nein, natürlich nicht das! Ich meine eine Frau, die in erster Linie dich meint und erst in sehr zweiter Linie deinen Beruf und deinen Erfolg und die Entfaltung der eigenen Persönlichkeit. Sie schafft dir eine Welt, in der du abschalten und dadurch deinen Akkumulator aufladen kannst.«

»Hm. Interessant. Und du hast so was auf Lager?«

»Auf Lager ist nicht der richtige Ausdruck. Ich meine die Schwester von Margot. Sie ist verheiratet...«

»Aber...«

»Aber unglücklich! Weil ihr Mann sie aus beruflichem Ehrgeiz betrügt. Sieh sie dir an.«

»Du meinst, ich könnte vielleicht...?«

»Du sollst sie dir nur ansehen, um dir über deinen Typ klarzuwerden. Vor allem mußt du dich von dem

Gefühl losmachen, daß jetzt sofort irgend was geschehen muß! Hast du so lange gewartet, kannst du auch noch länger warten. Und deshalb will ich dich bei den Bentlers einführen, als meinen Freund. Da ist nämlich noch ein Typ, der für dich sehr in Betracht zu kommen scheint.«

»Noch eine Tochter?«

»Nein, Addi, die Mutter. Die reife Frau in deinem Alter. Da liegt nämlich – rein typmäßig – auch noch eine Möglichkeit für dich. Sie selbst aber, darauf möchte ich dich ausdrücklich aufmerksam machen, ist auf gar keinen Fall was zum praktischen Ausprobieren, denn außer ihrem Mann gibt es nichts Männliches auf der Welt, das Addi im geringsten interessiert. Aber sie ist eine ganz bezaubernde Frau, und du sollst sie besonders genau studieren, die ganze Familie sollst du studieren und ihre Funktionen, damit du überhaupt erst mal Maßstäbe gewinnst und merkst, was in so einer Familie, wie du sie ja gründen willst, los ist und passieren kann. Quetsch den Teddy aus, den Vater, und Addi und das unglückliche Susannchen! Mensch – was du da lernen kannst, wenn du dich einigermaßen geschickt und anständig benimmst, kannst du nicht mit Gold aufwiegen! Du wirst dir über dich selber klarwerden und darüber, was du brauchst. Und damit gehe ich ins Bett. Gute Nacht!«

Er sieht mich verblüfft an, grinst: »Deine Übergänge sind ausgesprochen zart. Im übrigen weiß ich nicht, womit ich es eigentlich verdient habe, daß du dir soviel Mühe mit mir gibst!«

»Das weiß ich auch nicht, aber sicher steckt irgendeine ganz besondere Raffinesse dahinter.«

»Die dir anscheinend selbst noch nicht klar ist?«

»Mir ist nur klar, daß ich hier vor deinen Augen einschlafe, wenn du mich jetzt nicht in mein nettes kleines Bettchen läßt. Ich gehe sonst nämlich um neun Uhr schlafen.«

9

Ich erwache davon, daß etwas mit meinem Fuß nicht in Ordnung ist. Es ist sogar sehr etwas damit nicht in Ordnung, denn es hat mich eben ganz deutlich was gebissen. Zuvor schon hatte ich einen schrecklichen Traum: Ich war in einer Wüste und taumelte todmüde hinter einer halbverdursteten Karawane her. Endlich hatte der Führer Achmed, der merkwürdigerweise groß und blond, beinahe rotblond war und eine schwarze Professorenbrille trug, die Hand gehoben. Im Nu waren Zelte aufgeschlagen. Ich taumelte als letzter heran: »Achmed – Wasser!« Er wies nur auf eines der kleinen, kegelförmigen Zelte: »Da hinein! Und wage es nicht, das Zelt zu verlassen, denn ringsum wimmelt es von Sandvipern! Ihr Biß ist tödlich.«

Ich hatte um mich gesehen und eine seltsame Bewegung im Wüstensand bemerkt. Deutlich erkannte ich Tausende von Schlangenleibern, die sich unter dem Sand bewegten, grauenhaft! Ich floh ins Zelt. Dort aber war es nicht nur heiß, sondern auch noch stickig, und dann sank das ganze Zelt über mir zusammen und drohte mich zu ersticken. Ich wieder 'raus aus dem Zelt wie ein geölter Blitz und – peng!, da hatte mich eines dieser Biester gebissen. Und nun lag ich zweifellos im Sterben.

Autsch! Jetzt hat's mich doch wieder gebissen! Also ist es kein Traum. Und dann komme ich so ganz allmählich zu mir. Ich liege auf einem Empiresofa, einer Kopie jenes Folterinstruments, auf dem seinerzeit Mme. Récamier gemalt wurde. Auf dem Kopf liegt ein Brokatkissen (das zusammengestürzte Zelt), und wenn ich meine langen Haxen ausstrecke, reichen sie weithin über die Lehne hinaus bis an das Bauer eines Wellensittichs, der einen äußerst erbosten Eindruck macht und offenbar nur darauf wartet, mich wieder in den Zeh zu zwicken. Mir gegenüber, hell von der Morgensonne beschienen, steht eine prächtige Couch, ein ausgesprochener Fall von Sündenwiese, völlig zerwühlt, die Decke fehlt; ich finde sie zu Füßen meines Marterinstruments. Rätsel über Rätsel! Verflucht noch eins, tut mir der Schädel weh. Wir hätten den Whisky doch nicht mehr trinken sollen. Immer dieses verflixte Mixen. Der Gumpoldskirchner allein hätte – halt! Jetzt weiß ich, wo ich bin. Bei Caruso – bei Zimmermann, Enrico Zimmermann. Na, so was Blödes. Wenn ich bloß Wasser hätte – Wasser – wo ist denn hier die Toilette – Toilette – die muß da hinten sein, ich war doch mal da, ich war sogar, glaube ich, ein paarmal da, und dann habe ich einmal vergessen, das Licht anzudrehen, und bin 'rumgetappt und habe die Decke gefunden und habe mich im dunklen Zimmer 'rumgedreht und nicht mehr gewußt, woher ich kam, und da muß ich auf dem Ding hier gelandet sein. Und seitdem habe ich Wüste geträumt.

Jetzt geht nebenan eine Tür. Schritte. Und dann

sagt eine weibliche Stimme: »Na, das ist ja eine schöne Bescherung! Herr Professor!!!«

Es grunzt nur.

»Herr Professor!! Acht Uhr! Höchste Zeit!«

»Uuaaahh!«

»Die Vorlesung beginnt um zehn!«

»Oi me miserum!«

»Das ist sicher was Unanständiges. Und ich nehme es Ihnen nicht übel. Aber wie die Wohnung aussieht!!«

»Uuaahh! Achgottachgottachgott!«

»Warten Sie, ich hole Ihnen ein Glas Wasser.« Und damit ist die Stimmträgerin, ein rundliches Wesen mit weißer Schürze und einem Dutt mitten auf dem Kopf, in meinem Zimmer.

»Jessas!« sagt sie. »Da liegt ja noch ein Kerl! Ja, wie kommen Sie denn auf die Schäselonk?«

»Das möchte ich auch wissen«, erkläre ich düster. »Und – bitte, für mich auch ein Glas Wasser!«

Sie stellt mir ein Glas hin, ziemlich unwirsch, und geht mit dem anderen ins Nebenzimmer: »Wer ist denn der Herr da nebenan?« fragt sie.

»Da ist keiner nebenan«, antwortet Zimmermann stockheiser.

»Ja, um Gottes willen, wie kommt denn der dann her, und was macht er da? Kennen Sie ihn denn nicht?«

»Nein, mein Kind, aber ich werde ihn mir ansehen.« Zimmermann erscheint, den einen Arm um die Schulter der Haushälterin geschlungen, und sieht mich verwüsteten Haares und verquollenen Auges eine Weile an. »Das ist keiner«, erklärt er dann, »das ist nur mein Freund.«

»So«, sagt die Wirtschafterin und unterdrückt offenbar eine ganze Reihe höchst kritischer Bemerkungen. »Na, dann wollen wir uns mal erst ein bißchen in Ordnung bringen!« Und damit schiebt sie den langen Lulatsch ins Bad macht die Tür hinter ihm zu und dreht sich zu mir um. Allmählich breitet sich ein Ausdruck mütterlichen Erbarmens über ihr Gesicht: »Warum reiben Sie denn Ihren Fuß?«

Ich zeige auf den Wellensittich: »Weil dieses Ungeheuer mich gebissen hat.«

Sie ist sofort bei dem Bauer: »Mein Bub, mein Butzilein, mein Liebster, hat dir der Onkel Angst gemacht?«

»Keine Spur von Angst«, sagte ich, »dieses Raubtier wartet ja nur, um mich weiter zu zerfleischen!«

Jetzt stemmt sie die Arme in die Hüften und lacht und lacht, lacht schallend. Aus der Badezimmertür fährt ein zerzauster Kopf: »Telefon?«

»Nein«, sagt die Frau, »ich lache nur.«

»Habe ich noch nicht erlebt«, sagt Zimmermann verdutzt und knallt die Tür wieder zu.

Eine halbe Stunde später sitzen wir uns beim Frühstück gegenüber. Es gibt schönen heißen Kaffee, Toast und Setzeier auf Schinken. Zimmermann schluckt gerade den letzten Riesenbissen hinunter, trinkt die Tasse leer und klopft sich dann auf den Magen: »Bleib schön drin, hörst du?« Dann sieht er mich sorgenvoll an: »Wir hätten den Whisky nicht mehr trinken sollen.«

»Das habe ich mir auch schon gesagt.«

»Du – Sie – duzen oder siezen wir uns nun, oder habe ich das Ganze nur geträumt?«

»Du hast es nicht geträumt. Aber wenn dir beim Siezen wohler ist?«

»Nein!« Er ist ganz erschrocken. »Um Gottes willen

nicht! Ich wollte nur sagen, du siehst aus wie ausgespuckt.«

»Danke, gleichfalls.«

»Wir hätten den Whisky nicht trinken sollen.«

»Nein, wir hätten ihn nicht trinken sollen.«

Er schüttelt den Kopf: »Unverständlich. Zwei so alte Suffgurgeln wie wir und immer wieder denselben Fehler machen!«

»Ja, es ist wie mit der Ehe.«

»So ist es, mein Freund. Apropos heiraten!« Sein Ausdruck wird plötzlich mißtrauisch: »Den Zahn mit Margot hast du mir ja ganz geschickt gezogen, du Hund! Ganz raffiniert. Sind eigentlich alle Schriftsteller so raffiniert?«

»Das, mein Teurer«, erkläre ich feierlich, »ist – wie alle Feststellungen – durchaus relativ. Die Verleger zum Beispiel halten die Schriftsteller für Idioten, vom geschäftlichen Standpunkt aus. Aber sie sagen's ihnen nicht – auch vom geschäftlichen Standpunkt aus. Und die eigene Familie ist der gleichen Ansicht, aber zum Unterschied vom Verleger sagt sie's.«

Er lehnt sich zurück, zieht sein Zigarrenetui aus der Tasche, betrachtet es stirnrunzelnd und steckt es wieder weg: »Lieber nicht. Du etwa?«

»Nein, auch nicht.«

»Apropos Familie: Du wolltest mich doch in die Bentler-Familie einführen – und das nach der Panne mit Margot. Vielleicht nett gemeint, vielleicht – bei dir weiß man ja nie. Aber völlig unmöglich. Wie stellst du dir das eigentlich vor? Und wieso hast du das überhaupt gemacht?«

»Ganz einfach. Dann führe ich dich eben nicht in die

Bentler-Familie ein.« Mit Vergnügen beobachtete ich einen Ausdruck tiefer Bestürzung an ihm und fahre fort: »Sondern du besuchst mich als mein Freund. Und dann freß ich 'n Besen, wenn nicht die Bentler-Weiblein in kurzer Zeit unter irgendeinem Vorwand bei uns auftauchen. Das Susannchen aus Neugier und Addi, die Mutter, auch aus Neugier und außerdem, weil sie's sicher noch nicht ganz aufgegeben hat, dich als Schwiegersohn zu chartern. Mütter geben so was nie ganz auf.«

Er versinkt in tiefes Nachdenken und zündet sich nun doch eine Zigarre an. Dann sagt er: »Das wäre ja gar keine blamable Situation! Eher im Gegenteil.«

»Eben. Im Gegenteil!«

»Du bist ein ganz verflucht gerissener Hund! Wo habe ich denn meinen Autoschlüssel?«

»Wie soll ich wissen, wo dein Autoschlüssel... halt, warte mal!«

»Ich hatte ihn doch gestern hier in die linke Tasche...«

»Halt die Klappe. Ich denke nach. Jetzt hab' ich's! Den haben wir Margot zur Aufbewahrung gegeben, und sie bringt ihn dir heute mit in die Vorstellung.«

»In die Vorstellung?«

»Na ja, ich meine dein Kolleg. Römisches Recht! So 'n Blech.«

»Bitte, ich habe auch Kunstgeschichte und Philosophie studiert! Und wenn nun Margot den Schlüssel nicht mitbringt? Wie komme ich überhaupt in die Uni?«

»Mit einem Taxi. Und Margot vergißt nie etwas.«

Er blinzelt mich an: »Nie?«

»Nie.«

»Das ist ja entsetzlich!« Er sieht wieder auf die Uhr,

steht dann auf: »Ja – also dann wollen wir, was?« Und plötzlich hält er mir mit einem sehr netten Lächeln die Hand hin: »Tut's dir leid?«

»Nein.«

»Mir auch nicht. Freunde sind rar. Noch rarer wie Frauen.«

»Als«, sage ich. »Nach dem Komperativ immer – als!«

»Du bist immer noch 'n bißchen besoffen. Ist dir übel?«

»Nur noch wenig. Und dir?«

»Auch nur noch wenig.«

Die Frau erscheint in der Tür: »Höchste Zeit, Herr Professor!«

Er wendet sich majestätisch um: »Frau Merkatz!« Und über die Schulter zu mir: »Sie kann nichts für den Namen, das arme Kind. Also, Frau Merkatz, telefonieren Sie ein Taxi herbei.«

»Ja, aber – was ist denn mit Ihrem Wagen?« fragt sie erschrocken.

»Der wurde mir gestern gepfändet, weil wir die Universität in Brand gesteckt haben.«

Worauf sie die Hand vor den Mund schlägt und uns entsetzt anstarrt. Er tröstet sie: »War ja nur ein Witz, Frau Merkatz!« Und wieder zu mir: »Man muß vorsichtig sein mit ihr, sie erzählt es im Ernst weiter! Es war nur ein Witz, Frau Merkatz, haben Sie das verstanden? Ich meine, haben Sie es richtig in sich aufgenommen? In Ihres Herzens goldener Tiefe bewahrt?«

»Jawohl, Herr Professor!«

»Wenn die Universität abgebrannt wäre, Frau Merkatz...«

»Jawohl, Herr Professor!«

»... dann würde ich jetzt nämlich nicht mehr hin müssen und infolgedessen auch kein Taxi brauchen. Da ich aber ein Taxi brauche, muß ich zur Universität, und da ich zur Universität muß, kann dieselbe nicht abgebrannt sein. Haben Sie das verstanden?«

»Jawohl, Herr Professor!« Und damit ist sie aus der Tür.

Wir stehen vor dem Haus und frösteln, obwohl es schon wieder ziemlich heiß ist. Auf der gegenüberliegenden Straßenseite entdecke ich plötzlich einen schwarzen 220er, der mir sehr bekannt vorkommt, und an seinem Steuer ein weibliches Wesen, das mir noch bekannter vorkommt. Das weibliche Wesen hat den Takt, sich nicht bemerkbar zu machen. Inzwischen kommt das Taxi. Bevor Enrico einsteigt, streckt er mir noch mal die Hand hin: »Du wirst es nicht vergessen?«

»Ich ruf' dich nächste Woche an. Welcher Tag würde dir passen?«

»Samstag.«

»Also gut. Wenn ich nicht mehr anrufe, bist du Samstag – sagen wir mal, um halb zwölf bei uns. Zu früh?«

»Nein. Du...«

»Ja?«

»Ich bin rasend gespannt!«

»Ich auch.«

Und dann, als er weg ist, gehe ich auf die andere Seite der Straße.

»Ich hab' dir deinen Wagen gebracht«, sagt das Frauchen, »der fährt doch ruhiger als meiner, und ich kann mir vorstellen, wie's in deinem Magen aussieht!«

»Nett von dir, mein Kind, sehr nett. Du weißt ja, wie es bei Burghard immer zugeht, wir kommen dann in Fahrt...«

Sie rückt zur Seite, um mir das Steuer zu überlassen: »Du scheinst noch ganz schön in Fahrt zu sein.«

»Wieso?«

»Weil dir gar nicht auffällt, daß ich dich hier von Professor Zimmermann abhole.«

»Ja – was sagst du da... sehr interessant, wirklich! Woher weißt du denn das überhaupt?«

»Von Margot natürlich. Sie hat gleich heute früh bei uns angerufen, damit wir uns keine Sorgen machten.«

»Das finde ich ausgesprochen nett: Nächsten Samstag kommt Professor Zimmermann zu uns. Ein ganz netter Kerl. Wir duzen uns übrigens.«

»Was sagst du? Komm, laß mich mal fahren und erzähl mir derweil!«

»Nein, durch die Stadt fahre ich und erzähle dir, wenn wir auf der Autobahn sind.«

Ich tue es, und sie zeigt sich sehr besorgt. »Du, das alles hätte ich an deiner Stelle nicht getan! Du weißt, wie oft wir uns die Finger verbrannt haben, und wir haben uns doch geschworen, nie wieder Schicksal zu spielen!«

»Stimmt. Und vielleicht verbrenne ich mir jetzt noch mal die Finger. Aber es ging nicht anders, Margots wegen.«

»Weißt du, daß ich manchmal direkt eifersüchtig auf Margot bin?«

»Das sieht dir ähnlich, Affe. Wenn du Grund dazu hättest, würde ich ja wohl ihre Liebe nicht so verteidigen, ihre und Buddys. Übrigens – Buddy: wenn das

Gespräch darauf kommt – gut, daß ich dran denke: Ich habe Buddy bei meiner Unterhaltung mit Zimmermann zum Amateurboxmeister im Mittelgewicht ernannt. Wir müssen Margot und ihn auch noch verständigen und die übrigen Bentlers, damit sie dabei bleiben.«

»Na, dein Zimmermann sieht mir aber aus, als ob er mit Buddy sehr schnell fertig werden könnte! Das war doch der Professor, der in das Taxi stieg?«

»Ja«, sage ich düster, »das war er, und daran habe ich auch schon gedacht. Wir müssen eben einen Ersatz finden, der Buddys Rolle spielt. Gott sei Dank weiß Zimmermann nicht, wer Buddy ist.«

»Na, das wird ja immer schöner!« sagt sie. »Und wer soll die Rolle spielen?«

»Weiß ich noch nicht. Wird sich schon einer finden. Er braucht ja nur einmal hinten über die Bühne zu gehen, wenn Enrico da ist.«

»Enrico???«

»Ja, Enrico Zimmermann. Tut mir sehr leid, der arme Kerl. Hat sich regelrecht verknallt in Margot. Ich kann's ihm ja nicht verdenken...«

»Hier, halte mal, Autobahn!«

Wir steigen aus, sie setzt sich ans Steuer und macht einen Kavalierstart, daß es mich rückwärts in das Polster drückt und ich mich unwillkürlich umsehe, ob vielleicht irgendwo da hinten die Protektoren meiner Reifen stehengeblieben sind.

Gleich darauf fahre ich wieder herum, denn sie überholt rasant einen Jaguar, der sofort unsere Verfolgung aufnimmt.

»Hallo«, sage ich, »schone meinen alten Herrn hier!«

Sie starrt verbissen geradeaus: »Margot! Du weißt, daß ich gar nichts gegen sie habe – aber so wie sie ist, laufen tausende 'rum. Und wenn du denkst, daß du mich mit deiner Angeberkiste kriegen kannst…«

»Wieso, was hat das mit Margot – ach so, das ist der Jaguar. Weißt du übrigens, daß du hundertsechzig fährst?«

»Ich fahre hundertsechzig, und du siehst, er gibt's auf! Sie ist jugendfrisch und ganz nett anzusehen. Ich sage *ganz* nett, denn der Busen zum Beispiel – ich verstehe gar nicht diese ganzen Umstände, die du mit ihr machst, und vor allem dieser Zimmermann! Er könnte doch an jeder Hand zehn so kleine Mädchen haben!«

»Er könnte eben nicht. Zu wenig Zeit und zu viele Bekannte. Von dieser Sexualnot des Prominenten leben ja die Nitribitts und Konsorten. Wir haben das ganze Thema gestern gründlich durchgenommen.«

»Wo denn?«

»In seiner Bude natürlich, mein Argusauge. Und sieh bitte nach vorn, du findest nämlich doch keinen Lippenstift auf meiner Backe.«

»Morgen«, sagt das Frauchen, »kommt die Trimmerin. Es ist eine Frau Weber aus Biederstein. Reizende Frau. – Da oben erwarten uns schon Mami und Peterle am Fenster!«

Peterchen bricht beim Anblick des Wagens in ein langgezogenes Geheul aus und verschwindet vom Fenster wie weggeblasen. Dann hört man oben aus dem ersten Stock das Wä-wä-wä Weffis, und während wir aufschließen, poltert er die Treppe herunter. Peterchen hat entdeckt, daß man, wenn man sich auf die Hinterbeine stellt und ganz aufrichtet, mit dem Näschen durch den Briefschlitz schnüffeln kann, und er schnüffelt nun, um ganz sicher zu sein, daß es auch wirklich Herrchen und Frauchen sind, die nach so langer Zeit endlich heimkommen. Der Briefschlitz hat es ihm überhaupt angetan. Jeden Morgen, wenn der Briefträger die Post durchsteckt, reißt er sie ihm von innen aus der Hand. Der alte Kirmaier, das ist der Briefträger, der seit zwanzig Jahren und in Wind und Wetter die Post bringt, die gute und die schlechte, die nebensächliche und die wichtige, war beim ersten Mal ganz entsetzt und klingelte Sturm, um zu sehen, was sich da von innen abgespielt hatte. Peter aber hatte einen Teil der Post bereits in Papierschnipsel verwandelt. Er bekam tüchtig eins auf den Podex, merkte sich das sofort und hat es niemals mehr versucht. Aber das Wegreißen von innen läßt er sich nicht nehmen. Er weiß ganz genau, daß wir uns darüber amüsieren. Das Frauchen hat versucht, ihn darauf zu dressieren, ihr die Post ans Bett zu bringen – aber er ist nicht für Dressur.

Im übrigen war damals unter der zerrissenen Post auch ein Brief von Tante Elisabeth, die anfragte, ob sie mit ihrer uns gänzlich unbekannten Nichte Viktoria für zwei Wochen bei uns wohnen könne. Daß sie auf diese Weise aber keine Antwort erhielt, nahm sie übel und – kam nicht. Später habe ich diese Nichte mal gesehen und wurde in meinem Grundsatz bestärkt, daß alles zu etwas gut ist. Wir erzählten Tante Elisabeth, was sich damals abgespielt hatte, aber sie glaubte uns kein Wort. Wenn man schon mal die Wahrheit sagt...

10

Als ich aus dem Nachmittagsschlaf aufwache, ist inzwischen die ganze Bentler-Familie, und zwar inklusive Margot und Teddy, bei uns eingerollt. Noch etwas verdröselt, zeige ich mich erstaunt, wenn auch milde erfreut: »Das ist aber nett, Kinderchen.«

»Wach mal 'n bißchen auf!« sagt Addi. »Was ist los?«

»Ja«, fragt Margot jetzt auch, »was ist denn nun los, um Gottes willen? Hat er's krummgenommen? Wird er mich beim Examen abschlachten?«

»Dann schlachte ich ihn ab!« erklärt Buddy düster.

In diesem Augenblick wird es in meinem Gehirn hell: »Gut, daß du das sagst! Also: Hört mal gut zu!«

»Mach's nicht so spannend«, sagt Addi, »wir sitzen schließlich hier seit Stunden wie auf Kohlen...«

Ich küsse sie auf beide Augen (kleines Extrahonorar): »Dann bleibst du eben noch ein bißchen länger mit dem kleinen runden Po drauf sitzen. Ich bin nämlich noch einigermaßen groggy, müßt ihr wissen. Aber, damit ihr schon immer erlöst sei: Es ist alles gut abgelaufen. Wir beide haben uns angefreundet, duzen uns, und er kommt das nächste Wochenende her.«

»*Was?*« schreit die ganze Familie im Chor. Und die Mama ist, wie üblich, am meisten entsetzt: »Was gibt man einem solchen Menschen bloß zu essen? Als ob man nicht schon genug zu tun hätte!«

»Ich schlage vor, daß ihr den Hannes erst mal ausreden laßt!« meint das Frauchen. »Er hat sich nämlich ehrlich für euch abgequält, die ganze Nacht hindurch...«

»Also«, beginne ich und erzähle alles ganz genau.

»Die einzige Schwierigkeit bist du, Buddy. Einerseits hat er keine Ahnung, daß du sein Nebenbuhler bist, denn er kennt dich ja nur unter deinem Spitznamen – eben als Buddy. Das ist gut. Andererseits bist du für ihn Amateurboxmeister im Mittelgewicht. Das ist schlecht. Zumal Enrico durchaus so aussieht, als ob er eher aus dir, Buddy, Kleinholz machen würde als umgekehrt.«

Buddy sieht mich düster an und sagt tonlos: »Ich habe überhaupt noch nie in meinem Leben geboxt.«

»Hm – dann müssen wir eben jemand finden, der deine Rolle spielt, wenn Enrico herkommt. Er braucht ja dann nur mal mit zwei Boxhandschuhen über der Schulter über die Bühne zu gehen.«

Teddy sieht sehr besorgt aus: »Das wird jetzt aber allmählich sehr kompliziert, Hannes, findest du das nicht auch?«

Schweigen in der ganzen Runde. Jeder schaut jeden sorgenvoll und gedankenlos an. Plötzlich schreit Buddy: »Ich hab's – der Reiserer Franz!«

Wir sehen uns alle an.

»Ja, Donnerwetter«, sagt Teddy als erster in der Runde, »das ist *die* Sache! Der Reiserer Franz, der boxt doch wirklich!«

». . . und er hat schrecklich viele Haare auf der Brust«, sagt Margot und fügt hinzu: »Außerdem ist er fast ebenso groß wie der Zimmermann! Und – und einen Bizeps hat er, zum Fürchten!«

»Großartig«, erkläre ich, »wir werden sofort mit ihm sprechen. Du mußt ihm nur seine Rolle genauestens einpauken, Buddy, denn das Pulver hat er nicht erfunden! Wir lassen ihn einen Moment durch den Garten gehen, aber nur so, daß der Zimmermann ihn nicht ansprechen kann ... Er kommt einfach so mit den Boxhandschuhen über der Schulter zu dir auf Besuch, Margot, gibt dir ein Küßchen ...«

»Bei ihm zu Hause kochen sie alles mit Knoblauch«, sagt Margot.

»Den Knoblauch wirst du eben in Kauf nehmen, und dann geht ihr beide Arm in Arm ab. Glaubst du, du kriegst ihn dazu, Buddy?«

»Glaube ich«, sagt er ziemlich verdüstert. »Das mit dem Küßchen könnte man vielleicht doch streichen?«

»Nein!« sage ich. »Das bleibt! Und wenn er dann hier ist, ich meine, der Zimmermann, kommt nach einer Weile einer von euch zu uns 'rüber, ganz zwanglos, und dann wird er ebenso zwanglos eingeladen, doch auch mal zu euch zu kommen. Auf diese Weise ist er also Freund des Hauses und nicht mehr abgeblitzter Freier. Und als Freund des Hauses wird es ihm dann auch unmöglich sein, Margot einfach durchfallen zu lassen. So, mehr konnte ich nicht erreichen.«

»Wann kommt er, sagtest du?« fragt Addi.

»Samstag.«

Sie steht auf. »Kinderchen, wir haben euch nun lange genug aufgehalten und mit unsern Angelegenheiten belemmert – außerdem habe ich Hunger und ihr sicher auch.«

»Was meinst du zu der Sache?« frage ich das Frauchen, als wir später beim Essen sitzen.

Sie reicht dem Plusterbart ein Stückchen fettes Fleisch, das sie von ihrem Filet abgeschnitten hat, und seufzt: »Hm – ehrlich gesagt, ich würde nicht überrascht sein, wenn er noch absagt.«

»Ich fürchte sogar«, sagt die Mama, »wenn er seinen

Gumpoldskirchner ausgeschlafen hat, wird ihm einfallen, daß er eigentlich furchtbar übers Ohr gehauen worden ist.«

Ich erwäge das eine Weile und schüttle dann den Kopf: »Nein, das glaube ich nicht. Ihr wart ja nicht dabei, als ich mit ihm sprach. Der Mann ist ganz einfach blindwütig heiratslustig. Es ist ihm leid, morgens allein aufzuwachen, von 'ner alten Tante Kaffee hingestellt zu bekommen und abends in eine einsame Wohnung zu kommen, auch wenn sie noch so nett ist...«

»Na, sie wird nicht immer ›einsam‹ sein«, meint das Frauchen.

»Natürlich nicht. Er hat augenblicklich eine kleine Schauspielerin, die gleichzeitig noch mit dem Beleuchter befreundet ist, also alles doch ziemlich kümmerlich. Und für was anderes hat er bisher einfach keine Zeit gehabt. Wir sprachen ja schon unterwegs darüber. Nein, ich glaube sicher, daß er kommt.«

Am nächsten Morgen fühle ich mich gar nicht so schlecht, wie ich nach der vorigen Nacht mit Enrico erwartet hatte. Den Pfefferminztee zum Frühstück weise ich mit Verachtung zurück, trinke und vertrage Bohnenkaffee und lasse sogar ein Setzei mit einfließen.

Es ist sehr gut, erkläre ich meiner wenig überzeugten Weiblichkeit, wenn ein so solide lebender Mann wie ich von Zeit zu Zeit mal gewaltig auf die Pauke haut.

Nur arbeiten kann ich nicht. Außerdem ist draußen ein geradezu märchenhafter später Augusttag, der in all seinem Prangen und Glühen schon so einen ganz, ganz winzigen Hauch der klaren Durchsichtigkeit des Herbstes hat.

Da läutet das Telefon. Ich lasse es eine Weile voll tiefer Mißbilligung läuten, ehe ich den Hörer abnehme. Dieses schrille Klingeln kommt für mich gleich hinter der Luftschutzsirene. Telefonklingeln regt mich sogar im Hotel oder bei Freunden auf, wo es mich gar nichts angeht. Aber dieses Mal geht's mich an. Es ist Zimmermann, ein krampfhaft fremder und im Grund sehr beklommener Zimmermann, der diese Beklommenheit durch ironische Forschheit zu überdecken sucht.

»Ich rufe an«, sagt er, »um gewisse Dinge zwischen uns ins reine zu bringen. Zunächst möchte ich Ihnen mein Kompliment machen für die hervorragende psychologische Taktik, mit der Sie mir klargemacht haben, daß meine Neigung zu Fräulein Bentler auf nicht unerhebliche Schwierigkeiten und nicht zuletzt auch auf Ihren eigenen – ich möchte sagen: onkeligen – Widerstand stoßen würde. ›Onkelig‹ ist im übrigen meine eigene Wortschöpfung. ›Sie trat aus meiner Leyer zum erstenmal ans Licht‹ – um Christian Morgenstern zu zitieren, hahaha... Was sagen Sie dazu?«

»Haha.«

Er wird ängstlich: »Bitte, mißverstehen Sie mich nicht! Die ganze Sache mit der Duzerei und alles andere, an das ich mich im übrigen nur noch undeutlich erinnere, wird von mir als erlaubte Kriegslist zum Schutze einer von Ihnen aus ganz reinen und einwandfreien Motiven geliebten jungen Dame ohne weiteres anerkannt. Absolut *fair play*. Habe ich mich deutlich genug ausgedrückt?«

»Vollkommen.«

»So – nun, dann wären wir ja...«

»Nein«, sage ich, »dann wären wir keineswegs.«

»Nicht?«

»Nein. Zunächst möchte ich mal feststellen, daß es für mich keine größere Beleidigung gibt als ein Du, das wieder zurückgenommen wird.«

»Aber ich bitte Sie – dich – ich meine...«

»Zweitens war es natürlich meine Absicht, dich von Margot abzubringen, weil ich der Ansicht bin, daß der Junge, mit dem sie hier geht, besser zu ihr paßt. Vielleicht ist das Quatsch und endet in einer Riesenpleite. Dann hast du nach der Scheidung eine Chance. Aber durch muß sie erst mal, durch das Erlebnis hier, sonst kommt sie nämlich später auf die Jugendtour, und das möchte ich weder ihr noch dir wünschen, da ihr nämlich beide einigen Tiefgang habt.«

»Das ist sehr freundlich und ehrlich von dir, aber...«

»Bei dieser Gelegenheit kam mir jedoch die Idee, daß du und ich uns vielleicht 'ne ganze Menge zu sagen hätten und eigentlich kein Grund besteht, warum wir nicht aus der Not eine Tugend machen und Freunde sein könnten.«

Im Hörer langes Schweigen. Dann: »Du meinst – richtige Freunde?«

»Genau.«

»Ich hatte in meinem Leben nur einen einzigen Freund, Wolfgang.«

»Was wurde aus ihm?«

»Er heiratete eine Frau, die mich nicht leiden kann. Und du?«

»Ich hatte auch nur einen Freund...«

»Und?«

»Er hieß Mäxchen und erschoß sich mit einundzwanzig Jahren, weil er ein Mädchen liebte, das mich liebte, obwohl ich es nicht liebte.«

»Also beide Male die Frauen...« Ich fühle mit Erstaunen die Aufregung in seiner Stimme: »Mann, weißt du, was das für mich bedeutet – ein Mensch, mit dem man sich mal richtig aussprechen kann und der einem ohne Hintergedanken rät? Du sitzest da auf deinem Kuhdorf, du Glückspilz, schreibst deine Bücher und karrst Mist für den Garten.«

»Ich karre keinen Mist«, sage ich gekränkt, »ich sammle nur Pferdeäpfel, und du weißt, wie rar die heutzutage sind.«

Er beachtet meinen Einwand gar nicht. »Aber ich hier, in diesem Stänkerladen mit den lieben Kollegen und Seiner Magnifizenz und den Alten Herren und den jungen Studenten und – ach, du hast ja keine Ahnung, wie einsam man da in seiner Bude hockt, wenn man aus dieser Knochenmühle kommt... Deshalb will ich ja heiraten!«

»Deshalb scher dich, zum Teufel, am nächsten Wochenende her, wie wir's auch verabredet hatten! Anschauungsunterricht über die Funktion respektive über die Nichtfunktion einer Familie. Nur zum Anschauen, bitte, nicht zum Anfassen, damit es nicht wieder neue Mißverständnisse gibt! Außerdem war ich dreißig Jahre im Großbetrieb, und zwar bei der Presse. Dagegen ist dein Zirkus ein Lämmerhüpfen. Sonst noch was?«

»Wo schlafe ich denn?«

»Bei uns natürlich! Dämlicher Hund.«

»Also, dann...«

Er hat aufgehängt, und ich sitze da und grüble, wieweit ich ihm aus Mitleid etwas vorgespielt habe oder aufrichtig war. Mit Überraschung und dem deutlichen Gefühl, daß ich es nicht verdiene, entdecke ich, daß ich mich auf ihn freue! Teddy wird meinem Herzen natürlich immer am nächsten stehen, aber in der Freundschaft gibt's ja Gott sei Dank keine Monopole, und jemanden zu haben, mit dem man mal so richtig die Klingen kreuzen kann und eine Sache bis zum letzten durchzudebattieren vermag, wie damals, vor vierzig Jahren, als mir mein unvergeßliches Mäxchen Beethoven vorspielte und wir dann über die Unsterblichkeit sprachen...

Ein Freund...

Plötzlich passiert etwas. Ein Hase rast in voller Fahrt von der Wiese gegenüber durch die Garageneinfahrt. Vielleicht war ein Hund hinter ihm her. Unmittelbar neben meinem Liegestuhl – ich bleibe stocksteif und wage nicht zu atmen – bremst er und duckt sich nieder, denn Weffi hat sich aufgerichtet. Beide bleiben sekundenlang erstarrt Auge in Auge, dann reicht Weffi dem Hasen geziert seine rechte Pfote zum Handkuß. Der Hase bleibt weiterhin, tief ins Gras gekauert, wie gelähmt. Er weiß nicht, wohin. Auf der einen Seite ist Zaun, auf der anderen liege ich. Das Haus mit Garagentor und Haus mit Terrasse verbauen ihm die anderen zwei Fluchtseiten. Ich betrachte die langen, dicht auf den Rücken gelegten Löffel, die pumpenden Flanken, die großen, dunklen Augen. Es ist ein Riesenbengel!

Da kommt Ritzewitz unter dem Liegestuhl vorgeschossen und mit Getöse auf ihn zu. Der Hase rast erst gegen den Drahtzaun, der seinen Körper zurückwirft. Dann in Richtung Weffi, den er umrennt, um schließlich mit einem gewaltigen Haken die Garageneinfahrt zu gewinnen. Ritzewitz, der das alles als gewaltigen Jux auffaßt, hinter ihm her. Alles Rufen ist umsonst! Der Hase saust dem kleinen Wäldchen zu, hält aber im Feld vorher inne und macht Männchen, um die Situation zu peilen.

Ritzewitz, der plötzlich einen Hasenturm vor sich aufragen sieht, bremst so, daß er ein paar Zentimeter auf dem Po weiterrutscht, dann schnuffelt er gegen das verlockend riechende, aber gefährlich aussehende Ungeheuer. Mümmelmann, der ihn nun offenbar in keiner Weise mehr ernst nimmt, peilt wieder, worauf Ritzewitz den Rückwärtsgang einschaltet und Schritt um Schritt vor ihm zurückweicht. Mümmelmann läßt sich nun ermutigt nieder und beginnt zu fressen. Das benutzt Peterchen, um zu drehen und mit eingezogenem Schwanz den Rückmarsch anzutreten. In der Ausfahrt trifft er auf Weffi, der sich aufgerappelt hat und mit nervös schlotternden Hosen in Richtung Hase starrt. Peti setzt sich neben ihn und blickt ihn ratsuchend an. Ich glaube zu hören, was der Kastenbart ihm sagt: »Laß diesen Flegel in Ruhe! Kommt in unser Reich, riecht nach Jagdbarem, wird trotzdem von mir mit Handschlag begrüßt und rempelt mich an! Wer weiß, wozu solch ein Un-Hund noch imstande ist...«

Da hast du Glück gehabt, Mümmelmann, denke ich, daß du auf einen Foxl mit zu niedrigem Blutdruck und auf ein Pudelbaby gestoßen bist. Wenn der kleine Löwe noch lebte oder wenn Wastl hier wäre –

Wastl! Ich werde ihn natürlich wieder Cocki nennen. Ich *werde*? Wastl – ich hatte ihn ganz vergessen. Ein trauriges Gesicht mit goldenen Augen und langem Gehänge ist wieder vor mir, und plötzlich wird mir klar, daß ich ihn keineswegs vergessen hatte, sondern daß sich mein Unterbewußtsein die ganze Zeit bereits mit ihm beschäftigt hatte, während nur das Oberbewußtsein sich bemühte, die verknäulten Beziehungen meiner beiden Mädchen zu entwirren. Sehr unvernünftig übrigens, diese Hartnäckigkeit meines Unterbewußtseins, wo doch nicht die geringste Aussicht besteht... Oder doch? Mein Herz beginnt zu klopfen, aber es hört sofort damit auf, denn ein kleiner grauer Wagen biegt in unsere Einfahrt, dem ein weiblich-rundliches Wesen entsteigt. Frauchen ist sofort da:

»Grüß Gott, Frau Weber!«

Aha, die Trimmerin.

Weffi ist, während ich Frau Weber die Hand schüttele, auch gleich zur Stelle und steckt ihr zur Begrüßung den Kopf zwischen die Beine. Sie krabbelt ihn hinter den Ohren, während er sich wieder aus den Falten des Rockes hervorwühlt und denselben zu beriechen beginnt. Ritzewitz steht hinter ihm und zieht den der Dame anhaftenden Hundeduft mit halberhobenem Näschen ein, weicht aber als echter Pudel der streichelnden Trimmerhand aus und drückt sich eng an Frauchen. »Ganz entzückend«, sagt die Trimmerin, »hervorragende Maße. Na, nun komm doch mal her, wir kennen uns doch schon!« Aber Peterchen kommt nicht.

»Grüß Gott!« sagt jemand vom Balkon herunter. Es ist die Mama, die sich sofort zurückzieht, weil sie wieder in der Küchenschürze auftritt. »Nächstesmal ziehe ich mir ein Seidenkleid an!« hört man sie mit Windstärke neun murmeln.

Das Frauchen nimmt die Trimmerin schnell beim

Arm und bugsiert sie in das Innere des Hauses: »Im Bad habe ich schon alles vorbereitet.«

Ich wackle hinterher, obwohl ich das deutliche Gefühl habe, nicht allzu willkommen zu sein. Im Bad steht ein Tisch am Fenster, der mit einem weißen Tuch bedeckt ist. Frau Weber stellt eine Ledertasche auf den Schemel neben der Wanne und entnimmt ihr zunächst einen weißen Kittel und dann mehrere blanke Instrumente. Das Ganze sieht jetzt sehr nach Hebamme aus. Dann hat sie plötzlich mit einem einzigen sicheren Griff Peter in der Hand, drückt ihn an ihren mütterlichen Busen und stellt ihn vor sich auf dem Tisch zurecht. Sie streicht ihm ein paarmal ganz langsam übers Fell, tritt dann einen Schritt zurück und mustert ihn mit dem Blick eines Strategen, während Weffi an ihren Beinen klebt, pustet und niest.

»Es wäre vielleicht besser«, sagt Frau Weber, »wenn ich mit ihm allein bliebe, gnädige Frau!«

Wir räumen das Feld – Weffi muß man mit Gewalt von der Geruchsinsel losreißen – und wandern in die Bibliothek. Oben rasselt die Mama wütend mit den Töpfen, Frauchen zündet sich eine Zigarette an und will sich gerade hinsetzen, als ein markerschütternder Schrei aus dem Bad ertönt. Ein Todesschrei, der dann in das Gebrüll eines Bauchweh-Säuglings übergeht. Irgend etwas fällt auf den Steinboden und zerbricht. »Aber Peterle – Peterle...«, hören wir Frau Weber. »Gnädige Frau, wenn Sie vielleicht doch mal eben...«

Wir stürzen ins Bad. Frau Weber befreit sich gerade von der Tischdecke, die sie sonderbarerweise über dem Kopf hängen hat. Auf dem Boden liegt ein zerbrochenes Zahnputzglas, und Peter kauert zitternd und mit den Augen eines gefolterten Negers in der Badewanne. Die Treppe herunter hören wir die Schritte der Mama. Frauchen dreht sich zu mir um: »Geh nur 'raus, damit Mami nicht auch noch 'reinkommt!« Ich mache nur zu gern kehrt, und hinter mir flitzt Weffi, der sich zuerst neugierig an der Wanne hochgerichtet und dann wieder an ›Tantes‹ Kittel geklebt hatte. Auf der Diele steht die Mama, verstörten Auges, die Hand vor den Mund geschlagen. »Was ist denn nur, um Gottes willen?« murmelt sie dahinter vor. »Siehst du, das habe ich gleich befürchtet...« Ich gebe mich sehr männlich-überlegen: »Was hast du befürchtet? Daß dieses verwöhnte kleine Muttersöhnchen brüllt? Laß ihn brüllen – es passiert ihm ja gar nix!« Im gleichen Augenblick fahre ich zusammen: der Bauchweh-Säugling hat den zweiten Vers angefangen. Ich nehme die Mama beim Arm und bin – wie immer – erschrocken, wie mager ihr Arm ist: »Der Text zu dieser Melodie hießt: Oh, wie werde ich getrimmt! Komm, wir nehmen erst mal einen gegen die Aufregung!«

Aber nur mit Mühe geht sie mit mir über die Schwelle der Bibliothek, denn sofort fährt sie wieder herum: Im Bad hat es zweimal gepatscht, worauf der Gesang jäh abbricht. Und dann Frauchens Stimme: »Wenn du glaubst, du kannst uns hier tyrannisieren, du kleiner Teufel, du! Entschuldigen Sie, Frau Weber!«

»Wenn er jetzt wieder anfängt«, sage ich zur Mama, »lautet der Text: Oh, wie werde ich vertrimmet, haha!«

»Hoffentlich hat sie ihn nicht geschnitten«, sagt sie düster und starrt gegen die Tür, so daß ich mich meines Kalauers schäme. Ich hole schnell die Flasche und habe eben die Gläser aufgebaut, als ich aus dem Bad gerufen werde: »Du mußt kommen! Zieh dir den Schlafrock über – meine Bluse hat er schon zerrissen...«

Ich ziehe den Schlafrock an und begebe mich an den Tatort. Peter steht zwischen einigen Flocken schwarzer Haare auf dem Tisch. Das Frauchen, mit klaffender Bluse, hält seine Vorderpfötchen fest, Frau Weber ein Hinterbein, während sie in der rechten Hand die Trimmschere hält. »Ein sehr temperamentvoller junger Mann«, sagt sie lächelnd, aber es klingt etwas krampfhaft. Peter rollt die Augen zu mir. Er zittert am ganzen Leib, und vor ihm liegt ein Pfützchen gelber Galle, die er erbrochen hat.

»Nimm bitte die Vorderpfoten«, sagt jetzt Frauchen, »ich nehme die hinteren, und gut festhalten!« Sie läßt die Vorderpfoten los, und im gleichen Augenblick habe ich sie schmerzhaft im Gesicht, so, als habe mich ein Kater angesprungen. Peter kriecht an mir hoch, als ob er mir am liebsten auf den Kopf steigen möchte: nur du allein kannst mich noch vor diesen wilden Weibern retten!

Ich nehme sein Köpfchen an meine Schulter: »Aber – aber, mein kleiner Negerjunge – wir sind doch sonst so mutig! Sieh mal, das geht doch nun nicht anders, du kannst doch nicht als Wollmatratze 'rumlaufen, bei der man nie weiß, wo vorn oder hinten ist! Weißt du: das ist wie bei der Steuer: ob du willst oder nicht, Haare mußt du lassen und kannst noch froh sein, wenn sie dich nicht ganz aus dem Anzug stoßen.«

Während ich auf ihn einredete, habe ich ihn ganz langsam wieder auf das Marterbrett gesetzt und seine schlotternden Vorderbeinchen fest umklammert, während Frauchen dasselbe mit den Hinterbeinen tut: »Du blutest im Gesicht«, sagt sie. »Das machen wir gleich hinterher mit Jod.« Die Trimmerin hat ganz leise die Schere wieder in Bewegung gesetzt. Peter zittert, aber er hält still. Seine Augen bleiben vorwurfsvoll in den meinen: Auch du hast mich verraten...

»Ich glaube«, sagt die Trimmerin, »am besten unterhalten wir uns ganz ruhig, so, als ob wir uns gar nicht um ihn kümmerten. Sie sind wie kleine Kinder, die es immer wilder treiben, solange sie Publikum haben. Da hatte ich einen Kerry Blue – der von Frau Schmidt – Sie wissen doch Schmidt und Bäuerle, Küchenmöbel...«

Ihr Redefluß rauscht dahin, und ich schaue derweilen in diese braunen Hundeaugen und flüstere ab und zu etwas in die traurig herabhängenden großen Dreiecksöhrchen, etwas, in dem viele »Fein« und »Weffi« und »Peterle« vorkommen. Dann spitze ich aber plötzlich die Ohren. Das ist ja toll, was Frau Weber da eben zum besten gibt, während sie kunstvoll ein Plusterhöschen an einem pfeilschlanken schwarzen Leib formt, der wie Persianer in dunklen Seidenspiegeln schimmert: »...ja, die alte Lindemann ist überhaupt ein Original. Wissen Sie, da erzählt sie mir noch neulich – ihr Vater war nämlich Sargschreiner...«

»Moment mal«, unterbricht Frauchen, »Lindemann? Das ist doch die Dicke in dem Haus gleich unterhalb der Kirche, wo...«

»Aber nein«, sagt die Trimmerin, »das ist die Lindner! Die Lindemann, die ich meine, wohnt im Haus am Verkehrsspiegel...«

Die Lindemann? Plötzlich weiß ich, um wen es sich handelt. Vor meinen Augen steht ein ergrautes, schüchternes Frauchen, das mutterseelenallein in einem großen Hause und auf einem noch viel größeren Grundstück wohnt, das bis zur Straße hinabreicht. Eine Zeitlang reparierte sie meine Hemden, Manschetten und Kragen, wozu sie prinzipiell ein Vier- oder Rechteck aus dem hinteren unteren Teil schnitt, den sie dann durch neuen Stoff ersetzte. Nur hatte dieser leider in den seltensten Fällen auch nur annähernd die gleiche Farbe wie das übrige Hemd. Als ich mich dann mal bückte – aber, das würde hier zu weit führen! Jedenfalls kam ich mal mit ihr ins Gespräch, als ich an einem Herbstabend ein Hemd bei ihr abholen sollte. Sie ließ mich auf der Ofenbank in dem niedrigen Zimmer mit den Eisenstäben vor den Fenstern Platz nehmen, wo auch das Plättbrett stand. Es roch nach Äpfeln und heißem Eisen und ein wenig nach Katze und dem starken Himbeergeist, den sie mir in einem dickwandigen Stamperl zelebriert hatte. Ich fragte sie, ob das Haus ihr gehöre.

»Ja ...« Sie heftete ihren furchtsamen Vogelblick entschuldigend auf mich, als sei ich von der Steuerfahndung. »Ganz allein – ja ... Sind alle weggestorben, die Brüder, die Schwestern – ja. Im Kindbett und im Krieg gefallen, und die Christl hat's im Krieg auch erwischt, zusammen mit der Sofie, die, wo in der Stadt wohnte. Eine Bombe – ja. Und die war damals auch schon Witwe, die Sofie. Kinder waren noch nirgends, denn das von der Barbara ist ja im Kindbett mit ihr geblieben – ja. So bin ich denn halt die letzte ...«

Jetzt kommt mir die Stimme von Frau Weber im Bad wieder zum Bewußtsein: »›Ja mei‹, hab' ich der Lisl (Lindemann) gesagt, ›du weißt wohl, daß du eine Millionärin bist? Das große Haus, der Grund, bis 'runter an die Straße, aus dem man sechs Parallelen schneiden könnt. Und die Wälder dazu oben am Hartmannskopf, alles geerbt von den Brüdern und den Schwestern. Und du kriechst hier herum und nähst mit 'ner Tretmaschine und 'ner Stahlbrille, die dir nimmer paßt, und zählst die Buchenscheite im Winter! Für wen denn? Wenn du nur einen Wald verkaufen würdest, kannst eine Weltreise machen, erster Klasse auf einem ganz großen Schiff und hast immer noch so viel übrig, daß du dich's ganze Leben nimmer schinden brauchst.‹ Da hat sie mich angeschaut wie 'n ertrunkener Hering und hat gesagt: ›I trau mi net, Rosl, i trau mi einfach net!‹ – ›Wieso?‹ Hab' ich gefragt. ›Hast Angst, daß du ertrinkst?‹ – ›Na, ich trau mi net!‹ Weiter kam nix 'raus. Und dann hat sie mir von ihrer Jugend erzählt. ›Weißt, Rosl‹ hat s' gesagt, ›wir waren arm, ganz arm, mein Vater war Sargschreiner. Wir hatten das kleine Haus, das, wo jetzt die Molkerei drinnen ist. Ein ganz ein kloans Häuserl. Und wie's so bei die armen Leut ist, je weniger Geld, desto mehr Kinder. Ewig hatten wir keinen Platz net, und so schliefen wir Kinder dann in die Särg'. Der Rest vom Haus war Werkstatt und Ziegenstall, wo wir auch die Hühner hatten. Die Mutter wollte auch noch Gänse und Truthähne dazunehmen, wenn's uns mal besser gehen sollte. Aber besser ging's halt nie. Darüber ist die Mutter dann gestorben. Ja – die Särg'! Dir graut's, Rosl, sag nix, ich merk's dir an, und ich kann dir's nit verdenken, aber uns – uns hat's nix ausg'macht. Wir wußten ja, daß sie genauso wichtig und unentbehrlich sind wie die Betten. Ja, selbst der, wo kein Bett hat, braucht einen Sarg – gottlob, sonst wär's uns noch viel schlechter 'gangen. Überall standen sie herum, frisch gehobelt, die Böden und die Deckel, und immer wurde dann mal einer geholt, gebeizt und ausgeschlagen zum Verkauf. Bis dahin aber schliefen wir nicht nur drin, sondern die Mutter brauchte sie auch als Ersatz für Schränke und Kommoden, die wir nicht hatten. Das frisch gebackene Brot hielten wir drin und die Dauerwürst' und die Wäsche und Anzüg' für die Buben und von uns Madeln ebenso, halt alles, verstehst? Sie waren halt so geräumig und so bequem, die neuen Särg', und wir waren froh, daß wir s' hatten – ja.‹

Dann machte sie eine Pause und legte den Kopf gewichtig zur Seite: ›Nur eine Ausnahme gab's! Einen Sarg durften wir nicht benutzen, das war der Sarg, den der Vater für sich selber gemacht hatte. Als Geselle hatte er mal so einen Prachtsarg in der Stadt gesehen und als die Mutter tot war, fing er an, ihn nachzubauen. Immer, wenn er ein paar Stunden frei hatte, arbeitete er an ihm. Er war so schön wie noch niemand je bei uns einen gesehen oder bestellt hatte. Er war aus Eiche mit geschwungene Füß', und als dann der Franzel, der Älteste, drüben in Amerika starb und wir die große Erbschaft machten, da hat dann der Vater auch die silbernen Beschläge dafür gekauft und aufgesetzt. Wir blieben weiter in unserm Häusl, trotz des vielen Geldes. In Grund und Boden hat's der Vater angelegt, und das war gut. So hat's seinen Wert behalten. Nur er hat nicht mehr viel Freud' dran haben dürfen. Immer, wenn eins von den Kindern starb, ward er 'n bißl krummer und weniger, und mit sechzig sah er aus wie hundert. Dann starb er und als ich ihn in seinem Sarg eingebettet hatte, sah er wie ein kloan's Kind aus. Der war viel zu groß für ihn, der Sarg...«

In diesem Augenblick läßt Peter nach längerer Pause wieder einen Babyschrei los. »Wenn Sie jetzt mal den Kopf ganz festhalten könnten!« höre ich Frau Weber. »An den Ohren sind sie nämlich besonders empfindlich, man kann leicht danebenschneiden.«

Ich schleiche mich wieder in die Bibliothek zurück und stelle mich ans Fenster. Vor mir ist das ängstliche Gesicht der Lisl Lindemann. Ein Leben zwischen Särgen – und eine Weltreise erster Klasse auf einem Luxusdampfer – nein, das paßt wirklich nicht zusammen. Es ist erstaunlich, was für einen sicheren Instinkt, was für ein Stilgefühl die Menschen hier herum haben, welch starkes Gefühl für die einheitliche Lebenslinie! So wird sie also weiterwerkeln in ihrem großen Haus, die Lisl, fleißig, schüchtern und nun ohne Sorgen, bis eines Tages dieses Leben auch erlischt, ausgeht – wie ein kleines Licht. Vielleicht sucht sie sich aber vorher noch ihren Sarg aus, einen besonders schönen.

Zu meinen Füßen ist ein Seufzen. Der weiße Kastenbart ist mir wie ein Schatten gefolgt, hat sich zusammengekringelt und ist nun am Einschlafen.

Da erhebt sich eine Unruhe vor der Tür! Das Bad ist geöffnet, Peter bellt zum ersten Male wieder und schreit nicht mehr. In die Bibliothek hinein schießt nun etwas Schwarzes, völlig Fremdes. Es ist ein Zauberwesen, aus schwarzem Glas geblasen. Spitzes, hohes Köpfchen mit großen Dreiecksohren, darunter dicke, lange Fellbeinchen und ein tiefer Bug, der sich hoch hinaufschwingt und auf dem seidigen, glatten Rumpf eine Wespentaille erzeugt, hinter der zwei kokette Pluderhöschen sitzen, die wiederum durch ein keckes, dünnes Schwänzchen abgeschlossen werden.

Im Gefolge dieses Zauberwesens Frau Weber, die Mama und Anette: »Ist er nicht hinreißend?« fragt sie. »Wie findest du ihn?«

»Wie einen zweimal verknoteten Schnürsenkel«, sage ich, um meine Rührung zu verbergen.

»Er ist der schönste Pudel, den ich je getrimmt habe«, erklärt Frau Weber nachdrücklich.

Die Mama kann nur gerührt flüstern: »Gleich holt dir die Oma was aus der Küche, mein armer, kleiner Negerjunge...«

Der »arme, kleine Junge«, von der Folter befreit, rast inzwischen wie verrückt die Treppe hinauf, wieder 'runter, über meine Couch, den Teppich, auf Weffis Rücken – überall schwarze Haarflocken hinterlassend. Weffi, auf diese ungestüme Weise aus seinem Altersschlummer gerissen, schnappt erst nach ihm, dann beriecht er den so verwandelten Knaben und versucht dann, ihn sich unterzuklemmen. Es mißlingt natürlich. Eher hätte er sich an einem Aal in Schmierseife versuchen können – Peter ist im Nu weg und oben in der Küche bei Mama, während der Kastenbart verdutzt in der Gegend steht. Die unvermutete jugendliche Reaktion des alten Herrn wird von Frauchen gerügt: »Aber das kannst du doch mit Brüderchen nicht machen!«

»Warum denn nicht?« sage ich. »Es ist sein schönstes Kompliment.« Frauchen bückt sich nach den Haarbüscheln: »Sie setzen sich in den Velours, und man kriegt sie mit keinem Staubsauger wieder weg. Aber – findest du ihn nicht hinreißend?«

»Den Staubsauger oder den rasenden Schnürsenkel?«

»Auf der Ausstellung würde er ohne weiteres eine Goldmedaille kriegen!« erklärt Frau Weber. Beide sehen mich streng an, und ich muß lachen: »Na ja, er ist wirklich bezaubernd.«

»Findest du wirklich?« bohrt Frauchen.

»Finde wirklich!«

»Dann geh mal gleich mit ihm und Weffi 'raus. Aber achte darauf, daß ihm nicht alle aufs Köpfchen fassen, sonst leidet die Frisur.«

»Ich achte auf die Frisur.«

Der rasende Schnürsenkel, von der Mama gefüttert und dadurch offenbar mit zusätzlicher Energie erfüllt, fegt die Treppe herunter, an Weffi und mir vorbei über die Terrasse 'rüber zu Bentlers, wo er auf ihrem Rasen sofort in die Hocke geht und dort eines seiner kläglichen Würstchen niederlegt. Offenbar reagiert er damit seine innere Erregung ab. Addi, die sonst von derartigen Geschenken nicht sonderlich begeistert ist, stürzt aus dem Haus: »Mein Gott, ist der wieder süß!«

»Hast du ihn auch brüllen hören, als man ihn aus dem Anzug stieß?«

»Nein, ich hatte die Waschmaschine laufen. Ja, ist der goldig! Komm doch mal her, du süße Glasbläserei!« Sie preßt ihn an sich. »Komm ihm nur nicht an das Haarkrönchen!« sage ich.

»Quatsch, warum denn nicht?«

»Das sage ja nicht ich, sondern Anette.«

»Das ist was anderes! Entschuldige bitte.«

»Warum ist das was anderes?«

Sie überlegt einen Augenblick: »Weil es ihr Hund ist.«

»Gestatte, daß ich dazu Quatsch sage! Ihr fürchtet

gegenseitig eure Krallen – aber uns haltet ihr für Flaschen.«

Sie steht auf, läßt Peter weiterrasen: »Eine gute Flasche ist auch nicht zu verachten.«

»Übrigens, was macht Susanne?«

»Ach, aus der kriegst du ja nichts 'raus.«

»Ich finde, sie benimmt sich fabelhaft.«

»Ja, viel zu fabelhaft.«

»Na, vielleicht ändert sich das morgen, wenn Enrico kommt.« Wir grinsen uns verschwörerisch an. Sie faßt mich an und dreht mein Gesicht zur Seite: »Warst du auf der Mensur?«

»Nein, kleines Andenken von Peters Trimmerei. Das Hemd ist auch kaputt.«

»Die Mama winkt, anscheinend sollst du kommen.«

»Wird Telefon sein. Halte bitte die Gartentür zu, damit dieser Aal im Garten bleibt.«

»Mach ich.«

Auf der Terrasse hält die Mama mich fest. »Marc ist da. Wieder hinten 'rum durch die Hecke! Alberner Kerl. Jetzt sitzt er in der Bibliothek. In einer Stunde spätestens mußt du ihn aber 'rausschmeißen, dann essen wir nämlich.«

»Gut. Gut.« Ich gehe in die Bibliothek, wo Marc höflich, aber verdüstert in ein Cognacglas stiert. Anette, die ihm bis dahin Gesellschaft geleistet hat, steht jetzt auf: »Sie entschuldigen mich, Marc, ich muß noch das Bad in Ordnung bringen. Peterchen ist nämlich gerade getrimmt worden...«

Die Mama kann sich nicht verkneifen, noch bedeutsam hinzuzusetzen, daß das Fressen für die Hunde schon fertig sei.

»Ich gehe gleich wieder«, sagt Marc, als wir allein sind.

»Wieso, bist du ein Hund?«

»Nein, aber ich werde so behandelt. Susanne hat mich ja auf Eis gelegt, das wissen Sie wohl?«

»Ja, ich weiß. Kannst du's ihr verdenken?«

»Nein.«

»Also. Und wie soll's nun weitergehen?«

Plötzlich ist aller Trotz aus seinem Gesicht verschwunden, er starrt mich verzweifelt mit wilden Augen an: »Ich muß da irgendwie heraus! Und ich komm' auch 'raus, es ist nur eine Zeitfrage. Wenn Susanne doch bloß Vernunft und etwas Geduld hätte...«

»Ich finde, sie hat erstaunlich viel Vernunft, auch ziemlich viel Geduld – hält sich großartig!«

»Natürlich, ich kann von Ihnen nichts anderes erwarten, Colonel. Sie steht Ihnen ja schließlich näher als ich. Außerdem haben Sie recht, aber das nutzt mir gar nichts. Ich sitze nach wie vor in der Falle. – Sie können mir wohl nicht doch ein bißchen helfen?«

Ich muß mich mit aller Kraft zusammennehmen, um ihm nicht über den Kopf zu streichen und zu sagen: ›Ach, mein lieber, kleiner Junge!‹

Ich schaue ihn mir an, diesen Unglücksraben, und plötzlich fällt mir ein, daß seine Angst wunderbar in meinen Plan paßt, der mir in der Nacht bei Zimmermann eingefallen ist.

»Hm – ich könnte dir einen Rat geben.«

»Welchen?«

»Paß auf dein Susannchen auf! Ich habe so das Gefühl, als ob sie sich das nicht mehr sehr lange mit ansieht...«

11

Draußen ertönt eine helle Fanfare. Etwas Rotes, Niedriges schießt mit atemberaubender Fahrt in die Einfahrt, auf die Garage zu und bremst dort, daß die Kiesel ringsum fliegen. Dann klettert eine lange Gestalt mit spärlichem und leicht rötlichem Haar hinter dem Steuer vor.

Gott sei Dank, sagt es in meinem Innern. Ich sehe auf die Uhr: Es ist eins. Bis halb zwölf hatte er noch Vorlesung. Gute Zeit. Dann ärgere ich mich über mein ewiges Warten, aber ich komme nun mal aus einer Familie, die immer und überall bei weitem zu früh Bahnsteige, Theatersitze und Gesellschaften bevölkerte.

Die Tür zur Bibliothek geht auf: »Er ist da!« sagt das Frauchen.

»So?« schauspielere ich, weil ich mich schäme.

»Ja, hast du's denn nicht gehört? Ich scheine in einer Familie von Schwerhörigen zu leben. Die Mama hat auch nichts gehört, obwohl sie seit zehn Uhr in ihrem besten schwarzen Kleid mit der goldenen Medaille herumrennt! Nimm du ihn im Empfang und gib ihm einen Schnaps, und ich komme etwas später. Die Mama wird dann beim Essen vorgestellt.«

»Zu Befehl! Ich möchte nur bemerken, daß du noch deine Kittelschürze anhast und darunter offenbar so ziemlich gar nichts!«

»Ich bin sofort fertig, kümmere dich nicht darum.«

»Ich kümmere mich nicht darum.« Mit diesen Worten öffne ich die Terrassentür und gehe die Stufen des Felsengartens auf ihn zu. Drüben bei Bentlers verschwinden verschiedene Köpfe hinter Gardinen.

»Na, das lasse ich mir gefallen«, sagt Enrico, meine Hand schüttelnd, und blickt sich um. »Kinder, ihr lebt ja wie im Paradies hier. Und ein Wetter, ein Wetterchen!«

»Ja, zum Eierlegen.«

Er holt einen Blumenstrauß und eine Konfektschachtel aus dem Wagen und grinst mich an: »Das da drüben – das Bentler-Haus?«

»Ja. Dreimäderlhaus sozusagen.«

»Ach«, seufzt er, »wenn du wüßtest, wie schubertisch mir zumute ist!«

»Na, dann komm mal 'rein, wir wollen erst mal einen vor die Brust nehmen.«

In diesem Augenblick kommen die Hunde angesaust, die sich bis dahin in dem kleinen Wäldchen am Berghang mit Grabungsarbeiten beschäftigt hatten. Weit voran Peter, er fliegt nur so über die Wiese, dann über den Weg und dann zwanzigmal um Enrico herum.

»Mein Gott«, sagt der, »was ist denn das? Es bewegt sich so schnell, daß man's gar nicht erkennen kann. Eine Art Pudel, was?«

»Es ist Peter«, sagte ich. »Kleinpudel, auch Fliege genannt oder der rasende Schnürsenkel oder Ritzewitz.«

»Ritzewitz finde ich am passendsten! Ritzewitz – haha, großartig! Laß dich mal anfassen, Ritzewitz.«

Aber Peterchen weicht nach echter Pudelmanier aus. Dafür kommt jetzt Weffchen und bohrt Enrico stillschweigend den Kopf zwischen die Beine.

»Wer ist denn nun wieder das?« fragt Enrico und krault Weffi hinter den Ohren. Der setzt sich daraufhin auf seinen weißen Fellpo und reicht ihm geziert die Pfote hin.

Enrico grinst mich an: »Scheint einen Handkuß zu erwarten! Überhaupt – wenn ich die Augen sehe – Ähnlichkeit mit Greta Garbo.«

»Haben wir auch schon bemerkt. So, mehr Hunde gibt's nicht, jetzt gehen wir 'rein. Und ihr bleibt draußen, alle beide.«

Ganz programmgemäß ist das Frauchen schon in der Bibliothek, als wir eintreten. Sie dankt für Blumen und Konfekt, und wir trinken eine Begrüßungscognac. Enrico bewundert die Möbel und zeigt sich als sehr sachverständig. Dann wird er nach oben geschleppt, wo schon der Tisch gedeckt ist und ihm die Mama präsentiert wird. Sie macht ihm eine kleine Verbeugung und hätte am liebsten einen Knicks gemacht, wenn nicht Frauchens drohende Blicke sie daran gehindert hätten. Professoren sind für sie höhere Wesen, die einem entweder den Bauch aufschneiden oder von denen die Schulzensur des Sohnes abhängt. Frauchen nimmt sie schnell am Flügel, und beide verschwinden in der Küche. Während Enrico und ich uns an den Rauchtisch vor das Radio setzen, hören wir, wie sie – die Mama – mit dröhnender Stimme erklärt: »Schöner Mann!«

Und darauf Frauchen: »Übermorgen werden dir unwiderruflich die Ohren ausgepustet! Merkst du denn nicht, daß du schreist wie ein Lautsprecher!« Wir grinsen uns an. Gleich darauf öffnet sich die Küchentür, und die Suppe wird aufgetragen: »Zu Tisch, bitte!« sagt das Frauchen.

Es wird ein fröhliches Mahl. Zimmermann entpuppt sich als charmanter Unterhalter, während die Hunde jeder in seiner Ecke, ihr Mittagessen verschlingen, um möglichst bald am Tisch betteln zu können. Sogar Peterchen hat sich beeilt und irgend was in die falsche Kehle bekommen, denn er krächzt entsetzlich. Frauchen muß aufstehen, ihn auf den Rücken klopfen und ihm das Mäulchen aufreißen, ob man was sieht. Das Ganze endet mit einem furchtbaren Nieser, und Frauchen muß sich das Gesicht abwischen. Nun springt auch Zimmermann mit der Serviette auf, die Mama ist ganz blaß, und niemand bemerkt auf diese Weise – außer mir –, daß Weffi sein hastig verschlungenes Mittagfressen wieder hochgebracht und vor sich hingelegt hat. Alles dies unter dem Rauchtisch. Er sitzt mit schlotternden Fellhosen davor und bewacht es. Meine ganze Hoffnung besteht darin, daß er es wieder auffrißt. Als ich nach einer Weile schüchtern in seine Gegend gucke, hat er's tatsächlich getan.

Nach dem Mokka wird uns von den Damen ein Verdauungsstündchen im Garten vorgeschlagen. Wir gehen nach unten, holen uns aus der Garage zwei Liegestühle und legen uns unter den großen Jasminstrauch. Enrico weiß es so einzurichten, daß er dabei das Bentler-Haus im Auge hat. Dort erscheint jetzt Addi in der Tür. Sie hat eine winzige Schürze um und schüttelt das Tischtuch aus.

»Hallo – Hannes!« ruft sie herüber.

»Hallo, Addi!«

Sie wendet sich um und verschwindet.

»Wer war denn das? fragt Enrico.

»Die Mutter.«

»Phantastische Beine!«

In diesem Augenblick kommt jemand den Weg 'raufgeradelt. Es ist der Reiserer-Franz. Er hat nur eine Badehose an, und zwei durch eine Schnur verbundene Boxhandschuhe hängen über seiner Schulter. Er schwingt sich vom Rad, stellt es an den Zaun, wobei er seine Muskeln spielen läßt, und geht dann auf das Bentler-Haus zu. Buddys Regie hat großartig geklappt.

»Hallo, Colonel!«

»Grüß dich, Franzl!«

»Wer ist denn der Gorilla?« fragt Enrico.

»Das ist der Reiserer Franzl«, flüstere ich. »Margots Verlobter. Ich hab's dir doch erzählt.«

Enrico starrt ihm nach und knabbert an seiner Unterlippe: »Mensch, ich muß dir Verschiedenes abbitten! Ich war mir gar nicht sicher, ob du Gauner dieses Monstrum nicht einfach erfunden hättest. Wenn ich mir vorstelle, daß der mir ...«

Ich knuffe ihn in die Seite: »Du! Du brauchst dir nichts vorzustellen! Guck mal, da rechts!«

Hinter dem Bentler-Haus hervor kommt Susanne. Im Bikini. Mit einem Buch unter dem Arm. Sie steuert genau auf uns zu.

»Das ist Susannchen«, flüstere ich noch schnell, »die mit der unglücklichen Ehe!«

Zimmermann sagt gar nichts, er sperrt nur den Mund auf und ist sofort aus dem Stuhl hoch.

Susanne legt mir den Arm um den Hals und gibt mir einen zärtlichen Kuß. Ich stelle vor: »Mein Freund, Professor Zimmermann – Frau Dillenburg. Bleib doch 'n bißchen bei uns, Susanne.«

»Ach, ich störe euch doch bloß, Colonel!«

»Keineswegs«, schreit Enrico und blickt wild um

sich, »wo habe ich denn vorhin noch einen Liegestuhl gesehen...«

»In der Garage.«

Zimmermann stürzt sogleich in Richtung Garage. Ich zwinkere Susanne zu: »Na?«

»Du, der ist nett!«

Da ist Enrico schon wieder mit dem Liegestuhl. Susanne läßt sich mit der Lässigkeit einer jungen Tigerin hineingleiten, und er arbeitet an der Einstellung der Rückenlehne, mal tief, mal hoch, schließlich einigen sie sich auf der Mitte. Susanne bekommt von Enrico eine Zigarette angeboten – wie ich sehe, aus einem goldenen Etui, und sie bemerkt es auch gleich.

»Haben Sie nicht einen Badeanzug mitgebracht?« fragt Susanne, worüber Zimmermann zu meinem Erstaunen tief errötet. »Nein, das habe ich nicht. Übrigens«, biegt er ab, »Dillenburg – Dillenburg – da kenne ich doch auch jemanden – warten Sie –, Dillenburg-Fahrstühle, enorm reich, irgendwo im Rheinland – er ist tot, aber seine Witwe lebt, glaube ich, noch, eine furchtbare alte Fregatte.«

»Das ist meine Schwiegermutter«, erklärt Susanne.

Worauf Zimmermann noch tiefer errötet und Susanne in schallendes Gelächter ausbricht. Sie lacht silbern und ganz auf Zweck, und sie beugt sich vor und klopft Zimmermann beruhigend auf den Schenkel. Er riskiert einen schnellen Blick hinter die Bikini-Brustschälchen, nimmt ihre Hand und küßt sie: »Gnädigste nehmen mir das doch hoffentlich nicht übel?«

»Keine Spur. Ich hatte auch erst Angst. Aber im Grund ist sie eine ganz prachtvolle Frau.«

»Ja«, sage ich, »wenn man ihr prophylaktisch mit

einer Keule eins über den Kopf gibt, ist sie ganz gemütlich.«

Zimmermann bohrt vorsichtig weiter: »Und – hm – Ihr Herr Gemahl, einziger Sohn?«

Susanne wird melancholisch und madonnenhaft: »Ja, leider.«

Zimmermann zeigt sich erstaunt: »Leider? Wieso? Man sollte sagen, im Gegenteil, im Hinblick auf künftige Erbschaften – ohne Ihnen zu nahe zu treten! Dürfen wir Ihren Gemahl – später auch erwarten?«

Susanne drückt die halbgerauchte Zigarette im Gras aus: »Nein – das heißt, ich weiß es nicht. Ich glaube kaum.«

»Oh!« sagt Zimmermann mit einem so falschen Bedauern, daß es mir in den Zähnen weh tut. »Wohl viel zu tun in der Fabrik! Harte Konkurrenz, Abflachung der Wirtschaftskurve – kann ich völlig verstehen.«

»Er ist gar nicht in der Fabrik«, erklärt Susanne, »er ist Architekt.«

Und das klingt so gelangweilt, daß Enrico nur mühsam seine Befriedigung verbergen kann und Susanne auffordert, ihm die Namen der Berge am Horizont zu nennen, während ich vor mich hin grübele.

»Paßt mal auf, Herrschaften«, sagte ich, nachdem die Bergkette benannt ist. »Wollen wir nicht wirklich schwimmen gehen? Susanne hat recht, finde ich. Enrico, für dich hab' ich noch eine Badehose.«

Enrico schwankt und sieht mich flehend an. Offenbar ist er besorgt, daß er Susanne durch seine Nacktheit abschrecken könnte. »Kannst du schwimmen?« frage ich.

»Ja, natürlich!«

»Na also. Los, Susanne, zieh dich zum Baden um.«

»Das mit dem Schwimmen war eine Kateridee von dir«, sagt er, während wir uns umziehen. »Ihr seid alle so schön braun und ich dazwischen als weiße Made im Speck.«

»Du hast erstens keinen Speckbauch, zweitens eine ganz normale Figur, und drittens ahnst du gar nicht, wie wenig die Frauen darauf achten.«

Er zeigt sich einigermaßen beruhigt und mustert sich im Spiegel: »Worauf achten sie denn, meinst du?«

»Na, so aufs Ganze. Das ist ja eben der Unterschied zwischen ihnen und uns. Wir heiraten, weil wir uns in eine nette Figur oder in sonst irgendwelche Einzelheiten verlieben. Die Frauen betrachten uns von allen Gesichtspunkten gleichzeitig: Alter, Beruf, Geld, Manieren, auch Figur, das aber zuletzt. Und aus alldem ziehen sie die Quadratwurzel, und danach verhalten sie sich.«

»Seid ihr bald fertig?« kommt Susannes Stimme von draußen.

»Fertig!« antworten wir im Chor. Sie geht vor uns zum Badesteg. Zimmermann hinter ihr her wie ein Traumwandler. Durch seine verzückten Augen sehe ich Susannchen plötzlich so, wie sie wirklich ist: ein ganz bezaubernder kleiner Käfer. Diese blonden Härchen da im Nacken über dem schlanken braunen Hals, die zarten Schultern und die schönen schlanken Beine. Sie ist eine jener seltenen Fälle, in denen sich die Niedlichkeit des Babys erhalten hat, jenes Babys, das ich mir vor zwanzig Jahren von den Eltern auslieh, um damit im offenen Wagen als meiner Tochter anzugeben.

Einmal bleibt Zimmermann stehen und flüstert mir ins Ohr: »Tolle Krabbe!« Dabei atmet er heftig durch die Nase. Dann aber wird er auffallend ruhig, denn am Ende des Stegs lehnt wie eine griechische Statue der Reiserer-Franz, in einer ganz kleinen Badehose, so einer, wie sie Mitglieder von Schwimmvereinen tragen. Das Licht schimmert auf seinen tiefbraunen Muskeln. Ich bemerke, wie Zimmermann einen melancholischen Blick auf seinen kleinen weißen Bauch und die Beine wirft, besonders auf das rechte, an dem unter ganz leicht rötlicher Behaarung eine Krampfader sichtbar ist.

Vorstellung mit Reiserer-Franz. Als der dem Professor die Hand schüttelt, wird Enrico ganz blaß und beißt die Zähne in die Unterlippe, aber er gibt keinen Mucks von sich. Ich rechne ihm das hoch an, denn Franz' Händedrücke kenne ich.

Franz zieht Susanne an sich und gibt der völlig Verblüfften einen Kuß. Dann klopft er sie kräftig auf den Po und grinst Enrico an: »Bleibt ja in der Familie!« Er läßt wirklich keine Pointe aus, der Hallodri! Heute ist sein großer Tag, denn viele Jahre seines Lebens hat er um Susanne gerungen, die ihn aber unverschämterweise nur für Hausarbeiten ausnutzte, die eigentlich sie hätte erledigen müssen. Eines Nachts versuchte Franzl zu kassieren, indem er in das Fenster stieg, hinter dem die Backfische Susanne und Margot schliefen. Wie er sich Margots Rolle bei diesem Schäferstündchen vorstellte, ist nie recht klargeworden. Vielleicht vertraute er übermäßig auf ihren festen Schlaf oder glaubte, es würde sie interessieren. Jedenfalls sagten ihm die jungen Damen mit Kleiderbügeln und Schuhabsätzen ihre Meinung, und er war schneller wieder draußen, als er hineingekrochen war. Seitdem war er wieder Susannes demütiger Sklave. Sie verzieh ihm, das kleine Biest, und ließ es sich gefallen. Erst als sie Marc heiratete, zog er sich zurück und baute aus Verzweiflung – er ist Maurer – ganz allein ein neues Stockwerk auf das Haus seiner Mutter. Heute nun hat man ihn aus der Mottenkiste geholt, und er kassiert mit männlichem Zynismus.

»Also, dann wollen wir mal!« sagt er, schwingt sich auf das Geländer der Brücke und ist mit einem prachtvollen Hechtsprung im Wasser. Man sieht seinen Körper wie einen Delphin durch die dunkelgrüne Tiefe gleiten.

»Ich spring' auch vom Geländer«, sagt Susanne. »Professor, helfen Sie mir mal?«

Enrico taucht aus seiner durch Muskelprotzerei erzeugten Depression wieder auf und hilft. Erst faßt er Susanne um die Taille, aber sie erklärt ihm, das reiche nicht, er müsse tiefer anfassen, sonst käme sie ja nicht auf das Geländer. Enrico guckt einen Moment zweifelnd auf das kleine Popochen, und dann packt er sie an den Kniekehlen. »Nein, nicht doch!« kichert Susannchen. »Da falle ich ja vornüber! Direkt um die Hüfte.«

Enrico, der vom Anheben erheblich schwitzt, kneift ein Auge gegen mich zusammen, packt sie dann da, wo er sie eigentlich packen wollte – und sollte –, und stellt sie schließlich auf das Geländer. Eine Sekunde später ist sie mit einem Hechtsprung weg, der dem des Franz alle Ehre macht. Wir beide sehen uns an, Enrico zeigt auf das Geländer: »Bitte sehr, dem Alter der Vortritt! Aber wenn du glaubst, daß ich dich 'raufhebe – ich bin nämlich beiderseits am Bruch operiert.«

»Ich spring' überhaupt nicht«, sagte ich. »Aber tauchen tue ich gern. Du auch?«

»Nein, nicht besonders«, meint Enrico. Dann kriecht er unter dem Geländer weg und springt direkt vom Steg senkrecht ab, indem er sich die Nase zuhält. Diese kindliche Veranstaltung macht er aber dadurch wett, daß er in einem sehr anständigen Kraulstil den beiden anderen nachschwimmt. Die haben inzwischen kehrtgemacht und legen sich in einigem Abstand vor die Treppe, die vom Steg ins Wasser führt.

»Jetzt kommt das Beste«, schreit Susanne, »der Colonel geht ins Wasser!«

»Er ist ein großer Taucher, hat er mir gesagt«, erklärt Enrico. Er hat sich etwas hinter Susanne gelegt und ist fieberhaft damit beschäftigt, mit den Fingern seine Haare so zu kämmen, daß man die Glatze nicht allzusehr sieht. »Ja, tauchen kann er«, sagt Susanne, »aber erst muß er ja mal drin sein!«

»Pah!« mache ich und steige die beiden ersten Stufen hinunter, bleibe aber erstarrt dort stehen: »Das hält ja kein Mensch aus!«

»Sie müssen sich die Arme naß machen, Colonel!« rät der Franzl.

»Wie stellst du dir das vor, du dummer Kerl, dabei falle ich doch vornüber!«

»Ich klammere mich an das Geländer und steige noch eine Stufe tiefer: »Eijeijeijeijei – am Knie ist 'ne ganz besonders unangenehme Zone!«

»Na, nun mal weiter«, sagt Susanne und schlägt, auf dem Rücken liegend, mit den Füßen Schaum.

Ich beiße die Zähne zusammen und schaffe es bis zum Nabel. Dann wasche ich mir das Herz, mache die Augen zu und schippe mir Wasser ins Genick. »Na, nu hopp«, sagt Zimmermann, »noch die kleinen Ärmchen, und dann haben wir's ja!«

»Gerade die Arme sind's doch!« erwidere ich. »Ist das bei euch auch so?«

Alle drei versichern im Chor, daß es bei ihnen keineswegs so sei. Ich hole tief Atem und tauche dann mit einem Ruck weg. Eine Minute genau kann ich unter Wasser bleiben und bringe es fertig, mitten zwischen den dreien wieder an die Oberfläche zu kommen. Direkt unter Susanne, die ich an den Fußsohlen kitzele. Sie kreischt wie am Spieß.

»Wir hatten direkt Angst um Sie, Colonel!« sagt Franz.

»Alle Achtung!« meint Zimmermann.

Und dann schwimmen wir zu viert hinaus. Susannchen sprüht. Sie droht Franz mit dem Finger: »Na, wenn Margot erfährt, daß du wieder bei mir genassauert hast!«

»Na, und was ist dann?« fragt er kampflüstern.

»Ach so!« macht Susanne. »Du darfst – aber die anderen nicht!«

In Franz' Gesicht kommt ein unheildrohendes Licht: »Den möchte ich mal erleben, der auf Margot Kurs nimmt!«

»Du bist wohl mit deiner Abzahlung fertig?« fragt Susanne spitz.

Und zu Zimmermann: »Beim letzten Schützenball hat's einer versucht! Der lag dann fünf Wochen im Krankenhaus, und Franz mußte es zahlen! Dabei konnte der arme Kerl gar nichts dafür, Margot hatte ihn herausgefordert, das kleine Luder! Um Franz eifersüchtig zu machen!«

Zimmermann hustet, er hat Wasser geschluckt: »Tja, also...«, meint er zu Franz, »ich muß Frau – ich meine, ich muß der jungen Dame hier recht geben. Wenigstens vom juristischen Standpunkt aus – es ist natürlich eine Affekthandlung, aber andererseits, zivilrechtlich gesehen...«

»Ich werde mich jedenfalls an Sie wenden, Herr Professor«, erklärt Franz feierlich, »wenn ich den Nächsten zusammenschlage!«

»Was für ein himmlischer Tag«, sagt Enrico und legt sich auf den Rücken. »Seht mal die Wolken!«

Als wir heimkommen, sagt das Frauchen zu Susanne: »Marc hat angerufen!«

Sie zuckt nur die Achseln! Zimmermann zieht die Augenbrauen hoch.

»Wir trinken alle bei Bentlers drüben Kaffee, wenn's euch recht ist, sie haben uns eingeladen«, sagt das Frauchen.

»Nur mich müssen Sie bitte entschuldigen«, sagt Franz, »ich habe noch zu tun. Ich geh' nur noch schnell mit, um Margot zu sehen.«

»Was ist er denn von Beruf?« flüstert Enrico, als wir alle hintereinander hinüber zu den Bentlers marschieren.

»Bauunternehmer«, sagte ich.

Drüben große Vorstellung. Teddy und Zimmermann wissen offensichtlich nichts miteinander anzufangen. Je charmanter Enrico wird, desto hilfloser ist Teddy. Schließlich entfache ich ein Autogespräch, und da finden sie sich dann einigermaßen miteinander zurecht. Teddy geht sogar mit Enrico hinüber und sieht sich dessen Sportwagen an. Als sie durch die Diele kommen, nimmt Franz gerade rührenden Abschied von Margot. Er läßt sich auch in diesem Fall nichts entgehen und ist bemüht, Jahre des hoffnungslosen Darbens in wenigen Minuten wieder einzubringen. In der Küchentür lehnt Buddy, er ist ganz blaß vor Wut und hat ein Stück Holz zwischen den Zähnen, an dem er kaut. Ich stelle ihn Zimmermann vor: »Herr Peter X., einer deiner Schüler. Na, du wirst ihn ja kennen.«

»Natürlich, natürlich«, sagt Zimmermann abwesend und starrt auf die Abschiedsgruppe. Ganz ist er anscheinend doch noch nicht drüber weg!

Franz ist nur mit Mühe loszuwerden. Margot schiebt ihn von sich und sagt: »Also, Schatzi, arbeite schön!« Und als er daraufhin »noch einen letzten« haben will, klopft ihm Teddy auf die Schulter: »Als Vorschuß war das ausreichend, mein Lieber! 'Raus mit dir.«

Nach dem Kaffee wird der Beschluß gefaßt, gemeinsam in die Kreisstadt ins Kino zu fahren. Enrico nimmt Susanne in seinen Wagen, ich nehme außer Frauchen auch Margot und Buddy mit, Teddy und Addi fahren mit ihrem Wagen. Bevor Enrico zu Susanne einsteigt, nimmt er mich einen Moment beiseite: »Ich bin dir *sehr* dankbar, ein wirklich bezauberndes Wesen! Das ganze Gegenteil von Margot. Wer ist übrigens der Junge, den du da mitnimmst, kommt mir irgendwie bekannt vor...«

»Wenn du nicht wie ein toter Schellfisch dauernd das Susannchen angestarrt hättest, würdest du gehört haben, was ich bei der Vorstellung sagt: Ein Kommilitone von Margot, einer deiner Schüler, Peter X., hoch begabt!«

»Aha – und wieso nennt ihr ihn Buddy?«

»Das ist noch so 'n Ulk aus Kindertagen. Margot und er sind Jugendfreunde, wie alle von hier, auch der Reiserer-Franz.«

Enrico mustert Buddy, jetzt mit ausgesprochenem Wohlwollen: »Jugendfreund – hm und studieren auch zusammen – nett, wirklich nett. Ordentlicher Bursche, offenbar sehr intelligent.«

»Hoch begabt.«

»Sagtest du schon. Hm. Werde auf ihn achten. Wirkliche Begabungen sind heutzutage selten. Also – dann! Wer fährt voraus?«

»Ich, um den Weg zu zeigen. Dann du mit Susanne und hinterher die Eltern.«

»Ich lasse sie gern vorfahren!«

»Das glaube ich, du Halunke! Sie passen auf, ob du bei der Fahrt beide Hände am Steuer behältst.«

»Na, erlaube mal! Das hängt ja von der kleinen Frau ab! Sie ist doch schließlich verheiratet, und ich würde niemals ...«

»So ganz sicher bin ich nicht. Besser, ihr werdet von uns eingeklemmt.«

Seine Augen glänzen: »Nicht ganz sicher? Na, dann mal los!«

Die Kolonne setzt sich in Bewegung. Wir müssen durch das ganze Dorf, und im Rückspiegel sehe ich, wie Susanne Enrico die Sehenswürdigkeiten erklärt und zwischendurch nach verschiedenen Seiten grüßt. Seit Monaten sieht sie mal wieder wie die alte Susanne aus, und Enrico hat den Hammelblick des Mannes in den Anfangsstadien der Verliebtheit.

»Ich würde ja mehr auf die Straße sehen«, sagt das Frauchen hinter mir. »Beinah hättest du der alten Griesbäuerin den Buckel abgefahren.«

»Dann beobachte du mal die beiden«, sage ich. Und über die Schulter: »Übrigens, Buddy, er hat sich nach dir erkundigt. Alter Jugendfreund von Margot und hoch begabt, habe ich gesagt, er hat's glatt gefressen. Obendrein hast du also noch einen Stein im Brett bei ihm!«

»Jugendfreund – pah!« macht er.

»Du bist ein Esel!« erklärt Margot. »Solltest dich lieber beim Colonel bedanken, der das alles so für uns zusammenstrickt.«

»Hoffentlich läßt er nicht mal 'ne Masche fallen«, meint Frauchen düster. Sie klappt ihre Sonnenblende herunter und beobachtet den nachfolgenden Sportwagen im Make-up-Spiegel.

Als wir vor dem Kino halten, entsteht eine große Debatte darüber, ob wir die Hunde im Wagen lassen oder mitnehmen sollen. Bentlers und Enrico plädieren dafür, sie mit hineinzunehmen, aber ich habe, besonders bei Enrico, das Gefühl, daß es sich um eine Geste der Höflichkeit handelt. Schließlich entscheiden wir: Weffi bleibt im Wagen, und Peter kommt mit, auf Frauchens Arm. Angesichts des Umstandes, daß das Stück nur wenige Besucher hat und wir alte Stammgäste sind, wird Peter sowohl an der Kasse wie von der Platzanweiserin überschwenglich begrüßt: »Ja, freilich können Sie ihn mit 'reinnehmen, gnä' Frau. So ein lieber Kerl, so ein kleiner, der geniert ja keinen.«

Peter rollt die Augen, und ich habe das deutliche Gefühl, als habe er diese Bemerkung verstanden und als Beleidigung aufgefaßt. – Wir sind ungefähr fünfzig oder sechzig Leute im ganzen Theater, aber alle durch den unergründlichen Willen der Platzanweiserin auf drei Reihen dicht zusammengedrängt. Offenbar ein Atavismus aus goldenen Tagen ausverkaufter Häuser.

Als erstes läuft ein Kulturfilm vom Leben im Meer. Ein ganz besonders guter Film übrigens. Man sieht die Geburt eines Delphins und Seesterne, die Muscheln öffnen, und Tintenfische, die die Seesterne fressen und Fische, die die Tintenfische fressen, und Langusten, die mit großen Krebsen kämpfen.

Rechts neben mir sitzt Enrico und neben ihm Susanne. Zu Beginn der Vorstellung war da im Dunkeln irgend was los mit den Händen von Enrico und Susanne, so daß sich Addi, die zu meiner Linken sitzt, ostentativ vorbeugte. Dann aber fesselt uns alle mehr und mehr dieser Film, diese fast überirdische Schönheit der Farben und der nur allzu irdische Kampf aller gegen alle. Sogar Peter, der neben Addi auf Frauchens Schoß hockt, richtet sich einmal auf und sieht sich mit schiefem Köpfchen diese seltsamen Tiere an. Dann gähnt er aber und kringelt sich wieder auf Frauchens Schoß zusammen.

Danach kommt ein Western. Als der Sheriff durch die Schwenktür in die Kneipe tritt und prompt von dem einäugigen Gaucho erschossen wird, springt Peter so hoch, daß er Frauchen unters Kinn stößt und ihre Zähne knacken. »Das geht nicht, Peter«, flüstert sie, »los, geh hier 'runter – hier 'runter, habe ich gesagt! Und ganz still – ganz still, sagt dein Frauchen!« Peter windet sich irgendwo in der Finsternis zwischen Frauchens Füßen zusammen, scheint sich aber dort der Bemerkung der Platzanweiserin zu entsinnen, daß so ein kleines Hundchen doch niemanden genieren könne. Jedenfalls tut er etwas – er dreht sein Ventil auf, und während der einsame Rancher mit einem Reservepferd am Seil die Spur der Sheriffmörder verfolgt, die hinter den Felsen auf ihn lauern, werden die Leute rings um Frauchen unruhig. Dann kommt die Geruchswelle auch zu mir. »Sauerei!« sagt ein unglaublich Breitschultriger und dreht sich nach hinten um. Eine meckrige Männerstimme antwortet: »Das ist gut, selber einen fahrenlassen und nachher schreien!«

»Mein Mann kann nichts dafür«, sagt ein – wie alle übrigen – nur undeutlich erkennbares weibliches Wesen neben dem Breitschultrigen, »er leidet an der Galle!«

»Geh, sei doch ruhig, Frau«, schnaubt der Dicke, »ich war's doch gar nicht.«

»Ruhe!« ruft es von hinten, denn gerade jetzt hat man dem Rancher das Pferd unter dem Leib erschossen, und er entkommt dem sicheren Tod dadurch, daß er sich seitwärts in eine Furche fallen läßt, während rechts und links von ihm die kleinen Erdfontänen der Kugeleinschläge aufstieben.

Ich habe plötzlich, auf dem Weg über Addi, Peter in der Hand. »Gib die Stinkbombe nach rechts weiter!« flüstert Addi. »Sonst merken sie, daß wir's sind!« Ich setze Peter auf Enricos Schoß und halte ihm (Enrico) gleichzeitig den Mund zu: »Gib ihn Susanne«, zische ich, »er pupt wie 'n Waldesel!« Dann lasse ich die Hand von Enricos Mund.

»Warum?« fragt er laut. Sofort halte ich ihm erneut

den Mund zu: »Weil er Knochen gefressen hat oder Schafdung. Ich glaube, es ist Schafdung, aber halt vor allem die Klappe!« Dies tut er dann auch endlich und reicht Peter an Susanne weiter, und dann beginnt irgendein Getue mit »Peterchen« und »armes Kleines«, und »Verzeihung, Frau Susanne, ich dachte, ich hätte Peterchen in der Hand«, bis sich auch hier die Leute umdrehen.

Endlich reitet der einsame Rancher siegreich wieder in die Stadt ein. Er hat den einen Arm in der Schlinge und um den anderen ein Seil, an dem die noch nicht erschossenen Unholde traben.

Es wird hell, und wir lassen erst die anderen hinaus, damit sie nicht unser Peterchen und damit die Wahrheit entdecken. Vor dem Kino geht Peter in die Knie und tut das, was er schon längst vorher hätte tun sollen, während der aus dem Wagen gelassene Weffi das Plakat für den nächsten Film begießt.

Bei der Heimfahrt werden auf Wunsch von Addi die Plätze gewechselt. Ich setze mich zu Enrico in den Sportwagen, das Frauchen fährt meinen Wagen und hat Susanne, Margot und einen etwas – wegen Franz – schmollenden Buddy an Bord, außerdem die Hunde. Als Schluß folgen Addi und Teddy.

Eine Weile sitzen Enrico und ich schweigend im Wagen. Nur ab und zu breche ich die Stille, um ihn zu ermahnen: »Paß auf, der Fußgänger da im dunklen Mantel! Woran denkst du eigentlich? Und fahr nicht so dicht auf meinen Wagen auf! Ich kann diese Drei-Meter-Abstand-Idioten nicht leiden. Ich glaube, du merkst gar nicht, daß du am Steuer sitzt! Soll ich nicht lieber fahren?«

Auf diese letzte Bemerkung hin seufzt er herzzerbrechend: »Wie – was? Was meinst du? Nein, nein, ich fahr' schon selber.« Und nach einer Weile: »Weißt du – diese Susanne ... also, ich bin dir wirklich dankbar, daß du mir die Bekanntschaft der Bentlers vermittelt hast! Alles so nett und harmonisch. Hätte nicht gedacht, daß die peinliche Situation sich noch so reizend entwickeln würde. Ja – und was nun diese Susanne betrifft, ich muß dir sagen, sie hat das Bild der Frau in mir, die – also, ich meine, der Frau, die mir bestimmt ist, entscheidend umgeworfen!«

»Na, Gott sei Dank!« entschlüpft es mir. Worauf er mir in gänzlichem Mißverstehen die Hand auf den Arm legt: »Du bist ein richtiger Freund! Außerdem bist du eben lebenserfahrener, und ich geniere mich nicht zu lernen, immer noch zu lernen. Das ist meine Natur.«

»Und das gereicht dir nur zur Ehre, Enrico.« Diesmal meine ich es ganz ehrlich.

»Ja, also – um auf Susanne zurückzukommen: Weißt du, was ich erkannt habe?«

»Nein.«

»Man muß seine Ergänzung heiraten! Ich meine – Margot in allen Ehren, prachtvolles Mädchen, entzükkend, alles, was du willst. Aber eben auch sehr intellektuell. Das bin ich selbst. Was ich brauche, ist Wärme, Hingabe, jemanden, der mich um meiner selbst willen liebt. Für den ich etwas bin, alles bin! Der Mann als Schicksal und so weiter. Und deshalb habe ich mich für Susanne entschieden!«

Ich hole tief Atem: »Ja – Augenblick mal! Schließlich ist sie ja verheiratet!«

»Noch, mein Lieber, noch! Aber innerlich ist sie

fertig mit ihm. Da ist nichts mehr zwischen den beiden!«

»Du bist schon wieder auf drei Meter an meinen Wagen 'ran! Außerdem wird er gleich bremsen, weil wir links abbiegen. Und drittens gibt's ja zwischen Ehepaaren auch noch Versöhnungen und reumütige Rückkehr und all so was. Unterschätz' die Bindungen nicht, vor allem bei Susanne. Schließlich war Marc ihr erster Mann überhaupt.«

»Dafür könnte ich ihm jetzt noch den Kragen umdrehen, diesem Lumpen!«

»Blinke, es geht nach links! Außerdem ist da noch was.«

Er biegt links um und nimmt um zwei Zentimeter Abstand das Vorfahrtsschild mit. »Immer noch was?«

»Du solltest dich zusammennehmen. Schließlich kann ich nicht mehr, als mir Mühe um dich geben.«

Wieder habe ich seine Hand auf dem Arm: »Entschuldige!«

»Tu die Pfote ans Steuer.«

»Also, was ist da noch?«

»Da ist noch, daß du dir Addi noch nicht angesehen hast. Du weißt, daß ich dir die drei Haupttypen der Frau zeigen wollte, die für dich in Betracht kommen. Den intellektuellen Kameraden, das hundertprozentige Weib und die reife Frau. Das ist Addi. Da liegen auch noch große Möglichkeiten. Für dich vielleicht entscheidend. Und außerdem sind das alles nur Anschauungsstücke im Schaufenster für dich. Kaufen mußt du woanders, mein Lieber! Muß ich dir das *noch mal* sagen?«

»Ja, wo denn, um Himmels willen?«

»Das ist deine Sache.«

»Nein!« Er haut mit der Hand aufs Steuer: »Das ist deine Sache! Und du wirst es schaffen!«

»Gut«, sage ich ergeben, »ich werde mir wenigstens Mühe geben. Aber zunächst mach weiter die Augen auf.«

Das Abendessen findet bei uns statt. Es sind außer dem Reiserer-Franz alle dabei, also Addi, Teddy, Margot, Susanne und Buddy und wir sechs ›einschließlich Enrico und zwei Hunden‹. Zu meiner Freude stelle ich fest, daß Enrico Hunde gern hat. Er tätschelt Weffchen und gibt ihm ein Stück rohen Schinken. Peterchen läßt sich zwar nicht von ihm anfassen, beobachtet ihn aber aufmerksam und beschnüffelt ausführlich seine Hosenbeine. Weffchen hat direkt eine schwärmerische Zuneigung zu Enrico gefaßt und springt ihm, als wir nach dem Essen um den Rauchtisch sitzen, auf den Schoß. Enrico vergräbt die Nase in seinem Fell. Weffi gähnt begeistert, und Enrico schließt betäubt die Augen. »Merkwürdiger Geruch«, sagt er, als er sie wieder aufmacht, »woran erinnert er mich bloß...«

»Aus dem Fell riecht er nach Brathuhn«, sage ich.

Enrico lacht, Weffchen kringelt sich auf seinem Schoß zusammen, schmatzt ein paarmal und entschlummert sanft.

»Ja, überhaupt, die Tiere«, sagt Enrico. »Dieser Film, den wir vorhin gesehen haben, mit den Fischen...«

»Wieso Fische?« fragt Teddy.

Addi streichelt ihm über den Kopf: »Du hast geschlafen, Väterchen. Du bist erst wach geworden, als ich dir 'n Schubs gab, weil der Hauptfilm anfing.«

»Ich weiß nicht, warum«, sagt das Frauchen, »aber

mich hat dieser Film über die Fische schrecklich aufgeregt.«

»Wegen der Farben?« fragt Margot. »Die waren wirklich einzigartig, und wie schön diese Tiere alle sind!«

»Nein«, sagt das Frauchen, »nicht deswegen. Sondern weil sie sich alle gegenseitig fressen! Jedes dieser Wesen lebt doch ständig in Todesangst! Es muß morden, um leben zu können, und wird gemordet! Wie schrecklich!«

»Ja«, sagte ich, »wenn sie wenigstens gleich tot wären. Aber so bei lebendigem Leibe Stück für Stück aufgefressen werden...«

»Wenn sie schreien könnten«, meint Frauchen, »wäre der ganze Ozean ein einziger Jammer- und Todesschrei.«

»Sie können schreien«, sagt Enrico. »Nur schreien sie auf einer anderen Wellenlänge. Es ist ja schon gelungen, ihre Laute im Radio zu übertragen.«

»Na, um so furchtbarer!« sagt das Frauchen.

Enrico zuckt die Achseln und streift gedankenvoll die Asche von seiner Zigarre: »Sind wir besser? So ein Kälbchen, so ein zauberhaftes! Ich esse besonders gern Kalbskoteletts.«

»Das ist es ja!« sagt Frauchen. »Das ist es ja! Deshalb habe ich doch gesagt, was für eine furchtbare Welt! Die ganze Welt ist nicht in Ordnung!«

Enrico zuckt abermals die Achseln: »Vergessen Sie nicht, gnädige Frau, daß das nur unsere Sicht dieser Welt ist. Physikalisch betrachtet sieht das alles ganz anders aus. Ein Fisch frißt einen anderen Fisch. Die ganze Materie besteht nur aus Atomschwärmen. Vielleicht gibt's überhaupt keine Materie, sondern nur

Energiefelder. Also zieht ein Energiefeld das andere an sich. Oder ein Atomschwarm nimmt den anderen in sich auf. Was ist dabei? Wenn Sie Wasser in ein Glas gießen, ist es genau dasselbe.«

»Aber Sie vergessen«, sagt Margot, »daß die Tiere Seelen haben, genau dasselbe.«

»Aber Sie vergessen«, sagt Margot, »daß die Tiere Seelen haben, genau wie wir! Und daß sie Schmerz empfinden und Todesangst! Also, ich muß sagen, ich möchte am liebsten kein Fleisch mehr essen. Ich wär' schon längst Vegetarier geworden, wenn ich das Fleisch nicht brauchte. Aber offenbar brauchen wir es doch in unserem Klima, nicht wahr?«

»Natürlich brauchen wir es«, sagt Buddy. »Und auch das Vegetariertum würde dir nichts nutzen. Ich hab' neulich in einer Fotozeitschrift Aufnahmen gesehen, Großaufnahmen von Blättern, da wurde gezeigt, daß diese Blätter mit Tausenden von Organen besetzt sind, die genau wie unsere Augen sehen! Wenn du also die Hand ausstreckst, um eine Blume abzupflücken, sieht sie deine Hand tausendfach auf sich zukommen!«

»Hör auf!« schreit Susanne. »Ich kann's nicht mit anhören!« Und sie starrt auf den Strauß, der auf dem Meßgewänderschrank steht.

»Also?« fragt Enrico und blickt sich triumphierend um. »Was bleibt uns? Wir müssen verhungern oder anfangen, wissenschaftlich zu denken. Ich würde vorschlagen, wir tun das letztere, denn das ist doch offenbar das, was das Schicksal von uns will – wozu es uns erziehen will. Und die ganzen sentimentalen Bedenken sollten wir uns abgewöhnen.«

»Warum sagst du denn gar nichts?« fragt Addi mich.

»Hm... ich überlege die ganze Zeit. Ich glaube, unser Abscheu vor allem Töten sind Hinweise, Enrico. Das, worüber wir schon neulich bei Margot sprachen.«

»Du meinst die Doppelgeschlechtlichkeit und so? Gut, das sind deutliche körperliche Hinweise, ich hab's ja auch nicht bestritten. Aber in diesem Fall – wo sind da die Hinweise?«

»Nun, ich meine, sie bestehen darin, daß wir diese Dinge als unnatürlich empfinden! Und daß wir uns nicht damit abfinden können! Wir können uns nicht mit dem Tod abfinden, sondern höchstens einen faulen Zwangskompromiß mit etwas Unbegreiflichem schließen. Wir können uns mit dem Altern nicht abfinden, besonders die Frauen nicht, die darin noch den viel ungebrocheneren Instinkt haben, du kannst es auch Hellsichtigkeit nennen. Und wir können uns nicht damit abfinden, daß es überall, im kleinsten Dorf, Schlachthäuser gibt, in denen man Tiere umbringt und das Blut fließt und Todesangst in jeder Ecke sitzt. Wir schließen die Augen davor, weil's eben angeblich nicht anders geht. Aber uns damit abfinden, es als selbstverständlich und richtig und gar nicht anders möglich betrachten – das können wir trotzdem nicht! Das kannst du auch nicht, wenn du ehrlich bist.«

»Na gut, nehmen wir mal an, es wäre so. Was beweist das?«

»Es beweist, daß wir irgendwann mal einen todlosen Zustand erlebt haben. Eine Welt, in der nicht einer vom anderen, sondern direkt aus sich heraus oder aus astralen Energieströmen oder aus sonst irgend was lebte.«

»Mit einem Wort, das Paradies?«

»Mit einem Wort, das Paradies. Ja. Und ich glaube,

daß wir nach dem großen Gesetz der Entwicklungsspirale eines Tages dorthin zurückkehren werden. Und daß Gott das will. Und daß er uns deshalb dauernd stößt und an unserem Gewissen rüttelt, uns allmählich immer feinfühliger macht, immer empfindlicher für dieses Fressen aller von allen.«

»Und dann?« sagt Buddy. »Dann lassen wir so 'n paar Neutronen- oder Wasserstoffbömbchen los, aus lauter Feinfühligkeit!«

»Das hat damit nichts zu tun«, sagt Teddy mit merkwürdiger Heftigkeit. »Das sind Unglücksfälle! Mal entgleist ein Zug, mal explodiert ein Flugzeug. Deshalb fahren und fliegen wir trotzdem weiter. Und wenn es unserer Menschheit gelingt, sich und alles sonstige Leben auf dieser Erde auszubrennen, wird eine andere Menschheit auf einem anderen Planeten da weitermachen, wo wir aufgehört haben.« Enrico sieht uns alle der Reihe nach an: »Ich wünschte, ich könnte dran glauben! Ich hätt's dann nicht mehr so bequem mit mir wie jetzt, aber es wäre vielleicht besser.«

Worauf Teddy gewaltig gähnt und sich dann dafür bei Enrico entschuldigt.

»Ich glaube, wir machen jetzt Schluß«, meint Addi. Und zu Enrico: »Mein Mann hatte nämlich vor einem Jahr einen Herzinfarkt, und wir müssen noch sehr vorsichtig sein. Aber es war ein wunderschöner Abend, und man hat endlich mal wieder ernsthaft gesprochen. Ich danke Ihnen sehr dafür!«

Worauf Enrico aufspringt und ihr die Hand küßt: »Ich habe Ihnen zu danken, gnädige Frau!«

Dann fährt er zu Frauchen und der Mama herum: »Und vor allem Ihnen, meine Damen!«

Das Frauchen wehrt ab: »Reden Sie keinen Unsinn.« Und zu mir: »Wo soll er denn schlafen?«

Enrico ist ganz entrüstet: »Aber ich bitte Sie, Verehrteste, ich kann doch unmöglich...«

»Ganz recht«, sagt das Frauchen, »Sie können unmöglich – nämlich mit Ihrem Alkoholgehalt heimfahren. Wir haben ein Gastzimmer, es ist allerdings etwas klein.«

»Er kann auf meiner Couch schlafen«, biete ich an. Aber Enrico lehnt entschieden ab. Und so bleibt es denn beim Gastzimmer, das im Oberstock gegenüber dem Zimmer der Mama liegt.

12

Ich schaue auf die Uhr: sieben. Durch die Ritzen der Holzläden dringt früher Sonnenschein auf den alten Renaissanceschrank, daß sein Holz aufflammt wie Honig.

Was war eigentlich gestern? Ach ja, die Sache mit Zimmermann, und oben schläft er ja, der Enrico. Einen Augenblick versinke ich wieder in Schlummer, bin dann erneut wach. Inzwischen muß sich mein Unterbewußtsein noch mit dem gestrigen Gespräch befaßt haben, denn ich bin gleich beim Erwachen mittendrin und diskutiere mit Enrico, bis ich merke, daß ich noch auf meiner Couch liege.

Schön, daß man mal wieder so richtig wie in der Jugend – oder später in der Teenagerzeit Margots und Susannes – über alle möglichen Dinge diskutieren konnte. Und plötzlich überkommt mich ein Gefühl herzlicher Freundschaft für Enrico. – Wie spät ist es eigentlich inzwischen? Acht Uhr. Es rührt sich verschiedenes im Haus, bei Frauchen ein Rascheln, ein leichtes Tappen, ein Türquietschen und dann ein Huschen über die Treppe nach oben. Das ist Peterchen, der ausgeschlafen hat. Die Mama ist natürlich schon wieder angezogen und kampfbereit. Richtig, da klappert bereits Geschirr in der Küche. Na, ich werde mal sehen, wie Enrico zurechtkommt. Ich ziehe mir den Schlafrock über, steige nach oben und höre aus dem Bad prustende Geräusche.

»Gut geschlafen, Enrico?«

»Ausgezeichnet!« kommt seine Stimme durch die Tür.

Wo sind eigentlich die Hunde? Ich schaue ins Zimmer der Mama – nichts. Ins große Zimmer – nichts. Balkon – auch nichts. Küche – nein. Bleibt nur noch Enricos Zimmer. Und da sitzen sie tatsächlich beide vor seinem Koffer. Der ist aufgeklappt und enthält ein Oberhemd, verschiedenes Unterzeug und ein großes Paket, das den halben Koffer füllt und über dem sich malerisch ein Hosenträger schlängelt. Peterchen und Weffi sehen sich flüchtig nach mir um und starren dann wieder auf den Koffer, wobei sie mit den Nasen tief und genüßlich Witterung holen. Was kann denn bloß da drin sein? Weffi begnügt sich damit, mit den Fellhosen zu schlottern und mir auffordernde Blicke zuzuwerfen. Peterchen aber, durch meine Gegenwart ermutigt, nähert sich zunächst mal dem Koffer und packt den Hosenträger, der über dem großen Paket liegt. Der Träger aber hat sich irgendwo im Koffer festgeklemmt und leistet heftigen Widerstand, während Peter, durch diesen Widerstand gereizt, ihn rückwärts zerrend immer mehr in die Länge zieht. Plötzlich gibt der Hosenträger nach, saust auf Peter zu, knallt ihm um die Ohren und versetzt ihn in äußerste Panik. Er rast aus dem Zimmer, aber der Träger, wie ein lebendiges Wesen, rast mit ihm, denn eins von Peters kleinen Füßen steckt in einer Schlaufe. Es sieht wirklich aus, als habe sich eine Gespensterschlange auf Peter gestürzt. Er fegt durch das große Zimmer, der Hosenträger mit. Dann zur Mama auf die Couch, der Hosenträger mit – und dort bleibt Peter völlig starr vor Entsetzen, während ich ihn befreie und dabei laut lache.

»Was war denn los?« fragt Enrico aus dem Bad.

»Schade, daß du das nicht miterlebt hast! Peter wollte irgend was aus deinem Koffer, Weffi übrigens auch, ich glaube, es war dieses große Paket. Aber darüber lag dein Hosenträger.«

»Moment mal...« Die Tür geht auf, und es erscheint Enrico mit nacktem Oberkörper, in den Händen Rasierpinsel und Napf, in dem er Schaum schlägt.

»Augenblick doch mal! Großes Paket, sagst du?«

»Ja, hätte ich das nicht sagen sollen?«

»Ach, du lieber Himmel! Mensch, weißt du, was da drin ist?« – »Nein, woher sollte ich das wissen?«

»Na, die Bonbonniere, die ich für die Addi mitgebracht habe, falls ich dort eingeladen würde! Sie muß ja einen schönen Eindruck von mir bekommen haben, als ich gestern nachmittag so ohne alles bei ihnen anrückte. Muß ich natürlich gleich heute nachholen.« Er beugt sich hinunter: »Ja, Peterchen, mein armes – hat dich der olle Hosenträger erschreckt?«

Peterchen hat den Hosenträger schon wieder vergessen, sitzt mit verdrehten Augen vor Enrico und himmelt ihn an.

»Na sieh mal«, sage ich, »da hast du eine Eroberung gemacht! So schnell schließt er sich an keinen an, besonders nicht an Männer. Also, mach zu, wir wollen bald frühstücken.«

»Okay, Colonel.«

Ich schaue noch mal ins Fremdenzimmer, dort liegt Weffchen jetzt vor dem Koffer und knabbert an seinen Pfoten. Er ist Philosoph. Irgendwann, denkt er sich, werde ich schon mal an das Ding 'rankommen.

In diesem Augenblick großes Geschrei aus dem Bad. Enrico reißt wieder die Tür auf, und heraus stürzt Peterchen, das ganze Gesicht voll Seifenschaum.

»Was ist denn das bloß für ein Gebrüll?« fragt eine Stimme von der Treppe. Es ist das Frauchen. Peterchen flüchtet sich in ihre Arme.

»Jetzt hat er sich doch tatsächlich an die Schlagsahne für heute nachmittag gemacht!« sagt sie.

»Er hat gedacht, es sei Schlagsahne«, erkläre ich, »aber es ist Seifenschaum.«

»Seifenschaum?« sagt das Frauchen. »Wieso Seifenschaum? Ach, mein armes Kerlchen! Komm – und in die Äugelchen ist es auch gelaufen!«

»Enrico rasiert sich noch mit dem Messer, und daher Seifenschaum.«

»Na, dann zieh dich mal schleunigst an«, erwidert sie mit einem recht beachtlichen, wenn auch nicht ganz verständlichen Gedankensprung.

Später sitzen wir auf der Terrasse und frühstücken. Peterchen hockt die ganze Zeit auf Frauchens Schoß und hält sich ängstlich von Enrico fern, jenem entsetzlichen Menschen, der Pralinen von Schlangen bewachen läßt und falsche Schlagsahne ausschenkt. Weffi hingegen hat sich vor ihm angesiedelt und erntet einen Brocken nach dem anderen. Er frißt sogar Marmeladenbrötchen, obwohl Marmelade zu den wenigen eßbaren Dingen gehört, die er auf das tiefste verabscheut. Vor jedem Brocken stößt er ein tiefes, genüßliches »Aaahh« aus und zermalmt ihn dann umständlich mit seinem Wolfsgebiß.

Drüben erscheint Addi und gießt das Beet mit den Zinnien und Astern. Sie hat Jeans an, schwarz mit Trägern, und dazu ein kleines Blüschen. Alles zusammen bringt ihre Konturen äußerst vorteilhaft zur Geltung. Enrico springt auf: »Gnädige Frau!« schreit er. »Gnädige Frau!«

Sie wendet sich lächelnd um, winkt uns zu.

»Ich muß gleich zu Ihnen 'rüberkommen, ich habe was vergessen!«

»Aber trinken Sie doch erst Ihren Kaffee zu Ende! Ist es denn so eilig?«

»Brandeilig! Außerdem bin ich fertig!« Er wendet sich zu uns und sagt zum Frauchen: »Habe ich ganz vergessen – Bonbonniere mitgebracht! Muß mich für einen schönen Flegel gehalten haben!« Er verbeugt sich vor ihr und Mama: »Sie entschuldigen mich?«

»Aber selbstverständlich«, sagt das Frauchen und hat so ein ganz kleines, nur für Eingeweihte bemerkbares Lächeln in den Mundwinkeln.

Enrico saust durch die Bibliothek, die Diele, die Treppe hinauf, und hinter ihm her sausen mit wahnsinnigem Gebell Peter und Weffi. Zwei Minuten später saust er mit der gleichen Geschwindigkeit die Treppe wieder herunter, durch die Diele, die Bibliothek, an uns vorüber und hinüber zu Addi. Unter dem Arm das halb aufgeplatzte Paket und hinter ihm her der rasende Schnürsenkel und das Holzpferdchen.

»Jetzt ist er auf Addi scharf«, sagt die Mama. »Dem sind ja fast die Augen 'rausgefallen, als sie in dem Kittel da erschien! Ist ja auch 'n bißchen aufreizend, was?«

»Na, die Sache mit den Trägern und dem Blüschen, und wie sich das da wölbt, finde ich auch nicht schlecht«, meine ich.

»Kinder, laßt sie doch«, sagt das Frauchen. »Wer hat, hat! Und was hat sie sonst schon? Tagein, tagaus die Wirtschaft, und dann kommt Teddy nach Haus und muß gepflegt werden, einmal die Woche ins Kino und zweimal im Jahr ins Theater und überhaupt keine andere Männergesellschaft – sie ist ja schließlich noch eine junge Frau! Da tun ihr so ein bißchen Ritterlichkeit und Verehrung mal gut.«

Wir stellen fest, daß es ihr tatsächlich guttut. In der klaren Morgenluft versteht man jedes Wort:

»Aber ich bitte Sie, Herr Professor«, sagt Addi, »machen Sie doch keine Geschichten! Das kann ich doch gar nicht annehmen!«

Enrico hat nach heftigem Gewühl das Packmaterial beseitigt, das von den Hunden eifrig, wenn auch erfolglos, durchschnüffelt wird, und bringt eine Bonbonniere zum Vorschein, die uns erstarren läßt. Es ist eine Über-Bonbonniere, so groß wie das Rad eines Kleinwagens.

»Ja – hat denn der Mensch schon so was gesehen!« sagt die Mama.

»Meine war bedeutend kleiner«, meint das Frauchen.

»Dafür habt ihr ja auch jeder eine bekommen und außerdem Blumen. Der Mann kann sich schließlich nicht zerreißen.«

»Aber ich kann das wirklich nicht annehmen«, sagt Addi wieder. Enrico küßt ihr die Hand: »Sie würden mich aufs tiefste kränken, gnädige Frau! Es ist ein Dank für Ihre reizende Gastfreundschaft und außerdem für den entzückenden Anblick, den ich eben hatte...«

»Ja, da staunt die kleine Gärtnersfrau«, sagt die Mama und grinst wie ein gotischer Wasserspeier. Drüben ist eine deutlich spürbare Verlegenheit eingetreten: »Darf ich mich nach dem Befinden Ihres sehr verehrten Gatten erkundigen?« flötet Enrico.

»Danke, er liegt noch. Sonntags lasse ich ihn immer länger schlafen. Je langsamer er alles macht und je mehr Ruhe er sich gönnt, desto besser.«

»Ich weiß«, versichert Enrico mit etwas allzu tiefem Mitgefühl, »der Infarkt, nicht wahr! Wie lange ist das jetzt her?« – »Knapp ein Jahr.«

»Dann muß er sich mindestens noch ein weiteres, wenn nicht zwei Jahre sehr zurückhalten!«

»Dafür werde ich schon sorgen!« erklärt Addi entschlossen. Enrico küßt ihr abermals die Hand: »Von so einem kleinen, zarten Händchen würde ich mich auch gern hätscheln lassen!«

»Na, Prost!« sagt Addi. »Haben Sie sich das kleine zarte Händchen mal genauer angesehen? Damit habe ich eben Unkraut ausgerupft und einen Haufen Schnecken abserviert. Wie haben Sie denn über Ihren heutigen Tag disponiert, Herr Professor?«

»Ich muß auf alle Fälle spätestens um drei hier wegfahren. Bin leider heute abend zum Essen bei einem Kollegen eingeladen. Vielleicht fragen wir mal die Bentzens...«

Die beiden kommen auf unsere Terrasse. Ich küsse Addi innig auf den Mund und strecke dann Enrico, ohne daß die anderen es merken, die Zunge 'raus.

»Wie wär's denn«, frage ich, »wenn wir alle zusammen nach Seeburg zum Essen führen?«

Die Frauen fragen sich gegenseitig, was sie zu kochen beabsichtigen, und kommen zu dem Ergebnis, daß es sich bis morgen aufbewahren läßt.

»Ach, wird das schön!« sagt eine Stimme hinter uns. Es ist Susannchen, in einem für die Flitterwochen angeschafften Morgenrock mit Tiefenperspektive. Sie reckt die Arme, wobei die Perspektive sich noch erweitert: »Ist das nicht göttlich heute, Professor? Lieben Sie Bumskaulen?«

»Ja, natürlich«, sagt Enrico mechanisch und starrt sie entrückt an. »Was ist denn das? Frösche? Es klingt jedenfalls sehr ominös.«

Alles lacht. »Bumskaulen sind«, erkläre ich, »die Blüten des Schilfes.«

»Quatsch«, unterbricht mich Addi, »es ist – ja, ich weiß auch nicht genau, was es ist. Jedenfalls sind es so dicke braune Würste, und wenn man sie anfaßt, sind sie wie Samt, und das steht im Schilf, und man kann es auch in die Vase stellen, da sieht es dann sehr hübsch aus.«

»Aha«, sagt Enrico, der seine Augen nicht von Susannes Negligé läßt. »Jetzt weiß ich, was Sie meinen! Das sind die – die, na – jedenfalls sind sie ziemlich selten.«

»Wollen wir uns davon nicht welche holen?« fragt

Susanne und schlägt ihre großen blauen Augen mit grenzenlos kindlicher Tücke zu ihm auf. »Wir setzen uns einfach in den Kahn und rudern in die Seerosenbucht, und da pflücken wir sie. Bis zum Mittag sind wir zurück. Zwischendurch können wir ja baden! Und dann fahren wir alle zusammen nach Seeburg.«

»Jaaa –«, sagt Enrico, »ja, natürlich! Mit dem größten Vergnügen!« Er sieht auf die Uhr: »Ich glaube, wir müssen uns sogar beeilen! Ich renne nur schnell hinauf und hole meine Badehose!«

Als er weg ist, dreht sich Addi zu Susanne um: »Meinst du nicht, daß das etwas zu weit geht?«

»Nein«, sagt Susanne verbissen, »außerdem gefällt er mir.«

»Du willst doch nicht etwa...«, fragt das Frauchen.

»Nein, ich will nicht etwa...«

»Na, und wenn das nun Marc hört?« fragt die Mama.

»Er soll's ja hören!«

»Und wenn der nun plötzlich über dich herfällt«, bohrt die Mama weiter.

»Enrico fällt nicht über sie her«, erkläre ich. »Er ist ein Gentleman. Viel größer ist die Gefahr, daß Susanne über ihn herfällt. Aber ich hoffe, daß du mit dem Rückfall in deine Teenagermanieren noch etwas wartest!«

Sie gibt mir einen Kuß: »Ich danke dir für dein Vertrauensvotum, Colonel. Ich werde von vorbildlicher Harmlosigkeit sein. Es wird zugehen wie im Paradies.«

»Aber bitte mit Feigenblatt und ohne Apfelessen.«

»Sei ganz beruhigt.«

Plötzlich habe ich das Bedürfnis, mich um Enrico zu

kümmern, dessen Liebesschicksal hier so öffentlich verhandelt wird. In meinem Zimmer prallen wir aufeinander. Er hat das frische Hemd aus dem Koffer an und hält sich die Hose mit der Hand fest.

»Gott sei Dank sind Schlaufen dran!« sagt er.

»Wo dran?«

»Na, an meiner Hose! Gib mir mal gleich einen Gürtel!«

»Warum nimmst du nicht die Hosenträger?«

»Das weißt du ganz genau, du scheinheiliger Intrigant! Meine Badehose habe ich schon drunter.«

»Das hoffe ich. Hier – der Gürtel.«

»Hast du nichts Besseres?«

»Es ist mein bester. Ich bin kein Modesalon.«

»Also, ich bin noch ganz benommen«, erklärt er, während er sich den Gürtel umbindet. »Diese Bentler-Frauen haben es wirklich in sich. Von Susannchen ganz zu schweigen – die Addi – in dem Gartenanzug! Komplette Venus! Und wenn man sich nun vorstellt, daß dieser dicke Kerl, der Teddy...«

»Teddy ist mein Freund.«

»Pah!« Er mustert mich durchbohrend: »Du sahnst ja selber ab, wo's geht, du Halunke!«

»Ich sahne nicht ab, ich nasche nur so'n bißchen. Außerdem habe ich dir schon einmal gesagt: Teddy ist mein Freund. Und wenn einer mein Freund ist, dann kann er mit Kleopatra verheiratet sein, und die Kleopatra kann sich zu mir ins Bett legen, ich würde ihm keine Hörner aufsetzen – hoffentlich wenigstens.«

»Wenn du die beiden letzten Worte nicht gesagt hättest, wärst du für mich erledigt gewesen.«

»Und was Susanne betrifft, so mache ich dich darauf

aufmerksam, daß sie eine junge Frau ist, die dir ihr Vertrauen schenkt, aber nicht mehr!«

»Sollte man das nicht ihr überlassen? Zumal sie ja in puncto puncti ihrem Mann gegenüber frei ist?«

»Nein, man sollte es ihr nicht überlassen, zumal wenn man ein Gentleman ist. In puncto Schenken also gibt's außer Vertrauen höchstens noch Bumskaulen – verstanden?«

»Brauche noch einen netten, lustigen Schlips«, murmelt Enrico und wühlt ohne jede Hemmung in meinem Bestand. »Im übrigen scheinst du dir hier als so 'ne Art Patriarch vorzukommen, wohingegen du in Wirklichkeit ein Patriarschloch und heuchlerischer Pascha bist.«

»Vielen Dank.«

»Bitte sehr. Und überhaupt ist es reiner Sadismus, was du mit mir treibst! Du hältst mir eine Frau nach der anderen unter die Nase...«

»Zwecks Anschauung und Bildung. Das habe ich dir von Anfang an gesagt. Das hier ist eine Ausstellung, aber kein Verkauf.«

»Eben! Es ist, als wenn du einem verdurstenden Beduinen Selters vorhältst, und wenn er trinken will, ziehst du's weg!«

»Verdurstende Beduinen gibt es gar nicht, weil Beduinen wissen, wo Wasser ist. Außerdem bist du kein Beduine, sondern einfach ein Depp.«

Er reckt die Brust heraus: »Wie findest du den Schlips?«

»Kleidet dich großartig, außerdem bindest du ihn ja im Boot wahrscheinlich doch ab.«

»Weiß ich noch nicht. Im übrigen – hab' keine Angst, *old man*. Halte mich an die Spielregeln. Hab' schon eine ganze Menge gelernt. Gesichtskreis bedeutend erweitert! Verstehe zum Beispiel kaum mehr, wie ich Kurs auf die kleine Margot nehmen konnte, so reizend sie ist.«

»Na, das ist die Hauptsache!« entfährt es mir.

»Wieso?«

»Na, ich meine – daß – daß du dir über deinen Typ klarer geworden bist.«

Gott sei Dank hat er meinen Lapsus gar nicht bemerkt und sagt grüblerisch: »Auf jeden Fall müßte sie sehr weiblich sein, wie Susannchen, aber reifer, etwas älter – so irgendwo in der Mitte.« – »Hallo, Professor!« ruft Susanne von drüben.

»Ich komme – ich komme!« Er rast aus dem Zimmer, daß er mich fast über den Haufen rennt. Als ich in die Bibliothek komme, sehe ich Peter und Weffi, die mit wütendem Geknurr und aus Leibeskräften an dem letzten Rest von Enricos Hosenträgern zerren. Der Hauptteil liegt, in lauter kleine Stückchen zerrissen, auf dem Teppich, unzweifelhaft die Arbeit des schwarzen Zerreißwolfes.

»Was hast du denn da gemacht?« frage ich ihn drohend. Er läßt den Gummirest los, der Weffi ins Gesicht fliegt, so daß er sich verdattert auf seinen Fellpo setzt. Dann setzt auch Peter sich hin und sieht mich aufrührerisch an: »Das ist meine Rache an der Schlange! Verstehst du das nicht?« Ich bücke mich seufzend, streiche ihm einmal über den Schopf und klaube die Fetzen zusammen. »Na schön, Peti. Das bleibt unter uns Männern. Ich schmeiße es in die Mülltonne, bevor die Weiber es finden und darüber gackern. Kostet mich, so wie ich Enrico kenne, meinen besten Gürtel.«

Peterchen rollt vergnügt die Negeraugen, legt sich auf den Bauch, klappt die Beine hinten weg und kriecht so, unendlich lang und dünn und grinsend auf mich zu.

»Wenn ich dir doch bloß mal richtig die Jacke vollhauen könnte, du Schnürsenkel, du raffinierter!« sage ich.

Nach drei Stunden, als unser ganzer Verein schon ebenso hungrig wie moralisch besorgt an der Landungsbrücke steht, kommen Susanne und Enrico zurück. Sie haben das ganze Boot voller Bumskaulen. Enrico sieht etwas dumm drein, aber Susannes Augen haben ein eigenartiges Leuchten, das mich ausgesprochen beklommen macht. Zumal sie jetzt auf mich zukommt, meinen Arm nimmt und mir einen Kuß gibt. Dann dreht sie sich zu den anderen um: »Ich möchte mit dem Colonel fahren, wenn ihr nichts dagegen habt, Omi und Tante Anette...«

Man ist etwas erstaunt, aber wohlwollend einverstanden. Addi sieht Susanne scharf an und schaut sich dann nach Enrico um, der in Teddys Coupé geklettert ist und es bewundert, während Teddy diese Bewunderung genießt. Margot hat sich mit Buddy schon im Hintersitz des Coupés angesiedelt, sie werden aber hinausbefördert, um für Addi, Frauchen und die Mama Platz zu machen. Addi flüstert ihnen energisch etwas ins Ohr, worauf sich Buddy betont laut von Margot verabschiedet: »Na, ich werd' mich jetzt mal dünnemachen, sonst wird dein Franz noch eifersüchtig.«

Enrico droht ihm wohlwollend: »Das würde ich Ihnen auch raten. Kommen Sie zu mir, Fräulein Bentler, mein Wagen kann sich allerdings nicht mit dem Ihres

Herrn Vaters messen ...« Er hat sich inzwischen nur ungern von Teddys Coupé getrennt.

»Ach, ich finde ihn himmlisch!« sagt Margot und läßt sich neben Enrico in die Polster sinken. Als er anfährt, winkt sie Buddy freundlich zu, der sich mit einem Ruck umdreht und merkwürdig hölzern entschreitet.

»Kleines Aas, mein Schwesterchen«, sagt Susanne neben mir.

»Selber kleines Aas! Also nun los, 'raus mit der Schilfbeichte.«

Sie kuschelt sich an mich: »Colonel, es hat geklappt!«

»Um Gottes willen!«

»Nicht, wie du denkst! Du solltest dich übrigens was schämen!«

»Mit dem Schämen warte ich, bis ich alles weiß. Also, ihr seid ins Schilf gefahren. Und dann?«

»Dann hat Enrico für mich Bumskaulen geschnitten, und ich hab' ihm derweil den Rücken mit Nußöl eingerieben. Damit er braun wird und wegen der Stechfliegen – und genau in diesem Moment ist er vorbeigerudert und hat es gesehen!«

»Wer?«

»Na, Marc! Heute morgen hat mir doch Buddy erzählt, daß er wieder seinen Wagen im Dorf abgestellt hätte und hier herumschleicht. Und dann, als wir das Programm besprochen hatten, ist Buddy schnell zu ihm gefahren und hat ihm ›im Vertrauen‹ erzählt, daß ich mit dem Professor ins Schilf fahre!«

»Na, und?«

»Marcs Gesicht hättest du sehen sollen! Sogar dem Professor ist es aufgefallen. Er meinte, man sollte doch dafür sorgen, daß der junge Mann auch beweibt würde, damit er nicht so mörderische Blicke zu werfen brauche. Ich habe ihm gesagt, daß er dazu keinen Anlaß habe, denn er sei mehr als beweibt. Ob ich ihn denn kenne, wollte dein Enrico wissen. Ja, habe ich gesagt, ziemlich flüchtig, er ist mein Mann.«

»Ach du arme Neune. Und Enrico?«

»Eine Weile war er ganz still, und dann hat er mir so richtig nett zugeblinzelt und hat gesagt, er hätte das Gefühl, daß an diesem Wochenende ziemlich weitgehend das Angenehme mit dem Nützlichen verbunden werde und daß du ein ganz verfluchter Kerl seist.«

»Und du?«

»Ich habe ihm gesagt, daß du überhaupt nichts davon gewußt hättest und daß es meine Idee gewesen wäre.«

»Und dann?«

»Dann habe ich ihm einen Kuß gegeben, einen richtigen, damit das Angenehme für ihn nicht zu kurz kommt.«

»Und er?«

»Er hat gefragt, ob es auch zu meinem Plan gehört hätte, ihm diese Belohnung zu verabreichen, während er mit Bumskaulen im kalten Wasser stehe, und außerdem sollte ich meinem Mann nach dieser Kostprobe bestellen, daß er ein kompletter Esel sei.«

In Seeburg gibt es ein fröhliches Mahl. Dann zerstreut sich die ganze Gesellschaft. Frauchen, die Mama und Margot mit Susanne besichtigen die alte Kirche. Teddy und ich spielen mit dem Coupé, indem wir die Gebrauchsanweisung aufschlagen und sie mit der Wirklichkeit vergleichen.

Der Professor hat sich mit Addi zu einem Spaziergang entfernt, und die beiden bleiben so lange, daß es schließlich sogar Teddy auffällt. Der Kirchenstoßtrupp sitzt schon an der Kaffeetafel und sieht recht hungrig aus. Teddy erwacht aus seinen Coupéträumen und schaut auf die Uhr: »Fünf – hm. Wo bleiben denn die beiden?«

»Apropos Uhr«, sage ich hastig, »die hier in deinem Wagen geht auch nicht richtig! Ich habe überhaupt noch keine richtig gehende Autouhr gesehen. Besonders diese elektrisch angeworfenen...«

Aber Teddy schaut nur auf die riesigen Eichen hinter der Kirche, in deren Schatten die beiden verschwunden sind. »Ziemlich wilder Mann, dein Enrico, hm?«

»Mach dich nicht lächerlich. Denk an die Sache im Krankenhaus.«

»Na schön. Aber – da kommen sie. Jetzt habe ich aber Kaffeehunger.«

Die beiden sehen ruhig und freundlich-harmonisch aus. Ich habe weder von Addi noch von Enrico erfahren können, worüber sie miteinander gesprochen haben. »Über Teddy und ihn, den Enrico«, das war alles, was mir Addi später hinwarf, wie man einem Hund ein Stück Brot vom Tisch wirft. Na schön.

Enrico entdeckt plötzlich, daß es höchste Zeit für seinen Aufbruch sei. Wir fahren in einem Höllentempo heim. Anette steuert seinen Wagen und legt einen Zahn vor, daß er ganz blaß daheim aussteigt: »Sportliche Fahrerin, deine Frau, alle Achtung! Jetzt muß ich packen und dann weg.«

Ich begleite ihn bis zum Ortsausgang und steige dort aus. Er hält meine Hand fest, als ich ihm auf

Wiedersehen sage: »Bin dir wirklich dankbar für die beiden Tage! Dieses Susannchen – bezaubernd! Weißt du, was ich herausgefunden habe, als ich mit ihr im Schilf war?«

Ich stelle mich unwissend. Außerdem kann mich ja diese kleine Kröte, Susanne, angeschwindelt haben: »Ich wage nicht daran zu denken.«

»Keine Angst, alter Junge. Ich habe herausgefunden, daß sie diesen Schlawiner, ihren Mann, noch immer liebt! Das erste Erlebnis. Und noch was habe ich 'rausgefunden: Addi, wunderbare Frau! Rasse, Humor und unbedingte Loyalität. Haupttreffer in der Ehelotterie. Wird natürlich von so 'nem dicken Kerl gewonnen, der Waschmaschinen verkauft!«

»Teddy ist mein Freund, Enrico, das habe ich dir schon ein paarmal gesagt, und da hört bei mir die Gemütlichkeit auf.«

»Hu, was du für Augen machst! Physiognomie, die ich noch gar nicht kannte an dir! Ich glaube, mit dir ist nicht gut Kirschen essen, wenn du mal in Gang kommst!«

»Drum laß die Kirschen lieber in der Tüte, *brother*! Du hast keine Ahnung, was für ein wunderbarer Mensch Teddy ist.«

»Bezweifle ich nicht, um Himmels willen! Entgleisung meinerseits, alberner Hochmut, mir jetzt selber unverständlich.«

»Mir gar nicht. Du bist einfach eifersüchtig.«

Er wiehert wie ein Pferd und schlägt auf das Steuerrad: »Ausgezeichnet! Haargenau – aber eben völlig aussichtslos. Übrigens hoch interessant! Ich habe die beiden beobachtet, Addi und Teddy, besonders Addi, in ihrem Benehmen ihm gegenüber. Weißt du, was er für sie ist, außer Versorger, Vater der Kinder und Geliebter?«

»Keinen Schimmer.«

»Kind! Mach den Mund zu, sonst zieht's! Kind, sagte ich dir, lebenslanges Kind. Besonders jetzt, nach dem Infarkt. Die Kinder, die richtigen, sind im Begriff, das Nest zu verlassen. Können das mütterliche Herz nicht mehr ausfüllen. Vielleicht später noch mal, als so 'ne Art zweiter Aufguß, bei den Enkeln. Aber jetzt – Teddy! Das arme, für die Familie abstrapazierte Herz, das geschützt werden muß und gehegt und gewiegt wie ein Säugling! Darum eben für mich – völlig aussichtlos! Selbst wenn die Frau in ihr auf mich angesprungen sein sollte – die Mutter würde ihr einen Tritt geben.«

»Sehr interessant, aber mir bekommt das Stehen nicht. Also entweder fährst du jetzt ab, oder wir gehen hier in die Wirtschaft.«

»Nein, fahre natürlich«, murmelt er geistesabwesend. »Irgendwo in der Mitte zwischen den beiden, wie gesagt. Entweder ganz unberührt, wo ich so was wie Lohengrin oder – bessere Lösung – junge Frau mit Erfahrungen. Witwe oder geschieden. Witwe wäre besser, oder nicht? Besser vielleicht geschieden? Dann hängt sie nicht mehr an dem anderen. Muß mir das noch sehr genau überlegen. Also, wie gesagt: sehr interessant und dir sehr dankbar. Ruf dich an!«

»Okay, Lohengrin, ruf mich an. Aber zunächst gib deinem Schwan mal 'n Tritt!«

Er legt grinsend die Hand an den Kopf! »*Yes, Colonel!*« Dann umrast er mit knatterndem Auspuff die Ecke, und ich wende mich erleichtert um.

Wie schön, wieder in mein Schneckenhaus zu kriechen! Weffi, Peterchen, meine Arbeit... Hoppla! Ich bin in den Weg mit den hohen Büschen eingebogen, der vor dem letzten Hof, dem vom Wegmacher, zu unseren beiden Häuschen führt, und hoppla sage ich, weil ich auf jemanden aufgerannt bin, der aus der Hecke in meinen Weg getreten ist. Dieser Jemand ist Marc, ein sehr bleicher und verwüsteter, aber entschlossener Marc, dem ein Fernglas vor der Brust baumelt.

»Ich hab' alles gesehen!« sagt er mit bebender Stimme. »Den ganzen Tag war ich hier in der Gegend und habe euch beobachtet, mit dem Glas!«

Er studiert mein Gesicht: »Ich kann mir natürlich vorstellen, Colonel, daß Sie keine besonderen Sympathien mehr für mich haben...«

Ich lege ihm die Hand auf die Schulter. Plötzlich tut er mir von Herzen leid, dieser arme Schlums. »Davon kann keine Rede sein, Marc. Aber ich bin etwas müde im Moment. Bißchen viel Rummel heute.«

Seine Augen flammen: »Das kann man wohl sagen! Sogar ins Schilf ist sie mit diesem Orang-Utan gerudert, aber ich respektiere natürlich Ihr Ruhebedürfnis, Colonel. Ich will Ihnen nur eines sagen: Jetzt mache ich reinen Tisch! Und zwar sofort. Dann werden Sie anders über mich denken!«

»Sehr schön, mein Junge. Hat's nicht bis morgen Zeit? Heute will ich nämlich überhaupt nicht mehr denken.«

»Nein«, flüstert er, »es muß heute sein.«

13

Als ich heimkomme, sitzt die Familie bereits beim Abendessen. »Entschuldige«, sagt das Frauchen, »daß wir schon angefangen haben, aber ich hatte solchen Hunger. Und der Abschied von deinem Enrico hat ja endlos gedauert. Sicher wart ihr noch im Wirtshaus.«

Damit gibt sie Peterchen ein mit Leberwurst bestrichenes Brötchen. Peterle, der in dem Hundesessel zwischen Frauchen und der Mama sitzt, nimmt es, springt damit auf den Boden, legt es hin und beriecht es ausgiebig. Ich setze mich und streichle Weffi über das Köpfchen, der sich mit vor Erwartung schlotternden Hosen neben mir angesiedelt hat.

»Typisch Pudel«, sagt Frauchen. »Jeder andere Hund hätte sofort den Bissen verschlungen. Er nimmt aus Höflichkeit, und dann beriecht er es mißtrauisch. Als ob's Gift wäre.«

»Höflichkeit und Mißtrauen«, antworte ich, während ich mir eine Schnitte Bauernbrot streiche. »Man sollte ihn dem Auswärtigen Amt anbieten, da braucht man diese Kombination! Im übrigen war ich mit Enrico nicht in der Kneipe, sondern mußte mir noch einen Exkurs über Frauen im allgemeinen und die Bentlerschen im besonderen anhören!«

Ich lehne mich zurück und schaue zum Fenster. Mit einemmal kommt mir die fast frivole Gefährlichkeit des Spiels zum Bewußtsein, das ich da gespielt habe. »Das Ganze hätte auch ziemlich ins Auge gehen können«, sage ich und merke im gleichen Augenblick, daß ich einen Fehler gemacht habe. Man soll der Familie, die sowieso viel zuviel von unseren Schwächen weiß, so was nie gestehen.

Die Mama hakt denn auch prompt ein: »Ich habe die ganze Zeit darauf gewartet, daß du dir mit deiner Schicksalsspielerei mal richtig die Pfoten verbrennst!«

»Wenn du jemandem wirklich helfen willst, mußt du eben auch das riskieren«, verteidige ich mich. »Außerdem hat's ja geklappt. Der wilde Enrico ist durch die Bentler-Familie gesaust, ohne daß es Tote, Verwundete oder auch nur versaute Examina geben wird, und obendrein ist er mir noch dankbar. Mehr kann man wirklich nicht verlangen. Übrigens, kaum war er weg, traf ich...«

»Wen?« fragte das Frauchen interessiert.

»Marc.«

»Was???« fährt das Frauchen hoch.

»Um Gottes willen!« sagt die Mama und läßt die mit einem Leberwursthäppchen ausgestattete Linke in Richtung Peter hinunterhängen.

»Ja«, sage ich und öffne die Bierflasche. »Marc mit einem Feldstecher vor dem Bauch. Er hat alles beobachtet, auch Susanne im Schilf, und ist wild entschlossen, reinen Tisch zu machen.«

Im nächsten Augenblick sind beide Frauen am Fenster und starren zu Bentlers hinüber.

»Siehst du«, sagt die Mama, die offenbar wieder Oberwasser zu haben glaubt, »du wirst dir doch noch die Pfoten verbrennen! Die Sache, die du da angekurbelt hast, ist noch nicht zu Ende! Vielleicht zerhackt der Marc denen da drüben gerade die Kommode. Und auch mit dem Zimmermann kommt noch was nach! Zuletzt sind wir's dann gewesen!«

Ich zische mein Glas Bier und stelle mich hinter sie. Drüben sind die Vorhänge im großen Zimmer zugezogen, und man sieht nur Schatten, die sich hinter der goldgelben Wand bewegen, bald tiefschwarz werden, wenn sie sich dem Vorgang nähern, und beängstigend wesenlos sind, sobald sie sich ins Innere des Raums entfernen.

»Man möchte ihnen so gern helfen«, meint das Frauchen.

Ich setze mich wieder an den Tisch: »Also mir langt's jetzt!« sage ich beleidigt. »Ich habe das dumpfe Gefühl, daß ich mich für mindestens fünfzig Mark über Gebühr hinaus über diesen Zirkus aufgeregt habe.«

»Da kommt jemand aus dem Haus!« meldet die Mama.

»Addi!« sagt das Frauchen. »Sie läuft zu uns 'rüber – ich mache auf.« Ihre Sandalen klappern die Treppe hinunter, die Mama starrt ihr nach. »Bestimmt hat er Susanne oder sich was angetan!« Sie bricht ab, denn Addi und das Frauchen stürzen ins Zimmer.

»Du mußt 'rüber und Marc bändigen!« sagt Frauchen zu mir.

Addi wirft sich an meine Brust: »Ach, Hannes, ich weiß, es ist eine Zumutung, du hast heute schon so viel – aber es ist Teddys wegen! Wegen seines Infarktes! Ich habe ihm bis heute abend soviel wie möglich ferngehalten, aber jetzt ist der Marc da 'reingeplatzt...«

»Wie steht denn die Schlacht?« frage ich und stopfe mir noch schnell eine Essiggurke in den Mund. Es ist die reine Angabe, denn im Innersten habe ich nun doch Angst. »Bisher keine Toten und Verwundeten?«

Addi ist so ernst, wie ich sie selten sah: »Bis jetzt

nicht. Aber wenn Teddy sich weiter so aufregt...« Ihre Augen füllen sich.

»Los, schnell«, sage ich.

»Trink nicht soviel drüben!« ruft die Mama hinter mir her.

»Ich komme auch mit«, erklärt das Frauchen. Ich nehme sie unter den Arm: »Ausgezeichnet, du übernimmst Susanne. Und ich schmeiße mich zwischen die Männer.«

»Also, was ist los?« frage ich Addi, als wir draußen im Garten sind, und in diesem Moment sehe ich die Sonne, wie sie sich anschickt, sich im See zur Ruhe zu betten. Am Rande des Horizontes liegt ein zarter violetter Schatten, den sich der Abend vor das Gesicht gezogen hat, wie eine mohammedanische Frau den Schleier. In seiner Lichtbrechung erscheint die Sonne als plattgedrückter dunkelroter Ball. Sie sieht ganz fremd und direkt drohend aus – so ein bißchen nach Weltuntergang – und stößt ein goldrotes Schwert quer über den See gegen uns.

Erst allmählich erfasse ich den Sinn dessen, was Addi erzählt: »...hat er erklärt, daß er Susanne umbringen wird, wenn er sie noch einmal mit diesem Zimmermann erwischt.« – »Was heißt hier erwischt?«

Addi bleibt auf halbem Wege stehen: »Na also, ganz so harmlos, wie dein Enrico und Susanne dir die Sache geschildert haben, war sie vielleicht wirklich nicht. Ich kenne meine Susanne!« – »Na, und wennschon – hat Marc vielleicht ein Recht?«

»Natürlich nicht, aber darum will er ja morgen zu dieser Circe fahren und ihr ihren Bau und alle sonstigen Aufträge vor die Füße schmeißen.«

»Na, großartig, endlich! Was macht denn Susanne?«

»Heult vor Glück. Aber Teddy...«

»Was ist mit Teddy?«

»Er hat Bedenken. Du darfst ihm das nicht übelnehmen! Wenn Marc nicht zu seiner Mutter zurück will und andererseits keine Aufträge mehr bekommt, haben wir die beiden auf dem Hals. Wir können sie doch nicht hängenlassen!«

»Marc hat ja schließlich sein Gehalt. Wir haben von weniger gelebt, als wir jung waren. Na, laß mal, ich werde mir den jungen Mann vorknöpfen.«

Als wir drüben ins Wohnzimmer treten, sehe ich Susanne im Kaminsessel. Auf der Sessellehne sitzt Marc mit hagerem, rotfleckigem Gesicht. Susanne hat ihr Gesicht in seinem Schoß und schluchzt. Margot steht auf und gibt ihr ein neues Taschentuch. Sie sieht teils interessiert, teils angewidert aus.

Am Eßtisch thront mit gefurchter Stirn und bedenklich rot im Gesicht Teddy. Sein Blick erhellt sich, als er uns sieht: »Nett von euch, daß ihr gleich mal gekommen seid! Addi, kümmere dich um Anette.«

»Nicht nötig«, sagt das Frauchen. Sie geht auf das wiederversöhnte Ehepaar zu und scheucht zunächst Marc von der Lehne: »Setzen Sie sich mal da 'rüber an den Tisch zu den Männern.« Er gehorcht wortlos. Immer gehorcht er den Frauen! Dann nimmt Frauchen Susannes Kopf zwischen die Hände: »Na, na, na!«

Marc derweilen kommt am Tisch vom Regen in die Traufe, denn ich nehme ihn gleich auf die Hörner: »Ich bin so ungefähr im Bilde, was sich hier tut, mein Lieber, und wenn du nun glaubst, daß wir alle in Rührungstränen ausbrechen, weil der verlorene Sohn zurückgekehrt ist, so irrst du dich gewaltig. Ich bin nämlich schon immer gegen diese sogenannten verlorenen Söhne gewesen und *für* die Söhne, die bei der Stange blieben. Außerdem bist du ja gar nicht um Susannes willen zurückgekommen, sondern weil sich ein anderer Hund für den Knochen interessiert hat, den du liegengelassen hast.«

»Meine Frau ist kein Knochen!«

»Aber du bist ein Hund, ein ganz verfluchter sogar! Das heißt, ein Hund bist du nicht, sonst wärst du nämlich treu. Im übrigen will ich dir nur deine Position hier klarmachen! Du solltest froh sein, daß diese guten Menschen deine Eskapaden so geduldig ertragen haben, und hast überhaupt kein Recht, hier den wilden Mann zu spielen.«

»Wer behauptet das? Den wilden Mann will ich ja erst morgen spielen, bei – bei ihr, bei Frau Stefanie. Das heißt, ich werde ihr in aller Deutlichkeit klarmachen, daß ich es mit meinem Gewissen einfach nicht vereinbaren kann...«

»Und so weiter und so fort. Damit wirst du aber freundlichst warten, bis wir Erwachsenen dafür gesorgt haben, daß nicht mehr Geschirr dabei zerschlagen wird als unbedingt notwendig ist. Bezahlen muß das nämlich mein Freund Teddy! Du kannst's ja nicht. Leute, die auf Kosten anderer angeben, mag ich ebensowenig wie die verlorenen Söhne.«

Er ist blaß wie eine Wand: »Sie mögen mich einfach nicht, Colonel.«

»Wenn ich dich nicht leiden könnte, würde ich mich bestimmt nicht so aufregen, alter Esel.«

»Gut, dann tun Sie's doch nur Susannes wegen!«

»Du weißt, das ist eine grobe Undankbarkeit.«

Er senkt den Kopf und scheint nun obendrein den Tränen nahe: »Verzeihen Sie.«

»Erledigt. Aber jetzt hältst du die Bappen und läßt uns die Sache mal ruhig überlegen.«

»Ja, das wollen wir«, schaltet sich Teddy eifrig ein. »Ich habe ihm schon gesagt, es hätte doch wirklich keinen Sinn, das Kind mit dem Bade auszuschütten.«

»Ach – soll's vielleicht so weitergehen?« Susanne, die sich aus Frauchens Arm befreit, schreit es fast.

»Davon kann gar keine Rede sein, mein Kind«, erklärt Teddy. »Aber wenn nun ich an Stelle von Marc zu dieser Frau ginge und ihr in aller Ruhe...«

»Das kannst du nicht!« sagt Addi entschieden. »Und das dulde ich auch nicht. Und wenn hier alles drüber kaputtgeht! Du, mit deinem Infarkt – ich habe nur dich! Lieber gehe ich hin! Aber Marcs Mutter könnte auch mal zeigen, daß ihr wirklich etwas am Glück ihrer Kinder liegt. Es sind ja schließlich genauso ihre wie meine, und angeblich liebt sie doch Susanne...«

»Es hätte bloß keinen Zweck«, sagt das Frauchen. »Solche Weiber machen sich einen Heidenspaß, die Zähne zu zeigen, wenn ein anderes Weib kommt. Denen imponiert nur ein Mann.«

»Glaube ich auch«, sage ich und fühle, wie mich daraufhin alle ansehen.

»Du weißt«, sagt das Frauchen nach einer Weile, »daß ich nicht sehr dafür bin, sich in andere Ehen und Liebesgeschichten einzumischen, aber nachdem du's nun mal getan hast, mußt du's auch zu Ende führen.«

Ich spüre, wie die Bentlers den Atem anhalten.

»Na ja, ich will mich auch nicht drücken. Immerhin...«

Addi nimmt meine Hand: »Wir wissen alle, daß es eine Zumutung ist, Hannes. Aber glaube mir, ganz egal, ob's dir gelingt oder nicht – wir werden dir immer dankbar sein! Ich auf jeden Fall.«

»Ich auch«, sagt Teddy. »Na – und ihr?« wendet er sich an die Jugend, die mit ziemlich dummen Gesichtern dasitzt.

»Dank dir, bemüh dich nicht«, sage ich. »Das genügt mir schon.«

»Ich auch«, sagt Marc.

»Ich auch, Colonel!« schluchzt Susanne.

»Na, und du?« wendet sich Addi an Margot.

Die grinst aus ihrer Ecke: »Ich möchte Mäuschen sein, wenn der Colonel mit diesem Vamp...«

»Weiter fällt dir wohl nichts ein«, unterbricht sie Addi empört. »Hast du dich überhaupt schon dafür bedankt, daß der Colonel dir diesen wildgewordenen Professor vom Hals geschafft hat?«

Margot steht auf, setzt sich auf meinen Schoß und gibt mir einen Kuß: »Danke, Colonel!« Dann flüstert sie mir ins Ohr: »Aber trotzdem möchte ich Mäuschen sein!«

Ich hebele mir die süße Last von den Knien: »Na, dann muß ich ja wohl. Allerdings habe ich noch nicht die geringste Vorstellung, wie ich die Sache anpacken soll.«

»Es wird dir schon einfallen, wie du sie anpackst!« bemerkt Teddy, er lacht schallend über seinen Witz und verstummt schlagartig, als er den Blicken von Frauchen und Addi begegnet. Der Addis ist warnend, der von Frauchen nachdenklich. Ich schaue schnell weg und fühle, wie sie mich von der Seite abschätzend betrachtet. »Die Standhaftigkeit keines Mannes reicht sehr weit, lieber Teddy«, verkündet sie dann. »Aber ich glaube in diesem Fall, daß Hans wenigstens auf dieses Weib nicht 'reinfällt. Er ist nicht für abgeleckte Butterbrote.«

»Ja, das glaube ich auch«, fügt Addi eifrig hinzu. »Ich verstehe ja die Männer in dieser Beziehung überhaupt nicht. Mich jedenfalls würd's schütteln.«

Während dieser Debatte sehe ich mir Marc an. Er hat die Hand Susannes losgelassen, den Blick gesenkt und wird rot bis über die Ohren.

Ganz zaghaft kommt Susannes Rechte angekrochen und nimmt die seine. Die anderen folgen meinem Blick. Das Frauchen räuspert sich und steht auf: »Also, gehen wir 'rüber.«

»Ich muß auch weg«, sagt Margot. »Ich will noch den Abendzug erwischen. Tschüß, Paps, Mutti – du holst das Rad morgen am Bahnhof ab, ja, bitte? Tschüß, Susanne.« Pause. Dann ziemlich wegwerfend: »Tschüß, Marc.«

Draußen, wo es schon ganz dunkel ist, sagt das Frauchen: »Ich lauf' schnell zur Mama, sie sitzt schon wieder am Fenster und wartet.«

Margot bleibt noch neben mir, und unwillkürlich drehen wir uns beide nach dem Bentler-Haus um. Sie haben die Vorhänge zurückgezogen, und so sehen wird das Eß- und das Wohnzimmer nebenan hell erleuchtet, wie eine zweigeteilte Bühne. Im Eßzimmer räumt Addi die Aschbecher und Gläser zusammen, hält aber dann inne und beobachtet Teddy, der sich in seinem Sessel zurückgelehnt hat und das Herz massiert. Sie sagt etwas zu ihm, was er kopfschüttelnd verneint, und verschwindet rasch in Richtung Küche. Ich fühle Margots Hand auf der meinen. Sie preßt sie so hart, daß ich »au!« sage.

»Entschuldige, Colonel, aber – der arme Paps!«

Jetzt wird oben im Schlafzimmer Licht angedreht, und wir sehen Addi, die hastig in Teddys Nachttischschublade offenbar nach einer Medizin sucht. Im Gegensatz dazu wird im Wohnzimmer, wo sich bisher Marc und Susanne ziemlich steif gegenübersaßen, das Licht ausgeschaltet.

»Ich hätte es ihm nicht so leicht gemacht«, zischt Margot.

»Du!« sage ich. »Sei vorsichtig. Du weißt doch: Du hast dich schon mal so aufgepustet und prompt eins auf den Deckel bekommen.«

»Du hast aber selbst gesagt, daß du nicht dafür bist, es den verlorenen Söhnen so leicht zu machen!«

»Den verlorenen Töchtern aber auch nicht.« Ich habe das ganz gedankenlos in die Gegend gesagt, nur um der Pointe willen, und finde diese Pointe an sich völlig blödsinnig. Aber sie hat eine unerwartete Wirkung.

»Dann hast du's also gemerkt«, sagt Margot. »Vor dir kann man aber auch nichts geheimhalten! Dabei hat nicht mal Mutti was gemerkt.«

Ich beschränke mich darauf, unverbindlich zu grunzen. Keine Ahnung, was sie meint.

»Ja«, sagt Margot und preßt wieder meine Hand mit Rindergriff. »Eine Zeitlang war ich mir wirklich nicht ganz sicher, ob es richtig war, Enrico schießen zu lassen. Und es war nicht nur seine Stellung und eine baldige Heirat – er fing auch an, mich als Mann zu interessieren. Aber deshalb habe ich dich zu Hilfe gerufen. Schlimm?«

»Weiß es Buddy?«

»Nein.«

»Dann würde ich ihm das auch nie erzählen. Und jetzt mach, daß du zum Bahnhof kommst.« Sie läßt meine Hand nicht los: »Hättest du mich verachtet, wenn ich Enrico genommen hätte?«

»Wenn du es aus Liebe getan hättest, nicht. Und warum hast du ihn nun eigentlich nicht genommen?«

»Mir war so, als ob ich Buddy doch viel lieber hätte. Wenn ich mir vorstelle, daß er morgens nicht mehr auf meine Bude gestürzt kommt und fragt: ›Krieg' ich noch 'n Setzei?‹ – War das richtig, Colonel?«

»Das hängt davon ab, ob er sich in fünf Jahren auch noch was aus Setzeiern macht. Dein Zug fährt in zehn Minuten!«

Sie sitzt schon auf dem Rad: »Tschüß, Colonel!«

Ich sehe dem Schatten nach, der hinter dem gelb zitternden Licht in der Dunkelheit verschmilzt. Ja, hat der Mensch denn Töne? Dieses kleine Biest!

14

Der nächste Morgen ist strahlend, aber mir ist ausgesprochen mulmig. Da sitze ich denn also wieder mal mit so einer netten, kleinen Bentler-Mission in der Tinte: ein *free for all* mit Circe.

Ich hocke hinter meinem Schreibtisch, und auf meinem Schoß hockt Weffchen, mit dem ich die Sache durchspreche. »Wahltöchter«, sagte ich ihm ins Ohr, »sind eigentlich viel mehr Töchter als richtige Töchter. Wer weiß – wenn ich selber welche produziert hätte, was das für dürftige Plattfüßler geworden wären oder Schielböcke oder dickhintrige Enten, die ich mein Leben lang unverheiratet auf dem Hals gehabt hätte!« Weffi zuckt mit dem Ohr. Es kitzelt ihn, wenn ich so nah hineinspreche. »Und nun sieh dir dagegen unser Susannchen an! Sie hat, weiß Gott, das Pulver nicht erfunden, und in ihrer Backfischzeit hat sie uns manchen Kummer gemacht. Aber sie ist ein süßer goldiger Kerl und diesem Esel, dem Marc, treu, der sie schließlich und Gott sei Dank geheiratet hat. Da muß man doch einfach was unternehmen, um das Kind wieder glücklich zu machen! Was meinst du?« Weffi fühlt den fragenden Ton, sieht mich aus seinen stillbraunen Augen an und leckt mir über die Nasenspitze.

»Na also«, sagte ich, »freut mich, daß wir einer Meinung sind. Aber wie machen wir's nun? Soll ich dieser männerverschlingenden Witwe einen Brief schreiben? Etwa so: Sehr verehrte gnädige Frau, ich wäre Ihnen sehr verbunden, wenn sie mich baldmöglichst zwecks einer Aussprache in einer diskreten und persönlichen Angelegenheit empfangen könnten... Das mit dem »diskret« und »persönlich« würde bestimmt die Neugier eines Weibes reizen, dessen Lasters Wurzeln Langeweile und Überfluß an Geld sind. Oder soll ich sie einfach anrufen und mich auf meine Intuition verlassen?«

Weffi reißt das Maul auf und entläßt ein lautes: »Uuuuaaa.« Ich deute diesen Laut als Ja.

»Also, wie du meinst«, sage ich, schlage im Telefonbuch nach, nehme den Hörer ab und wähle.

»Bitte?« Eine dunkle, etwas heisere Stimme. Genau Vamp auf Schallplatte. »Frau Koller?«

»Ja – wer ist denn dort, bitte?«

»Hans George Bentz. Wann kann ich Sie mal sprechen, gnädige Frau?«

Einen Moment ist Schweigen, und dann sagt die Stimme mit einem unverkennbaren Unterton von Ironie: »Ah – der Colonel persönlich.«

»Woher...«

»Ich habe einige Ihrer Bücher gelesen, und außerdem hat mir Marc von Ihnen erzählt. Es handelt sich doch um Marc, nicht wahr?«

»Es handelt sich um Marc – und um seine Frau.«

»Wollen Sie zu mir herauskommen?« Es klingt immer noch ziemlich ironisch, aber außerdem ein ganz klein wenig unbehaglich, und das gibt mir Hoffnung.

»Mir wäre das ein Vergnügen.«

»Dann bestimmen Sie bitte die Zeit.«

»Sie sind sehr liebenswürdig, gnädige Frau. Unter diesen Umständen würde ich sagen: jetzt sofort. Ich könnte in einer Stunde bei Ihnen sein.«

Ich höre, wie sie tief Atem holt. Und dann wieder diese dunkle Stimme: »Ich kann nicht dafür garantieren, daß Sie mich nach unserer Unterhaltung noch so liebenswürdig finden, aber – wenn Sie wünschen, ich stehe zu Ihrer Verfügung. Ihr Tempo ist jedenfalls beachtlich.«

»Es entspricht der Situation. Im übrigen bin ich sicher, daß wir uns nach der Unterhaltung gegenseitig liebenswürdig finden werden.«

»Sind Sie im Nebenberuf Hellseher?«

»Im Hauptberuf, gnädige Frau.«

»Dann werde ich schon immer den Tee vorbereiten.«

»Wenn es vielleicht Kaffee sein könnte...«

Jetzt lacht sie zum erstenmal. Und was für ein Lachen... armer Marc, ich beginne dich zu verstehen: »Zu Befehl, Colonel. Jetzt bin ich direkt neugierig auf Sie!«

Ich lege den Hörer auf. »Die männlich-sachliche Linie mit leichter Ironie getönt scheint bei ihr zu ziehen«, sage ich zu Weffi. »Auf dem Gleis werden wir also weiterfahren. Was ergibt sich daraus für unsere Aufmachung? Manager oder Bohemien, Glenchek oder Lederjacke? Ich würde sagen Lederjacke, so als ob man zum Schwätzchen ins Nachbarhaus geht. Außerdem liegt darin eine gewisse gesellschaftliche Nichtachtung, eine ganz feine Brutalität, indem man nicht die Balzfarben zeigt. Das zieht bei solchen Frauen. Die Typen, die alle Männer brutalisieren, schmelzen zu Wachs, wenn sie selbst auf Brutalität stoßen. Also, mach mal Hoppchen von Herrchens Schoß. Du darfst mitkommen und kannst im Wagen pennen, während dein Herrchen mit der Schlange kämpft.«

Als ich eine Stunde später vor ihrem Haus bremse, erwartet sie mich an der Gartentür. Sie trägt ein ganz schlichtes – ein raffiniert schlichtes – weißes Kleid mit breitem rotem Gürtel und hat das kohlschwarze Haar glatt nach hinten gekämmt und in einen Knoten gebunden, um das Oval ihres Gesichts und die großen dunklen Augen zu betonen.

Dieses Gesicht zeigt Überraschung, als ich aussteige: »Ich hatte sie mir als eine Art Weihnachtsmann vorgestellt.«

»Vielen Dank. Ich dagegen habe Sie mir genauso vorgestellt, wie Sie sind, Lilith!«

»Lilith?«

»Lilith war die erste Frau Adams, ein verführerisches Wesen, dem offenbar mehr daran lag, seine Geliebte als die Mutter seiner Kinder zu sein. Weswegen sie von ihm geschieden und zur Teufelin ernannt wurde.«

»Sehr interessant. Und wie stehen Sie zu Lilith?«

»Ich habe immer was für dieses Mädchen übriggehabt. Außerdem war es nicht sie, sondern diese alte Henne Eva, die Adam zum Apfelessen verleitete und ihn um seine pensionsberechtigte Stellung als Edengärnter brachte.«

Sie lacht. Und diesmal höre ich sie nicht nur lachen, ich sehe sie auch. Armes, kleines Susannchen, wenn du wüßtest, was für eine Gegnerin du hast! Aber wie muß andererseits Marc dich lieben, wenn er trotzdem...

»Wie finden Sie mein Haus?« Ich brauche ein paar Augenblicke, um mich wieder zurechtzufinden, und sehe es mir dann an: »Na, scheußlich.«

Diesmal bleibt ihr Mund offen, und erst nach einigen Augenblicken kann sie fragen: »Warum?«

»Es ist eine bunte Wohnmaschine in einer barocken Landschaft.«

»Aber innen ist es wunderbar hell und bequem!«

»Das hätte es auch sein können, wenn es im bäuerlichen Stil gebaut wäre. Sie – gerade Sie hätten fühlen müssen, daß Sie auch eine Verpflichtung gegenüber der Natur rundum haben!«

»Aber Ihr Schützling Marc hat es gebaut!«

»Mein Schützling Marc ist, wie ich auch bei dieser Gelegenheit sehe, ein junger Esel.«

»Sind wir damit beim Thema, Colonel?«

»Ja.«

»Dann gehen wir besser hinein und trinken Kaffee. Ihr Hundchen können Sie mitnehmen. Ist das der berühmte Weffi?«

»Er ist es. Gott sei Dank aber ist er ein Hund und weiß nichts von seiner Berühmtheit.«

»Sie sind Menschenfeind?«

»Im Gegenteil. Im Grunde traue ich jedem das Beste zu.«

»Ich glaube, vor Ihnen muß ich mich sehr in acht nehmen.«

»Als Menschenfreund kann ich Ihnen das nur raten.«

Sie legt ihren Arm leicht in den meinen: »Ich bin froh, daß Sie kein Weihnachtsmann sind!«

Mir wird etwas heiß um den Kragen, und es fällt mir nichts Besseres als mein alter Trick ein, unverbindlich zu grunzen.

Drinnen im Hause diskutieren wir über einigen Tassen Kaffee und einem wohltemperierten Hennessy die Einrichtung. Stefanie Koller liegt zurückgelehnt und wollüstig gelöst in einer jener ulkigen Sitzschalen, die wie Marterinstrumente aussehen, in denen es sich aber überraschend gut sitzt. Ringsherum sehr viel Stahl und Glas und starke Farben.

»Das mögen Sie auch nicht?« fragt sie, und es kommt ganz objektiv interessiert.

»So möchte ich nicht sagen. Es ist wirklich hier innen

viel besser als draußen. Es hat einen gewissen Stil und eine gewisse Berechtigung.«

»Ist das nicht dasselbe?«

»Ungefähr, nur...«

»Nur?«

»Vielleicht ist es taktisch nicht sehr klug, es auszusprechen. Schließlich will ich etwas von Ihnen und beginne es damit, daß ich Ihnen Ihr Haus verekele.«

»Mir kann niemand mein Haus verekeln.«

Es ist eine beträchtliche Härte in dem Ton, als sie das sagt, und ich sehe sie forschend an. Aber in ihren Augen ist schon wieder Schmelz mit ein paar goldenen Funken Spott: »Etwas falsch gemacht, Colonel?«

Ich nehme ihre Hand und küsse sie. Weiß selbst nicht, was mich reitet in diesem Augenblick, muß es einfach tun.

»Aber Colonel! Gehört das auch zur Taktik?«

»Nein, mein Kind. Aber wie Sie das mit Ihrem Haus sagten, fühlte ich Ihre Härte, und ich ahne, mit wieviel Tränen sich eine Frau solche Härte erkämpfen mußte.«

Sie entreißt mir ihre Hand, als habe sie etwas gebissen, aber es ist nichts Verletzendes darin, nur Schmerz: »Gott sei Dank, daß Sie mein Gast und nicht mein Zahnarzt sind. Sie haben ausgesprochenes Talent, direkt auf dem Nerv herumzubohren.«

»In diesem Fall auf dem Lebensnerv?«

»Ja. Und deshalb wollen wir lieber weiter von Möbeln reden. Meine Innenarchitektur findet also mehr Gnade vor Ihren Augen?«

»Ja, bedingt.«

»Was heißt das?«

»Das heißt, daß Sie dieses Zeug wahrscheinlich in

zehn Jahren selbst nicht mehr sehen können. Vielleicht auch schon in fünf.«

»Sie glauben also nicht, daß diese durchsichtige Sachlichkeit ein ebenso klarer Ausdruck unserer Zeit ist wie das Barock für seine Zeit?«

»Ich glaube, daß dieser ganz neue Stil auf einem Denkfehler beruht.« Und als sie mich fragend ansieht: »Unser Alltag ist klar und hart, und deshalb brauchen wir daheim Wärme und Geborgenheit – Verborgenheit sogar.«

»Wie sind Sie eingerichtet?«

»Alles durcheinander: romanisch, Renaissance, Barock, Louisquatorze, sogar Empire, davon gottlob nur ein paar Leuchter. Die wesentlichen Stücke sind vier- bis sechshundert Jahre alt, eine jüdische Öllampe etwas über zweitausend, ein ägyptisches Stück ungefähr viertausend.«

»Dann wohnen Sie also in einer Art Museum? Oder ist das Ganze eine wertbeständige Kapitalanlage?«

»Nein, es ist alles aus meiner Familie, Reste einstigen Glanzes, zufällige Überbleibsel. Das andere ist mir mal geschenkt worden, oder es wurde ersteigert. Alles ohne Plan und alles in Benutzung, und nichts wird geschont.«

Sie gießt sich einen Cognac ein: »Würde mich interessieren, das mal zu sehen.«

»Sie sind hiermit feierlich und nachdrücklich eingeladen.«

»Taktik?«

»Nein, ganz ehrlich.«

»Sie werden lachen, ich glaub's Ihnen sogar! Ich werde also Ihre Möbel bewundern.« Ein Lächeln flakkert über ihr Gesicht wie ein Blitz über eine Gewitterlandschaft: »Und dann trete ich ans Fenster und sehe meinen Marc im sonnigen Glück mit seinem jungen Weibe vereint, gnädig wieder aufgenommen nach seiner Verirrung mit der dunklen Circe. Er hat Sie doch geschickt, weil es aus ist, nicht wahr?«

»Es ist aus, aber er hat mich nicht geschickt, er wollte selbst kommen.«

»Und wer hinderte ihn daran?«

»Ich.«

»Warum ist dann nicht sein Schwiegervater gekommen?«

»Sein Schwiegervater ist mein Freund. Er verkauft Waschmaschinen und hat sich für seine Familie so aufgerebbelt, daß er voriges Jahr einen Herzinfarkt hatte.«

»Und warum ist dann nicht seine Frau gekommen?«

»Weil ich das nicht wollte.«

»Wieder Sie. Warum nicht?«

»Seine Frau, Addi, ist in ihrer Art ebenso schön und ebenso energisch wie Sie. Ich weiß, was bei einer solchen Begegnung passieren kann.«

»Nämlich?«

»Etwas – hm – Urweltliches.«

Sie sieht mich einen Moment verdutzt an und bricht dann in ein schallendes Gelächter aus. »Sie meinen, die Bestien hätten sich zerfleischt, und Sie hätten hinterher mit der Müllschaufel kommen müssen, um die Knochen zusammenzukehren?«

»Bildlich gesprochen natürlich nur.«

»Sie machen mir zunehmend Spaß, Colonel. Und warum ist Marcs Mutter nicht gekommen?«

»Sie wäre die allerungeeignetste für diesc Mission.«

»Warum? Besteht die Gefahr, daß sie mich dieser kleinen Gans Susanne vorziehen würde?«

»Nein, im Gegenteil. Susanne ist nämlich keine kleine Gans, obwohl sie sich nicht mit Ihnen messen kann.«

»Taktik?«

»Ich denke, wir haben uns nun endgültig auf hochgekrempelte Hemdsärmel geeinigt.«

»Also schön. Wenn sie sich nicht mit mir messen kann – welches Anrecht hat sie dann auf Marc?«

»Sie liebt ihn, und er liebt sie.«

»Und Sie glauben nicht, daß er mich liebt und ich ihn?«

»Sie lieben ihn überhaupt nicht, und bei ihm ist es eine Mischung aus Berechnung und erotischer Verzauberung. Eine Frau wie Sie kann so ziemlich jeden Mann umschmeißen.«

»Auch Sie, Colonel?«

»Wenn ich zwanzig Jahre jünger wäre, hätte ich Sie vom Fleck weg geheiratet und würde nicht mal Angst vor Ihnen gehabt haben.«

Sie betrachtet mich nachdenklich: »Aber ich vielleicht vor Ihnen! Also gut: er liebt mich, teils, teils. Tannhäuser im Venusberg. Und ich liebe ihn nicht?«

»Sie amüsieren sich mit ihm und sind darüber hinaus von seiner Jugend und seinem Genie geschmeichelt und gerührt. Das alles hat aber nichts mit Liebe zu tun.«

Sie verschleiert ihr Gesicht mit Zigarettenrauch: »Was hat Ihrer Ansicht nach mit Liebe zu tun? Und erzählen Sie mir jetzt nicht, daß die Antwort einen Lexikonband füllen würde!«

»Es genügt ein Wort: Selbstvergessenheit.«

»Für mich nur ein Wort, verzeihen Sie.«

»Es bedeutet, daß man sich selbst über dem anderen völlig vergißt.«

»Etwas klarer, aber immer noch ziemlich unkonkret.«

»Gut, werden wir ganz konkret. Marc steckt in einem brennenden Haus oder einem brennenden Auto. Sie können ihn vielleicht retten. Vielleicht! Sicher ist es nicht, aber es besteht eine Chance. Dagegen ist sicher, daß Sie schwere Verbrennungen dabei erleiden werden, die unter anderem Ihr Gesicht für immer entstellen würden.« Sie drückt ihre Zigarette aus und sieht mich fast entsetzt an: »Was erwarten Sie, was ich in diesem Fall tun sollte?«

»Wenn Sie wirklich lieben, würden Sie sich zu ihm ins Feuer stürzen, ganz gleich, wie hoch die Chance ist. Was hätte Ihr Leben denn noch für einen Sinn ohne ihn?«

Sie ist sehr blaß, versucht es aber mit Ironie: »Ich weiß von Marc, daß Sie sich seit jeher mit den indischen Lehren beschäftigen. Dabei haben Sie offenbar auch so ganz nebenbei die Witwenverbrennung in Ihr Programm aufgenommen!«

»In unserem Fall wäre es eine freiwillige Verbrennung, was man von normalen Witwenverbrennungen durchaus nicht behaupten konnte. Die meisten dieser armen Würmer bestiegen sicher sehr ungern den Scheiterhaufen.«

»Ich habe Sie aber im Verdacht, daß Sie trotzdem den Witwenverbrennungen eine gewisse Berechtigung nicht aberkennen!«

»Ich halte eine Frau, die einem Mann mal mit Haut und Haaren gehört und ihr größtes Erlebnis hinter sich hat, unter Umständen für – hm –, für gefährliches Treibholz. Falls sie nicht zu einem zweiten, ebenso starken Erlebnis fähig ist.«

Sie steht mit einer merkwürdig müden Bewegung auf, tritt zum Fenster und starrt auf die Terrasse, die voller Rosen und Sonne und durch einen scheußlich grellblauen Fußboden verschandelt ist. Plötzlich dreht sie sich zu mir um: »Bin ich Treibholz?«

»Ich glaube nicht.«

»Warum nicht?«

»Ich möchte Ihnen nicht zu nahe treten...«

»Lassen Sie doch den höflichen Unsinn.«

»Okay. Ich habe eine ganz gute Nase für so was und möchte behaupten, daß Sie trotz Ihrer Ehe noch nicht einmal Ihr erstes großes Erlebnis hatten. Sie suchen noch.«

Ich kann, weil sie gegen das Licht steht, ihr Gesicht nicht erkennen, als sie sagt: »Sie irren sich, glaube ich. Mein Mann war ein wunderbarer Mensch, ein großer Künstler. Ich möchte die Jahre nicht missen, die ich mit ihm leben durfte. Er war wie – wie eine Mauer um mich, und seitdem er nicht mehr da ist...«

»Er war bedeutend älter?«

»Zwanzig Jahre.«

»Ich will Ihnen nicht mit Freud kommen und die Rolle des unterbewußten Vaterkomplexes in Ihren Beziehungen untersuchen. Nur eins möchte ich Sie fragen: Hätten Sie ihn aus dem brennenden Auto geholt?«

»Hören Sie doch mit diesem Unsinn auf! Das ist ja noch schlimmer als Freud!«

»Hätten Sie?«

Keine Antwort. Sie steht wie eine Statue. Nur ihr Kopf ist auf die Brust gesunken. Nach einer Weile kommt sie wieder zu mir, setzt sich mir gegenüber. Ihr Blick ist hart: »Ich mag Ihre Fragen nicht. Außerdem sind wir doch beide keine Kinder und wissen, daß der Trauschein nicht eine Erfüllung, sondern der Beginn einer Erlebnisreihe ist, die meist zunehmend unerfreulicher wird. Im günstigsten Falle langweiliger.«

»Nur, wenn Sie falsch gewählt haben.«

»Und wie soll ich wissen, ob ich richtig gewählt habe?« Sie lacht nervös: »Jetzt frage ich schon, wie ein Backfisch Tante Minchen fragen würde!«

»Und ich kann Ihnen mit Tante Minchen nur antworten: Das merken Sie dann schon.«

»Und wenn er mir nun nicht begegnet, der Märchenprinz, der mich zeitlebens auf Händen trägt? Nein, mein Lieber, kommt nicht in Frage! Ich bin finanziell unabhängig. Ich hole mir die Männer, die mir gefallen, und schicke sie weg, wenn sie anfangen, mich zu langweilen. Habe ich es nötig, ein Risiko einzugehen? Nehmen Sie lieber noch einen Cognac. Das, was Sie zuletzt von sich gegeben haben, war nicht *first class*. Vielleicht sind Sie doch ein Weihnachtsmann?«

»Wäre nicht der schlechteste Job. Ich möchte aber doch feststellen, daß nicht ich von dem Märchenprinzen gesprochen habe!«

»Nicht? Wirklich nicht? Aber wie sieht er denn aus, der Mann, der mir entsprechen würde?«

»Leider ziemlich übel. Sogenannte starke Frauen wie Sie verfallen leicht dem brutalen Playboy, der sie zwei Wochen nach der Hochzeit zum erstenmal betrügt, ihr

Geld durchbringt und ihnen gleich beim Aufstehen prophylaktisch eine runterhaut.«

Einen Moment sieht sie mich sprachlos an, dann lacht sie schallend und hebt ihr Glas gegen mich: »Auf uns! Wir sitzen hier, sagen uns die größten Grobheiten und haben das Gefühl, als ob wir seit hundert Jahren gute Freunde wären. Wenigstens mir geht es so.«

»Mir wird es sicher auch so gehen, wenn ich erst das losgeworden bin, was ich eigentlich von Ihnen will.«

Sie lehnt sich zu mir herüber und legt mir eine lange, kräftige Hand auf den Arm: »Ich ahne, was es ist – aber vorher, lieber Weihnachtsmann, möchte ich wissen, ob Sie nicht eine etwas bessere Type für mich aus Ihrem Sack holen können!«

»Vielleicht. Kommt drauf an, wie Sie sich anschließend benehmen. Eine Eigenschaft aber muß der Mann, der Sie glücklich macht, auf jeden Fall erfüllen.«

»Und die wäre?«

»Er muß egoistischer sein als Sie.«

Diesmal lacht sie so, daß ihr die Tränen kommen: »Mein Gott, sind Sie komisch. Immerhin...« Sie mustert mich mit plötzlicher Nachdenklichkeit: »Es könnte was dran sein. Und da wir gerade vom Egoismus sprechen, was wollen Sie nun eigentlich von mir? Mit Marc ist es also aus.«

»Ja.«

»Und wenn ich ihn nun nicht freigebe?«

»Er ist schon frei und entschlossen, mit seiner Susanne lieber in einer Hundehütte zu leben, als länger von Ihnen oder seiner Mutter abhängig zu sein. Mit anderen Worten, er ist es satt, Muttersöhnchen oder so eine Art Gigolo zu sein.«

Sie schluckt, und die dunklen Augen in dem schmalen Gesicht scheinen noch größer zu werden: »Also gut. Erledigt. Und was noch?«

»Ich möchte nicht, daß Sie ihm Ihre Protektion entziehen oder ihn sogar aus Rache zu ruinieren versuchen.«

Ihr Mund ist bitter: »Knallbonbons und Überraschungen bis zum Schluß, Weihnachtsmann. Was berechtigt Sie eigentlich, diesen Edelmut von mir zu erwarten?«

»Ich erwarte ihn nicht – eher das Gegenteil.«

»Und warum das?«

»Weil es das Normale wäre. Um nicht zu sagen, das Triviale.«

»Sie sind ein verdammt harter und diplomatischer Partner, Colonel! Mein erstes Gefühl, als ich Sie sah, hat mich nicht getäuscht: vor Ihnen muß man sich in acht nehmen!«

Ich stehe auf: »Es ist unfair, Sie jetzt zu einer Entscheidung zu pressen. Überlegen Sie in Ruhe. Im übrigen erwarte ich Sie – ganz gleich, wie Ihre Entscheidung ausfällt.«

Auch sie ist aufgestanden. Wir stehen uns gegenüber, und plötzlich fühle ich ihr erotisches Kraftfeld. Worauf mir wiederum nichts anderes einfällt, als mich zu räuspern. In ihren Mundwinkeln erscheint für einen Augenblick das Lächeln der Mona Lisa. Wie zu Beginn legt sie ihren Arm in den meinen und geht so mit mir zur Tür: »Haben Sie trotzdem vielen Dank, Colonel. Ich werde viel nachzudenken haben und weiß die Dinge sehr gut auseinanderzuhalten. Sie können nichts für den Marc, und eigentlich ist es rührend, welche Mühe

Sie sich für Ihre Pseudotochter geben und für Ihre Freunde. Schließlich haben Sie Ihre Zeit auch nicht gestohlen und brauchen vermutlich Ihre Nerven für Besseres. Haben Sie noch mehr solche Fälle auf dem Hals?«

Wir stehen am Gartentor und zögern beide, uns zu trennen. »Ja«, sage ich, »noch einen.«

»Und der ist?«

»Er ist in jeder Beziehung das Gegenteil Ihres Falles. Erstens ist es ein Mann, und zweitens will dieser Mann im Gegensatz zu Ihnen durchaus heiraten.«

»Der arme Irre. Wie alt?«

»Fünfundvierzig.«

»Beruf?«

»Universitätsprofessor.«

»Schon mal verheiratet gewesen?«

»Nein.«

»Warum nicht?«

»Weiß ich nicht genau. Glaubte wohl schlauer zu sein als die anderen. Aber jetzt fällt ihm die Decke auf den Kopf. Innerliches Frieren sozusagen.« Ich schildere ihr kurz und natürlich ohne Namensnennung Enricos blindwütige Bemühungen und Begeisterung. Sie lacht wieder Tränen: »Wenn ich zu Ihnen komme, müssen Sie mir diesen Unglückswurm unbedingt vorführen!«

»Das werde ich mir noch sehr überlegen.«

»Warum? Fürchten Sie für ihn?«

»O nein, für Sie.«

»Ist er denn so faszinierend? Es gibt nichts Undankbareres, als mit einem faszinierenden Mann verheiratet zu sein. Sehr bald ist er es nämlich nur noch für die anderen Frauen. Und sollte er ein Adonis sein – Adonisse langweilen mich.«

»Er ist weder noch.«

»Sondern?«

»Er ist ein noch größerer Egoist als Sie.«

»Und warum soll ich ihn mir dann nicht ansehen, wenn dieser Typ Ihrer Ansicht nach zu mir paßt?«

»Ach, ich weiß nicht... Vielleicht kommt ganz was anderes bei so 'ner Sache raus. Man redet so gescheit daher, aber das Leben hat manchmal wenig Sinn für solche Pointen.« Ihr Blick bleibt auf mir, und ich fühle, wie ich erröte: »Vielleicht«, sagte ich, »möchte ich nicht, daß Sie wieder mal eine – Notlandung machen.«

Sie lacht und sieht mich dann, als ich ihr die Hand küsse und in den Wagen steige, so richtig nett an: »Sagen Sie übrigens diesen beiden Kindern, daß sie nicht in die Hundehütte zu ziehen brauchen.«

15

Jemand schüttelt mich aus tiefstem Morgenschlaf wach... Telefon! Es hatte mich gestern ziemliche Mühe gekostet, einzuschlafen. Fast bis Mitternacht waren wir bei Bentlers, wo ich über meinen geistigen Ringkampf mit der Circe berichten mußte. Während der Bericht langsam in eine recht alkoholische Siegesfeier überging, mußte ich wieder und wieder die Einzelheiten schildern. Besonders Marc war geradezu unersättlich. Er hatte es hauptsächlich auf ihre letzten Worte abgesehen: »Sagen Sie übrigens diesen beiden Kindern, daß sie nicht in die Hundehütte zu ziehen brauchen.« Ob ich vollkommen überzeugt sei, daß sie es ernst gemeint habe, und ob sich ihre Worte nur auf die Fertigstellung ihrer Inneneinrichtung oder aber auf die Vermittlung der Gräflich-Chenauldschen Schloßrenovierung bezogen hätten? Auch ich hatte schon einen erheblichen Zacken, und Marc langweilte mich mit seiner hartnäkkigen Bohrerei. Dann aber sah ich die Angst in seinem Blick und die unterschatteten Augen Susannes, die sich an ihn schmiegte, und zuckte die Achseln: »Tut mir leid, Kinderchen, aber mehr ist nicht drin! Hab' ja keine Ahnung von deinen Projekten, Junge. Aber selbst wenn, wär's ein Fehler gewesen, noch lange zu verhandeln, nachdem sie sich so weit überwunden hatte. Ich dachte mir – nix wie weg!«

Anette an meiner Seite nickte so heftig Zustimmung, daß ihr eine Bauchbinde von Teddys Geburtstagszigarren in den Schoß fiel, die er ihr – ohne daß sie es in ihrem Schwips merkte – auf den Kopf gesetzt hatte: »Ja, nix wie weg!« Dann starrte sie auf die Bauchbinde und strahlte mich an, als habe sie in der Lotterie gewonnen: »Sieht aus wie ein Krönchen!« Damit setzte sie sich die Bauchbinde wieder auf den Kopf und griff nach ihrem Glas.

Teddy schlug auf den Tisch und funkelte Marc an: »Jetzt hast du den Hannes aber lange genug gelöchert, und mit der Inneneinrichtung dieser Dame hast du dich auch lange genug beschäftigt – Au!« Er griff mit schmerzverzerrtem Gesicht nach seinem Fuß und sah Addi böse an: »Kann doch mal 'n Witz machen! Schließlich sind sie ja verheiratet, nicht wahr?«

»Im übrigen«, sagte ich ablenkend, »wird sie unter

Umständen bei uns auftauchen.« Der Erfolg dieser Bemerkung war durchschlagend. Alles starrte mich mit offenem Mund an. »Ja – das ist doch...«, flüsterte Addi und sah ängstlich auf das Frauchen. Dieses hatte offenbar einige Schwierigkeiten, den Sinn meiner Enthüllung in sich aufzunehmen, reckte sich dann hoch und erklärte ganz im Ton der großen Dame: »Bitte, ich habe nichts dagegen. Im Gegenteil, es wird mich sogar interessieren, diese Frau kennenzulernen.« Dann schlich sich Mißtrauen in ihre sanft vernebelten Augen: »Wie kam sie denn darauf?«

»Weiß ich nicht, ergab sich so.«

Anette und Addi waren sofort hellwach: »Wie ergab es sich?« fragten sie im Ton eines Untersuchungsrichters.

»Ja, nun – ich habe ihr, um sie zu trösten, von Enrico erzählt...«

Diesmal haute Teddy nicht auf die Tischplatte, sondern, was viel unangenehmer war, mir auf die Schulter, daß meine Lungenflügel schlotterten: »Na, phantastisch! Du lädst den Enrico dazu ein, die beiden sich sehen – Liebe auf den ersten Blick...«

»Die will – die will aber gar nicht heiraten!«

»Unterbrich mich nicht. Wo war ich stehengeblieben?«

»Liebe auf den ersten Blick.«

»Richtig. Die beiden heiraten sich, erzähl mir doch nicht, daß es eine lustige Witwe gibt, die nicht wieder heiraten will – und wir sind alle zwei los. Geniale Lösung! Wenn wir hier nicht mehr anders weiterkommen, machen wir ein Heiratsbüro auf. Du übernimmst den Außendienst: Bentler & Co., Heiratsvermittlungen, Liebes- und Eheversöhnungen en gros und en detail. Der Ehefriede im Probedöschen...«

»Co. ist mir zu – zu wenig«, erklärte ich verletzt. »Ich habe schließlich...«

Er machte eine großartige Bewegung und warf sein Sektglas vom Tisch. Es war aber nicht kaputt. »Gut, dann nennen wir uns BEBE – Bentler-Bentz. BEBE – haha! Hier, sauf noch was, alter Junge. Wo ist denn mein Glas?«

»Ich hab's weggestellt«, sagte Addi, »du hast genug.«

Er füllte mein Glas: »Mein Mann dankt! Das haben wir gern, was, Hans?« Damit setzte er die Flasche an den Mund. Er wischte sich, während ihn alle erschrokken anstarrten, ächzend den Mund mit dem Handrükken: »Ein Jammer, daß ich noch Schonzeit habe. Wenn ich an deiner Stelle zu der lustigen Witwe gegangen wäre...«

»Das hätte dir so passen können«, sagte Addi.

Er grinste sie diabolisch an und faßte sie unters Kinn: »Und was haben wir denn so lange mit dem Professorchen zu reden gehabt, o sündenbereites Weib? Ich kenne den Vulkan, der unter deiner Asche schlummert!«

»Jetzt wird es – wi – wird es – gy – gyko – gynäkologisch!« verkündete das Frauchen und stand auf: »Wir gehen.«

Teddy wandte sich hilfesuchend an mich: »Du kennst doch auch ihren Vulkan!«

»Natürlich, dämlicher Hund!«

»Denke an die Hunde«, sagte Anette von der Tür her.

»Und du an die Kinder!« ergänzte Addi, zu ihrem Exemplar gewandt, das sich mit der leeren Sektflasche unter dem Arm schwerfällig und gewaltig wie ein See-Elefant erhob. Auf das Stichwort »Kinder« sahen wir alle zu Susanne und Marc hinüber, die leise miteinander redeten. Marc hatte die Hände zwischen die Knie gepreßt, und in der Stille wurden seine Worte laut: »Wenn ich daran denke, daß wir vielleicht doch zu Mutter hätten ziehen müssen...«

»Das wäre auch nicht das Schlimmste gewesen«, meinte Susanne und strich ihm über das Haar. »Sie hätte uns sicher die untere Etage überlassen.«

»Untere Etage! Wenn ich mir bloß vorstelle, daß ich ihre Schritte über unseren Köpfen gehört hätte...« Er brach ab, als er merkte, daß alles zuhörte. Wir begannen darauf ein allgemeines, hastiges Verabschieden.

An der Tür drehte ich mich noch einmal zu Addy um: »Du, sie will wirklich nicht heiraten! Wozu sollte sie auch?«

»Eben«, meinte Addi und schob mich in den mondhellen Garten. »Schlaf schön. Du hast's verdient. Und noch mal tausend Dank!«

Das war also gestern. Und jetzt schüttelt man mich und sagt: »Telefon!« Wo ich doch eben erst eingeschlafen bin. Erstaunlicherweise ist draußen trotzdem schon strahlender Tag.

»Wer ist es denn – soll später anrufen, zum Teufel noch mal.«

»Frau Koller – deine neue Freundin!«

»Ich finde«, sagt das Frauchen von nebenan, »daß es diese Dame bemerkenswert eilig hat.«

Mit einem Ruck bin ich hoch: »Quatsch. Wenn sie sich nur nicht anders besonnen hat!«

»Auch das ist möglich«, erklärt das Frauchen, das auf diese meine Bemerkung hin zum Vorschein kommt. Sie sieht mein gramzerfurchtes Gesicht, geht schweigend zum Schrank und hilft mir in den Schlafrock: »Na, geh mal ran, vielleicht ist es nicht so schlimm.«

Ich habe ausgesprochen weiche Knie, und mir ist ziemlich flau, als ich den Hörer aufnehme. Meine rasende Phantasie zeigt mir, wie ich Susanne und Marc eröffnen muß... »Ja, bitte?«

Die dunkle, heisere Stimme: »Noch geschlafen? Tut mir leid...«

»Aber ich bitte Sie, Verehrteste!«

»Wahrscheinlich ausgedehnte Siegesfeier aus Anlaß neuen Eheglücks?«

»Hm.«

»Irre ich mich, oder räuspern Sie sich immer dann, wenn Sie nicht recht wissen, was Sie sagen sollen?«

Mich packt die Wut. Wenn sie mir schon alles kaputtmachen will, soll sie mich nicht außerdem noch auf den Arm nehmen: »Sie irren sich nicht.«

Sie lacht. Aber es klingt nicht unangenehm: »Na, ich will Sie nicht länger zappeln lassen, Colonel, Sie haben genug Scherereien mit uns Weibern gehabt. Ich wollte Ihnen nur sagen, daß ich auf vierzehn Tage verreise, damit Ihr Pflege-Schwiegersohn, oder wie ich den kleinen Marc nun nennen soll, in Ruhe mein Haus hier fertigmachen kann, ohne mir zu begegnen. Sie sehen, ich halte mich an mein Wort.«

»Sie tun mehr als das, gnädige Frau.«

»Wohingegen...«

»Ja, bitte?«

»Wohingegen Ihnen nach meiner Rückkehr mein Besuch nicht erspart bleibt.«

»Es wird uns eine Freude sein.«

»Uns? Wenn Ihre Frau einigermaßen normal ist, wird sie vermuten, daß ich meine Jagd nach verheirateten Männern nun auf die reiferen Exemplare umgeschaltet habe.«

»Aber ich bitte Sie...«

»Beruhigen Sie sie, und sagen Sie ihr bitte, ich sei es leid, Männer zu haben, die heimlich auf die Uhr sehen, weil sie fürchten, daß sie zu Hause die Jacke vollkriegen. Darüber möchte ich mal mit Ihnen sprechen, aber nur mit Ihnen. Okay?«

»Okay.«

»Dann auf Wiedersehen!«

»Glückliche Reise! Und – ich danke Ihnen!«

Drüben wird schweigend der Hörer aufgelegt. Ich halte es für möglich, daß sie jetzt weint. Nicht so, daß es sie dabei schüttelt, aber so ein kleines bißchen. Vielleicht nimmt sie auch nur einen zweistöckigen Whisky. Ein warmes Gefühl für die Einsame wallt in mir auf.

»Na, was ist denn nun?« Vier besorgte Frauenaugen starren mich an. Ich komme zu mir und berichte. Frauchen sieht an mir vorbei aus dem Fenster: »Diese Frau imponiert mir.«

Die Mama streicht mir in einem ihrer seltenen Zärtlichkeitsausbrüche über das Haar: »Na, jedenfalls hast du's geschafft, alter Junge, und kannst in Ruhe morgen feiern. Du hast dich weiß Gott genug aufgerebbelt für andere.«

»Aufgerebbelt – hm – wieso morgen feiern?«

Die beiden sehen sich an: »Ach, nichts Besonderes weiter«, sagt Frauchen. »Es ist nur dein Geburtstag.«

»Mein...« Und plötzlich ist es wieder vor mir, das schmale Gesicht mit den goldenen Augen und den langen Ohren. Eine wilde Entschlossenheit überkommt mich, oder ist es ein Wissen, ein geheimnisvolles...

»Ich muß gleich mal wegfahren«, erkläre ich den beiden völlig Verblüfften. »Sagt ihr netterweise Marc Bescheid über Stefanies Anruf.«

In Frauchens Gesicht steht jähe Besorgnis: »Soll ich nicht mitfahren?«

»Nein. Nein, danke, das kann nur ich allein.«

Als ich Gas gebe, ist mir ganz feierlich zumute. Es hat immer wieder von Zeit zu Zeit hellseherische Augenblicke in meinem Leben gegeben, Empfindungen kommender Ereignisse, die mir noch nicht ihr Gesicht zeigten. Ich wußte nur mit atembeklemmender Sicherheit, daß etwas kommen würde, etwas Gutes oder Böses, und es kam dann auch stets. Meist Böses und hageldick. Und deshalb liebe ich solche Momente gar nicht.

Heute bin ich wieder in einer dieser Stimmungen, aber diesmal hat sie nichts Böses an sich. Es ist, wie gesagt, eine Feierlichkeit, eine feierliche, von innen erhellte Gewißheit, jenseits aller Vernunft.

Aus dieser Stimmung sehe ich unser Dorf, als erblickte ich es zum erstenmal. Man könnte auch sagen, wie eine Fotografie, die man sonst normal und jetzt plötzlich stereographisch sieht, überdeutlich. Da steht der Reiserer-Franz, der Rolle des Boxer-Verlobten entbunden, auf dem Hausdach seiner Mutter, der Schusterwitwe, und mauert. Sein bronzener, schwitzender Körper glänzt in der Sonne mit grellen Spiegeln. Die Millionärin Lindemann huscht gerade vom Metzger heraus wie ein kleines scheues Vögelchen, sie trägt ein winziges Fleischpaket vorsichtig vor sich her. Auf der Bank vor dem Fischerhaus sitzt der Förster Jonas. Er ist achtzig und seit fünfzehn Jahren pensioniert, aber noch immer geht er in Förster-Paradeuniform, knallblauen Auges, den Hut mit dem Gamsbart und vielen Erinnerungsschildchen geziert. Er sieht aus wie das Männlein im Wetterhäuschen.

Nun bin ich schon außerhalb des Ortes. Das große Geviert des *Feldkrug* unter seinen riesigen Eichen rollt langsam vorbei. Die beiden großen Scheunen und das Gästehaus haben vor lauter Alter richtige Bäuche, und an einigen Fenstern gibt es noch bleigefaßte Butzenscheiben. Ja, sie ist nun auch schon tot, die alte Krug-Wirtin, die mit ihrem halbblinden, wortkargen Sohn bis zuletzt den ›Krug‹ führte. Sie hatte ihn gepachtet, vor fünfzig Jahren, von der Biedersteiner Brauerei und dem alten Hechler, der damals genauso in den besten Jahren war wie sie. Muß ein tolles Weib gewesen sein, die Krug-Wirtin, ein bildschönes, wildes Wesen, das einen geduldigen, braven Gastwirt geheiratet hatte, der mehr Knecht als Wirt war. Man fürchtete sie etwas, die Krug-Wirtin. Den erdverbundenen Menschen hier draußen war das Dämonische in ihr deutlich fühlbar. Wenn am Samstagabend Regen einsetzte und ihr das Sonntagsgeschäft wegzuschwemmen drohte, hatte man sie schon in Nachtjacke und mit offenem, rabenschwarzem Haar, das ihr bis auf die Knie wallte, im Hof stehen und die Fäuste gegen die schwerbäuchigen, blitzdurchzuckten Wolken schütteln sehen. In ihrem Alter ging der *Feldkrug* dann immer schlechter, und es war immer wieder die Rede davon, daß der Hechler die Pacht aufkündigen und ein Hotel dorthin bauen werde. Besonders seine beiden Söhne wollten das. Der Alte aber weigerte sich und blieb unbeugsam. Solange die Krug-Wirtin lebe, werde er sie auch in der Pacht lassen. Niemand weiß, was dahintersteckte. Eine alte Romanze?

Vor zwei Jahren, kurz vor der Krug-Wirtin, ist der alte Hechler gestorben, und jedermann dachte, nun geht's los. Aber da gerade geriet die Brauerei in Schwierigkeiten. Irgendeine Großbrauerei war in ihr Gebiet eingedrungen, und jeder Pfennig wurde gebraucht, um den Konkurrenzkampf durchzustehen. Es war, als hielte der alte Hechler noch von drüben seine Hand über der Krug-Wirtin. Jedenfalls rettete sie das, und der Krug lebt auch jetzt noch, obwohl es in seinen oberen Stockwerken schon durch die Decken regnet und der halbblinde Sohn mit einer Magd nach dem Tod der Mutter kaum noch etwas zuwege bringt. Ich denke mir, eines Tages kracht das einfach zusammen und begräbt alles unter sich. Man geht noch manchmal hin, aus Sentimentalität und Mitleid, ich tu's auch. Und hin und wieder tagt sogar der Schützenverein dort, und dann legen alle Schützen mit Hand an, damit's geht.

Die Felder zur Rechten und Linken sind abgeerntet. Aber der letzte Heuschnitt, der dritte in diesem Jahr, ist noch in Puppen draußen. Es riecht nach Heu und Brot und warmer Erde wie im Hochsommer, die Grillen zirpen noch, und die Holunderbeeren sind schon ganz schwarz. Scharen von Vögeln hocken auf ihren Dolden. Ein paar Rehe jetzt zur Linken, die gemütlich äsend dem Wagen nachsehen. Ein Wiesel wie ein roter Blitz über den Weg, ein Krähenschwarm in der klaren Luft. Nun die Kurve mit dem Steinbruch, und da liegt es schon in seinen Matten, rund um den altersgrauen Kirchturm hingekuschelt, das andere Dorf, Cockis Dorf. Erst ein paar Scheunen, dann der Zenz-Wirt, ein paar späte Sommergäste älteren Datums sitzen noch draußen im Garten mit den Dahlien, und durch die Fenster sieht man in die blitzsaubere Gaststube. Jetzt rechts und links Höfe, auf der linken Seite muß er sein – da, der Misthaufen, wie mit dem Lineal gezogen. Das ist er, der Reschke-Hof. Alles ist hier ordentlich, auch das Holz, das um drei Hauswände herum aufgestapelt ist, keines länger als das andere und oben schön sauber mit Dachpappe abgedeckt. Gerade kommt der Bauer heraus, hat eben seinen Bulldog über Mittag in die Scheune gefahren. Sein Hemd ist wieder blütenweiß, obwohl er doch sicher vom Feld kommt, und der ganze Mann strahlt jene gesunde Sauberkeit aus, die mir schon beim vorigenmal auffiel. Mein Herz schlägt plötzlich bis zum Hals, und der ganze Wahnwitz meines Unternehmens wird mir bewußt. Was will ich ihm denn sagen, nachdem ich doch schon einmal so eindeutig abgewiesen worden bin!

Trotzdem tritt mein Fuß die Bremse, und während ich noch zweifelnd und im Sturm meiner Gefühle hin- und hergeschleudert sitze, biegt es um die Ecke, mit langen Ohren, schmalem Gesicht und grinsender Nase, darunter die krummen Watschelbeine mit den langen Behängen: Cocki alias Wastl. Er stutzt und ist dann mit einem Satz brüllend an meinem Wagen, springt fast über das Dach, und bei jedem Sprung, wenn er an meinem Fenster vorbei aufwärts fliegt, trifft mich ein fast irrer verlangender Blick aus seinen goldenen Augen. Ich steige aus und umarme ihn. Dann ist über mir ein Schatten, und während sich der Hund in meinen Armen zitternd dreht und windet und mein Gesicht leckt, sagt die Stimme des Bauern: »Ja mei, das ist jetzt spaßig! Die ganzen letzten Tage haben wir von Ihnen geredet, wir wollten schon rüberfahren zu Ihnen.« Und dann fügt er etwas hinzu, was mich durchfährt, als hätte ich eine Starkstromleitung berührt: »Jetzt können Sie ihn haben, den Wastl, wenn Sie noch wollen, mein' ich!«

Es drückt mich glatt auf die Erde, und ich sehe ihn verstört an: »Was sagen Sie?«

Er nimmt den breitrandigen Strohhut ab, grinst und kratzt sich den Kopf: »Ja, wissen Sie, das ist so: unsere Kinder, die haben ihn halt gedrückt und gezwickt, nicht, weil sie böse sind, bloß so, wie Kinder eben sind. Und das hat ihm weg getan, dem Wastl, und er hat geschnappt nach ihnen und hat s' halt gebissen. Und ich mußte ihn schlagen, wegen der Kinder. Er hat's eben gespürt, daß er's eigentlich nicht verdient hätt', und hat dann auch nach mir geschnappt. Die Weibersleut' haben geheult, und dann haben wir halt so geredet und studiert und haben gemeint, wir geben ihn eben doch dem Herrn, der wo das Buch geschrieben hat. Ja – also – wenn Sie noch mögen...«

Jetzt kommt auch die Frau aus dem Haus, und wie sie uns so sieht, laufen ihr gleich die Tränen herunter: »Die ganze letzte Zeit haben wir ihn schon Cocki gerufen«, sagt sie, »weil wir uns gedacht haben, daß Sie ihn wieder Cocki nennen werden, nach dem Cocki in Ihrem Buch!«

»Ja«, sagte ich, »ja, natürlich...« Und dann merke ich, daß ich mitten in der Einfahrt sitze, auf dem Boden und ganz dicht neben einem Kuhfladen. Langsam stehe ich auf, die Glieder sind mir schwer. Die Frau hat die Schürze vor den Augen: »So ein liebes Hunderl, so ein liebes! Aber es geht halt nicht mehr, wegen der Kinder! Am besten wär's, Sie würden ihn gleich mitnehmen!«

Gleich mitnehmen – gleich mitnehmen... Ich kann es noch gar nicht fassen. Ich ziehe die Brieftasche heraus und zahle. Unentwegt starren wir uns an, er vor dem Wagen sitzend und die Augen immer wieder nach der Wagentür drehend, den Staub der Einfahrt mit dem kurzen, dicken Stummelschwanz fegend und ich, völlig verdattert vor Glück. Schließlich merke ich, daß die guten Leute mich wegen der langen Kunstpause ganz sonderbar anschauen. Gezahlt habe ich, irgend etwas sagen müßte ich noch, etwas ganz Vernünftiges, Sachliches: »Ein Halsband und eine Leine habt ihr sicher nicht?«

Man ist sichtlich betreten. Nein, das hätten sie nicht. »Aber Sie werden Ihre Freud haben mit dem Wastl«, sagt der Bauer hastig. »Bei dem brauchen Sie keine Leine. Wenn er nicht mit dem Jäger fort war, der ihn sich manchmal ausgeliehen hat, ist er immer ums Haus 'rum gewesen. Die Nachbarhunde besucht er halt manchmal, aber er kommt immer gleich wieder zurück. Sogar wenn eine läufige Hündin in der Nachbarschaft war, ist er auch gleich wieder heimgekommen.« Er kneift ein Auge gegen mich zu: »Er hat's eben noch nicht mit den Weibern!«

»Ja, also – dann...« sage ich, öffne die Hintertür, und mit einem Satz ist Cocki im Wagen, fährt – sobald ich die Tür geschlossen habe – zähnefletschend gegen die Scheibe: ›Hier kommt mir niemand Fremdes 'rein, das ist jetzt meine Höhle!‹

Händeschütteln, ich steige ein, fahre noch nach Biederstein in eine Lederhandlung und kaufe ihm ein breites Halsband für seinen mächtigen Nacken, rot mit blanken Nägeln drin, und eine starke Leine. Und dann geht's heim.

Unterwegs liegt er dauernd mit den Tatzen auf der Rückenpolsterung und leckt mich hinter dem Ohr. Im Ledergeschäft war er ausgesprochen drängelig und zitterte vor Angst, daß ich ihn nicht wieder mitnähme. Erst jetzt im Wagen ist er wieder frei. Ich merke gar nicht, daß ich heimwärts fahre, so glücklich bin ich über das, was ich da hinten drin habe, diesen Vierzig-Pfund-Brocken purer, goldener Liebe. Nicht einmal umgeschaut hat er sich, als wir vom Hof wegfuhren. Und dabei waren noch die guten Großeltern heruntergekommen und haben mitgeweint und hinter uns hergewinkt. Ich hab's im Rückspiegel gesehen.

Jetzt schaue ich wieder in den Spiegel – was macht er eigentlich? Aha, er hat sich auf dem Rücksitz zusammengekringelt und bläst in regelmäßigen Abständen die dicke Flappe mit den lustigen langen Schnurrbarthaaren auf. Es ist so, als habe er sein Leben lang auf diesen Moment gewartet und fühle sich nun endlich heimgekommen.

Heimgekommen – ankommen – hm. Ja, wie mache ich das nun? Es sollte doch eine Überraschung sein!

»Also, paß mal auf, Dicker«, sagte ich zu ihm. »Du

brauchst keine Angst zu haben, ich lasse dich nur mal für einen Augenblick bei einer guten Tante.«

Am Sägewerk halte ich, und dann schleiche ich mich vor, von hinten durch den Garten bis ans Haus von der dicken Mooshuberin. Sie hängt gerade Wäsche auf.

»Ja, mein lieber Herrgott, was haben Sie denn da? Mei, ist der schön!«

»Der wird erst schön«, sage ich, »ich habe ihn von den Reschkes gekauft.«

»So, vom Reschke-Bauern?«

»Ja, nette Leute, und sie haben ihn auch sehr anständig gehalten, sind überhaupt vernünftig.« Ich erzähle ihr, wie es zu dem Kauf kam, und lege ihr dann den Arm um die Schultern: »Nun paß auf, Mooshuberin. Ich fahre jetzt heim, und sobald ich in der Garage bin, gebe ich dir ein Zeichen. Dann schleichst du dich hinter der Hecke lang in die Garage, und da übernehme ich dann den Cocki.« Wir sprechen die Sache noch zweimal durch, dann streiche ich dem Dicken über den langen Kopf: »Gleich kommst du wieder zu Herrchen, paß schön auf!«

Bisher hat er den Garten visitiert und im Vorbeigehen mal der Mooshuberin die Röcke hochgehoben – eine seiner charmanten Angewohnheiten, die ich ihm bis heute nicht abgewöhnen konnte, aber als sie ihn jetzt an die Leine nimmt und die Schlinge um einen Holzpfosten legt, fängt er erbarmungswürdig an zu zittern. Als ich dann in den Wagen steige, weint er laut hinter mir her.

Als ich zu Hause ankomme, bemühe ich mich, so leise wie irgend möglich in die Garageneinfahrt zu schleichen, so daß man nur sacht den Kies unter den breiten Rädern knirschen hört. Ich habe Glück. In einer Gartenecke haben sich Weffi und Peterle so inbrünstig in einen Zweig verbissen, daß sie mich nicht bemerken. Sie zerren daran, als ob es um ihr Leben ginge, und gerade, als das breite Hinterteil meines Wagens im Garagentor verschwindet, höre ich von oben die Stimme des Frauchens: »Ist da nicht eben ein Wagen gekommen? Mir war so.«

Ich steige aus und gebe der Mooshuberin das Zeichen. Sie erscheint aus den Büschen mit Cocki an der Leine, der sie fast umreißt, weil er zu mir will. Ich übernehme ihn, mache das Garagentor zu und schleiche mich dann durch den Keller nach oben, Cocki immer dicht auf meinen Fersen. Oben vor dem großen Zimmer, in dem die beiden Frauen sind, streiche ich ihm über den Kopf, sage ihm leise ins Ohr: »Platz!« (worauf er sich brav hinsetzt), schlüpfe schnell ins Zimmer und schließe die Tür hinter mir.

»Nanu«, sagt das Frauchen, »da bist du ja! Ich hab' dich gar nicht kommen hören.«

»Was hast du denn geholt?« will die Mama wissen.

Ich werfe mich nonchalant in einen Sessel: »Was habt ihr denn Schönes zum Mittagessen?«

Über der Schilderung der bevorstehenden Genüsse vergißt die Mama ihre Frage. Ihre Augen leuchten, als sie die Hühnersuppe mit Backerbsen, das Paprikahuhn und die kalifornischen Pfirsiche als Nachtisch beschreibt. An der Tür kratzt es.

»Laß bloß die Hunde nicht 'rein«, sagt das Frauchen. »Die haben die ganze Zeit im Garten gebuddelt und gespielt. Außerdem haben sie ihr Fressen schon bekommen.«

Auf das Wort »Fressen« kratzt es wieder. Höchste Zeit, daß ich meine Pointe anbringe: »Ja«, sage ich, »heute vor einem Jahr war unser guter Cocki noch bei uns...«

Das Frauchen vergißt für einen Moment das Mißtrauen, mit dem sie mich dauernd aus den Augenwinkeln beobachtet hat: »Ja, unser süßer Cocki. Mein Gott, wenn ich dran denke, wie er sich morgen gefreut hätte über die Geburtstagswurst, der kleine Löwe...«

Bei dem Wort »Wurst« kratzt es abermals, und es ertönt ein tiefes entrüstetes »Wuff!«

Die beiden Frauen erstarren und sehen mich an. Frauchen faßt unwillkürlich nach ihrem Herzen: »Das war – das war wie Cocki!«

»Na, vielleicht ist er's«, sage ich. »Macht doch mal auf.«

Sie schaut mich an, als ob sie an meinem Verstand zweifele, geht dann zur Tür, reißt sie auf, und herein marschiert, bis an die Nasenwurzel grinsend, der Dikke. Er hebt Frauchen beiläufig den Rock hoch, schlägt eine Kurve um ihre auf dem Teppich festgebannten Füße, hebt auch der Mama den Rock hoch und nimmt Kurs auf die Küche. Die Mama ist so blaß, daß ich direkt Angst habe.

»Ja – was ist denn das?« Etwas von ihrer Erschütterung geht auf mich über. Es streift mich wie ein Hauch, wie ein kalter Lufthauch, der aber nicht aus dieser Dimension stammt, sondern von »drüben«. Dann packt mich die Angst, daß ich das Schicksalspielen diesmal endgültig zu weit getrieben habe. Ich muß schleunigst wieder eine normale Atmosphäre herstellen, damit mir nicht eine der beiden Frauen umkippt.

»Das«, sage ich, »ist die Geburtstagsfreude, die ich mir selbst gemacht habe. Der neue Cocki. Damit ich einen Hund ganz für mich habe und der Bund der Drei komplett ist. Na, Cockchen, möchtest du nicht mal herkommen?«

Ein schmaler Kopf und zwei krumme, braun-weiß gefleckte Watschelpfoten mit langen Fahnen erscheinen in der Küchentür und steuern mich an. Offenbar hat er in der Küche nichts Erwähnenswertes gefunden. Das Frauchen ist noch immer ganz erstarrt: »Es ist nicht Cocki«, sagt sie schließlich, »er ist dunkler im Gesicht und – die Augen sind auch anders, aber schön! Wo hast du ihn denn her?«

Ich spüre, daß sie genau wie wir anderen noch das Unfaßlich-Unheimliche fühlt, das hinter diesem neuen Cocki zur Tür hereinkam, etwas von unserem Unvergeßlichen, dessen Hülle jetzt da draußen unter dem Busch liegt. So antworte ich denn so präzise und nüchtern wie möglich: »Von einem Bauernhof, wo ihn zwei kleine Kinder quälten und die Eltern vernünftig und tierlieb genug waren, ihn mir zu geben, weil er dort nicht am Platze war.«

Das Frauchen kniet nieder und hält ihm die Hand hin: »Ja, Cocki, willst du mir denn nicht die Pfote geben?«

Der Dicke grinst über das ganze Gesicht.

»Er zieht die Lefzen hoch«, warnt die Mama, »gleich wird er dich beißen!«

»Nein«, erkläre ich, »das ist bei ihm eine merkwürdige Fehlreaktion. Es ist ein freundliches Grinsen.«

»Na komm, gib Pfotchen«, sagt das Frauchen. Der Dicke wackelt auf sie zu und riecht in ihre ausgestreckte

Hand. Sie krault ihn hinter den Ohren, er wirft sich auf den Rücken, tatzelt albern ins Leere und läßt eine Riesenzunge kindisch aus dem Maul hängen, während er die Augen verdreht.

»Na, das fängt ja gut an, du Weiberknecht«, sage ich. Cocki ist plötzlich wieder auf und beginnt, die Spuren der anderen Hunde nachzuriechen. Seine große Pappnase arbeitet wie ein Staubsauger.

»Er riecht Weffi und Peter«, sagt die Mama. »Wie hast du dir das überhaupt gedacht? Diese Bulldogge im Gehpelz frißt sie doch auf!«

»Halte ich für ausgeschlossen.«

Unten vor der Terrasse ist jetzt wildes Gebell. Die beiden haben irgend etwas gemerkt und kratzen an den Scheiben. Peter jault und winselt in den höchsten Tönen. Weffi liefert mit gleichmäßigem Wä-wä-wä die Begleitung dazu.

»Vielleicht solltest du den Dicken erst mal anbinden?« meint das Frauchen.

»Nicht nötig. Angebundene Hunde sind immer böse. Laß sie sich nur ruhig begrüßen. Geh 'runter, laß die beiden 'rein, ich bleibe bei Cocki, falls was passiert.«

So geschieht es. Gleich darauf ein wildes Trappeln die Treppe herauf. Und dann stürzen die beiden ins Zimmer. Sie bleiben verblüfft stehen, als sie den Dicken erblicken. Der nimmt die Ohren nach vorn, pflanzt sein Hinterteil zwischen meine Beine und sieht mich fragend an.

»Na, geh nur ruhig hin«, sage ich. »Das sind deine Brüderchen! Peti und Weffi – kommt, seht euch euren Bruder an!«

Weffi kommt als erster, mit schlotternden Fellhosen.

Ganz offenbar hat auch er für einen Moment gedacht, daß sein Cocki wiedergekehrt sei. Dann aber beschnüffelt er den Dicken, wendet sich interesselos ab und drängt seinen Kopf in meine Hand.

Peterchen dagegen saugt aus sicherer Entfernung eine Weile die Witterung ein. Dann saust er unter den Tisch und erscheint mit seinem Bällchen wieder. Er legt es sich vor sich hin, gibt ihm mit der Nase einen Stups, daß es auf den Dicken zurollt, und kläfft ihn aufmunternd an. Der Dicke geht auf den Ball zu, beriecht ihn erstaunt und geht dann, freundlich mit dem Stummelschwanz wedelnd, auf Peterchen zu. Der wirft sich vor ihm auf den Rücken. Cocki beriecht ihn ausführlich und wirft sich dann dröhnend an seine Seite. Peter ist sofort wieder auf den Beinen, umkreist ihn dreimal wie eine Fliege und zieht ihn am Ohr. Sogleich ist Cocki hoch, hinter ihm her, sämtliche Teppiche geraten in Bewegung, sie schlagen Wellen, die große Tonvase in der Ecke kommt ins Wanken, und schließlich läßt sich Peter, nachdem er dem Dicken zweimal über den Rükken gesprungen ist, von ihm fangen. Cocki, wie ein Löwe brüllend, nimmt den ganzen kleinen Negerkopf in seinen Riesenrachen. Wir halten den Atem an, aber alles ist nur Spiel. Es wird furchtbar viel gefaucht, und Scheingefechte werden ausgefochten. Schließlich schlittert Peter unter einen mit Stoff bezogenen Sessel und schnappt von dort nach Cockis Füßen. Der will auch unter den Sessel, ist aber viel zu dick. Es ist ein urkomischer Anblick: den Kopf hat er darunter bekommen, aber Bauch und Podex mit dem wedelnden Stummelschwanz bleiben draußen. Unter dem Sessel wird schrecklich gefaucht.

»Negerringkampf im Dunkeln«, sage ich. »Na also, alles in Butter.« Erst in diesem Augenblick fällt mir auf, daß Weffchen zwischen meine Knie gekrochen ist und von dort aus zitternd die Kampfszene beobachtet. Immer wieder wendet er den schmalen edlen Kopf zu mir empor, und seine nußbraunen Augen, über denen manchmal schon ein leicht bläulicher Schimmer liegt, fragen mich, was das alles bedeutet. Ich bücke mich und gebe ihm das Bällchen ins Maul: »Du bist natürlich der Beste – und der älteste! Und du bist der Boß! Und der Dicke kommt ganz hintenan! Willst du ihm nicht guten Tag sagen?«

Er versteht es, stelzt auf Cocki zu, der noch immer den Kopf unter dem Sessel hat, und beriecht ausführlich sein Hinterteil. Cocki merkt es, zieht den Kopf vor und beriecht seinerseits ausführlich den weißen Kastenbart. Weffi rülpst bewegt, und Cocki schließt die Augen, offenbar analysiert er das Mittagessen, das Weffi gerade zu sich genommen hat, und dreht sich daraufhin fragend zu den beiden Frauen um.

»Hat er denn heute schon was gefressen?« fragt die Mama.

»Das weiß ich nicht.«

»Hast du denn nicht gefragt?«

»Nee, war viel zu aufgeregt.«

»Wir haben noch zwei Kohlrouladen von gestern«, sagt Frauchen, »und dann können wir auch noch so Knorpelzeug vom Huhn abmachen.«

»Ihr könnt ihm auch einfach Brot 'reinbrocken«, sage ich, »das ist er gewohnt. Sie haben ihn dort meist mit Brot oder Mehlspeisen oder so 'nem Schlabberzeug gefüttert.«

»Das sieht man«, sagt Frauchen und klopft ihm auf den breiten Rücken. Es klingt, als ob man auf ein Bierfaß haut. »Na, wir werden dich schon schön schlank kriegen.«

»Der Napf vom alten Cocki ist noch da«, sagt die Mama, »der alte, den er hatte, bevor Anette den Ständer kaufte.«

Einen Augenblick sehen wir uns alle drei an, und es wird uns ganz merkwürdig ums Herz.

»Cocki wird's ihm nicht übelnehmen«, sage ich schließlich. »Ich habe einem Bruder von ihm ein glückliches Leben verschafft. Damit wäre er sicher einverstanden.«

Die Mama nimmt schnell ihr Taschentuch, schnaubt sich ausführlich und geht dann in die Küche, um den Napf zu holen.

»Ihr müßt den beiden anderen natürlich auch noch ein bißchen was geben«, sage ich, »damit keine Eifersucht entsteht.«

Ein paar Minuten später hat jeder der drei seinen Napf vor sich stehen. Cocki und Weffi räumen im Nu mit den guten Dingen auf, während Peterchen nur davon nascht, dann ein dickes Stück Rouladenfleisch herausholt und es dem Dicken hinlegt.

»Nun sieh dir bloß den rasenden Schnürsenkel an«, sage ich. »Schon ist er zu Cocki übergelaufen!«

Der Dicke atmet das Stück Fleisch ein und wirft dann hypnotische Blicke auf Peterchens Freßnapf. Aber schon ist Weffi da, und als Cocki sich von der anderen Seite dem Napf nähert, zeigt er ihm einen seiner langen Eckzähne.

Cocki sieht mich aus blutunterlaufenen, traurigen

Löwenaugen an, geht dann aber zurück und drängt sich wieder an mich. Ich streichele ihn: »Brav, mein Löwechen, brav!«

»Er ist sehr intelligent«, meint Frauchen. »Und schön ist er auch. Auf eine andere Art als unser erster Cocki, aber trotzdem schön. Merkwürdig übrigens, daß er hier sofort frißt! Sonst trauert ein Hund doch drei Tage mindestens seiner alten Heimat nach. Wie erklärst du dir das?«

»Du hast selbst gesagt, er ist intelligent. Dort hat er sich ungerecht behandelt gefühlt, und das vergißt ein Cocker nie. Denke an den Löwen, der ganz stillhielt, wenn er verdiente Prügel bezog, aber nach uns schnappte, wenn er sie seiner Ansicht nach nicht verdient hatte. Cocki hat sich nicht ein einziges Mal umgesehen, als ich mit ihm von dem Hof wegfuhr.«

Frauchen kniet vor ihm und streichelt ihn: »Du wirst es gut bei uns haben! Hier bist du ganz zu Hause, verstehst du?«

Und siehe da, plötzlich reicht er ihr eine dicke Knudeltatze. Ihr Augen werden feucht, und sie steht schnell auf: »Das ist aber eine schöne Geburtstagsüberraschung! Ich dachte, du kommst mir irgend so 'nem Radauinstrument an.«

»Los, Kinder«, sage ich, »'raus in den Garten!«

Mit allen dreien poltere ich die Treppe hinunter, öffne die Terrassentür und schaue ihnen durchs Fenster nach.

Weffi hat die Führung übernommen, während Cocki artig hinterherwatschelt. Erst zeigt ihm Weffchen die verschiedenen Maulwurfshügel, dann die Stelle, wo wir neulich die tote Amsel begraben haben, und schließlich führt er ihn an des alten Cocki Grab. Der neue Cocki beschnüffelt es aufmerksam und hebt dann das Bein.

16

Die Besichtigung wird damit fortgesetzt, daß das Trio auf dem Weg durch die offene Garage wieder im Haus verschwindet. Ich schleiche mich hinterher. Vorauf geht, mit dem Gehabe eines Museumsdirektors, der Kastenbart: ›Wir betreten hier zunächst den Raum, in den unsere Götter ihre fahrbaren Höhlen hinstellen.‹ Der Dicke blickt einen Moment an meiner guten, alten Lokomotive hoch, als wollte er sagen: ›Damit bin ich eben gekommen!‹ Dann inspiziert er Anettes kleinen Sportwagen. Seine mit braun-weißer Seide bezogene Pappnase arbeitet offenbar viel exakter als die Nasen der beiden anderen. An einem der Reifen findet er eine Stelle, die ihn zum festen Ausdrücken seines Schnorchels und Aufblasen der Flappe animiert. Die anderen beiden, aufmerksam geworden, wiederholen die Zeremonie, dann hebt der Dicke das Bein, quittiert, und die beiden tun es ihm nach. Das Peterle wie üblich völlig übertrieben, so daß er das rechte Hinterbein fast auf dem Rücken hat. Hinterher kratzt er auch noch höchst albern auf dem Beton. Offenbar alles, um seinem neuen Angebeteten zu beweisen, wie sehr er seine Anregungen zu schätzen weiß.

Der Kastenbart will weiter, doch Cocki ist noch nicht fertig. In der Ecke hat er die beiden Mülltonnen entdeckt und sortiert mit erhobenem Kopf die verschiedenen, ihnen entquellenden Gerüche. In der einen scheint etwas zu sein, was ihn reizt. Jedenfalls richtet er sich an der Tonne auf, hebt mit der Nase den Deckel auf, so daß er krachend auf den Betonboden donnert, und versucht dann den Kopf in die Tonnenöffnung zu zwängen. Aber dazu ist er doch zu klein, und so versucht er denn, den ganzen Kasten mit der Schulter umzuwerfen. Ich kann gerade noch zuspringen, ihm einen Klaps aufs Hinterteil geben und den Deckel wieder aufstülpen. Den Klaps quittiert er mit einem Grinsen und watschelt dann hinter dem Museumsdirektor her. Der führt ihn nun in die Waschküche, wo Cocki sich an dem nicht ganz zugedrehten Wasserhahn aufrichtet und ein paar Tropfen vom Hahn leckt. Dann interessiert ihn das Regal, auf dem die Konservendosen und Einmachgläser stehen. Nachdem er sich von der Hoffnungslosigkeit jedes Angriffs überzeugt hat, wandert er hinter den beiden anderen her in den Kohlenkeller. Weffi und Peter bleiben vor dem Berg Anthrazitnüssen stehen. Sie entsinnen sich noch zu genau an Frauchens Hand, die ihnen auf ihre kleinen Pos schrieb: Du sollst nicht erst im Kohlenstaub und dann auf Teppichen herumlaufen! Cocki aber, in Unkenntnis dieser Regel, kraxelt den Kohlenberg hinauf. Das ist gar nicht einfach, denn unter ihm rollen dauernd die glatten, schwarzen Eier weg. Aber mit seinen dicken Tatzen schafft er alles, genau wie der alte Cocki fast senkrechte Felswände damit hinaufkroch. Was aber will er bloß da oben? Hat vielleicht der Klempner, als er das letztemal die Wasserleitung reparierte und dazu den Kohlenberg ersteigen mußte, sein Frühstück dort vergessen? Nein, das ist es nicht. Cocki bleibt auf dreiviertel Höhe stehen, den Kopf schief geneigt, die Ohren unternehmungslustig hochgezogen. Ich habe das Licht angeknipst und sehe in seinen Augen nichts mehr von Sanftheit oder Schelmerei, sondern die scharfe Neugier des Raubtieres. Jetzt balanciert er ganz vorsichtig weiter, die massige Nase gerade vorgeschoben, so daß sie mit dem Nacken eine Linie bildet. Am liebsten würde er wahrscheinlich wie ein Pointer auch noch eine Pfote hochheben, aber das geht in diesem Fall nicht, denn dann würde er den Kohlenberg wieder hinunterrutschen. Weffi und Peter sitzen an dessen Fuß auf den Hinterteilen und verfolgen mit schiefen Köpfen diese Expedition. Der Weg um die Spitze des Berges führt Cocki an das Kellerfenster, dessen oberer Rand auf Gartenebene liegt. Draußen ist es durch ein Gitter abgedeckt, und darunter haben sich allmählich ein paar Unkrautpflanzen angesiedelt. Cocki besieht sich interessiert die Konstruktion des Riegels und versucht ihn hochzuschieben. Aber der Riegel ist eingerostet, denn das Fenster wird nie geöffnet. Der Dicke stößt ein zorniges »Wuff« aus und tatzt mit der Pfote gegen die Scheibe. Was hat er denn bloß? Ich sehe, daß auch die beiden anderen Genossen die Ohren hochgestellt haben, und den Raubtierglanz in ihren Augen. Und dann glaube ich, ein ganz feines Rascheln und Piepsen zu hören. Eine Maus? Ja, könnte sein, eine Maus, die durch die Gitterstäbe gerutscht und in dem Schacht gefangen ist. Ich mache kehrt und laufe durch die Garage wieder hinaus. Ehe die drei begreifen, habe ich ihnen schon die Garagentür vor den Nasen zugehauen. Cocki donnert von innen dagegen, und ich sehe, wie sich die Klinke bewegt. Dann fängt er regelrecht an zu pöbeln, und die beiden anderen nehmen das Thema mit voller Lungenkraft auf. Na, es wird hoffentlich einen Augenblick dauern, bis er die Klinke 'runterkriegt.

Ich hebe das Gitter hoch, und da hockt doch tatsächlich zwischen ein paar kümmerlichen Pflänzchen, ganz in eine Ecke gedrückt, ein winziges Mäuschen und sieht mich aus seinen schwarzen Knopfaugen voll unendlicher Angst an. Wahrscheinlich ist es dieselbe Maus, die die Mama neulich durch die Küche huschen sah, worauf die Familie die Aufstellung einer Falle erörterte und wieder verwarf. Ich hole mein Taschentuch heraus und stülpe es mit einem schnellen Griff über das Mäuschen, wobei ich ihm erzähle, daß es sich bei mir um einen wohlmeinenden Wolkenkratzer mit durchaus tierfreundlichen Absichten handele. Jetzt fühle ich den kleinen Körper im Tuch zappeln, richte mich ächzend auf und lege dann das Tuch vorsichtig auf den Rasen. Dieser unser Rasen war noch nie besonders schön, weil die Erde darunter eine zähe und ziemlich unergiebige Angelegenheit ist. Außerdem hat es lange nicht mehr geregnet, und dadurch ist sie noch trockener geworden. Trotzdem: als ich mich ein paar Sekunden später zu wundern beginne, weil sich unter dem Tuch nichts mehr regt und es daraufhin wegziehe, sehe ich eben noch ein winziges Mäusehinterteil mit Kurs Australien, also senkrecht nach unten, in besagter Gartenerde verschwinden. Blitzschnell hat sie sich eingegraben und dies gerade zur rechten Zeit, denn eben, als ihre Schwanzspitze in der Erde verschwindet, höre ich unten ein Getöse, der Dicke hat die Garagentür aufbekommen und die Flügel so heftig nach außen geschmettert, daß sie gegen die Prellsteine schlugen. Zwei Sekunden später hat die Meute mich aufgestöbert. Den Dicken packe ich am Halsband und lenke ihn ab, indem ich in das Kellerloch zeige. Er wittert ausgiebig und läßt sich so weit hinunter, wie es sein Schwerpunkt erlaubt, dann holt er sich wieder zurück und sieht mich mit einem so wissenden Blick an, daß ich lachen muß. Es fehlt nur noch, daß er ein Auge zukneift und sagt: ›Du hast mich beschummelt, du Hund!‹

Inzwischen hat Peter, offenbar durch das Beispiel seines großen Bruders, sich auf seine eigenen Instinkte besonnen und die Stelle entdeckt, an der das Mäuschen in der Erde verschwunden ist. Er beginnt sofort blitzschnell zu graben und überläßt die Aufgabe dann dem Dicken, dessen breite Tatzen ganz anders flutschen. Weit kommt er aber nicht, dann hat er meine Hand im Genick. In Ermangelung einer Leine nehme ich ihn ächzend auf den Arm, während ich gleichzeitig mit dem Fuß Peterchen wegschiebe und ihm mit »Pfui, laß das Tierchen!« bedeute, daß das kleine Mäuschen für ihn tabu ist. Der Dicke liegt in meinem Arm, die umgeknickten Tatzen hochgereckt, den Kopf so fest heruntergedrückt, daß die dicke Flappe fast die ganze Brust bedeckt. Dazu sieht er mich aus blutunterlaufenen Augen vorwurfsvoll an: ›Mensch, das kannst du doch nicht machen! Die hätte ich doch gekriegt!‹ Ich küsse ihn auf die Nase, was er mit einem tiefen Brummen quittiert.

Von drüben kommt Addis Stimme: »Was machst du da eigentlich? Hast du 'n Säugling adoptiert?«

»Ja. Komm her und sieht ihn dir an!«

»Ist ja nicht möglich!« Sie saust im Galopp auf mich

zu, bis zum Bersten gefüllt mit weiblicher Neugier. Kurz vor mir bleibt sie stehen und wird ganz blaß, als sie mich anschaut: »Aber das ist doch...«

»Nein, mein Kind, das ist nicht. Es ist ein neuer Cocki.« Damit setze ich das Ungeheuer, das sich in meinen erlahmenden Armen in Beton verwandelt zu haben scheint, auf die Erde: »Hier, Cockemännchen, sag Tante Addi guten Tag, und gib ihr schön Pfötchen.«

»Ach, ist der goldig«, sagt Addi und bückt sich zu ihm nieder. Er hebt ihr in seiner üblichen neckischen Art den Rock hoch, wofür ich mich bei ihr entschuldige. »Wieso?« fragt sie mit scheinheilig erstaunten Kulleraugen: »Das ist doch selbstverständlich: ganz der Papa!« Dann kniet sie sich vor ihm nieder und nimmt seinen Kopf in die Hände: »Ach, kleiner Löwe, du hast das Große Los gezogen, weißt du das?« Sie streichelt ihn über die stark nach außen gewölbten Flanken: »Aber hör mal, der Schmerbauch muß weg!«

»Er steht nur ungünstig«, verteidige ich ihn, »wenn du schräg hinter ihm bist, sieht er ganz normal aus!«

»Quatsch. Mindestens zehn Pfund müssen da 'runter. Nicht wahr, Dicker?« Sie haut ihm kräftig aufs Hinterteil: »Donnerwetter, das ist ja wie aus Eisen! Hat der Kerl Muskeln!«

»Ja, eben! Was du für dick hältst, sind alles Muskeln, er ist ein Springercocker, die sind ja wie Bulldoggen gebaut.«

»Trotzdem zehn Pfund 'runter. Ich würde ihn jede Woche einen Tag hungern lassen.« Der Dicke hat sich vor ihr auf den Rücken geworfen, tatzt nach ihrem Gesicht und läßt albern eine ungeheuer dicke und lange Zunge seitwärts aus dem Maul hängen. Sie krault ihn auf der Brust, worauf er sie mit einem gewaltigen Nieser unter Wasser setzt. Lachend wischt sie sich das Gesicht ab, und ihre Finger wandern vom Brustkorb weiter abwärts: »Sieh dir das an, was der Bursche für einen Mollenfriedhof hat! Alles ganz wabbelig!«

»Na, ja. Er hat ja auch meist Teigwaren und Milch auf seinem Bauernhof bekommen und außerdem nur rund ums Haus 'rumgesessen. Wenn ich ihn täglich zwei Stunden toben lasse und auf Fleischkost setze...«

Ein Doppelschatten fällt über uns, Frauchen und die Mama. »Ja«, sagt Frauchen, »du hast ganz recht, Addi, der Wabbelspeck muß natürlich 'runter. Wie findest du ihn denn sonst?«

»Bildschön! Darum ist es ja gerade so schade, daß er so dick ist. Das Gesicht ist schmaler und länger als beim alten Cocki und dunkler in der Farbe. Und dann hat er diese ulkige weiße Behaarung drüber – ist er schon ein alter Herr? Dem Wesen nach nicht!«

»Unsinn«, sagte ich empört, »er ist genau anderthalb Jahre! Sieh dir doch sein Gebiß an!« Ich ziehe die Flappe hoch: »Das putzen wir morgen«, sagt Frauchen. »Und außerdem«, erkläre ich, »ist das Haar im Gesicht nicht weiß, sondern silbern.«

Addi steht auf: »Bitte schön, silbern.« Und zu Frauchen: »Er ist schon vollkommen verknallt in dieses Monstrum! Ob der mir auch wie der alte Cocki alle Blumenzwiebeln wieder ausgräbt und aus euren sämtlichen Fenstern springt und ihr dann die halbe Nacht aufsitzt, bis er vom Fräulein Braut zurückkommt?«

»Also, daß er nicht aus den Fenstern springt, kann ich garantieren«, sage ich. »Er ist viel sanfteren Gemüts und interessiert sich erfreulich wenig für Weiber.«

»Na ja«, meint Addi, »du bist schließlich nur sein Vizevater.« Sie nimmt das Frauchen unter den Arm, und die beiden verschwinden. Die Mama bleibt gramgebeugt neben mir stehen: »Du wirst ihn doch nicht etwa hungern lassen, oder?«

»Nur, wenn du mir versprichst, nicht dauernd heimlich was in ihn 'reinzustopfen.«

»Natürlich nicht!« Und dabei nestelt sie in ihrer Schürzentasche und bringt daraus den Kopf eines Schokoladenhasen zum Vorschein. Es ist der, den ich ihr zu Ostern geschenkt habe, und sie hat die Gewohnheit, sich diese von mir erhaltenen Hasen mindestens ein Jahr lang aufzuheben.

»Aber Mulleken«, sage ich.

»Nur zur Begrüßung«, meint sie und bricht ein Ohr ab, das der Dicke wie eine Pille hinunterschluckt.

»Nun kau das doch wenigstens«, sage ich.

Weffi bekommt das andere Ohr, nimmt es mit einem genießerischen Aaaahhh! entgegen und beginnt, es umständlich in seinem Haifischgebiß zu zermümmeln. Peterle erhält die eine Backe. Er beriecht sie, wie alles, was er zu fressen bekommt, zuerst mißtrauisch und ringt einen Augenblick mit sich selbst. Soll er es dem neuerwählten Meister spenden? Der Meister scheint das mit hochgehobenen Ohren und aufmunternden Augen zu erwarten. Aber die Schokolade siegt, und Peterchen frißt die Hasenbacke auf. Die Hand der Mama mit dem letzten Stückchen (linke Backe) bewegt sich höchst verdächtig, in Richtung Cocki, aber ich halte sie fest: »Nix da, jetzt ist Schluß!« Worauf sie seufzend das Stück in den eigenen Mund steckt: »Cokki, dein Herrchen ist ein Tyrann!«

Abends nehme ich Cocki mit in den Dorfkrug. Dort habe ich mir im Laufe von fast zehn Jahren das Recht erobert, mit am Stammtisch zu sitzen, gleich neben dem gemütlichen Kachelofen mit den vielen Kuhlen, der im Winter so eine wohlige Wärme ausstrahlt, daß man am liebsten einnicken möchte, kaum daß man sich gesetzt hat. Jetzt ist davon natürlich noch keine Rede, und der holzgetäfelte Raum ist von den letzten Sommergästen ziemlich gut gefüllt. Ich werfe einen schnellen Blick rundum, ob die Sommergäste auch sehen, daß ich mich am Stammtisch niederlasse. Es ist der einzige Tisch, der keine Decke zeigt, sondern nur das blanke Holz, und daran sitzen die Einheimischen in den kniefreien krachledernen Hosen und haben auch hier im Lokal die alten, verwitterten Hüte mit den Gamsbärten auf. Jeder von ihnen hat seinen eigenen Maßkrug mit Deckel vor sich. Im Laufe der Zeit haben sich aber auch noch andere Elemente dazwischengeschoben. Da ist zum Beispiel der berühmte Porträtmaler aus Wien, ein gottbegnadeter Künstler, noch von der alten Schule, der hier in unserem Winkel hängengeblieben ist und fröhlich versauert. Und da ist der weißhaarige Gutsbesitzer aus dem Sudetenland, der von seiner Entschädigung eine Handweberei aufgemacht hat. Gleich neben ihm sitzt mein Freund Alois, dem's den Lebensnerv abgeschnitten hat, weil er – aus dem Krieg heimkommend – seine Frau mit einem anderen durchgebrannt fand, die den Hof verschleudert und die Buben mitgenommen hatte. Seitdem säuft sich der Alois so durchs Leben, wohnt in einem winzigen Häusl im Hinterhof des Sägewerkes, wo man auf einer Art Hühnerleiter zu ihm hinaufkraxln muß, ist im Sommer Hoteldiener im

Seehof, im Winter Hilfsarbeiter im Sägewerk, zwischendurch macht er auch ein bißchen Autoschlosser und repariert die Traktoren. Neben ihm wiederum hockt mein anderer Freund, der Wurzel-Sepp, der gerade den Schaum vom Bier bläst. Und dann gibt's da das Wetter-Manderl, den alten Förster, zu seiner Rechten den neuen Förster, den ich nicht leiden kann. Er ist so ein falkennasiger, hagerer Typ, der seine Hunde nie mit ins Haus nimmt und dem sie nur mit eingezogenem Schwanz folgen.

Mein Erscheinen mit Cocki erregt die erwünschte Sensation. Alois (genannt Lois) bemerkt ihn als erster: »Ja mei, hast deinen toten Cocki ausgegraben, alter Zauberer?« Und zum Wurzel-Sepp: »Zwick mich mal, damit ich's glaub', ich habe erst meine dritte Maß!«

Der Wurzel-Sepp zwickt ihn, daß er »au!« schreit, und sagt dann verwundert: »Ja, so was! Ich fresse einen Besen, wenn das nicht der Wastl vom Reschke ist!«

»Er ist es«, sage ich würdevoll, »aber zur Erinnerung habe ich ihn Cocki getauft.«

Der alte Gutsbesitzer, der Jaromir, schneidet die Hälfte von seinem Leberkäs ab: »Na, so ein scheenes Hunderl!« Und ehe ich es verhindern kann, hat der Dicke den Leberkäs eingeatmet und legt ihm (dem Gutsbesitzer) in Erwartung weiterer Genüsse den Kopf aufs Knie. Ich beschwöre die gesamte Tafelrunde, weitere Gaben zu unterlassen, und die Zenzi stellt mir einen Maßkrug hin. Der Stammtisch ist die einzige Gelegenheit, bei der ich einen vollen Liter trinke, sonst ist es höchstens ein halber. Wie die anderen fahre ich mit der Hand über den Rand des Kruges und nehme dann einen kräftigen Schluck. Die Zenzi setzt sich neben mich und fängt an zu stricken, während die Mannsbilder eine Weile nachdenklich ihren tiefen Ausschnitt bewundern, der Einblick in rundliche Fülle gestattet. Das Wetter-Manderl stochert in seiner halblangen Pfeife und sagt dann mit einem Blick auf Zenzis Ausschnitt: »Hast aber ordentlich Holz vor der Hütten, Madel!« Worauf ihn alle erstaunt ob dieser späten männlichen Regung betrachten. Der junge Jäger sagt: »Der war doch mit dem Seehuber-Schorsch auf Wasserjagd, gelt? Den kenn' ich doch!« Er schnalzt mit den Fingern: »Da geh her, Fuß!« Cocki nimmt den Kopf von Jaromirs Knie und sieht mich forschend an.

»Appell hat er nicht!« sagt der Jäger. »Ich geb' Ihnen einen guten Rat. Wenn ich einen Hund bekomme und er nicht gleich gehorcht, kriegt er erst mal eine Tracht, eine ordentliche. Nachher geht's dann schon.« Er streckt wieder die Hand nach Cocki aus, der sich an mich drängt und ihm stumm die Zähne zeigt.

»Meine Hunde«, sage ich, »brauchen keinen Appell. Und auf die Jagd geht er auch nicht mehr. Ich mag keine dressierten Tiere.«

Es entsteht ein Augenblick unbehaglichen Schweigens, das Jaromir unterbricht, indem er schnell eine Geschichte erzählt: »Damals«, sagt er, »als ich daheim noch mein Gut hatte, hatten sie mir im Krieg alle Pferde weggeholt bis auf den alten Nestor, den Wallach. Achtzehn Jahre war er und auf einem Auge blind und hatte bei mir das Gnadenbrot. Aber dann haben sie mir auch noch den Hafer für ihn gesperrt. Selbst mein Nachbar, der Jakobowski, durfte mir keinen mehr verkaufen. Da haben wir's dann andersrum gemacht. Ich hatte einen Hund, Schnaps hieß er, so einen Dachspinschermopspudel mit Ringelschwanz und Schäferhundnase. Jede Woche habe ich meinen Nestor vor den Dogcart gespannt und bin zum Jakobowski hinübergezuckelt und hab' ihm den Schnaps verkauft. Für den Preis von einem Sack Hafer. Das konnt' uns ja keiner verbieten! Dann bin ich wieder auf den Dogcart gestiegen, und so sind wir heimgezuckelt. So nach zwei Kilometern tauchte Schnaps wieder bei uns auf, und in der nächsten Woche hab' ich ihn halt wieder ›verkauft‹. So habe ich den Nestor durch den Krieg bekommen. Eines Morgens lag er tot im Stall, kurz ehe die Russen kamen.«

»Wo laßt ihr ihn denn schlafen?« fragt mich der Maler.

»Bei mir im Bett natürlich«, sage ich und fasse den jungen Jäger scharf ins Auge. Der zieht die Mundwinkel 'runter, der Adamsapfel in seinem dürren Hals geht einmal auf und ab, aber er wagt nichts zu sagen.

Alles wiehert so, daß die Sommergäste erschrocken auf diesen bajuwarischen Heiterkeitsausbruch schauen. Der Maler haut mit der Faust auf den Tisch: »Na, was ist, Zenzi, was hast beschlossen? Kriegst erst das Kind und heiratest dann, oder umgekehrt?«

»Erst wird geheiratet«, erklärt sie entschlossen, »mich braucht keiner erst auszuprobieren.« Die Tafelrunde nickt feierlich Zustimmung, und dann wird eine Stunde lang der Mähdrescher durchgenommen, den sich der Huber-Franz gekauft hat. Da das Interesse an Cocki auf diese Weise endgültig erloschen scheint, trinke ich meine Maß aus und gehe heim.

Es ist Vollmond, die Höfe hocken – die Dächer tief ins Gesicht gezogen – rechts und links hinter ihren Vorgärten. Cocki trabt als ein ungewisser Schatten vor mir her und raschelt in den ersten Herbstblättern. Ich behalte ihn im Strahl meiner Taschenlampe und folge ihm. Ab und zu wendet er sich nach mir um, und dann leuchten seine Augen rot im Lampenreflex, genau wie die des alten Cocki, so daß es mir kalt über den Rücken läuft. Plötzlich sehe ich, wie er stehenbleibt, die Nase hebt und sich dann in immer schneller werdenden Trab setzt, der schließlich in rasenden Galopp übergeht. Dann ist er verschwunden, einfach plötzlich weg in der Häuserzeile, und unmittelbar darauf ertönt ein doppelter Schrei.

Ich setze mich in Laufschritt und komme keuchend an die Stelle, an der er verschwunden ist. Dort, in einem der Häuser, liegt zu ebener Erde ein kleiner Laden, oder genauer gesagt, ein Raum, der früher mal als Laden gedient hat. Das Geschäft ist längst pleite, und die Hausbesitzerin pflegt diesen Laden an Gäste, die besonders knapp bei Kasse sind, als Unterkunft zu vermieten. Zufällig weiß ich durch den Dorfklatsch, daß augenblicklich ein ebenso illegales wie glückliches Mopedpärchen aus dem Schwarzwald dort haust. Ich habe sie sogar einmal kennengelernt, ganz besonders nette und liebe junge Leute. Da nun dieser, zum Doppelzimmer ernannte Laden keine andere Lüftungsmöglichkeit als die Ladentür besitzt, haben sie selbige in der warmen Spätsommernacht aufgelassen und waren, wie sie mir anschließend erzählten, gerade im Begriff, ein spätes Nach-Abendbrot einzunehmen. Jedenfalls sehe ich, dank dem Scheinwerfer, folgendes Bild: im Bett liegend das Pärchen. Er hält in der einen Hand völlig erstarrt eine Salami und in der anderen ein großes Messer. Sie, an die Hemdbrust gedrückt, das dazugehörige Brot, auf dem Nachttisch ein Paket Butter und mitten zwischen beiden, selig hechelnd und wedelnd, der Dicke! Die Bettdecken weisen ein interessantes Batikmuster von seinen Pfoten auf, und eben kratzt er der jungen Frau aufmunternd über den nackten Oberarm, daß sie »Au!« sagt. Ich stelle die Lampe auf den Boden, springe auch noch auf das Bett, das daraufhin in allen Fugen kracht, reiße den Dicken herunter und breche in eine Flut von Entschuldigungen aus.

»Ach, das macht nichts«, sagt der junge Mann, »wir kennen Sie ja!«

»Und wir hatten plötzlich solchen Hunger!« fügt die junge Frau errötend hinzu. »Das Essen halten wir uns ja selber, weil's billiger so ist, und gerade, als Edwin die Wurst anschneiden will, stürzt plötzlich was durch die Tür und kracht mitten zwischen uns! Wieviel wiegt er eigentlich?«

»Na, so zwischen vierzig und fünfzig«, sage ich, »es muß ja entsetzlich gewesen sein!«

»Jedenfalls war es...«, sagt der junge Mann, »ich möchte sagen, etwas ungewöhnlich! Wollen Sie sich nicht setzen? Wir haben allerdings nur den einen Stuhl, auf dem unsere Sachen liegen. Schrank ist nicht.«

»Er hat natürlich die Wurst gerochen«, stottere ich, »auf keinen Fall möchte ich Sie länger stören...«

»Etwas Kirschwasser haben wir auch noch von daheim«, bietet die junge Frau an.

»Nein, danke, vielen Dank!«

»Na, eine Scheibe Wurst soll er wenigstens haben, damit er nicht so enttäuscht ist«, erklärt der junge Mann.

»Aber ich bitte Sie, er ist sowieso schon viel zu dick!«

»Dann kommt's auf eine Scheibe mehr oder weniger auch nicht an. Sie haben doch schon zwei – so ein Pudelchen und einen Fox? Ist der hier neu?«

»Ja, ganz neu, seit heute.«

»Aha«, meint der junge Mann, und da uns damit der Gesprächsstoff endgültig ausgegangen ist, wende ich mich zum Gehen.

»Lassen Sie die Tür ruhig auf«, bittet mich die junge Frau, »es wird ja nicht gleich wieder so was Dickes 'reinkommen, bisher waren's nur Nachtfalter und einmal eine Maus.«

Den Dicken muß ich eine Strecke hinter mir herzerren. Die Vorwürfe, die ich ihm ob seines Benehmens mache, nimmt er überhaupt nicht zur Kenntnis. Er sieht mich nur ratlos hechelnd an: ›Wie kann man bloß weglaufen, wenn noch eine ganze Salami da ist?‹ Schließlich fügt er sich aber und trabt wieder vor mir her, biegt dann seitwärts in eine Wiese aus. Und dort inszeniert er ein gewaltiges Gebrüll. Es hört überhaupt nicht auf. Also muß ich wieder von der Straße hinunter und in das taufeuchte Gras, bis Schuhe und Strümpfe klatschnaß sind.

Cocki sitzt vor einem stehengelassenen Heuwender und brüllt ihn aus voller Lunge an. Als wir ins Wirtshaus gegangen sind, stand das Gerät noch nicht da, und das hat er sich genau gemerkt. Aber was ist das, dieses Ungeheuer? Vielleicht kann man es durch Gebrüll wegscheuchen. Aber es läßt sich nicht scheuchen. Immer wieder hebt er die Nase und saugt den Duft ein – nach Tier riecht es nicht, aber vielleicht ist es doch etwas Böses. Ich bin von dieser klugen Feigheit – oder feigen Klugheit, wie man es nennen will – so fasziniert, daß ich sogar vergesse, ihn wegen seiner nächtlichen Ruhestörung zu beschimpfen. Als er merkt, daß ich hinter ihm stehe, wird er mutiger, wenn auch nur etwas. Das heißt, er kriecht, unentwegt weiterblökend, auf dem Bauch an das Gerät heran, bis er mit der Nase draufstößt und sich endlich überzeugt, daß es ein totes Ding ist. Dann richtet er sich auf, hebt verächtlich das Bein daran und trabt weiter. Die Grillen ringsum, die unter Cockis Gebrüll verstummt waren, setzen ihr Konzert fort. Über mir der weiße Staub der Milchstraße, der Wagen, der helle Schein der Venus.

Interessant, diese Charakterstudie, die man an Cocki machen kann, sage ich mir. Ausgeprägtes Ehrgefühl, gutes Erinnerungsvermögen, hohe Intelligenz, an Feigheit grenzende Vorsicht. Dazu gutmütige Verspieltheit und feines Taktgefühl, wie sein Benehmen gegenüber Weffchen und Peter zeigt. Er hat sofort herausgefunden, wo seine Stellung zwischen den beiden ist.

In diesem Augenblick bricht irgendwo vor mir an der Hecke der Mooshuberin das ungewöhnliche und entzückende Tier in neues Gebrüll aus. Es hat die Igelfamilie aufgestöbert, die dort haust und ihren Abendspaziergang macht. Ich leuchte mit der Taschenlampe, und da ist sie, die ganze Kolonne. Vater vorneweg, dann die vier Jungen und Mutter als Nachhut. Alle sechs sind zu Stachelkugeln erstarrt, die beiden Alten fauchen und tuckern wütend. Ich nehme den Dicken rasch an die Leine, denn Igel – so lieb sie sind und so nützlich – haben, wie ich weiß, einen Nachteil: sie wimmeln von großen braunen Flöhen, die um die Stacheln herum Fangen spielen.

Daheim ist schon alles beim Zubettgehen. Weffi und Peterle sind in Frauchens Zimmer verstaut, Weffi in seinem Sessel vor dem Frisiertisch, Peter am Fußende vom Bett. Der Dicke bleibt unschlüssig in der Diele stehen. An sich möchte er die Treppe hinauf zum ersten Stock, wo die Mama schläft. Das ist er so gewohnt, weil er bei den Reschkes zuletzt immer bei den Großeltern geschlafen hat, die oben wohnen. Andererseits möchte er bei mir bleiben, und er entscheidet sich für das letztere. Als ich aus dem Bad komme, hat er es sich auf meinem Kopfkissen bequem gemacht. Wie er mich sieht, setzt er sich auf, grinst mich an und beginnt sich dann wie wild am Bauch zu kratzen. Offenbar haben ein paar Weitsprungweltmeister der Igelbesatzung ihn doch geentert. Ich feuere ihn aus dem Bett: »Nein, mein Guter, das geht nicht.«

Plötzlich ist die Mama im Schlafrock und mit eingerollten Löckchen da: »Wo soll er denn schlafen?«

»Jedenfalls nicht bei mir im Bett. Vielleicht hier nebenan, in der Bibliothek. Aber wahrscheinlich schnarcht er.«

»Dann könnte er ja bei mir schlafen.«

»Kommt nicht in Frage, Schloßgeist. Mit dem wirst du nicht fertig.«

Jetzt erscheint auch Frauchen: »Wir legen ihn am besten in die Diele, unter deinen Mantel. Wir haben doch noch dieses alte Polster, das legen wir ihm hin, als sein Körbchen.«

Das Polster findet sich und wird von dem sehr unwilligen Cocki ausgiebig berochen, während die gesamte Familie sich mit »ei, wie fein!« und »braves Hundchen!« bemüht, es ihm schmackhaft zu machen.

Schließlich geruht er, sich brummend darauf niederzulassen. Mir wirft er noch einen verächtlichen Blick zu, legt dann den Kopf zwischen die Pfoten und stößt den ersten Schnarcher aus. Die Familie verzieht sich erleichtert in ihre Betten.

17

Ich erwache bei strahlendem Sonnenschein, der durch die Läden ein lichtes Balkenmuster an die Wände und über meine Decke malt. Anscheinend wird es wieder einer jener abnorm heißen Herbsttage, wie wir sie die ganze letzte Zeit hindurch hatten. Dann fällt mir ein, daß ich Geburtstag habe. Früher war das ein Tag, dem man über Wochen fiebernd entgegensah, wobei man sich vor allem fragte, was man wohl geschenkt bekommen würde. Später waren die Geschenke nicht mehr so wichtig, man freute sich auf die Glückwünsche und die Geselligkeit, und jetzt ist es soweit, daß man schon ein klein bißl beklommen ist über die rasende Flucht der Jahre.

Ich sehe auf die Uhr: es ist erst halb sieben, eine Weile muß ich mich also noch ruhig verhalten, damit ich den Haushalt nicht aufstöre. – Ja, also beklommen. Aber eigentlich ist das undankbar, sehr undankbar sogar. Denn wenn ich mir jetzt mein Leben so überlege, wie der Allmächtige da droben es aus tausend bunten Fäden zu einem Muster gewebt hat, in dem nicht eine einzige Masche fehlen durfte, und wie er zum Schluß immer alles wieder zum Guten gewendet hat, selbst wenn es zuerst ganz dunkel gefärbt war, überströmt mich eine tiefe Bewunderung und Dankbarkeit. Ja, ich will mich zu diesem Tag bekennen, obwohl, wie gesagt, die Geschenke nicht mehr so wichtig sind ...

Hoppla, hoppla, was rede ich denn da? Dort draußen, nur durch eine dünne Wand von mir getrennt, liegt ja eines der schönsten Geschenke, die mir im Leben je gegeben wurden. Es ist gute zwanzig Kilo schwer, hat krumme, braun-weiß gefleckte Beine, ein hohes Köpfchen, goldene Augen und eine Riesen-Pappnase. Und jetzt kann ich sogar deutlich hören, wie er gegen die Wand bumst, als er sich herumwirft, und dann folgt ein tiefer Schnarcher. Cockchen – es ist wieder ein Cockchen da! Und das andere, das da draußen unter dem Busch liegt, ist mir deshalb nicht gram, ich fühle es. Im Gegenteil. Und auch Weffi nimmt's nicht übel, und Peterchen vergöttert ihn. Ebensogut hätten sie sich ja auch zu dritt gerauft haben können, und ich wäre mit vierzig Pfund goldener reiner Liebe dagesessen und hätte nicht gewußt, wohin damit!

Draußen hebt jetzt ein mächtiges Lärmen an, genauer gesagt, ein entzückendes, süßes Zwitscherkonzert, und über die Lichtbalken der Jalousien huschen Vogelschatten, tanzend wie Gespensternoten. Ich stehe auf und öffne ganz vorsichtig den Laden. Den ganzen Telefondraht entlang sitzen die Schwalben reisebereit in ihren kleinen Fräckchen, Schulter an Schulter, aber überall will sich noch eine dazwischendrängen, und dann kommt die ganze Versammlung ins Schaukeln und Kippen und Flattern. Dahinter der See, der eben zu erglühen beginnt, als die Sonne über der ungeheuren Säge der Berge, der Felsen und Firne erscheint und ein paar Minuten nach den Dächern des Dorfes auch das Wasser erreicht.

Wieder sehe ich auf die Uhr: Na, jetzt kann ich's wohl riskieren. Über mir höre ich schon die Mama rumoren. Ich schleiche durch die Bibliothek zur Tür und trete dort fast auf den Dicken. Er reißt seinen ungeheuren Rachen auf, gähnt, ist dann sofort munter und will sich an mir vorbei in die Bibliothek drängeln. Von da soll es sicher weiter auf mein Bett gehen. Ich fange ihn gerade noch ab und drücke seinen Kopf an meine Brust: »Nein, Dicki«, sage ich, »das mit dem Bett, das wollen wir gar nicht erst anfangen. Du schleppst viel zuviel Dreck mit dir 'rum an deinen langen Zotteln. Und jetzt machen wir hier kein Schurrmurr, sondern legen uns schön auf die Terrasse und sind überhaupt ein ganz braver Hund.«

Schnell schlüpfe ich ins Bad, verriegele die Tür und widme mich dann der Wiederherstellung meiner äußeren Person, während es draußen lebendig wird. Als ich mich später rasiere, hänge ich mich wieder aus dem Fenster. Das Gras ist schon wieder recht hoch und schimmert von tausend Tropfen Diamanten. Außerdem sind einige frisch gegrabene Löcher darin sichtbar, die unverkennbar Cockis Handschrift tragen. Mein kleiner Kerl...

Donnerwetter, ist das schon wieder heiß, ich glaube, man kann auch heute noch mal baden gehen. Außerdem macht sich ein Wind auf, einer jener heftigen Winde, die bei uns im Handumdrehen entstehen, die Wellen des Sees fast zu Meereshöhe aufpeitschen und ebensoschnell wieder verschwinden. Und das sogar, wie eben jetzt, bei klarstem Himmel. Dann kann man die wunderbarsten Gegenlichtaufnahmen machen, und wenn man sich gar mit der Reflexkamera auf den Bauch legt, kann man ›Ozean bei Windstärke 12‹ fotografieren und es an die Bekannten verschicken.

Vor der Tür des Badezimmers herrscht schon lebhafter Parteienverkehr, und als ich in mein Zimmer komme, liegen alle drei Hunde im Bett. Ganz am Fußende, den Kastenbart über die Lehne gehängt, Weffchen. In der Mitte hoch aufgereckt der rasende Schnürsenkel und auf meinem Kopfkissen, das Ohr über die Augen gebreitet, der Dicke. Sicher hat ihn die Mama wieder von der Terrasse hereingelassen. Für mich ist überhaupt kein Platz mehr, und so muß ich mir im Stuhl sitzend Strümpfe und Schuhe anziehen. – Vor dem Frühstück Besichtigung der Geburtstagstafel mit Blumen, brennendem Lebenslicht, Hennessy, Tonband und Diafilmen. Nach dem Frühstück kommt Addi mit einer Flasche Gumpoldskirchner herübergerannt und meldet den ganzen Bentler-Verein zum Nachmittagskaffee an. Dann nehme ich mir die Badehose, pfeife den Hunden und gehe zum Strand hinunter.

Der See ist eine Pracht. Die Camping-Indianer sind verschwunden, weit entfernt sitzt ein älteres Paar, er, mit Reisemütze und Spazierstock, stochert in den Steinen, sonst habe ich den ganzen Strand von der Brücke bis zum Bach für mich allein. Es herrscht ein fabelhafter Seegang. Ich strecke den Fuß ins Wasser – durchaus erträglich. Na, dann nichts wie 'rein! Wo sind denn die Hunde? Der Kastenbart sitzt neben dem Handtuch und schlottert aufgeregt mit den dicken Fellbeinen. Peterchen riecht mit etwas verlegenem Gesichtsausdruck an einem Zweig. Er geht an sich auch ins Wasser, aber nur mit Frauchen, und dann versucht er ihr auf den Kopf zu klettern und wird deshalb meist am Ufer angebunden, wo er dann unaufhörlich heult, bis Frauchen wieder an Land ist.

»Na«, sage ich zu Cocki, »und wie ist das mit dir? Du bist doch Wasserhund! Willst du mit?«

Er sieht erst mich und dann die schäumenden Wellen an. Als ich langsam hineingehe und mich nun doch frage, warum der Mensch eigentlich badet, weil es doch trotz allen Mutes so scheußlich kalt ist, macht auch er einen kleinen Schritt ins Wasser, weicht aber sofort zurück, als ihn die erste Welle gegen die Brust trifft.

»Na, dann nicht, du Flasche!« sage ich. »Vielleicht muß man dir 'ne Ente 'reinschmeißen, aber die habe ich leider nicht in der Tasche.« Langsam und wimmernd gehe ich nun immer tiefer, bis mir das Wasser schließlich bis zum Hals reicht und wirklich keine Entschuldigung mehr bleibt, nicht mit dem Schwimmen anzufangen. Ich pumpe mir die Lungen voll und tauche dann. Tauchen ist – wie gesagt – mein Bravourstück, mit dem ich vor Freunden und Freundinnen meinen mangelhaften Kraulstil auszugleichen pflege. Bis zu sechzig Sekunden kann ich – wie ebenfalls schon erwähnt – unter Wasser bleiben, und ich tue es auch jetzt, mit offenen Augen und kräftig vorwärts schwimmend und das klare kühle Naß genießend, das nun schon wieder frei von Sonnenöl und sonstigen unerwünschten Beigaben ist. Ich komme ziemlich tief, und als ich wieder aufsteige, sehe ich einen dunklen Schatten über mir. Es ist nicht zu vermeiden, daß ich mit dem Kopf dagegen rumpele, und als ich schnaubend oben bin, sehe ich in zwei große, empörte Cockeraugen, die mich sprechend und vorwurfsvoll betrachten: ›Diesen Quatsch hättest du dir ja auch sparen können, man regt sich doch bloß auf dabei!‹ Und damit dreht er sich von mir weg und steuert mit dem dicken Hinterteil wie ein kleines Motorboot dem Ufer zu. Die Wellen schlagen immer wieder über ihn weg, er sieht wie eine Robbe aus. Aber was für eine gute Robbe! Während ich mit langen Stößen ruhig weiterschwimme und er vor mir aus dem Wasser steigt und sich schüttelt, fühle ich tiefe Rührung. Ich weiß, wie unangenehm es für einen Hund ist, wenn ihm die Wellen über die Ohren und in die Augen schlagen, und diese harte, schnelle Wellenfolge auf dem See ist sogar für mich nicht angenehm. Trotzdem muß er sich in dem Augenblick, als ich tauchte, wie ein Rasender ins Wasser gestürzt haben und mir nachgeschwommen sein...

Als ich ans Ufer zurückkomme, fallen alle drei über mich her. Zunächst der Dicke, der sich wie unsinnig gebärdet, dann Peter, der mir zeigen will, daß es auch ihm nicht an Liebe gebricht, und schließlich der Kastenbart, der hölzern aus einem Gestrüpp vorgehoppelt kommt und schon von weitem entsetzlich nach faulem Fisch riecht. Nach echter Hundeart ist er dann besonders anschmiegsam, um Herrchen an dieser wunderbaren Errungenschaft teilhaben zu lassen. Ich halte ihn mir auf Armeslänge vom Leibe, während ihn die beiden anderen interessiert beriechen und dann Blicke auf das Gebüsch werfen, aus dem er kam. Schnell lege ich alle drei an die Leine, bevor weiteres Unheil passiert, und gehe dem Haus zu, wo das übliche Entsetzen ausbricht: »Ausgerechnet am Geburtstag – jetzt kann man sich hinstellen und diesen Kerl abseifen. – Und ihr beiden andern seht auch nicht viel besser aus!«

Nach dem Mittagessen aber ist der Zorn verraucht. Die Sonne scheint, auf der Terrasse wird der Kaffeetisch gedeckt, die Welt ist klar und weit und wunderbar durchsichtig, und auf der Schwelle zur Terrasse sitzt der neue Bund der Drei.

Dann rücken zu viert die Bentlers an, plus Marc. Teddy bringt eine Kiste Zigarren, Susanne und Marc zwei Flaschen Sekt, Addi hat ihren Gumpoldskirchner ja schon abgeliefert, und Margot schenkt mir einen großen Strauß später Feldblumen und dazu eine Ausgabe der Bhagawadgita, die ich noch nicht besaß. Sie hat sich genau gemerkt, wie ich sie mal erwähnte, und ich bin tief gerührt.

Im übrigen gefällt sie mir gar nicht, die Margot. Sie ist spitz, hat riesengroße Augen und Linien von der Nase in die Mundwinkel, die ich bisher noch nie an ihr gesehen habe. Als ich das rüge, schiebt sie es auf ihr Studium, täuscht aber keinen von uns. Zu deutlich sticht ihr geheimer Kummer gegen das neue Glück von Susanne und Marc ab, das sie aus allen Poren schwitzen, obwohl sie es nach Möglichkeit zu verbergen suchen.

Nach dem Kaffeetrinken, während die Frauen beim Abräumen sind, frage ich Teddy. Er zeigt sich nicht allzu besorgt: »Ja, wahrscheinlich hat's gestaubt zwischen den beiden, Margot und Buddy. Da kommen sie ja nicht drumrum, das weiß man doch von sich selber. Mal gehen die Flitterwochen eben zu Ende.«

»Aber warum, weißt du irgend was Genaues?«

»Susanne hat sie schon gefragt«, meint Marc, »aber es ist nichts aus ihr 'rauszukriegen. Sie wird ganz wild. Vielleicht sagt sie Ihnen was.«

Ich wende mich an Susanne und Marc:

»Könnt ihr euch denn nicht denken, was es ist? Was meldet der Dorfklatsch?«

Marc zuckt die Achseln: »Auch nichts Bestimmtes. Der Reiserer-Franz meint, sie hätte einfach zuviel in Buddy gesehen, und nun merkte sie es allmählich. Und der wäre schon immer bockig geworden, wenn einer zuviel von ihm verlangte. Der Buddy setzt sich nun mal ab und zu mit den Männern ins Wirtshaus und gibt dann wohl auch 'n bißchen an, und das wird dann wohl Margot hinterbracht.«

»Kein anderes Mädel?«

»Nichts bekannt jedenfalls.«

Dann beschließen wir eine Kolonnenfahrt zum Gaisberg, wo die Hunde sich richtig austoben können und wir uns gruppenweise über die Bergkuppe verstreuen. Eine geschickte Familienregie bringt es fertig, daß Margot und ich allein sind. Zu unseren Füßen in einem ganz leichten Dunst Salzburg, von der Salzach durchzogen, die aussieht wie eine Ringelnatter im Sonnenlicht, auf der anderen Seite das ungeheure Alpenpanorama, der Untersberg, der Watzmann dahinter, ganz in der Ferne das Schneeblinken des Großglockners, links davor die Riesenkulisse des Tennengebirges.

»Also, was ist los, Mädel?« frage ich.

Sie kratzt mit dem Fuß an einem Stein: »Was soll los sein?«

»Komm, komm, es ist doch was nicht in Ordnung, Kind! Mir machst du nichts vor. Was hat er dir getan? Warum ist er heute nicht mitgekommen?«

»Er ist doch noch nie zu deinem Geburtstag gekommen, Colonel. Das traut er sich wohl einfach nicht.«

»Na schön. Aber das ist keine Antwort auf meine Frage. Hat er 'n anderes Mädel?«

Sie schüttelt nur stumm den Kopf und bohrt weiter mit dem Schuh an ihrem Stein.

»Du hast dir schon das ganze Leder da vorn abgeschabt«, sage ich. »Willst du's mir nicht sagen, oder kannst du nicht?«

»Kann nicht.«

»Es ist euch doch nicht etwa was passiert?«

Sie lacht bitter: »Das fehlte noch! Nein.«

»Na, und was ist es, was fehlt? Willst du dich nicht mit deinem alten Colonel aussprechen? Du weißt, ich halte die Klappe, und es ist auch keineswegs Neugier. Ich möchte nur, daß du's ausspuckst, damit es nicht weiter in dir 'rumkriecht. Du siehst ja zum Gotterbarmen aus.«

Sie bückt sich und fährt mit dem Finger an der abgeschabten Stelle des Schuhs entlang. »Du hast mal gesagt, daß es viele verschiedene Formen von Liebe und von der Ehe gibt und daß nur ganz wenige den Partner finden, der ihnen wirklich bestimmt ist und der sie genauso liebt wie sie ihn.«

»Ja –?«

Sie richtet sich wieder auf und starrt ins Weite: »Du hast aber auch gesagt, du glaubst, daß Buddy und ich auf diese Weise füreinander bestimmt wären.«

»Ja – auch das habe ich gesagt.«

Sie wendet sich um und sieht mich zum erstenmal voll an: »Vielleicht hast du dich aber geirrt? Bisher hast du immer recht behalten, aber vielleicht gerade in unserem Fall...«

»Ja, daran hab' ich auch schon gedacht.«

»Seit wann?«

»Seit du damals sagtest, daß dich Enrico einen Moment ernsthaft in Versuchung geführt hätte.«

Sie wird blutrot, aber es ist mehr Zorn als Verlegenheit, was in ihren Augen aufflammt: »Und dann hast du gesagt, für die vielen anderen, die große Mehrheit, genügte es auch zum Glück, wenn der eine Teil liebte und der andere sich mit Anstand lieben ließe.«

»Habe ich das gesagt?«

»Ja.«

»Klingt gar nicht dumm«, versuche ich zu scherzen. In ihren Augen aber bleibt das böse Leuchten: »Ja, aber mit Anstand!«

»Du willst mir also sagen, daß du ihn mehr liebst als er dich, daß er sich sozusagen nur von dir lieben läßt, und das nicht einmal mit Anstand? Das wirst du mir doch nicht weismachen wollen!«

Die bitteren Linien um ihren Mund werden noch tiefer: »Vielleicht liebt er mich noch. Möglich. Aber seit er – also, seit er mich sicher hat, wird das, was zwischen uns ist, immer mehr ein Kampf um die Macht. Man müsse die Situation vorher klären, das ist sein zweites Wort. Möchte wissen, wer ihm diesen Floh ins Ohr gesetzt hat.«

In ihren umschatteten Augen ist für einen Moment das alte Feuer. Sie zerrt das starke, wuschelige Haar über dem Ohr auseinander: »Hier sieh dir das an, ich kriege weiße Haare! Mit zweiundzwanzig! Und mein ganzes Jurastudium läge ihm überhaupt nicht, erzählt er mir dauernd. Aber er, weißt du, was er werden will? Nicht etwa Rechtsanwalt oder Syndikus, wie's ursprünglich geplant war, nein – Richter! ›So 'n schöner, fauler Beruf‹, sagt er. Die Hauptarbeit nehmen ihm die gegnerischen Anwälte ab, und er braucht nur zu urteilen und bekommt später Pension. Aber ich kenne ihn: das Gehalt wird ihm bald nicht mehr ausreichen, und dann muß ich womöglich noch mal anfangen zu studieren, mit drei Kindern an der Schürze, denn die Frau gehört ja ins Haus, und er ist ja so kinderlieb – damit ich zu Hause hocken muß und ihn nicht kontrollieren kann. Und dann, nach zwanzig Jahren, kommt dann die gute Partie vorbeigeschwommen, und ich werde in juristisch elegantester Weise abserviert. Nein, Colonel, ich studiere weiter, und ich lasse mich auch nicht an der Nase 'rumführen.«

Mir ist weh in der Brust: »Soll ich mal mit ihm reden?«

Sie zuckt die Achseln, so müde, so erschreckend müde: »Wenn du willst? Versuch's.«

»Werde ich tun. Vielleicht muß er nur wachgerüttelt werden.«

Gerade als wir heimkommen, klingelt das Telefon. Ich laufe ins Haus und erwische es noch. Es ist Enrico. Woher weiß der denn meinen Geburtstag? Aber dann stellt sich heraus, daß er davon keine Ahnung hat: »Mensch«, sagt er, »du mußt unbedingt so bald wie möglich zu mir kommen!«

»Du auch zu mir.«

»Na ja, das sowieso, aber ich habe eine Überraschung für dich, da setzt du dich glatt auf den Hintern!«

»Ich habe auch eine Überraschung für dich.«

»So?« Es klingt nicht übermäßig interessiert: »Was denn?«

»Ich habe einen neuen Cocki! Einen richtigen Springercocker, genau wie mein alter. Aber du hast ihn ja nicht gekannt. Nun sind's wieder drei bei mir. Na – und deine Überraschung?«

»Komm her und staune!«

»Na schön. Also wann?«

»Ist dir Freitag recht?«

»Freitag – Freitag... warte mal, da war doch was – ach so, um zwei Uhr bin ich bei meinem Verleger, ich könnte ja schon früher 'reinfahren, in der Stadt essen und – na, sagen wir mal, so ab sechs bei dir sein, ja?«

»Gemacht! Menschenskind, ich kann's gar nicht abwarten, dein dämliches Gesicht zu sehen! *So long!*« Und damit hängt er ab.

Als ich mich vom Apparat umdrehe, steht Margot hinter mir: »Wer war denn das? Buddy?«

»Nein. Enrico.«

»So. Was wollte er denn?«

»Hat 'ne Überraschung, die er mir Freitag vorführen will. Mehr hat er nicht gesagt.«

Sie runzelt die Brauen: »So – eine Überraschung.« Schüttelt dann etwas von sich ab: »Ich muß 'rauf, beim Decken helfen.«

Ich schaue ihr nach, wie sie die Treppe hinaufläuft. Dieses entzückende Geschöpf! Die Finger sollte er sich nach ihr ablecken, dieser Esel, der Buddy. Aber den werde ich mir vornehmen!

Am Freitagmorgen nehme ich nur Cocki mit in die Hauptstadt. Von den beiden anderen Mitgliedern des Dreibundes werde ich nicht sonderlich vermißt. Der Kastenbart sitzt mit hochgereckter Nase und ekstatisch geschlossenen Augen in der Küche neben der Mama, die das Hundefutter schneidet. Peterchen guckt neben Frauchen aus dem Fenster, die Vorderbeine wie üblich als Müffchen vor sich, und schaut mir gemütlich nach. Der Dicke aber sitzt hoch aufgerichtet auf dem Hinterpolster und wirft bedrohlich majestätische Blicke nach allen Seiten: ›Kommt ja meiner Höhle nicht zu nahe!‹

Am Dorfausgang treffe ich Buddy. Wir stoppen beide gleichzeitig. Während er mit einem etwas verlegenen Lächeln auf mich zukommt und Cocki mit rasendem Gebrüll gegen die Scheibe fährt, fühle ich, wie meine alte Sympathie für diesen Jungen in mir hochsteigt.

»Wo geht's denn hin, Colonel?« fragt er. »Brombeeren sammeln?« Er öffnet die Wagentür und setzt sich, ohne sich um den tobenden Dicken zu kümmern, neben mich. Langt dann, völlig unbesorgt über den aufgerissenen Rachen und die rollenden Augen, nach hinten und packt den Löwen am Genick: »Na, nun sehe ich dich ja auch endlich mal, du Schlawiner!«

Der Dicke schaut mich fragend an, und ich habe den deutlichen Eindruck, daß er resigniert die Schultern zuckt. Dann kringelt er sich zusammen und schläft ein. Doch sein fester Rücken drückt Verachtung gegen Buddy aus: ›Betrachten Sie sich als von mir aufgefressen!‹

»Nein«, sage ich inzwischen, »ich muß nach München.«

»Wohl zu Ihrem Verleger?«

»Das auch, und hinterher zu Zimmermann.«

An dieser Stelle gerät das Gespräch ins Stocken. Ich sehe Buddy von der Seite an, und da er nachdenklich vor sich hin starrt, riskiere ich einen Erkundungsvorstoß: »Sieht schlecht aus in letzter Zeit, deine Margot!«

Er schaut mich überrascht an, aber ich fühle, daß diese Überraschung gespielt ist: »So? Ist mir gar nicht aufgefallen. Wenn man sich so täglich sieht...«

»Na, ich sehe sie ja auch ziemlich häufig, mir kannst du schon glauben. Warum weint sie eigentlich in letzter Zeit? Wahrscheinlich doch um dich, hm? Ist was in Unordnung?«

Er wird rot: »Was sollte denn in Unordnung sein?«

»Na – also solche Heiligen sind wir ja alle nicht, mein Junge! So ein kleiner Rückfall in frühere Zeiten wäre doch zum Beispiel möglich, oder?«

»Sie meinen, ein anderes Mädel?«

»Ich meine, ein anderes Mädel.«

Die Röte in seinem Gesicht verschwindet wieder: »Nein, kommt nicht in Frage. Ehrenwort. Aber wissen Sie, bei den Weibern – da muß man aufpassen, daß sie einen nicht ganz auffressen! Wenn man nicht von Anfang an die Weichen richtig stellt... Sie haben mir früher mal gesagt, mit dem Verlieben und Verloben ist das so wie mit den Weltraumraketen. Wenn man nicht gleich den richtigen Zielwinkel 'rauskriegt, dann geht nach ein paar Jahren die Sache schon um tausend Kilometer daneben.«

Ich hole tief Atem:

»Was anderes fällt euch wohl auch nicht ein, als dauernd mich zu zitieren? Von jetzt an werde ich mich hüten, euch noch irgend was zu sagen! Erstens kann ich mich ja irren, zweitens haben Schriftsteller – das mußt du dir merken – immer eine Schwäche für Formulierungen, die so klingen, als ob sie mächtig gescheit wären. Gleichzeitig aber sind sie, wie ich wieder mal sehe, sehr gefährlich.«

»Nein, nein«, meint er, »die ist schon goldrichtig. Sehen Sie, Colonel, Margot ist ein sehr gescheites Mädel, sie denkt enorm logisch dafür, daß sie ein Weib ist. Aber eben, weil sie eins ist, kann sie nicht bis zur letzten Konsequenz denken.«

»So. Und was ist die letzte Konsequenz?«

Er rutscht unbehaglich hin und her: »Tja, also – wissen Sie, Sie wissen ja, wie's mit uns beiden steht und daß wir so gut wie verlobt sind und daß ich außer ihr kein anderes Mädel anschaue. Aber das genügt ihr nicht! Sie will mich ganz und gar haben. ›Was hast du gestern gemacht, wo gehst du heute hin, warum hast du das gemacht und das nicht, und ich finde, das hast du nicht richtig gemacht, und den hast du nicht richtig behandelt, und woran denkst du jetzt gerade‹, das bringt mich zur Raserei! Und da werde ich dann manchmal grob und zieh mich erst recht zurück! Schließlich muß man doch sein Eigenleben behalten können! Was meinen Sie dazu?«

»Was ich dazu meine: Wenn Margot jetzt hier bei uns wäre, würde sie sagen: ›Wenn ich dich frage, was denkst du jetzt gerade, dann will ich mich dir doch damit nicht aufdrängen oder dich stören, ich möchte nur immer bei dir sein, auch in deinen Gedanken, deshalb frage ich, was du denkst oder was du gemacht hast oder so! Oft kommt es ja auch nicht vor, daß ich dich frage, weil ich weiß, daß es dich ärgert, aber manchmal geht's eben mit mir durch. Ich will nur ganz mit dir sein. Und darum frage ich!‹ Das ungefähr, mein Lieber, würde sie sagen, und wenn du das nicht verstehst, dann bist du einfach noch nicht reif für ein Leben mit ihr! Apropos Leben: Da fällt mir das alte

Reiterlied ein: Und setzet ihr nicht das Leben ein, nie wird euch das Leben gewonnen sein! Lützows wilde, verwegene Jagd, glaube ich.«

»Leider bin ich kein Kavallerist, Colonel, und die Freiheitskriege spielen sich, wie Sie sehen, heute in der Ehe ab!«

»Du wirst ja direkt geistreich. Nur auf eine sehr unsympathische Weise!«

»Entschuldigen Sie, Colonel, aber es hat doch keinen Zweck, sich was vorzumachen. Und genau das tut Margot! Daß wir uns gefunden und zusammengetan haben – das ist doch was ganz Natürliches! Aber sie tut immer, als ob es ein Wunder wäre, oder wenigstens, als ob ich's so ansehen sollte. Wenn's nach ihr ginge, müßte ich dauernd in so 'ner Art Trance herumlaufen vor lauter Glück, daß sie mich genommen hat. Sie kann sich nicht damit abfinden, daß sich so was eben allmählich gibt und daß das Ganze in so 'ne Art Kameradschaft übergehen muß – früher oder später. Je eher, desto besser! Wie finden Sie das?«

»Na, zum Kotzen, Buddy!« sage ich. Und in sein verwirrtes und erschrecktes Gesicht hinein noch einmal: »Zum Kotzen! War es denn kein Wunder für dich, ein so reizendes Mädchen zu besitzen?«

»Doch, schon – natürlich, klar, in den ersten Wochen. Und ich weiß auch jetzt ganz genau, daß...«

»Na also! Und war es nicht schön, so zu fühlen? Nur an sie zu denken und nicht an dich? Mal befreit zu sein von dieser ewigen Ichbezogenheit?«

»Ja, sicher, aber – es läßt sich doch nicht vermeiden, daß auf die Dauer...«

Ich lege ihm den Arm um die Schulter: »Es läßt sich

vermeiden, mein Junge! Und ich will dir noch was sagen: Paß gut auf, daß du keinen Fehler machst! Mime nicht den Überlegenen, du bist es nämlich nicht. Als gleichaltrige Frau ist Margot viel lebensreifer als du, und wenn du schon jetzt den künftigen Hausherrn spielst, wird sie früher oder später draufkommen, daß das deine Mikos sind, daß du ein kleiner Junge bist, der im Dunkeln pfeift. Und dann wirst du sie verlieren! Es wird nicht bei der Liebe anfangen, nicht bei der Leidenschaft, sondern bei der Achtung. Die Leidenschaft kommt und geht in Wellenlinien, und dafür gibt's auch immer wieder neue Chancen. Aber wenn's mal an der Achtung krankt, dann gibt's nur noch eines: Mitleid – bestenfalls! Und das ist dann bereits der Anfang vom Ende!«

Ich nehme ihn am Schlips und ziehe ihn zu mir heran: »Du hast mich vorhin mit meinem Zitat veräppelt und hast gesagt, leider wärst du kein Kavallerist. Leider bist du nicht nur das nicht, sondern überhaupt noch kein fertiger Mann, sonst würdest du wissen, was dir das Schicksal da geschenkt hat, als sich ein so entzückendes Wesen mit Leib und Seele dir verschrieb. Als sie das ungeheure Risiko auf sich nahm, die sieben besten Jahre ihrer Jugend auf einen Windhund wie dich zu verwarten. Und vor allem, *my boy*, würdest du wissen, daß eine wirkliche Liebe, wie alle großen Dinge unseres Lebens, eine Sache auf Leben und Tod ist! Und du würdest auch wissen, daß es sich im Grunde nur um diese Dinge zu leben lohnt. – Aber ich sehe in deine Augen und lese deine Gedanken, die mir sagen: Jetzt redet der Opa wieder mal Goldschnitt. Darum will ich dich zum Schluß nur eins noch fragen, wie du nämlich

Margot erklärt hast, daß du nicht Anwalt, sondern Richter werden willst?«

Er bringt mühsam ein Grinsen zuwege: »Hab' versucht, es ihr mit der Witwenpension schmackhaft zu machen...«

»Das ist Betrug!« Und in sein verblüfftes Gesicht: »Weil du sie vorher unter die Erde bringen wirst! Sie und das nächste halbe Dutzend deiner Frauen auch. Und glaubst du etwa, Margot fällt auf so was 'rein? Sie hat mir genau vorausgesagt, was ihr blüht. Bald wird dein Gehalt nicht mehr ausreichen, und sie wird dazuverdienen müssen, womöglich noch mal anfangen zu studieren, während zu Hause vielleicht schon ein paar Kinder durch die Gegend kriechen. Und wenn sie sich so zwanzig Jahre abgerackert hat und mies und unansehnlich geworden ist, dann schwimmt die wirklich ›gute Partie‹ für dich vorbei und sie wird nach allen Regeln der Kunst abserviert. So, und jetzt 'raus mit dir, ich muß nach München.«

Ich öffne die Wagentür, aber er steigt nicht aus, starrt mich nur an wie einen Geist: »*Das* hat sie gesagt?«

»Ja, wundert dich das?«

Er zieht die Wagentür wieder zu: »Colonel, ich schwöre Ihnen, daß sie mir unrecht tut. Sogar bitter unrecht. Wissen Sie, warum ich Richter und nicht Anwalt oder Syndikus werden will?«

»Natürlich, weil's bequemer ist.«

»Nein, nicht deswegen. Nicht *nur* deswegen, genauer gesagt, sondern weil ich dieses moderne Wettrennen vor der Dampfwalze nicht mitmachen will. Vor diesem – Mehrverdienen, immer noch mehr verdienen! Bleibst du stehen, wirst du von der Walze eingeholt und geplättet. Nichts für mich, Colonel! Ich will leben, richtig leben, und zwar mit meiner Frau! Wir werden nicht gleich einen Babyladen aufmachen und nicht gleich die Wirtschaft komplett haben. Weder Fernseher noch Auto. Ich werde nur zwei Anzüge und sie drei Kleider haben und zwei kleine Zimmer höchstens, vielleicht im Anfang nur eins. Dafür aber werden wir uns haben und in unseren vier Wänden glücklich sein und viel Zeit füreinander haben. Um die Ferien brauchen wir uns nicht zu sorgen: wir haben ja beide unsere Eltern hier. Und dann, so ganz allmählich, wenn mein Gehalt steigt, werden wir auch so 'n bißchen aufdrehen... Ich hab' das alles mit meinem Vater besprochen, der natürlich zuerst auch sehr gegen meinen neuen Plan war. Dann aber hat er 'ne Weile nachgedacht und gesagt: ›Vielleicht hast du doch nicht so ganz unrecht, Junge, wenn du auf langsam und sicher gehst. Wenn ich mir so überlege, wie Mutter und ich uns über die ersten selbstverdienten Bettlaken und den Küchentisch gefreut haben, und dann die ersten anständigen Gardinen, und wie wir darin wohnten – wie die Fürsten. Jetzt haben wir den großen Laden hier und das Gut und noch so 'n ganzen Haufen Krempel, den man auch angeblich haben muß... Nur von uns, von uns haben wir kaum noch was – Mutter und ich. Und 'ne Ehe, wo Mann und Frau sich nicht gegenseitig immer das erste und wichtigste bleiben, glaub mir, das ist keine richtige Ehe.‹ Was sagen Sie dazu, Colonel?«

»Dein Vater ist ein kluger und aufrichtiger Mann...«

»... und hat sich trotzdem breitwalzen lassen. Aber ich nicht.«

»Hast du mit Margot mal darüber gesprochen?«

»...'türlich. Hundertmal, halbe Nächte lang. Aber, Sie sehen ja, sie glaubt mir nicht. Sie glaubt nicht daran, daß ich's durchhalte. Aber vielleicht ist sie es selber, die Angst hat schlappzumachen, und es darum auf mich abwälzt?«

Er verstummt und starrt vor sich hin, fährt dann wie aus tiefem Traum erwacht auf: »Ja, also – Colonel – vielen Dank und guten Erfolg!«

Er steigt aus. Und kaum, daß er die Wagentür geschlossen hat, erwacht Cocki, sich nunmehr unbedroht fühlend, zum rasenden Verteidiger seiner Höhle. Ich schaue in den Rückspiegel: Buddy steht mitten auf der Straße, im Staub meines Wagens, streicht sich die Haare aus der Stirn und starrt mir nach. Warum habe ich ihn eigentlich so gern? Vielleicht, weil er im Kern ein guter Kerl ist, ein guter, lieber und auch anständiger Kerl.

Man muß ihnen helfen, allen beiden. Jetzt kann ich mir wenigstens ein Bild davon machen, um was es zwischen ihnen geht. Aber wer von ihnen ist sich selbst klar? Beide? Oder keiner von beiden?

In München bin ich so gegen Mittag, habe Glück und finde eine Parklücke. Bevor ich essen gehe, beschließe ich, den Dicken abzufüttern, damit er im Lokal nicht so drängelt. Ich mache also die Kofferklappe auf, hole seinen Napf heraus und stelle ihn hinter den Wagen.

Ganz im Gegensatz zu sonst jedoch atmet er den Schüsselinhalt, den die Mama doch wieder, trotz Verbotes, bis zum Rand vollgefüllt hat, nicht ein. Er steht davor und bellt den Brunnen in der Mitte des Platzes an. Hat er vielleicht Durst? Ich hole seinen Wassernapf und fülle ihn am Becken. Stelle ihn neben sein Futter.

Er blökt weiter. Ist ein anderer Hund in der Nähe? Ich sehe mich um – nichts. Ein paar Leute in der Umgebung werden aufmerksam.

»Cocki«, sage ich jetzt ärgerlich, »stell dich nicht so an! Ich nehme dir sonst den Napf wieder weg.« Er sieht mich an, bellt weiter und immer wütender, schaut verwundert:

›Ja, Menschenskind, begreifst du mich denn nicht? Du verstehst doch sonst alles! Da – Herrchen!‹

Ich hocke mich neben ihn und folge seinem Blick, und dieser Blick ist starr auf einen der großen, zähnefletschenden Löwen gerichtet, die die Brunnenschale tragen. Ist es möglich, daß er die Form erkennt? Daß er sie nicht für einen Steinklotz, sondern für die Konkurrenz hält? Ich gehe auf den Löwen zu, streichele ihn, lege ihm eine Hand in den offenen Rachen: »Ist doch nichts, du Dummerle! Guck mal, ist ein ganz liebes Hundchen, tut dir überhaupt nichts!«

Und da kommt er angekrochen, zähnefletschend, auf dem Bauch, aber er kommt näher, unentwegt wedelnd, drängt sich dann dicht an mich und stößt mit der Nase gegen den Löwen. Dann plötzlich ist das Zittern aus seinem Körper wie weggeblasen, er sieht mich ganz gut und lustig an, schießt wie ein Blitz auf seinen Napf zu und frißt ihn hinternanderweg leer, bis auf den letzten Krümel. Den ganzen Inhalt der Wasserschüssel schüttet er noch hinterher, und als wir dann beide zum Lokal gehen, hat er einen Bauch wie eine Pauke, und innen gluckert es bei jedem Schritt. Was ihn natürlich nicht hindert, im Restaurant mit dem Ausdruck eines verhungernden Wolfes sämtliche Nachbartische anzuschnorren.

Dann fahre ich zum Verleger, lege mit ihm eine Runde mit harten Bandagen aufs Parkett und mache mich anschließend auf den Weg zu Enrico.

Er empfängt mich in der Diele, über beide Ohren feixend und mit einem Highball in der Hand: »Da, nimm erst mal einen, mein Junge, damit du nicht gleich umkippst. Was ist denn das für 'n Krokodil, was du hinter dir herschleifst?«

»Das ist Cocki!«

»Ich dachte, der ist tot?«

Ich beanstande den gemütsrohen Ton, der in dieser Äußerung mitschwingt: »Das ist Cocki zwei. Ich hab's dir doch schon am Telefon erzählt.«

»Also schön, Cocki zwei. Kannst du ihn hier draußen anbinden?«

»Warum? Bist du plötzlich nicht mehr tierlieb?«

»Natürlich bin ich noch, aber nicht im Augenblick.«

Cocki hat sich an ihm aufgerichtet und läßt albern die Zunge heraushängen. Enrico streichelt ihn: »Du hast dir ein selten dämliches Herrchen ausgesucht. Es ist doch nur wegen der Pointe! Nachher kannst du ja 'rein. Also sei gescheit – hier – sieh mal – schöööön!« Er hängt die Leine über einen Zacken des großen, messingnen Schirmständers. Cocki sieht mich fragend an, ob er einen solchen Eingriff in seine Souveränität durch diesen Menschen erdulden muß, und ich entscheide das Problem mit einem donnernden »Platz!«, worauf er sich nach einem verächtlichen Blick aus blutunterlaufenen Augen niederlegt und anfängt, seine Zehen zu pediküren.

Als ich in Enricos Bibliothek komme, sehe ich Nakken und Hinterkopf einer Dame im Sessel. Beides kommt mir irgendwie bekannt vor. Dann dreht sie mir ihr Gesicht zu – es ist Stefanie.

Nur wäre mir beinahe das Glas aus der Hand gefallen. Ich trinke es deshalb mit einem Zug leer, um die kostbare Flüssigkeit zu retten, und setze mich ihr dann gegenüber. Sie lacht schallend: »Ja, da legst di nieder, gell?«

»Ich habe Sie noch nie Dialekt sprechen hören«, sage ich, weil mir nichts anderes einfällt. »Und ich habe Sie noch nie so fassungslos gesehen!« erwidert sie.

»Blöde!« korrigiert Enrico sie, »ausgesprochen blöde sieht er aus. Mach wenigstens den Mund zu.« Damit reicht er mir einen zweiten Highball, den ich auf das Rauchtischchen stelle, und starre weiter Stefanie an, die allmählich errötet, worauf mich Enrico gegen die Schulter boxt: »Bist du denn gar nicht neugierig, was hier eigentlich los ist?«

»Er ist ja noch immer ganz hin«, meint Stefanie. Sie sieht geradezu hinreißend aus.

»Das tollste an der Sache ist«, sage ich, »daß der dicke Teddy, Susannes Vater, das genau vorausgesagt hat!«

»Was hat er vorausgesagt?« fragt Stefanie freundlich, und es ist etwas Katzenhaftes in ihrem Blick.

»Daß ihr euch heiratet und daß somit alles bestens wäre, jeder auf seine Weise zufrieden!«

»Aber wir wollen gar nicht heiraten!« erklärt sie, wiederum sehr freundlich.

»Das habe ich Teddy auch gesagt, aber er hat's mir nicht geglaubt.«

»Na sieh mal«, sagt Enrico wohlwollend, »dann hast du doch auch mal recht gehabt!«

»Nun erzähl schon, wie es gekommen ist«, sage ich.

»Ganz einfach«, meint er. »Du hast mir die Geschichte von Susanne erzählt, und dabei hast du Stefanie erwähnt. Ich schlug im Telefonbuch nach, rief sie an und erklärte ihr, daß ich sie in einer dringenden persönlichen Angelegenheit sprechen müßte. Und außerdem hätte ich schon einiges über sie gehört, was mich sehr neugierig auf ihre Bekanntschaft machte. Sie sagte, sie hätte auch schon einiges über mich gehört, wolle mich aber trotzdem empfangen. Dann tauschten wir unsere Erfahrungen mit dir und den Bentlers aus, und während wir das taten, wurden wir zusehends fröhlicher darüber, daß wir dieses Kapitel hinter uns und uns auf diese Weise kennengelernt haben.«

»Das ist nicht zu bestreiten«, sage ich nur. »Na, und wie ging's dann weiter?«

Stefanie dehnt sich in ihrem Sessel und gähnt unverschämt glücklich: »Na, es ging eben weiter.«

Ich merke, wie es Enrico etwas den Atem verschlägt, worauf in ihren Mundwinkeln ein mokantes Lächeln erscheint: »Im Grunde ist er noch ein Jüngling«, erklärt sie mir. »Erstaunlich unverdorben.«

»Es wird sehr interessant«, meint Enrico, »wenn sich dieser Zustand allmählich legt! Dann erhebt sich nämlich die Frage, ob sie's noch reizt? Was meinst du?«

Ich nehme einen Schluck von dem zweiten Highball: »Ich könnte mir vorstellen, daß ihr das ewige Verführen allmählich langweilig wird und daß sie sich mal einen eigenen Mann für die Dauer zurechtbauen möchte.«

»Natürlich möchte sie das«, sagt er, »aber ich bin ja kein Anker-Steinbaukasten.«

»Na ja, mit einigen Zacken wird sie sich schon abfinden, nicht wahr, Frau Stefanie?«

Sie gießt sich einen Campari ein und mischt ihn mit doppelt soviel Wasser. Er schimmert rubinrot wie ihre Lippen: »Das dürfte mir gar nicht schwerfallen, Colonel, da ich ja gottlob nicht verpflichtet bin, seine unangenehmen Seiten zu erdulden.«

Ich trinke den Highball mit einem Zug aus: »Dann wollt ihr also tatsächlich nicht heiraten?«

»Warum sollten wir?« erkundigt sich Enrico erstaunt.

Ich wende mich an Stefanie: »Ist das auch Ihre Ansicht?«

»Ja, natürlich! Es soll doch möglichst so bleiben, wie es jetzt ist. Die Zuneigung zwischen zwei Menschen bewegt sich in Wellenlinien, ich glaube, dieser Ausspruch stammt von Ihnen. Warum sollen wir uns nicht die Rosinen aus dem Kuchen picken und nur dann zusammen sein, wenn uns danach ist und wir uns wirklich mögen? Kommt ein Wellental, hat Enrico seinen Beruf und ich mein Haus. Das Leben ist kurz, man muß es genießen, meinen Sie nicht auch?«

»Das ist eine Frage der Einstellung«, erwidere ich.

»Aber es ist doch zweifellos die vernünftigste Einstellung, das wirst du uns zugeben«, sagt Enrico. Stefanie beugt sich vor, das Campariglas nachdenklich in der Hand drehend: »Sie scheinen nicht ganz einverstanden?«

»Tja – hm – hm ...«

»Hm«, erklärt Enrico, »sagt er immer, wenn er nicht weiter weiß.« Stefanie nickt: »Das habe ich auch schon an ihm bemerkt.« Er wirft ihr einen argwöhnischen

Blick zu: »So? Ach ja – er war ja bei dir, ziemlich lange sogar, wie ich gehört habe. Was hast du denn sonst noch an ihm bemerkt, bei dieser Gelegenheit?«

Sie lacht: »Ist er nicht goldig? Ich möchte dich zu gern noch eifersüchtiger machen, Schatz, aber ich lüge prinzipiell nicht.«

Enrico: »Gibt's so was überhaupt bei Frauen?«

»Mir ist bisher noch keine begegnet, aber vielleicht ist die gnädige Frau hier eine Ausnahme. Außerdem bleiben Mummelgreisen wie mir bei solchen Aussprachen leider keine Möglichkeiten, die dich eifersüchtig machen könnten.«

»Ich trau' dir nicht fünf Meter weit, du Aas«, sagte Enrico herzlich. »Mummelgreis! Daß ich nicht lache! Aber abgesehen davon bist du uns noch eine Antwort schuldig. Nämlich, ob du's nicht auch vernünftig findest, daß wir nicht heiraten.«

»Ist es vernünftig, wenn ihr vom Leben nur Genuß wollt?«

»Und warum sollten wir das nicht wollen?«

»Na, weil ich das Gefühl habe, daß einem auf die Dauer nichts erspart wird. Mal müßt ihr doch den ganzen Kuchen futtern und nicht nur die Rosinen. Ich habe vorhin gesagt, es wäre eine Einstellungsfrage – natürlich ist das, was ich hier von mir gebe, auch nur eine Einstellung.«

»Und worauf läuft die hinaus?« fragt Stefanie, die jetzt nachdenklich aussieht.

»Darauf, daß irgendeine höhere Macht irgend etwas ganz Bestimmtes mit uns vorhat. Eine richtige Ehe – ich meine damit gar nicht diese ganz seltenen Ehen, in denen ein *animus* seine *anima* findet, sondern eine ganz normale, einigermaßen gesunde Ehe – die zwingt uns dazu, auch die schlechten Tage miteinander zu tragen, die Mißgeschicke, die Mißstimmungen, die Kindersorgen, mehr an den anderen als an uns zu denken. Ein Mensch ist doch eine so unglaublich komplizierte Angelegenheit, und die Möglichkeit, daß da Zahn in Zahn ineinanderpaßt, daß es wie ein Synchrongetriebe läuft, ist so unwahrscheinlich, daß nur eins übrigbleibt: die Selbstverleugnung, der Sprung über den eigenen Schatten.«

»Mit anderen Worten«, sagt Enrico, »du mußt dich so völlig rundschleifen lassen, daß du dich zum Schluß selbst nicht mehr erkennst.«

»Hältst du denn deine Zacken für so ungeheuer wertvoll, daß du sie dir auch um eines geliebten Wesens willen nicht abschleifen lassen willst?«

»Ich halte sie nicht für wertvoll, aber es sind *meine* Zacken, ich hab' mich an sie gewöhnt, und ich finde mich überhaupt ganz sympathisch. Warum sollte ich das aufgeben, wenn ich nicht muß? Genauso denkt Stefanie, stimmt's?«

Sie sieht ihn nachdenklich an. »Ja, ja, natürlich – im Augenblick kommt's mir allerdings etwas theoretisch vor, was wir uns da zurechtgemacht haben.«

»Daran ist nur dieser Kerl schuld«, sagt Enrico. »Er braucht sich einer Frau nur auf ein paar Kilometer zu nähern, und sie verwandelt sich von einem vernünftigen Wesen in eine Henne.«

Stefanie fährt aus ihrem Sessel hoch: »Willst du damit sagen, daß ich eine Henne bin?«

Ich lehne mich zurück: »Na, Kinderchen, nun mal weiter. Jetzt wird's interessant!«

»Das möchtest du wohl!« meint Enrico. »Aber hiermit ist das Thema abgeschlossen. Wie geht es denn deiner lieben Frau Mama? Von Anette ganz zu schweigen?« Er steht auf, geht zur Tür und öffnet sie: »Außerdem haben wir ja hier...« Weiter kommt er nicht, denn Cocki stürzt herein, samt Messingschirmständer. Und mit diesem Möbelstück klettert er nach kurzem strategischem Umblick auf Stefanies Schoß, weil man von dort die beste Sicht auf die Platte mit den Sandwiches hat. Die nächsten Minuten sind wir damit beschäftigt, Schirmständer, Stefanie und Cocki auseinanderzusortieren. Das Gespräch versickert, und ich habe den Eindruck, daß es allen Beteiligten so recht ist.

Eine halbe Stunde später gehe ich. Enrico bringt mich zur Tür.

»Sie ist eine ganz bezaubernde Frau«, sage ich.

Er sieht mich finster an und beißt auf seine Lippe: »Manchmal könnte ich dich umbringen. Aber da du's nun mal so auf die Spitze getrieben hast: soll ich sie heiraten? Ja oder nein?«

»Darauf kommt's nicht an.«

»Sondern?«

»Auf Stefanie.«

Er starrt mich völlig fassungslos an: »Du zweifelst doch nicht etwa, daß sie mich mit Kußhand nehmen würde?«

»Genau das tue ich. *Bye-bye, so long!*«

18

Drei Wochen sind vergangen. Drei geruhsame Wochen, in denen ich kaum etwas von den drei Paaren merkte, deren Schicksal mich in letzter Zeit so bewegt hatte.

Vor etwa vierzehn Tagen hatte der Herbst seine Visitenkarte abgegeben. Mit heulendem Sturm, der Wolken von welken Blättern vor sich herjagte, gluckernden Dachrinnen, gelben Lehmbächen – der meine ewig kränkelnde Garageneinfahrt umpflügte – und den ersten Anthraziteiern, die ich in unsere Heizung warf. Alles lief herum, hustete und schnupfte, und die Alten im Dorf schauten so sonderbar um sich, als fragten sie sich, ob sie wohl noch einen Frühling erleben würden.

Und dann, vor drei Tagen, kam plötzlich wieder ein Umschwung. Noch einmal goldener Sonnenschein, etwas schwindsüchtig und schräg, aber noch waren genug Blätter an den Bäumen, um sie in Rot und Orange flammen zu lassen, daß sie wie Fackeln über den leeren Feldern loderten. Und man konnte auch, wenn man sich einen warmen Pullover überzog, noch auf einem Bretterstapel am See sitzen und über das silberne Gleißen hinträumen, aus dem gelegentlich ein Fisch sprang.

Ich war mit Cockchen auf einem Spaziergang gewesen, und als wir am Bootshaus vorbeikamen, saßen da Margot und Buddy. Jetzt im Augenblick sehe ich sie wieder ganz deutlich vor mir, und ich werd's wohl überhaupt niemals vergessen, dieses Bild. Er saß da, in einem kurzen Mantel, lässig gegen die Wand des Bootshauses gelehnt, und Margot an seiner Seite, noch spitzer und mit noch größeren Augen, fuhr mit der Hand über sein Gesicht, über seine dunklen Haare, Stirn, Augen und Lippen. Immer wieder kehrten ihre Finger zu seinem Mund zurück, streichelten ihn. Sie bemerkten uns gar nicht.

Er rührte sich nicht, saß da, ganz Pascha, im Vollgefühl seiner begehrten Männlichkeit. Dann sah ich, wie Margot plötzlich aufstand, und ich muß zu meiner Schande gestehen, daß ich aus sicherer Deckung mein großes Nachtglas vor die Augen nahm, um zu sehen, was da eigentlich vor sich ging. Denn irgend etwas ging vor sich. Jetzt hatte ich Margot ganz groß im Blickfeld. Sie stand hinter Buddy, die Hand in seine Schulter verkrampft und sah auf ihn nieder, und dabei schaute sie aus, als sei sie in einer Sekunde zwanzig Jahre älter geworden: enttäuschte Leidenschaft, Mitleid um den Ahnungslosen, Abschied und unendlicher Schmerz, gleichzeitig aber auch eine ganz neu aufbrechende, beflügelnde Kraft. Das alles war in diesem Gesicht, wie manchmal um diese Zeit der Himmel ist, voll der verschiedensten Wolken, drohend dunklen Drachengestalten, schneeweißen Traumburgen, lässig dahintreibenden Schiffen ins Gelb und Hellrot und eisigen Zirrusgebilden in blaßblauer Unendlichkeit. Dann wandte sie sich mit einem Ruck um und ging auf ihr Haus zu. Buddy drehte sich nach ihr um, unternahm aber keinen Versuch, ihr zu folgen, sondern wandte sich wieder dem See zu und begann kleine Steinchen ins Wasser zu werfen. Es gab jedesmal einen Silberkringel, rundherum Wellenringe und dann wieder nichts.

Merkst du denn gar nichts, dachte ich mir, da ist

doch was passiert! Nein, du merkst wirklich nichts. Leitung unterbrochen...

In diesen stillen Wochen entdeckte ich Cocki, und er gehört jetzt ganz mir. Es gab, das gestehe ich mir, nach seinem Auftauchen Augenblicke, in denen ich zweifelte, ob in meinem Leben genügend Platz für ihn bleiben würde. Mein Leben ist so voller Arbeit, Menschen und den trivialen Problemen, mit denen wir uns täglich alle herumschlagen müssen, und es sind ja auch schon zwei geliebte Hunde da, und dieser neue hier braucht nicht nur Liebe, eigentlich braucht er alle Liebe, die es überhaupt gibt. Ich muß sehr aufpassen, daß er mich nicht vom Peterle und vor allem von meinem süßen kleinen Kastenbart abdrängt, von meinem geliebten Weffchen, das immer noch so schön ist wie am ersten Tag, aber nun doch schon alt und müde wird und froh ist, wenn die beiden anderen miteinander spielen und er in der Sonne liegen und in den Garten blinzeln und an seinen niedlichen rosa Steckkrallen herumknabbern kann.

Cocki kann noch so weit weg sein – zum Beispiel auf seinem Lieblingsplatz vor der Küchentür oder in der Hecke, in der er mal die Igelfamilie getroffen hat –, sobald ich mir mein Weffchen auf den Schoß nehme, ihm ins Ohr flüstere und einen Brustkratz mache, daß er das rechte Hinterbein hebt, um mitzukratzen –, ist der Dicke da, wie aus dem Boden gewachsen. Ganz zweifellos hat er den sechsten Sinn. Er richtet sich dann an meinem Knie hoch und beginnt an Weffis Gesicht herumzuschnuffeln. Er wagt nicht zu knurren oder gar zu bellen, denn er weiß genau, daß der andere der Senior ist und die älteren Rechte hat. Aber er schafft es auch so. Mein kleiner weißer Lord mit den Greta-Garbo-Wimpern ist von diesem Geschnuffe und Gepuste sichtlich angewidert, springt schließlich vom Schoß und geht still irgendwohin. Und nun hat Cocki mich wieder für sich! Mit seinem halben Zentner erklimmt er meinen Schoß, leckt mir das Gesicht, tatzelt mir die Brille herunter, daß ich halb blind auf dem Teppich herumkriechen und sie mir wieder suchen muß. Das findet er wahnsinnig lustig, schmeißt sich auf den Rücken, läßt die Zunge heraushängen, und dann geht's zur Tür: ›Komm 'raus! Toben!‹

Er ist für mich eine Quelle ständiger Überraschung und freiwilliger Komik. Dazu gehört unter anderem seine Verfressenheit. Ich glaube, sie haben ihm auf dem Bauernhof mit den vielen Mehlspeisen eine Magenerweiterung angefüttert. Er atmet zum Beispiel seinen wohlgefüllten Mittagsnapf ein, läßt sich von Peterchen ein paar weitere Bissen zustecken, von der Mama heimlich stopfen und schließlich von Frauchen mit einem endgültig letzten Fleischklumpen aus der Küche bewerfen. Darauf kommt er mit schaukelndem Wanst zu mir herunter, rülpst dröhnend, reißt mir die Hand samt Füller vom Manuskript und läßt allen Jammer der Kreatur in seinen unheimlich menschlichen Augen erscheinen: ›Wenn dir daran liegt, deinen armen Liebling vor dem Hungertod zu retten: jetzt ist die Zeit!‹ Und damit winkt er gegen den Italienerschrank, in dem die Plätzchen und die Schokolade liegen. Es hat keinen Zweck, ihn wegen dieser Unverschämtheit aus dem Haus zu schmeißen. Er würde sofort von irgend jemandem oder irgendwoher etwas Freßbares organisieren. Er ist ein Freßgenie, das mitten in der Wüste Sahara ein Kotelett ausgraben würde.

Da ist zum Beispiel die Sache mit den Kühen. Mein Dicker beachtete das Hornvieh zunächst gar nicht. Er kennt es ja auch zur Genüge von seinem Bauernhof. Dann jedoch, als ich mal über den Zaun lange und die Fliegen von den armen, geplagten Kuhaugen scheuche und Ohrchen krabbele und jene weiche Stelle unter der Kinnlade, wo man's so gern hat, wird er aufmerksam. Er kehrt um und beginnt zu meiner größten Überraschung und zur weit größeren Überraschung der Kuhgemeinde, Küßchen zu verteilen. Eine Riesenschnute nach der anderen wird abgeschnudelt, und die ältesten und schlechtestgelaunten Kuh-Tanten sind völlig fassungslos vor diesem pazifistischen Ausbruch. Ein Blick aus goldenen Augen trifft mich: ›Na, wie habe ich das gemacht? Aber paß auf, ich kann's noch besser!‹ Und damit schlüpft er unter dem Drahtzaun durch und ist plötzlich mitten unter den Kolossen, ihrer Gnade ausgeliefert. Ein Gewimmel von gehörnten Riesenhäuptern schließt sich über ihm, und ich sehe mir sicherheitshalber die Zwischenräume zwischen den Drähten an, damit ich notfalls durchschlüpfen kann. Einen Spazierstock habe ich leider nicht zur Hand, ein kräftiges »Öha!« und Klaps aufs Hinterteil muß also genügen. Hoffentlich verstehen sie mich, besonders die da mit dem abgebrochenen Horn. Sie sieht gar nicht so aus, als ob sie auf »öha« reagieren würde.

Aber all das erweist sich als überflüssig. Der kleine Löwe verteilt weiterhin Küßchen nach allen Seiten, und nun beginnen ihn unter gewaltigem Schnaufen eine Reihe von dicken Sandpapierzungen gegen den Strich zu polieren. Es ist das Äußerste an Liebkosung, was eine Kuhseele aufbringen kann. Zunächst macht der Dicke einen krummen Buckel und wedelt höflich, aber dann wird ihm die Sache doch unheimlich. Irgendwie ist er zwischen einem Wald von Kuhhörnern plötzlich hindurch, wieder unter dem Zaun weg und bei mir auf dem Weg. Gewissermaßen um sich für diesen Rückzug vor mir zu rehabilitieren, nimmt er Kurs auf einen kleinen roten Kater, der auf der gegenüberliegenden Wiese vor einem Mauseloch hockt. Ich kenne diesen Kater, er heißt Bimbo und ist mit einem bedeutend älteren Bruder befreundet, der Bambi heißt. Erst versucht Bimbo den üblichen Trick, den auch die jüngsten Kater gegenüber ausgewachsenen Bedrohern oft mit Erfolg anwenden, er macht nämlich einen Buckel. Dann aber verläßt ihn doch der Mut, angesichts des mit flatternden Riesenohren heranbrüllenden Cocker-Löwen, und er fegt in Blitzeseile die alte Eiche hinauf, die auf dieser Wiese steht, bis in die oberste Spitze. Ebenso schnell jedoch ist Bambi da. Er kümmert sich überhaupt nicht um Cocki, der brüllend, zähnefletschend und völlig maßlos im Triumph seiner Überlegenheit an der Eiche emporspringt, sondern schießt wie ein roter Pfeil nach oben, wo das kleine Etwas von Brüderchen sitzt. Und dann sehe ich etwas unbeschreiblich Rührendes. Bambi ist nicht ohne Grund auf den Baum hinaufgeschossen. Denn Klein-Bimbo, offenbar zum erstenmal bis in eine Eichenspitze geflüchtet, traut sich nicht wieder herunter! Zuerst versucht Bambi, ihn am Genick zu packen und abwärts zu schleppen. Aber das geht nicht, anscheinend sind die Zweige zu dünn, um die Last beider Tiere tragen zu können. Und so lotst er denn den kleinen Bruder hinunter, indem er ihm immer einen Ast vorausspringt und ihm zeigt: ›Schau mal, du kannst ruhig draufhüpfen, er trägt dich! Wenn er mich trägt, trägt er dich schon lange!‹ Und so kommen die beiden denn ganz langsam und vorsichtig wieder herunter. Als sie an Cocki vorbeimarschieren, drängt Bimbo sich ganz eng an seinen großen Bruder. Der dicke rote Bambi jedoch stolziert an Cocki vorüber, ohne ihn eines Blickes zu würdigen. Er nimmt sich nicht mal die Mühe, ihn anzufauchen.

Und wieder vergehen einige Wochen, während derer die Schneegrenze auf den Bergen allmählich tiefer kriecht. Manchmal, in warmen Intervallen, weicht sie widerwillig noch einmal etwas zurück, aber dann ist sie sofort wieder da und gewinnt noch ein paar Meter darüber hinaus. Die nackten Felsen, die Moose und die Krüppelkiefern hat sie bereits unter ihrem blendenden, kalten Weiß begraben. Jetzt dringt sie bereits in die obersten Reihen des Hochwaldes ein, und manchmal, wenn ich des Morgens die Läden aufstoße, sind die Gräser schon bereift.

Zwischendurch gibt es wüste Regenfälle, die von dem Hügel über uns braune Wasserfluten durch das Grundstück schießen lassen, wobei meine Garageneinfahrt unweigerlich wieder in ihre Urbestandteile zerfällt. Um dieses Unheil abzuwenden, habe ich nach langem und tiefem Nachdenken einen Ausweg gefunden und eine Rille in die Straße gehackt, so daß der braune Strom nicht mehr in mein Grundstück, sondern auf die Sumpfwiese daneben fließt. Tagelang gehe ich mit geschwellter Brust ob dieser genialen Lösung herum und lasse mich von der Familie bewundern. Sobald es wieder gießt, müssen sie alle ans Fenster und beobachten, wie die schäumende Brühe in die Sumpfwiese saust. Letzte Nacht hat es wieder geregnet. Ich stehe mit der lässigen Sicherheit des Siegers über die Elemente auf und mache mit Cockchen unseren Morgenspaziergang, um mich wieder einmal an meinem Wasserabfluß zu weiden. Von diesem jedoch ist nichts mehr zu sehen. Er ist zugeschaufelt und die Erde darüber geglättet, als hätte er nie bestanden! Statt seiner ist daneben ein neuer Abfluß gegraben, der wieder genau auf meine Achillesferse, die Garageneinfahrt, zielt. Vor diesem Werk steht, auf den Spaten gestützt und finsteren Blickes, der Wegmacher. Neben ihm sein Schubkarren mit kiesvermischter Erde.

Der Wegmacher, Beni heißt er, ist eine jener Gestalten, über deren bloße Existenz in unserer Zeit ich mich immer freue. Er gehört zu der Gattung der fast ausgestorbenen Rattenfänger, Topfflicker und Messerschärfer. Die Wege, die richtigen alten Landwege, die sich noch durch unser Dorf ziehen, sind seine Passion und sein Beruf in des Wortes alter Bedeutung als Berufung aufzufassen. Man muß ihn sehen, wie er sich einen solchen Weg vornimmt, wehen Blickes und kopfschüttelnd die Schlaglöcher betrachtend, die unsere Pneus wieder hineingerissen haben, und die Lehmschichten beseitigend, die ein Gewitterguß darübergeschwemmt hat. Es ist ihm gänzlich Wurscht, was die Anwohner zu seiner Tätigkeit sagen, für ihn gilt nur der Weg, er kost, er formt ihn, Praxiteles kann mit keiner größeren Andacht an seinem Gips geknetet haben.

»Das gibt's aber nicht!« sagt er dumpf grollend zu mir, und sein klares braunes Gesicht ist voller Empörung.

»Aber, Beni«, sage ich. »Schau, das Wasser läuft doch viel besser in die Wiese ab, die ja eh zu nichts nutze ist. Das Gras ist sauer, bauen kannst auch nicht drauf...«

»Nicht in die Wiese!« sagte er noch einmal. »Das weißt du ganz genau! Pfüat di Gott!« Und damit nimmt er seinen Karren auf und schiebt davon. Ich sehe ihm lange nach und habe die Vision, als werde er mit wachsender Entfernung nicht kleiner, sondern größer. Vielleicht kommt das daher, daß ich die Geschichte kenne, die hinter diesem seinem merkwürdigen Verhalten steckt.

Die Wiese gehört nämlich dem Wurzel-Sepp, und vor zehn Jahren hat der Wegmacher um die Hilde vom Wurzel-Sepp geworben. Die aber nahm einen anderen, so einen Feschen mit einem großen Hof. Wer heiratet auch einen Wegmacher, der nur ein kleines Gehalt von der Gemeinde bekommt? Der Wegmacher in seiner treuen und weisen Seele hat's ihr nicht mal nachgetragen, er hat's verstanden und noch mehr als das. In seiner abgrundtiefen, festen Liebe schützt er noch immer die Wiese der Erwählten, die inzwischen von dem anderen vier Kinder hat.

So hole ich mir denn – seiner arglosen Seele vertrauend –, sobald er um die Ecke ist, meinen Spaten und grabe meinen lieben alten netten kleinen Kanal wieder auf. Mir wird ordentlich warm dabei, zumal inzwischen die Sonne hinter einer großen, silberumrandeten Wolkenburg vorgekommen ist und zeigt, daß selbst eine Herbstsonne noch allerhand auf dem Kasten hat.

Als ich den Kanal fertig und Wegmachers Denkmal

verschmähter Liebe wieder beseitigt habe, hole ich mir meinen Liegestuhl.

Auch Peterle und Weffi erscheinen auf der Schwelle der Terrasse, von der Sonne angelockt, kurz nach ihnen der Dicke, und nun liegen sie dicht aneinandergekuschelt in dem warmen Schein. Hinten, nach dem Salzburgischen zu, steht ein Regenbogen vor dem schwarzblauen Himmel, der so aussieht wie geschliffene Luft, und die Berge schauen drein, als seien sie zu einem großen Fest geschmückt.

»Du wirst dir bestimmt was an den Nieren holen«, sagt die Stimme des Schloßgeistes vom Balkon, während er ein Tuch ausschüttelt. »Das ist so das richtige Wetter dafür, vorn warm und hinten eiskalt! Übrigens, sich doch mal, da vor Bentlers Haus steht so 'n roter Wagen, der sieht aus wie der von deinem Professor Dingsbums!«

»Es gibt viele rote Wagen auf dieser Welt«, sage ich träumerisch und döse vor mich hin. Schritte kommen durch den Garten auf mich zu. Kann man denn nicht mal einen Augenblick seine Ruhe haben? Sie knirschen schwer und fest auf dem Kies. Jetzt bleiben sie vor mir stehen. Sonderbar, daß die Hunde gar nicht anschlagen. Ich entschließe mich, die Augen einen Spalt zu öffnen, und sehe ein Paar schwarze Männerschuhe und Hosenbeine darüber. Und dann sagt eine wohlbekannte Stimme: »Erwache, Nestor, würdiger Greis!«

Es ist tatsächlich Enrico. Anstandshalber mache ich den Versuch aufzustehen, aber er hält mich zurück: »Freu dich, daß du im Liegestuhl bist, auf diese Weise kannst du nicht umfallen. Und ich werde mir auch einen holen, damit du mich nicht vors Schienbein treten kannst.«

Er tut es, und dann ist eine Weile Schweigen. Cocki hat sich nun doch entschlossen, aufzustehen und durch den schon etwas ruppigen Steingarten zu Enrico zu latschen, um ihn sicherheitshalber zu visitieren. Er handelt nach dem alten Werbeslogan ›Geben Sie dem Schicksal eine Chance!‹ Man kann ja nicht wissen, ob dieser Mensch nicht doch eine Wurst in der Tasche hat oder wenigstens eine vergessene Semmel. Enrico knuddelt seinen Kopf, worauf Cocki auf die Garageneinfahrt zuwackelt.

»Deinen Sprüchen nach zu urteilen«, sagte ich, »hast du mal wieder was ausgefressen.«

Enrico lehnt den Kopf zurück und seufzt. Er seufzt selig, wie ich mit einem Seitenblick feststelle.

»Die da drüben«, sagt er dann in Richtung Bentler, »genieren sich alle, es dir zu sagen.«

»Wenn ich diese Bemerkung mit deinen vorherigen Sprüchen multipliziere, hast du eine der Frauen dort verführt. Da ich das bei Addi für ausgeschlossen halte und Susanne wieder in jungem Glück macht, bleibt nur Margot, und das erfüllt mich mit stiller Hoffnung.«

Er wirft sich zu mir herum, daß der Stuhl kracht: »Wieso?«

»Weil du dann endlich von ihrem boxenden Verlobten totgeschlagen wirst und mich nicht länger mit delphinischen Sprüchen langweilen kannst.«

»Bin ich verpflichtet zu lachen? Im übrigen liegst du völlig falsch. Denn nicht ich habe Margot verführt, sondern sie mich! Wir bestellen morgen das Aufgebot, du wirst Trauzeuge und mußt dir einen Frack leihen. Außerdem kostet dich's ein Hochzeitsgeschenk. Bist du nun froh, daß du im Stuhl liegst?«

Ich liege nicht mehr im Stuhl, sondern sitze bolzengerade: »Was erzählst du da?«

Er sieht mich frech an, kann aber nicht verhindern, daß er errötet: »Ausnahmsweise die Wahrheit! Für einen notorischen Schwindler und Gaukler schwer zu begreifen, was? Als Margot und ich nämlich reinen Tisch machten, hat sie mir auch deinen Trick mit dem Boxer gebeichtet. Er sei dir aber verziehen, denn er war, wie du in solchen Fällen wohl zu sagen pflegst, auch ein Teil des Weges oder vielmehr Umweges. Und ohne diesen Umweg wäre ich nie mit diesem Knaben Buddy fertiggeworden, der die ganze Zeit in heuchlerischem Schweigen zu meinen Füßen gesessen hat!«

»Und nun wirst du ihn vermutlich durchfallen lassen!«

»Irrtum. Ich werde dafür sorgen, daß er die Prüfung besteht, obwohl er zwar begabt, aber stinkend faul ist. So. Und jetzt werde ich dir erst mal einen Cognac und eine Zigarre holen, du bist ja ganz weiß um die Nase.«

Er steht auf, geht ins Haus, und ich falle in meinen Sessel zurück. Ich fühle mich platt wie eine Flunder. Drüben bei Bentlers sehe ich Margots Kopf am Fenster. Er verschwindet, als mein Blick ihn trifft. Gleich darauf erscheint Addi vor dem Haus, macht ziemlich gekünstelt »huhu!« und saust gleich wieder hinein. Enrico ist mit Flasche, Gläsern und Zigarren wieder da, und bis er mir die Zigarre angezündet und alles übrige umfallsicher im Gras aufgebaut hat, komme ich allmählich geistig wieder zu Atem: »Möchtest du mir nicht freundlicherweise erzählen, was sich nun eigentlich abgespielt hat?«

»Ja, eigentlich war alles ganz einfach. Du würdest sagen, daß mich das Schicksal im wahrsten Sinne des Wortes in die Zange genommen hat. Die eine Seite der Zange: Stefanie und ich entdeckten nach einigen sehr amüsanten Wochen, daß Schopenhauer recht hatte mit seinen Igeln, die sich nicht zu nahe rücken dürfen. Jedenfalls einigten wir uns auf durchaus noble Weise, und eines Morgens bekam ich einen Brief, daß sie auf eine Weltreise gegangen sei. Augenblicklich ist sie, glaube ich, in Indien und will mir gelegentlich wieder mal schreiben. Zweite Zangenseite: Ich entdeckte bei dieser Gelegenheit, daß trotz all deiner Drahtseilakte und Knalleffekte mein erstes Gefühl für Margot das richtige war...«

»Ich denke, sie hat dich verführt?«

»Wenn du mich nur einmal in deinem Leben ausreden ließest, ging's ja viel schneller! Auf Grund dieser meiner Entdeckung sah ich mir die junge Dame etwas genauer an und stellte mit dem sicheren Instinkt des Liebenden fest, daß sie keineswegs glücklich war. Ich fand sogar, ihren Blicken folgend, auch schnell den Schuldigen ihrer Traurigkeit heraus, der dieses berükkende Wesen so tragisch verwandelt hatte. Und auch sie, mit dem Instinkt der Frau, bemerkte diese meine Blicke, geriet in zunehmende Verwirrung. Und dann, als wir uns zufällig mal vor meinem Amtszimmer in der Uni trafen, tat sie etwas Großartiges, denn sie sagte plötzlich: ›Darf ich Sie einen Augenblick sprechen, Herr Professor?‹ Als wir im Zimmer waren, schloß ich vorsichtshalber die Tür ab. Wir saßen uns, durch einen

Tisch mit dicken Wälzern getrennt, feierlich und auf unbequemen Stühlen gegenüber. Und ich sagte: ›Laß den Unsinn mit dem Professor, Kind! Du hast was auf dem Herzen – los, pack aus!‹

Sie packte aus, und ich erfuhr auf diese Weise, daß ihr Jugendgespiele und quasi Verlobter in letzter Zeit Eigenschaften entwickelt hatte, die in ihr Zweifel aufkommen ließen, ob es sich hier wirklich um eine schicksalhafte Bindung fürs ganze Leben oder nur um eine Jugendliebelei gehandelt habe. Sie war absolut schonungslos gegen sich selbst und äußerte sich mit der heutzutage üblichen Nonchalance der Jugend.«

»Na und?«

Enrico klebt bedächtig ein Deckblatt seiner Zigarre fest: »Ich sagte: ›Da du es warst, kleine Margot, die mich um diese Unterhaltung gebeten hat, nehme ich an, daß du etwas mehr damit beabsichtigst, als dir von einem bedeutend älteren Mann einen guten Rat zu holen. Schließlich habt ihr ja euren Colonel für seelisches Magendrücken.«

»Das war eine ausgesprochen niederträchtige Formulierung!«

»Entschuldige, sie war aber nicht so gemeint. Ich mußte doch herausfinden, was sie eigentlich wollte! Und ich saß da auf meinem Stühlchen mit einem Haufen alter Bücher vor der Nase, und das Herz schlug mir bis zum Hals. Kannst du dir das vorstellen?«

»Hm...«

»Zunächst sagte sie gar nichts, worauf ich die ganzen Staubfänger mit einem Ruck auf die Erde schmiß, damit ich sie ganz und gar sehen konnte, alles von ihr, ihr Gesicht, ihre Hände: ›Also?‹ fragte ich, als sie schwieg.

Sie sah mir ganz gerade in die Augen und sagte: ›Ja, es war mehr.‹«

Er schweigt, betrachtet seine Zigarre, die am Mundende wie eine Fächerpalme aussieht, und wirft sie schließlich weg.

»Na und?«

»Dann erwies es sich als sehr nützlich, daß ich die Tür abgeschlossen hatte. Ich redete eine Menge Unsinn und entsinne mich dunkel, daß es derweilen zweimal wenigstens klinkte. Na, und zum Schluß einigten wir uns, daß ich heute mit ihren Eltern sprechen sollte, was ich eben getan habe.« Er besieht angelegentlich seine Fingernägel und sagt dann: »Glaube nicht, daß der Unterricht in puncto Frauen, den du mir erteilt hast, umsonst war! Ich hab' eine Menge gelernt, und es ist mir natürlich klar, daß Margots Aktion einen negativen Ausgangspunkt hat, nämlich die Enttäuschung. Und daß ich für sie zumindest zunächst nicht mehr bin als – na, sagen wir mal, als so eine Art Zuflucht, ein Trostpreis in der Lebenslotterie. Aber mir ist auch das mehr als genug. Ich habe mal irgendwo gelesen, daß es genüge, wenn der eine liebt und der andere sich von ihm lieben läßt, und daß das sogar die glücklichsten Ehen sind.«

Wir schweigen eine Weile.

Ich sehe mir Enrico von der Seite an, sein klares, männliches Profil, die langen Chirurgenhände, die nervös auf den Lehnen des Stuhls trommeln.

»Du bist, was Margot anbetrifft, völlig auf dem Holzweg.« Und als er mich erschrocken ansieht: »Sie hat mir nämlich schon vor längerer Zeit gesagt, daß du sie als Mann – und *nur* als Mann – ganz ernsthaft in Versuchung geführt habest. Und dies zu einer Zeit, als mit Buddy noch alles in bester Ordnung war...«

Er starrt mich an, schluckt ein paarmal und sagt dann: »Dafür – also dafür erlasse ich dir das Hochzeitsgeschenk!« Dann haut er mich auf den Rücken: »Was sagst du denn nun zu uns beiden, Colonel?«

»Ja, was sage ich zu euch beiden?« Mir wird plötzlich übel, und alles beginnt sich zu drehen wie in einem Karussell. Margot und Buddy im See, sich an den Haaren reißend, gegenseitig untertauchend. Buddy, der Anführer der »Blase«, Türklinken und Klinken mit Alleskleber beschmierend, Buddy, mit gestohlenen Zündschlüsseln führerscheinlos Fahrten unternehmend. Dann die interessante Periode, als man entdeckte, daß man verschiedenen Geschlechts war, und sich abends auf der Hausbank knutschte. Buddy, der für die Sommergäste und für fünfzig Pfennig Honorar auf dem Holzgeländer der Landungsbrücke balancierte und Margot die erste Bonbonniere ihres Lebens schenkte. Zuletzt die Turtelei in ihren Münchner Studentenbuden –. Und immer wieder diese beiden, die das Schicksal füreinander bestimmt zu haben schien und mit deren Liebe ich so lange Jahre mitlebte und mitbangte...

Und dann zuletzt, diese Szene am See! Die letzte, stumme, verzweifelte, nicht endenwollende Liebkosung – der stille Abschied, während er Steinchen ins Wasser warf...

»Na – was sagst du?« drängt Enrico.

Ich hangele mich mühsam aus dem Liegestuhl, als habe mich jemand in den Rücken getreten.

»Ich? Ich wünsche euch Glück, Enrico – ihr könnt's brauchen.« Damit renne ich fast durch die Garage auf die Straße hinaus mit einem flüchtigen Blick bemerkend, daß Enrico offenen Mundes hinter mir herstarrt.

Nach ein paar Augenblicken ist ein hastiges Geklapper spitzer Stöckelabsätze hinter mir. Es packt mich jemand am Arm und reißt mich heftig herum: Margot! Ihre Augen flammen:

»Ich liebe ihn nämlich, falls du das nicht wissen solltest!« Ihr Blick wird unsicher, als ich sie nur schweigend ansehe: »Und er – er betet mich an! Als das passierte, da in seinem scheußlichen Arbeitszimmer – da kniete er vor mir nieder! Verstehst du, der ganze lange Kerl kniete vor mir nieder und zog mich ganz vorsichtig zu sich heran und lehnte seinen Kopf an mich: ›Mein kleines Wunder‹, sagt er, ›mein kleines Wunder!‹ Das hat noch keiner zu mir gesagt, Colonel, keiner! Begreifst du das? Wir werden sehr glücklich sein und Kinder haben...«

»Und wenn du nicht gestorben wärst, dann lebtest du noch heute.«

Sie wird kalkweiß: »Was willst du damit sagen?«

»Damit will ich sagen, daß diese ganze Sache mit Enrico eine Flucht vor dir selbst ist, eine Flucht in die Sicherheit, in die Problemlosigkeit, in die bürgerliche Zufriedenheit! Im übrigen weiß das auch Enrico ganz genau, aber trotzdem will er dich heiraten, weil *er* dich nämlich wirklich liebt!«

Und damit wende ich mich um.

»Colonel! *Colonel!*« höre ich hinter mir. Und dann Enricos Stimme: »Komm doch, Margot. Laß ihn. Er ist beleidigt, weil sein kleines Rechenexempel nicht aufgegangen ist.«

»Colonel!« Dieser Schrei ist so verzweifelt, daß ich

mich doch noch einmal umdrehe. Vielleicht bin ich der einzige, der hier unrecht hatte, als ich es nicht lassen konnte, Schicksal spielen zu wollen. Ich winke ihr zu und wende mich ab.

Und da sehe ich vor mir auf dem Weg ein Trio, das mich erwartet: zwei goldene Augen zwischen langen Ohrgehängen, eine grinsende braune Nase und ein kurzes, dickes Stummelschwänzchen, das voll ergebener Freude die Herbstblätter am Boden fegt. Daneben ein Steiff-Tier mit Kastenbart und zitterndem weißem Fellhöschen, und an der anderen Seite ein rabenschwarzes Persianerlämmchen mit schneeweißem Gebiß und verdrehten Kulleraugen.

Und von diesen dreien schlägt sie mir entgegen, die Liebe, die reine, goldene, bedingungslose.

»Kommt, Kinder«, sage ich, »wir Hunde sind doch bessere Menschen.«

Ich gehe auf den See zu bis zur Brücke. Ja, wahrscheinlich habe ich in diesem ganzen Wirbel die allerschlechteste Figur gemacht. In dem großen Liebeszirkus war ich eben nur der Clown, der mit wilden Sprüngen um die Stallmeister herumtanzt, wenn sie den Teppich zusammenrollen. Deshalb war es auch Unsinn, was ich eben gesagt habe, Unsinn und Hochmut. »Ihr Hunde seid doch bessere Menschen« – so wär's richtig gewesen.

Der See ist nach der Trockenheit der letzten Tage weit zurückgesunken und liegt im fahlgelben Rund des ausgedörrten, übermannshohen Schilfs vor mir wie ein riesiger Saphir. Auf diesen Schilfrand lenke ich meine Schritte, meine plötzlich sehr müden Schritte...

Enrico: Ist es wenigstens bei ihm die große Liebe,

oder ist es nur die Rückkehr zum instinktiv erfühlten schwächsten Punkt, nachdem ihm die drei anderen Frauen unerreichbar blieben? Bei ihm vielleicht auch nur eine Verlegenheitslösung?

Die Hunde raschelnd im Schilf, Cocki voran. Man sieht deutlich, wo er gerade entlangläuft, denn im Wald der hohen Schilfwedel zieht er eine Furche. Jetzt stößt er einen Hetzlaut aus, und ein paar Wildenten knattern in die Höhe.

Aber schließlich hätte Enrico ja genügend Auswahl unter seinen Studentinnen gehabt, nachdem er nun einmal diese Linie eingeschlagen hat...

Und Margot? Plötzlich erkenne ich, daß das Ganze überhaupt nichts mit Margot und Enrico zu tun hat, sondern mit Buddy, mit seiner plötzlichen Veränderung. Ohne diese Veränderung wäre alles so geblieben, wie es war und wie ich es zu bewahren versucht habe. Was hatte er noch zuletzt gesagt, ›nicht vor der Walze herrennen‹! Klingt sehr gescheit. Ein bißchen zu gescheit. ›Sich von den Weibern nicht auffressen lassen, Freiheitskriege finden neuerdings in der Ehe statt!‹ Klarer Fall von Angst vor dem anderen Geschlecht. Und dann ›Richter werden‹. Im Grunde auch Angst, diesmal vor dem freien Berufskampf. Und zum Schluß: ›gesicherter Lebensabend im Kreise der Kinder und Enkel‹.

Ich sehe wie in einer Vision sein Gesicht, wie er, nachdenklich seine Haare zurückstreichend, meinem Wagen nachsah, aber daneben sehe ich im Geist auch das nervöse, hochgespannte Gesicht Margots. Was hat sein neues Gesicht noch mit dem Buddy zu tun, der die »Blase« anführte, die Mädchen betörte und die Eltern an der Nase herumführte? Der auf dem Brückengeländer balancierte und an Margots Seite die Dschungel der Großstadt erkundete, dem Buddy, den sie liebte und der so hochgespannt war, wie sie ist? Die beiden Gesichter passen nicht mehr ineinander. Von ihrem gemeinsamen Weg war er plötzlich rechtwinklig abgebogen. Hatte sich in ein Chamäleon verwandelt. Und das war nicht etwa ein plötzliches Erwachsenwerden, keine Abkehr von den Jugendeseleien. Es war eine Abkehr von der großartigen, alten Gemeinschaft, die sie verbunden hatte. Es war Absturz aus der Liebe in den Machtkampf der Geschlechter. Es war, wie gesagt, mit einem Wort: Angst. Sieben Jahre aufeinander warten, das war nicht nur für Margot, auch für ihn ein zu schwieriger Weg. Und nun ist er plötzlich von diesem Weg abgebogen. Warum?

Das Weffchen kommt angehoppelt und legt mir einen kleinen Zweig vor die Füße. Ich werfe ihn ins Wasser, ganz vorn an den flachen Uferrand. Er holt ihn heraus und trägt ihn stolz hinter den beiden anderen her.

So ein Abbiegen, das kann ja bei jedem vorkommen. Wir sind nicht ein, sondern ein ganzes Bündel Menschen. Unser sogenanntes Ich ist wie ein Auto voll ungebärdiger Lümmel, die sich alle um das Steuer streiten. Jeder kann es mal für eine kleine Weile festhalten, bis ihn ein anderer zur Seite stößt. Manchmal drehen auch mehrere gleichzeitig daran, dann fällt die Karre um oder stürzt in den Abgrund. Aber ich kann mich trotz alledem des Gefühls nicht erwehren, daß Buddy keineswegs in den Abgrund gestürzt ist, sondern nur einen anderen Weg gefunden hat, der sein eigentlicher, aber nicht mehr der Weg Margots ist. Wer will ihm daraus einen Vorwurf machen? Ich am allerwenigsten. So was kann passieren. Aber dann gibt es noch eine mögliche Erklärung, von der ich hoffe, daß sie nicht zutrifft. Manchmal versteckt sich ein schweres, körperliches Leiden hinter solch einer Veränderung, ein Leiden, von dem die Seele schon weiß, das aber erst nach Jahren deutlich wird. Lauter Fragezeichen – das ist jammervoll!

Wir Menschen messen die Magnetfelder von Venus und Mars, aber in uns selbst irren wir herum wie verlaufene Kinder in einer großen, fremden Stadt. Jedenfalls hat Buddy für sein Abbiegen einen furchtbaren Preis bezahlen müssen. Er wird es überwinden, wenn auch die Wunde in seinem Herzen bleibt. Man kann nur hoffen, daß er sich nicht verhärtet, daß er zum Mann und nicht zum Zyniker wird. Ich hoffe, er wird daran wachsen. Vielleicht belohnt ihn das Schicksal mit einer zweiten großen Liebe.

Ich stutze und lächle zum erstenmal wieder: schon wieder optimistisch, du Unverbesserlicher? Ich pfeife den Hunden und bahne mir einen Weg durch den Schilfwald zum Ufer empor, wo die herbstlichen Buchen wie bunte Fackeln stehen. Links davon das Birkenwäldchen, das noch grüne Blätter trägt, wenn sie auch schon etwas matt und trocken sind. Vom See her, der immer größer wird, je höher ich steige, kommt es jetzt mit pfeifenden Flügelschlägen, hui-hui-hui über die gläserne Weite: drei Schwäne, die ihr Jagdrevier wechseln, die Hälse weit vorgestreckt, die klare Herbstluft mit königlichen Schwingen peitschend.

Ich wende mich um und sehe unsere beiden Häuschen. Sie sind so weit entfernt, daß ich nicht erkennen kann, was dort vorgeht. Aber – ich kann's mir vorstellen.

War es überhaupt richtig, sich einzumischen? Wenn ich jetzt, in diesem Augenblick, die Möglichkeit hätte, mich noch einmal zu entscheiden zwischen Einmischung und Heraushalten – was würde ich tun? Und ich weiß es sofort. Genau dasselbe. Weil ich Werkzeug war, das erkenne ich jetzt. Und mehr noch, daß ein Werkzeug zur Seite gelegt wird, wenn man es nicht mehr braucht. Wie könnte ich länger traurig darüber sein...